绿宝石

Fall into your light

你答应我，一定要想明白这个道理

花既然会开，就也会凋零

只不过，有的花更幸运，开的时间更久

有的花不够幸运，开的短暂

但它开过，这是最重要的

一级反买花

见春天

Meet In Spring

纵虎嗅花 著

Zong Hu Xiu Hua

北京联合出版公司

Beijing United Publishing Co.,Ltd.

魏清越，你来找我，我已经见到你了，知道你爱我。

现在，你也知道我同样爱着你。

我说过，我对你的祝福会到永远，不会停止，我说话算数。

contents 目录

她是他青春里的图腾，

他是图腾的祭品。

楔子

那个夏天，后来，江渡时常想起那双眼睛。

中考结束后的那个夏天，雨很少，天是那种安静的白热，没有火焰的白热。

江渡在这个夏天，进了回局子。那时，她离十五岁生日还差一个月。

事情的起因很简单。当时，她抄近道骑自行车回家。在小巷子里，她看到一群男生在打架，严格来说，是一个高高的男生被围攻。

江渡立刻想起很小的时候，在外公的老家，见过一群土狗撕咬一只狗的情形。

突然，男生对围攻他的人飞起一脚，非常狠。他身后有人妄图偷袭，也被他用手肘重重撞了回去，倒地呻吟。

不过，一群人怎么着还是渐渐占了上风。江渡脸色发白地看着其中一人拎着半块砖头朝男生脑袋砸去，他偏了下头，砖头擦破了他的额角，血那样红。江渡不知道从哪里来的勇气，大喊了一句："警察叔叔来了！"

如果说故事必须有个开头，那么，不是天上那朵怒放的云，也不是谁家电风扇在轰隆隆地转，大街上汽车各有各的目的地，一切的开始，不过就是那句"警察叔叔来了！"。

糟糕的是，这句谎话只是让打架的男生稍微愣了一下。江渡不清楚人家是怎么发现她撒谎的，但这件破事把她牵扯了进去，她的发箍被打掉，自行车前的车筐也被踩瘪，吓得她连哭声都跟平时不一样。

后来，警察真的来了，所有人都被带走了。

派出所里，男生们在做笔录，时不时传出警察严肃呵斥人的声音。被打的男生脸上的血还没干，他仰着头，声音浮在夏天的热浪中，让人触摸不到任何情绪。

“你一个小姑娘，见义勇为也得量力而行啊，是不是？”警察叔叔看江渡文文静静、特清秀的模样，语气变得无奈。

江渡不好意思再哭，含泪抿唇，余光一瞥，触及的是一双丝毫不领情的眼睛。

打人的男生们是职高的学生，涉嫌勒索。

再后来，需要叫家长。

被问及父母，江渡腼腆地轻声求警察叔叔，说她可以自己回家，千万不要喊外公外婆过来。

窗外，有好心的叔叔在帮她修坏掉的自行车。

院子里的水池边，男生正在用自来水清洗额角的伤口，他弯着腰，呈现出一个清薄的弧度。江渡隔着玻璃看他，像看另一个清晰的世界。男生抬头时也看到了她，两人未交一言。江渡立刻把视线挪开，掌心火辣辣的，其实，她那儿擦破了皮，也很疼。

江渡从裙子口袋里掏出一包面巾纸，纸巾被她捏得微微发潮。她朝男生走过去时，他正好直起腰。他很高，头发缀满湿漉漉的水珠，再往下，露出一张轮廓分明的脸。

两人猝不及防地对上目光，夏日灼心。

“给你用。”江渡把纸巾递给他，声音青青的，像春天里一把稚嫩的草。

男生没接，撩起衣角在脸上囫囵抹了一把，目光直接越过她，看向门口走来的身影。水渍从他喉上滑过，在日光下闪动着细碎的光。他表情隐忍，立在原处不动，乌黑的眉毛上挂着没擦拭干净的水珠。

江渡紧抿双唇，耳朵滚烫地又把面巾纸收回来，往边上站了站。等那个身材同样高大的男人和男生一同进了警务室，她才慢慢抬起头，张望了几眼。

后来的事，就完全出乎江渡的意料了。

出了派出所的大门，她蹲下来，慢慢摇动自行车的脚踏板，总觉得车链子不太得劲。就是因为这样短暂的停留，她看到来接男生的那个叔叔转头就变了脸，一下子失去了刚才面对警察时的客气，一巴掌落下，男生被打得直趔趄。江渡怔住了。

这场殴打，并没有止步于这一巴掌，那个叔叔的暴力像狂风骤雨一样砸下来。最终，男生满嘴血，捂着腹部，看上去，远远比刚才打群架伤得严重得多。最后，他被搡进一辆黑色轿车。

江渡看得失语，脸上掠过难言的诧异和惊怯。但男生上车前分明往她这边看了一眼，只一眼，说不出是无意还是什么。

两人对视的刹那，男生的眼神是漠然而清晰的。他很狼狈，但他好像又无所谓，仿佛挨打是天经地义的，他没有抗拒，没有痛苦，像呼吸那样天经地义。

那个夏天，后来，江渡时常想起那双眼睛。

江渡最好的朋友王京京会在她爸妈出差的时候过来跟江渡一起睡。王京京趴在江渡耳朵那儿，呼出热热的气，说："我妈给我买了胸罩，你知道吗？我不穿小背心了，就是大人穿的那种。你有胸罩没？"

江渡的脸在黑暗里烫起来，她被王京京抓着手，小心地、试探地覆在一片柔软之上，她心口突突直跳。

王京京又说："我妈说了，女生发育到一定程度就该穿了，你摸摸，是吧？我不是你，'太平公主'江渡。"

说着说着，她捂嘴，又是偷笑又是嘲笑，江渡的脸更红了。

"我也摸摸你的，好吧？"王京京跟江渡商量，说完，就偷偷摸了她一把，然后哎呀一声，捂着嘴，眼睛瞪得老大，"你啥时候也发育了啊？"

江渡拉来外婆在乡下做的蚕丝被遮住嘴巴，声音飖飖的："我也不知道。"

王京京就一直笑，因为怕引起隔壁大人的注意，所以声音压得很低，像喘不动气的小母鸡。

王京京很厉害，泼辣得要命，天天把班里那群男生训得大气不敢出一声，尤其是她的同桌——一个叫谭凯的男生。她揪着人家的耳朵让人家借数学作业给她抄，真是蛮横无理。就这样，王京京上蹿下跳三年，中考居然也能超常发挥，和江渡一起考上最好的梅中。谭凯都没她考得好。真是奇怪，她天天抄人家作业，却比人家考得还好！

世界上有些事就是这么不讲道理。

比如，王京京初一时就开始用卫生巾了，江渡生日比她大几天，马上要读高中了，居然还没用过卫生巾这种东西。

不过，谢天谢地，在和王京京嘀嘀咕咕地一起睡了几夜后，江渡在开学前的某个早晨发现床单上有一片红迹。

王京京立刻给她科普，带她挑卫生巾，并且教她怎么使用，还叮嘱她别受凉、别吃雪糕……婆婆妈妈的，像个老妈子。

卫生间里是淡淡的初潮气味，以及少女泛滥的无名忧伤，有点难为情，像纹理细腻的玉石在掌心被辗转摩挲。

这个时候，本市开始下雨，一直下。外婆看着纸篓，问江渡是不是来初潮了，江渡莫名羞愧。窗外雨滴落在枝叶上，日子像一面生满绿锈的铜镜，潮气氤氲，和夏日前半段的骄阳成极致的反差。

江渡努力清洗着内裤上不小心沾染的血迹。她容易害羞，白色纯棉内裤上洗不干净的淡痕，就是此刻害羞的形状。

这个夏末，少女江渡真正开启了漫长而混沌的青春期。

第一章 见少年

窗外初秋的晚风流动，好像在开口叹息。

梅中的开学季，总是很热闹。

学校大门口扯着欢迎新同学的横幅，换下了已经宣传一暑假的高考状元横幅。

但光荣栏前人头攒动，挤满了新生家长。一个个中年人的眼睛里闪着难得的光芒，指着玻璃窗后的一个个名字："清华啊……北大啊……复旦啊……"家长们交口称赞，仿佛那是自家孩子三年后能触及的美好未来。

江渡外公也围在那儿看。他身板硬朗，穿得干干净净，保持着一个退休老工人的体面。他被人挤着，但依旧往前伸着脖子，极力想看清光荣榜上的学子们。

"老头子，别老挤在这儿，看看孩子分在哪个班才是正经事儿。"江渡外婆开始拉扯老伴。

高一没有重点班，全是普通班，按入学成绩依次排名，排到头了，再从新的一班往后顺。

"宝宝，看到自己在哪个班了吗？"外婆在人群里找到江渡，江渡正和王京京紧紧挨在一起，在那儿找自己的名字。

王京京忽然尖叫一声，然后猛地晃起江渡的手臂："二班！老天爷一定是听到了我的祈祷，我跟你都在二班！这也太哇塞了吧！"

江渡弱不禁风，被她扯得站立不稳。

外婆闻言，一脸惊喜："京京跟我们宝宝一个班啊？"

接下来，就是找宿舍。王京京跑得贼快，嘴里喊着一定要抢个好位置。

高一女生宿舍楼在去食堂的路上。阳台上飘满学姐们五颜六色的衣服。王京京往宿舍里冲时，她妈妈和江渡祖孙在后面不紧不慢地跟着。

靠门的位置最不好，人进进出出的，噪声大，冬天还冷。王京京抢到靠近阳台的上下铺，把书包往上一甩，又一屁股坐在下铺，对着很快进来的其他家长笑眯眯地说：“阿姨，这个上下铺有人了哦。”

王京京很“鸡贼”。女生宿舍对面就是男生宿舍。她听说，男生宿舍有人会在熄灯后冲女生宿舍吹口哨，还有装腔作势弹吉他的、吼一嗓子情诗的……总之，梅中的八卦让人心神荡漾，她非常希望尽快享受全新的高中生活。

江渡得到了一个下铺。

开学第一天，混乱中夹杂着兴奋，一张张青春逼人的脸上写满了对未来的向往。宿舍是八人间，女生们在家长的撺掇下，大都矜持地简单介绍了下自己。

“这小姑娘皮肤真白，真漂亮。”有人夸起江渡。

宿舍里依旧飘着一股雨后的土腥气，没了倾盆时刻的澎湃，但萦绕在鼻，让人觉得到处都是潮潮的。

有人夸赞江渡，江渡就只是抿唇，无声地笑笑。

这个季节，蚊子很毒，妈妈们各自帮女儿挂好蚊帐、铺好被褥，还不忘笑吟吟地交代：“好好跟同学相处，别闹矛盾啊！大家都是高中生了，长大了。”

外婆攥着江渡的手不断摩挲，柔声嘱咐着各种琐事，江渡一直不断地轻轻点头。

“军训的事，一定记得跟老师说，不能逞强，知道吗？”外婆拍拍她的手，还是不太放心的样子。

江渡说：“我知道，不会忘的。”

“那就好，那就好。”外婆喃喃了两句。

中午，两家人本来要在校门口的小餐馆吃饭，无奈餐馆里的人太多，王京京的妈妈便开车带着几人到远一点的地方吃饭，之后又把两个孩子送回学校。到此，基本上就没家长什么事了。

等大人一走，王京京就雀跃欢呼，拉着江渡在学校里东溜西逛，把环境熟悉了个遍。

晚自习时，教室里陆陆续续进来一个个陌生的身影。

有人幸运地依旧和原先的初中同学同班，兴奋不已。有人则是从下面的县城考进来，谁也不认识，正在试图搭讪。王京京扫视了一圈，确定，除了江渡，谁也不是她的熟人，便悻悻地坐下，但又不死心地继续趴在桌上偷摸地往后扫视，看看班里有没有帅哥。

江渡听女生们在聊暑假期间看的电视剧，嬉笑声不断，班里闹哄哄的，也不知道班主任在哪里，大家的话都很多，正在尽情释放热情。

座位是随便坐的。王京京更喜欢跟男生一起玩儿，因此，她进了教室就坐到后面。后面几乎清一色是男生。江渡垂着目光过来时，男生们非常明显地嘘了一声。

江渡也不说话，只是翻书。坐在她后面的男生轻轻戳她的背，她只是侧过半边身子，这一下，男生瞧清楚了她的长相。

“嘿，你叫什么名字？我叫林海洋。”男生大大方方地做自我介绍。

王京京早转过身来，扑哧一声乐了，一脸看八卦的表情。

江渡脸微红：“我叫江渡。”

“你名字很特别啊，”林海洋打开了话匣子，“是三点水的渡吗？那真巧，我的名字也都带三点水。”

王京京在旁边听得直撇嘴：“林同学，你可真能扯，三点水的近乎都不放过，你五行缺水啊？”

林海洋接话接得倒认真：“怎么，同学，你也缺水？”

“我不缺水，我妈说我缺心眼儿。”王京京毫不顾忌地拿自己开涮。果然，后面的男生们听到这句，哄的一声笑了，她就这么着，很快跟人家聊得热火朝天。最后，王京京索性整个身子转向后边，她跟谁都是自来熟。

江渡一直都是那种很腼腆的女孩子，她不爱说话，永远无法做到像王京京那样游刃有余地和同学们打成一片，她喜欢暗中默默观察着大家，但双标的是，她不希望别人关注自己。

教室里依旧乱糟糟的，江渡心里却很寂静。

她看王京京跟男生们聊得忘我，就没打扰她。她的抽屉里放着一个买衣服送的塑料包装袋。奇怪的是，到了中学，大家都不爱背书包了，只喜欢拎一个塑料袋子，装些零散的学习用品。再过段时间，有人连塑料包装袋都用不到了。

江渡摸出一小包面巾纸，抽出一张，放到牛仔裙的口袋里。

走廊里一个人也没有。

教学楼灯火通明，白亮亮的光下坐满了叽叽喳喳的高一新生。每间教室都是如此，热闹而无序。

江渡没有王京京的习惯——路过别的班时，总要大胆地往里面乱瞄一气。她刚走到拐角，准备下楼的那一刹，差点和一个身影撞了满怀。不是她的错，她走路并不急，是那人两个台阶两个台阶地大步迈上来，正好和她顶上。

江渡往后退了两步。

两人几乎是不约而同地说出“不好意思”四个字，江渡下意识抬头，瞳孔微微一震，但男生根本没有看她，只是匆匆道歉，错身而过。

是他！脸上没有血，整个人干干净净的。

江渡忍不住缓缓回头，下巴抵在肩头，小心翼翼地去看那个身影到底要往哪里去。

但不知道是三班的后门还是四班的前门忽然闪出一个身影，江渡一僵，连忙把视线收回。慌乱中，她心虚地蹲下来，假装系鞋带，突如其来的变化让她满脸涨得通红。

等那人走过，她快速瞥过去一眼，才发现那个男生已经没了踪影。

他是梅中的吗？高一？跟上次看起来完全不同了呢……上次以为他是个小混混儿，成绩很差，读职高，整天无所事事，谈恋爱，抽烟，打架……江渡和同龄人一样，对职高的学生有一种刻板印象。

虽然再次见到他，他看起来不像小混混儿了，可也不像什么好孩子。江渡满脑子乱七八糟的想法，她拧开水龙头，轻轻掬起一捧凉水，往脸上扑打。

江渡对他很好奇，这也是她第一次对别人感到好奇。这种好奇是非常细微的感觉，像薄薄的一层云雾，弥漫心田，但又没有强烈到会干扰正常生活。

回到教室后，江渡不由自主地往后排男生那里瞄了一眼，非常快，然后若无其事地收回视线。

“江渡，是不是在看我？”林海洋从她进来就一直盯着她，忽然大刺刺地开玩笑。江渡蓦地窘迫。她摇摇头，敛着裙摆刚坐下，教室里就进来一个男人，大家瞬间安静下来。

是班主任，姓许，微胖，看起来比较老相，然而他说自己才大学毕业两年。许老师很幽默："我今年二十五，可能大家看着我像四十的，其实我是年轻人。没办法，我这个人长得一步到位，但我这种显老的长相最大的好处就是，我到四十还这个样子，信不信？等老师四十的时候，你们回来看看是不是这么一回事儿。"

教室里好一阵乱笑，江渡也忍不住扯了扯嘴角。她在心里算了下，老师四十岁时，也就是十五年后，那时她就三十岁了。三十岁……可真够老的啊，"三十"这个数字对于少女而言，遥远且苍老。

"真不知道自己三十岁时会是什么样子，"江渡心想，"我不要像邻居李阿姨那样烫花头，也不要穿那种包臀裙，我还是要穿球鞋和牛仔裙。"

接下来是每个同学一分钟的自我介绍。江渡上去时，大家又哄了一声，她皮肤雪白，眉毛却乌黑，同学们立刻直观地感受到了什么叫眉眼如画。

她很害羞，眼珠亮晶晶的，睫毛忽闪，目光不知道往哪里安放，只好全程盯着王京京。

许老师在旁边拿着花名册，那上面缀有学生的中考成绩，等江渡用两句话介绍完自己时，许老师喊住她："江渡，你能先担任语文课代表吗？我看你这科分最高。"

"许老师，江渡初中三年都是语文课代表，她作文得过奖，选她！"王京京在底下替她摇旗呐喊。这一下，江渡耳根都烧了起来，她匆忙答应老师，回到座位上，轻轻打了下王京京。

这个晚上，许老师先简单地搭了个草台班子，选出各科课代表，然后让男生们去领书。男生们熟起来很快，有说有笑，一齐走出了教室。

开学军训是传统，正式开始军训前，高一新生穿着不怎么合身的绿色军训服黑压压地往操场上一站，阳光开始烫脸。

大家纷纷埋怨为什么不是这周下雨。小阵骚动后，大家又在班主任扫过来的目光下重新安静下来。

台上领导们按次序讲话，每个人都以“下面我来说两句”开头，然而大人们的“两句”，大家都清楚，最起码二十分钟起步。

等到所谓的新生代表上台发言，底下的学生已经很不耐烦了。

毕竟，新生开学典礼进行两个多小时了，主席台不是露天的，但同学们在底下直晒，已经有体弱的女生晕倒，被送去医务室。

“唉，这个代表不知道要讲多久，说好的一个小时就能结束呢？”

“晒死了，能不能快点啊？好烦听这种千篇一律的‘尊敬的领导’‘敬爱的老师’。”

“大家好，在这个秋风送爽的金秋九月，我很荣幸能被选为新生代表……”有男生油嘴滑舌地接起话茬儿，气氛一变，大家又忍不住偷偷笑起来。但大家很快就不笑了，精神稍稍振奋。

“是魏清越欸，真的是他！”

“那个那个，第一名就是他。”

“好帅呀！他是在一班吧？我们隔壁！”

江渡在微微眩晕中咬牙，抬眸。台上的男生叫魏清越，整个高一没有不认识这个名字的，原因很简单，他入学成绩是第一名，分在高一一班。她吃惊地看着台上的男生。原来，他不是小混混儿，而是中考全市第一名，她早就知道他的名字。

江渡擦了擦流到脖子里的汗。

魏清越上台后，先对台上领导鞠了一躬，然后走到话筒前，把班主任事先审核过的稿子往兜里一塞，眉眼平静：“同学们好，大家已经站了两个多小时，我长话短说。很高兴我们此刻站在梅中，离最初的梦想又近了一步，希望我们都一样，在这里能够学习好、生活好，一如既往，不负青春。谢谢，我的发言完毕，耽误大家时间了。”

魏清越说完，稍稍一鞠躬，转身下台。

整个操场寂静了一刹。

所有人都没想到，魏清越作为新生代表，压根儿没用事先准备的发言稿，来了个一分钟的临场发挥。结果，留下面面相觑的领导老师，还有懵然的同学们。

不知谁带头喊了句“好”，紧跟着，是山呼海啸般的掌声，江渡就是在这样的掌声中身子一软，晕了过去。

这注定是一场难忘的开学典礼，梅中新生第一名特立独行的发言、灼热的秋阳、躁动的情绪、晕倒的女生，构成了这届学子梅中生涯的第一幅画面。

那天，晕倒的不止江渡一个，大家站了快三小时，据说，十二班一个男生直直地栽倒了，这种事，在老师嘴里无非印证着“现在的孩子身体素质差”云云。但敢绕开老师，抛弃准备好的发言稿，自作主张，临时改词，却独魏清越一份。这下，没有人不认识他。至于他有没有挨老师的批评，无人知晓。不过，按照高中生的逻辑，对于优等生来说，犯点无伤大雅的小错，老师根本不会追究。更何况，在梅中高一新生眼里，魏清越突然变成了一个特别个性的符号。这个年纪的学生都想彰显自己的独一无二，而有人做出了大家不敢做的事，那他就是偶像。更何况，魏清越自带学霸光环。

天气预报说，这一周都是晴朗的好天气，别说雨，连一丝云彩都没有。

烈日当头，蝉鸣依旧，大家晒到脸上淌油，刘海儿都一缕一缕的，每天都得洗头。教官很严厉，喜欢搞偷袭，突然从后头踢你腿窝，就看你是不是真的绷直了腿。不幸的是，他踢十个，得有九个腿跟着软一下，几乎站不稳。被踢的人先是一惊，转而心里偷骂教官。

每个人的脸都晒得黑红黑红的，偌大的操场上，如果哪个班已经开始在树荫下休息了，肯定被羡慕到眼红。

江渡一个人穿着军训服坐在边上，她出于身体原因，不能参加军训，但坚持留在操场上，不到解散不走。

“我去！热死了！我真怕猝死。”王京京在休息时跑到江渡身边坐下，屁股刚着地，林海洋就抱着几瓶水过来了。他先给江渡一瓶，又给王京京一瓶。

“这么大方啊？”王京京把瓶盖一拧，直往嘴里灌水。

“借花献佛，举手之劳。”林海洋下巴一抬，示意两人往南边看。那边一个皮肤略黑、嘴微凸但眼睛很漂亮的女生在给大家发水。

是张晓蔷。

王京京记得，做自我介绍时，这个名字一报出来，大家就都笑了。

张晓蔷个子不高，牙齿特别白，她看大家笑，不慌不忙也不恼，在黑板上写了三个漂亮的粉笔字，告诉大家："我是蔷薇的蔷，请大家不要误会。"

她是二班的第一名，入学成绩仅次于魏清越，她这么一写，再配上她自信明亮的笑容，大家立刻觉得自己没文化。

小许老师已经安排她做学习委员。

但此刻的张晓蔷俨然是班长的姿态，有条不紊地照顾着同学们。

王京京啧啧两声："水是她自费买的吗？"

"是啊，张晓蔷大方，我们室友认识她。她家里条件不错，爸爸是当官的，妈妈是大学老师，都是有头有脸的人物。"就没有林海洋不知道的事，老鼠洞的内幕，他都能摸得门儿清，说起八卦来，一脸快活。

王京京非常鄙视这种调调，她又撇嘴："你一个男生，真够八卦的，还势利眼。我说，你们男生还喜欢背后议论女生的家庭条件啊？关你们屁事啊！你们都想巴结人家张晓蔷是不是？"

"咦，好端端的，骂人干吗？张晓蔷就是条件好，你嫉妒是不是？"

两人开始你一言我一语地斗嘴，王京京把林海洋骂了个狗血喷头，他不气，还笑，王京京更觉得气血翻涌，骂林海洋是个小贱贱。

只是刚认识两天的新同学而已，两人的友谊通过骂战突飞猛进。

江渡一直安安静静地笑，她挪了点位置，怕王京京追打林海洋时被殃及。

"江渡，感觉怎么样？你还行吧？"张晓蔷走过来，语气关切，这是小许老师给她的任务。

江渡不想被特殊对待，本来在开学典礼上晕倒就够难为情的，班里已经有人偷偷喊她"林黛玉"，这个称呼让她不太开心，好像身体素质差些就容易被人喊为"林黛玉"，要是这样说，"林黛玉"三个字也太廉价了。

她把屁股下的报纸抽出，垫在旁边："张晓蔷，你要坐会儿吗？我没事。"

张晓蔷微微一笑，又塞给她一瓶水："你要是不舒服，一定要及时说，别见外。"张晓蔷有种成熟的活泼，这种感觉，不好拿捏，因为很难在一个高中生身上这么和谐地兼容。

江渡还想说点什么时，忽然呼吸一滞，一个不算陌生的身影朝这边走来。男生把帽子摘了，拿在手里，有一下没一下地扣着腿。

不远处，是一双双张望的眼。

“你买的水？”魏清越在跟张晓蔷说话。他神色淡淡的，一开口，那微微皱眉的样子总让人觉得他不太好惹：“我拿一瓶？”

不是在跟她说话。江渡敛着眼，目光颤巍巍地往下溜，她攥紧手里的瓶子，一动不动，像被什么震住了，只管盯着脚边的沙土。

她不知道自己为什么心跳得很快，有点慌，可耳朵格外灵敏，她听出张晓蔷的声音里带着笑意。

“拿啊，跟我客气什么？多拿几瓶。”

“谢了。”魏清越比了个手势，目光一垂，漫不经心地瞥了瞥江渡，再抬眸，对上了王京京那双跃跃欲试的眼。很显然，她正在激动地酝酿怎么跟他搭讪。

花痴。魏清越有点反感地收回目光，转身走开。

“啊，你跟魏清越认识呀？”王京京问张晓蔷。

张晓蔷一脸云淡风轻：“认识，原来的初中同学，有时候我考第一，有时候他考第一，很不幸，中考没干过他。”

她身为优等生的优越感不经意间流露出来，听得王京京只能望洋兴叹：“你们都好厉害啊！”

没来得及多打听魏清越，哨声一响，王京京只好拍拍江渡：“烦死了！又开始了，我走了哈！”

江渡只觉得胸口还跳得难受，等人走远，她觉得身处之地安全，这才悄悄把目光放远，在一模一样的绿色人海中找那个高高的身影。

隔着这么远，没有人知道她在寻找谁。

但她很逊，隔着这么远，还真就找不到那个身影了，一班个头高的男生不止魏清越一个。

说不清是胃还是肚子一阵阵不舒服，感觉越来越明显，江渡抓起帽子，起身往厕所方向走去。

真是糟糕，初潮来后极其不规律，这才十天，就又来了。江渡手忙脚乱地从厕所里跑出来，连手都没洗。

一道身影堵住了她的去路。

“我们见过吧？”魏清越的声音非常清晰地响起。江渡怔住了。

校园里很安静，所有人都在操场上军训，日光从枝叶间漏下，印在男生脸上，她连他皮肤上的纹理都能看得一清二楚。

江渡觉得嘴都僵了，机械地点了下头。

“别多嘴。”魏清越就说了这三个字。

这话听起来很难听，江渡不禁攥了下长裤，一脸难堪：“什么？”白到几乎透明的脸一下变得通红。

她是真没听懂这句威胁。

“同学，我们暑假在派出所里见过，你当什么都没看见，你要是不蠢的话，该听得懂我说了什么。”魏清越一开口便自带戾气，完全跟江渡认知中第一名的形象截然相反，甚至和那个在主席台上讲话的少年相去甚远。

她喉咙发堵，有点局促地低头，说：“我没多嘴传过你的事，我都不认识你。”

江渡觉得魏清越可能会揍她。

她其实很胆小，怕惹事，当然，也怕挨揍。

暑假那次意外，她自己都不知道当时是哪里来的勇气。

“不认识？”魏清越不易察觉地笑了一声，他的自负里带着一股早熟的毒辣，“你知道我的名字。”

江渡无法否认，只好轻轻地点了下头。

魏清越哪里像第一名，他这做派，活像不好好学习、专门打架斗殴而常被请家长的校霸。

其实，细究男生的长相，他有种初露端倪的英俊，带点书卷气，但整个人举手投足间又是紧绷、尖锐的。

那双眼睛——夏天里偶尔记起的那双眼睛，就这么不带善意地盯着她，江渡一紧张，就想假装系鞋带。

她鬼使神差地蹲下去，嘴里含糊地说：“你放心吧，我不爱讲别人的事。”心几乎要缩成一枚小小的杏核了。

他的身影投在自己鞋子上，江渡的手指时而在他的阴影之下，时而又伸到阳光下，明一阵，暗一阵，她猛然站起来时，眼前却真真实实地黑了一阵。

她几乎是本能地抓住了魏清越的手臂。

魏清越条件反射般扶稳她，语气森冷："怎么，你这是干什么？我又没怎么着你。"

江渡花了几秒钟时间，才让视线一点点清晰起来。她脸色不是很好，目光孱弱，有点呆滞地看了看魏清越。

对方眉头紧锁："你有病？"

这话怎么听都像骂人的话。

江渡很想解释她不太舒服，又来月经了，不过这话肯定是不能说出口的，但现在不是该不该说的问题，而是她胃里忽然往上蹿一股气流，直冲咽喉。

下一秒，她就吐到了魏清越身上。

江渡的脑袋轰的一声炸开，这回，她觉得魏清越铁定要揍人了。

果然，魏清越的脸色变得很难看，他冷着脸，直接把外套脱下来，露出里面的白色短袖。

"同学，麻烦洗干净还我。"

他把酸烘烘的衣服塞到江渡怀里，江渡几乎要哭了，她连魏清越的眼睛都不敢看，窘迫至极，大脑全靠惯性指挥嘴巴："真对不起啊，我也不知道——"

"道歉没用，你记得把我的衣服洗了。"魏清越对虚头巴脑的口头致歉毫无兴致，他看了她两眼，手一指，"医务室在那个方向。"完全没有要送她过去的意思。他说完，就往校外大操场的方向走去。

鸣蝉阵阵，吵得人耳朵都要聋了。江渡抱着被弄脏的衣服，站在原地僵了片刻。

也就几分钟，张晓蔷一路张望着走过来。

江渡看到她，更窘迫了，关键是她怀里还抱着一件男生的衣服，气味也不是那么令人愉快。在张晓蔷靠近时，江渡自动退了几步拉开距离。

有时候，别人的盛情难却。江渡面对张晓蔷这种女生时格外被动，她不想解释自己的难堪，但又不得不解释一点点。

去医务室、买卫生巾以及被送回寝室，一系列动作下来，江渡说了很多次谢谢。张晓蔷很自然地摸了摸她柔顺的长发，笑吟吟的：“都是同班同学，你怎么老是这么客气？”

她那动作，跟和自己小妹妹说话一样。

本来，江渡是不喜欢别人坐自己床边的，她也绝不会随便坐人家的床，“己所不欲，勿施于人”这个道理，她还是懂的。

但张晓蔷顶着明晃晃的日头，为了她跑来跑去，脸晒得更红了。江渡在请她坐时，不动声色地撤掉了床沿的一条黄色旧浴巾。

刚来的那天，江渡把旧浴巾铺上去时，有点心虚地故意跟王京京说：“洗床单很麻烦，铺点东西就不用那么频繁地洗床单了。”旁边的室友都在各自整理内务，其实谁也没留意江渡在说什么。

但是，王京京跟她一点默契都没有，就那么缺心眼儿地一扬嗓门：“你是不是怕别人坐你床啊？”

江渡想死的心都有了，她红着脸，更加心虚地连连否认。

不过，歪打正着，有人竟然半真半假地就势说自己其实也不爱别人坐自己的床，夸江渡这个方法好，可以借鉴。

江渡羡慕别人可以这么轻易地把真实想法吐露出来，一点都不尴尬，而且借势借得自然，了无痕迹，这是她永远学不会的。

此刻，她怕张晓蔷想太多，毕竟，对方刚刚非常热心地帮过她。

张晓蔷仿佛压根儿没看到这一幕，她很自然地坐下，找了个话题：“哎，江渡，我看你中考时语文几乎满分啊，你语文成绩一直都很棒吧？有没有兴趣跟我一起做个小课题研究？”

江渡就读的初中，在市里属于中等水平，每一年统招加定向会向梅中输送七八十名学生。定向生是每个初中的指标，可以比统招生低二三十分。江渡轻微偏科，和王京京走的都是定向生，算是幸运。因此，在学霸云集的梅中，她没什么竞争力可言。

单单一门语文成绩优异，说明不了什么。

张晓蔷却是从市里最好的初中考进来的，她的语文成绩其实只比江渡少了两分而已。

两人聊了一会儿，张晓蔷思维非常敏捷，语速很快。不过，江渡清楚自己和头部初中优等生的差距。张晓蔷的语文成绩也很好，她的所有科目成绩都很好，和江渡这种只是擅长学语文、喜欢学语文而获得好成绩完全不是一回事。

“哎呀！你看我，光跟你聊天了，回头教官别以为我偷懒。我先走了，回头继续聊。”张晓蔷突然轻拍脑门，冲江渡一笑。

很快，寝室只剩江渡一个人，她歪在被子上打盹，忽然一个激灵，赶忙把那件脏外套用热水泡上，并且偷偷地把脸盆推到床底下。

不到半分钟，江渡又爬起来把脸盆拉了出来。

女生强撑着不适，到水房洗衣服。外套浸了水，挺重的，她长这么大也就洗过内衣、袜子之类，没搓几下，就累得直不起腰了。

不但如此，江渡牢记王京京关于经期的嘱咐，每漂洗一次，就加一点热水，半个小时下来，她脸色惨白，一头的虚汗。

最终，江渡像贼一样，把这件衣服晾在寝室楼附近小花园里的忍冬丛上。

下午，江渡没有再去操场，而是等到四点钟，穿着短袖和一条军训裤子，假装洗的是自己上衣，强自镇定地把那件外套收起来，装进塑料包装袋，再放在忍冬丛下。

幸亏校园里没什么人，高二、高三都在上课，而高一在操场上军训，江渡长长地吁了口气。

可怎么还给魏清越是个难题。

江渡一点都不想被人议论，她知道，如果在大庭广众之下把那件外套还给魏清越，那么大家一定会传点什么。这种事情，她初中时就有所了解，同学们最爱起哄，最爱传所谓的绯闻，比如谁喜欢谁、谁偷偷谈恋爱了。她没让王京京知道这件事，因为王京京是个行走的大喇叭。

军训期间不正式上课，但有晚自习。

很多人在暑假时就已经开始学高中的课程，江渡也不例外。她发现了一个很严重的问题，就是高中的数学好像猛地一下特别难，完全跟初中两样，简直是天外飞仙。

梅中就是梅中，学生也就放纵了新生报到当天一个晚上，军训开始后，大家便都呈现出头部高中学生的自觉性，晚自习课上，没有老师在场，也是一片安静。

晚风顺着窗口，轻轻地吹，江渡时不时从茫然无解的数学题中抬眸，她的座位靠窗，可以从走廊大开的窗口那儿看到墨蓝的天色，还有黑黢黢的树影。

而身边的王京京一边偷吃零食，一边用油油的手指翻着一本少女杂志，她一点都不慌，打定主意军训结束后再好好学习。

这时，窗外有个身影走过，江渡愣了愣，一眼就认出那是魏清越。

她快速从抽屉里拿出卫生巾，让王京京起开，同桌一脸的了然，往前一倾，紧贴课桌，江渡蹭着王京京的后背出来了。

本来想张口喊人，可江渡实在怕从三班或者四班突然走出个人，江渡只好快步跟上。魏清越的身材很高，腿很长，走起路来很快，如果江渡没有判断错，他应该是往厕所方向去。

“哎！”江渡在走出教学楼时，突然喊他，喊完有点难堪，又莫名有些开心。

但魏清越根本没回头，仿佛聋了一样。

“魏清越。”江渡只好叫出那个名字，声音很轻，像是怕惊动别人。

魏清越止步，转身。

他站在灯火辉煌的教学楼外，周身光线偏暗，像是启动了某个令人目眩神迷的小机关。

江渡抱着本书在胸前，她太害羞了，以至于手里必须要有点什么东西来做个倚靠，尽管这样，书本上还是沾住了一声又一声急剧的心跳。

魏清越比她坦荡、淡然多了，从始至终，他都没有因为被她看见过自己最难堪的一幕而感到尴尬或者不自然。

“给你。”江渡觉得呼吸都跟着静止了。她靠近他时，把准备好的字条一同递给他，脑子里说的是：“快点接吧，快点接吧，千万不要让别人看见。”

魏清越先是皱眉，随即见怪不怪地一笑，他根本没动，反手一推：“你需要还我洗干净的衣服，不是表白的小字条。”

江渡一愣，僵硬地看着他，脑子里轰轰直响：“不是的，我没跟你表白。”

魏清越瞥她一眼，“哦”了一声，脸不红，心不跳，他并不觉得自己自恋，也没有因为自己的误会而感觉到哪怕是一点点的窘迫。

这一声“哦”，包含着习惯性的心不在焉，以及对他人的无限漠然。

所有的情绪，最终变作收拢更紧的手臂，江渡抱着书，面红耳赤地往厕所方向先走一步。

字条上的字迹俊秀，画着一幅看起来很糟糕、用力过猛的路线示意图。

魏清越突然就笑了，笑容里有薄薄的嘲弄，潦草扫过字条，然后上前两步，弯腰捡起她书本中掉落的东西——粉红色包装的卫生巾。

他观察了几秒，等明白过来是什么东西，脸上才呈现出一种难以形容的表情。

魏清越随手将卫生巾放到走廊窗台上，他觉得，如果她不傻，一定会回来找的。

他去了女生宿舍楼，在那儿附近准确无误地从忍冬丛下找到了一个袋子，里面的衣服叠得整齐，打开的瞬间，飘出浓郁的洗衣粉味。

等回到宿舍，魏清越才发现衣服上清晰的洗衣粉印子——没漂洗干净，一道道的白，看起来很像汗渍风干的样子。

他又笑了，然后自己拿着盆，到水房稀里哗啦漂了几遍。

军训也就一周的事情，不长，但这个秋天不太妙，不知道从哪一位开始，得了红眼病，病菌传染得非常快，等到军训第四天，班里已经有二十个同学得红眼病了。

小许老师跟大家强调注意事项，大家最期盼的“军训不要训了”却没影儿，只好在那儿互相扒眼皮上眼药水。

江渡没得，王京京也没得，但她们前面的女生得了，让人忐忑。

“课代表，”坐在前面的陈慧明转头对江渡笑嘻嘻的，她不喊名字，老喊江渡“课代表”，她一边拿起江渡的笔袋，一边揉完自己眼睛再抹上去，“你抵抗力很奇怪啊，不能军训，却不得红眼病，我们都以为你身体很差，肯定会得呢！我要传染给你，这样大家就都一样了。”

陈慧明说得半真半假，一直笑，一副只是恶作剧的模样。江渡心里很急，但不好意思直说，只好僵硬地挤出一点干巴巴的笑意，眼睁睁地看着笔袋被陈慧明故意摸了个遍。

等到陈慧明摸完，心满意足地转过身去，江渡张了张嘴，最终什么也没说出来。新同学怎么这个样子呢？她只是暗暗失望了一会儿。

窗外初秋的晚风流动，好像在开口叹息。

江渡终于在陈慧明的努力下害了红眼病，眼屎很多，总想流眼泪。她被王京京按在床上滴眼药水。王京京不怕被传染，一天三次地给她滴，并且转头把陈慧明骂了一顿。王京京是来真的，说陈慧明个头不高、心眼儿怪多，说得陈慧明直哭。

“你哭个屁呀！你自己得红眼病就想着传染别人，损不损哪？！”王京京在那儿直翻白眼。

江渡小心地拽王京京的衣角，让她别吵了。

王京京一脸不屑，说：“陈慧明，你要是再敢搞事情，信不信我把你褥子扔到对面男生宿舍楼去？”

围观群众又哄的一声笑了。有男生起哄：“王京京，说到做到啊，一定得扔，不扔不是中国人。”

只有张晓蔷在认真调解。

班里乱哄哄的，声音特别大，吵到了隔壁一班，他们的代理班长过来，从后门敲了敲窗户，说：“嘿，小点声，你们不学习，有人要学习。”

虽然是平行班，但大家默认一班成绩最好，被他这么一提醒，后面的男生有点不服气：“现在又没上课，还不许人说话了？”

那个班长便流露出“你们二班就这素质”的表情，耸耸肩，撤了。

十五六岁的年纪，正是最叛逆的时候，被一班这么赤裸裸地鄙视，大家逆反心上来，反正还在军训，没上新课，男生们开始故意咣咣地敲桌子，大声唱军训的歌。

很快，一张大家都认识的脸出现在后窗。

“你们班真的很吵，麻烦注意下。”魏清越恰巧站在江渡所在的窗口，冷淡地发话。他那个微微不耐烦的样子，落在所有人眼里，带着莫名的压迫感。

教室里瞬间安静下来。

听到这个声音，江渡陡然生出一股密密麻麻的情绪，她形容不出来，只是心跳失去了控制。

她的鼻子里忽然涌出一股温暖的液体，缓缓而下。

江渡每到秋燥都容易淌鼻血。她熟悉这种感觉，只得仰头，胡乱地去摸抽屉里的纸。

魏清越看见的，是女生素白的一张脸上点缀着一串红。青春期就是这么莫测，这么诡异，他立刻想起那个粉红色的女孩子的私人用品。

江渡察觉到有目光落在脸上，是魏清越。乍然间，她脑袋轰鸣，只想快点逃离。她抓住一袋面巾纸，几乎是本能地冲出了教室。

走廊光洁，连一片纸屑都没有，血每滴落一次，就砸出一朵小小的红花。魏清越看着江渡从他眼前跑过。

第二章

见中秋

妈妈回家，她就必须走，否则，妈妈永远都不会回来。

这段小插曲很快过去，大家都知道，江渡是有人罩着的，就是她张牙舞爪的好朋友王京京。王京京战斗力爆棚，莫说同龄人，她小学三年级就能跟妇女骂架，最后成功把对方气哭。

大家都是奔着考大学去的，更关心学习，但学习之外，总需要点什么来调剂，比如看热闹。

今天这场热闹，陈慧明完全不是王京京的对手，她是典型的欺软怕硬，几个回合下来只剩下哭。大家对她们双方都不够了解，也谈不上对谁有偏见，只是觉得可惜——当看客不过瘾的可惜。

陈慧明哭哭啼啼的，不再跟她们说话。

军训结束的时候，江渡的红眼病逐渐好转。她在任何场所都很小心，而且相信所谓的对视几眼就会传染人的鬼话，所以她跟王京京说话时都盯着地面。

小许老师重新给大家按身高次序排了座位，两周平移一次。

周末的时候，江渡回了一次家。

她先冲了个澡。外婆做饭时，她在自己的卧室里写日记。日记是什么呢？是补白青春期寂寞的东西，记着日常里的琐碎，记着不一样的风景，或者，承载一些不为人知、隐蔽的念想。

江渡的作文很好，不是非常有文采的好，而是特别质朴的那种好，所谓大巧若拙，无论写什么，都给人一种大地般敦厚温柔之感。她的日记乍看比较像流水账，春风怎么吹、秋雾怎么弥漫、操场上的阳光如何晒得头皮滚烫、树林下的沙堆却是温的……还有，有个男生成绩特别好，眉毛黑黑的，个子高高的，衣服穿XL号，看人总是居高临下，不太好相处的样子。

“可是，他并没有要和我相处。”

每写一行，江渡就抬起头盯着窗外的桂花树发怔几秒，桂花香得发腻，她打了个激灵，继续埋头写。

吃饭的时候，外婆过来喊她，外公拎着小马扎儿也进了家门。

老两口都退休了。外婆热衷于拿着布口袋起早去菜市场转悠，外公则喜欢跟老头儿下棋。江渡一回来，外婆就会烧一桌子的菜，有荤有素，颜色搭配得鲜艳。

“眼睛好了吧，宝宝？”外婆边给江渡盛大骨头汤边问。

外公早把江渡从头到脚打量了个遍，说：“我看孩子差不多了。”

江渡属于报喜不报忧的性格，她说起军训趣事，学班主任说话的语气，学教官的严厉，把外婆逗得直笑。

只有江渡回来时，这个家才更有家的样子，热热闹闹，有说有笑，连陈旧的家具都跟着焕然一新。

饭吃得差不多了，外婆下意识往桌子上的日历瞄了一眼。江渡知道这意味着什么，中秋节是哪天，她早留意过了。那个人，一年回来两次——中秋和除夕，合家团圆的日子，也是江渡必须待在表姨家的日子。

江渡很多年没和外公外婆一起过中秋了。

显然，今年也不例外。

两个老人默默对视一眼，外婆满脸愧疚地开口：“宝宝，今年中秋还跟以前一样，行吧？”

有什么行不行的呢？江渡照例黯然了瞬间，她笑笑：“行，学校放假，我约王京京去书店。”

外婆欲言又止，眼睛里的情绪万般复杂，根本无法用言辞形容。

江渡只知道那个人是妈妈，妈妈回家，她就必须走，否则，妈妈永远都不会回来。

有一年，她实在是好奇，也实在是渴望，她觉得妈妈应该会喜欢她，她从不闯祸，爱学习，爱劳动，像只温驯的小羊羔。王京京跟人骂架，打男生，被人找上家门，她妈妈都偏向她。江渡觉得妈妈要是多了解了解她，一定会喜欢她。她就在这种心理下，又偷偷回来，还没瞧清楚什么就被外婆发现了，外婆大惊失色，把她往表姨家的方向赶。

江渡觉得太委屈了，忍着泪频频回头，但只能看见外婆不断起落的手势——快走。她哭了一路，到表姨家门口时把眼泪擦干净才进去。

就算是这样，江渡也没问过大人，包括表姨一家，这到底是怎么回事。她觉得，如果一件事，别人想说，不用问就会告诉你，如果不想说，问了也不会说，何必为难别人呢？这个别人如果是家人，就更不能为难了。

像是补偿，外婆又照例多给她零花钱。江渡不爱乱花钱，但这次她准备花掉。梅中竞争残酷，江渡进校时是中等水平，没什么存在感。老师们眼里只有两件事——清北（清华大学、北京大学）和一本录取率。江渡非常担心自己最终只能读一个普通的大学。她没什么好方法，搞题海战术多做卷子好像是唯一的出路，反正她不怕吃苦。

但梅中一本的达线率非常高，除非平日成绩排名是倒数，江渡每每焦虑时想到这一点又会轻松点。

外婆收拾碗筷时，她听见两个老人在厨房悄声说着什么，她没凑上去听，只是默默回到卧室，打开日记本。弯弯的月亮就在窗户外面，清透透的，有点像苍白的人面。

江渡觉得日记应该收个尾，但最终，只写了个“他”，光秃秃的，连名字都没有。

一字一段，一个句号。

军训完了最讨厌的就是写心得，这种感觉完全跟小学春游回来写感想一样令人心塞。作文本还没发，大家甚至吝啬交日记本上去，唯恐语文老师直接给当垃圾卖了，得不偿失，索性从本子上撕下一张纸，开始千篇一律地鬼扯。

因此，江渡收上来的一沓纸大小参差不齐，挺寒碜。她按大小次序整理好。王京京一边抱怨，一边帮她，说江渡这个人就是喜欢做这种默默无闻又麻烦得要死的好事。

“我是语文课代表，有义务把同学们的作业收拾整齐再交给老师。”江渡微笑时会露出一排细细的小米牙，眼睛也弯弯的。

王京京一副老到的口吻：“我怀疑，语文老师压根儿不看，就是个形式主义的任务，你这是多此一举。”

江渡轻声说：“我做我该做的，不觉得多此一举。”

“死脑筋。”王京京嬉皮笑脸地点了下她的额头。

送作文时，江渡照例从一班门口路过。走廊上，魏清越正在给张晓蔷讲题，他一只手插进裤兜，另一只手在张晓蔷的资料上指点。他这个人做什么都显得很随性。江渡看见他时，心里跟着微微一抖，说不出是高兴还是紧张。

“三分归元气”。江渡不知道怎么就往《风云雄霸天下》上想去了，那是她跟王京京童年时的最爱。

魏清越就很像步惊云给人的感觉……江渡在短短的几秒里，脑子里已经演完了一部可歌可泣的电视剧。

谁都没看见她，可她脸红了，余光小心翼翼地快速瞥了一下那两个标准的优等生，像怀揣着什么见不得人的秘密。

人一走神，就容易出糗，江渡全部的注意力都在走廊边上那两个人身上，结果被从后门跑出来的一个男生撞了一下，作文纸跟着散落一地。

“对不起，真对不起啊！”伴随着男生的道歉，张晓蔷循声看过来，她把资料一夹，跑过来帮江渡捡作文纸。

江渡觉得整个人都要烧起来了，手忙脚乱地一阵忙活，身体僵硬，四肢都跟着不协调，好像她全身都在某人无所不在的目光包围之下。然而，事实是魏清越只淡淡地瞥过来一眼，他认出了江渡，并没什么兴趣，他扭过头，看向窗外。

秋风乍起，吹得枝头半黄不绿的叶子摇摇欲坠。

魏清越出神了片刻。

他留了一个背影给已经望过来的江渡，他和她，连一眼对视都没有，他也没有帮忙。

显然，魏清越做事相当自我，开学典礼上那样发言并不是因为他多热心，体谅同学们被太阳晒，纯粹是觉得校领导讲话无聊。他也深知老师随后的批评并不会太严重，无他，他是这个学校成绩最好的学生，只要不是做太离谱、违反纪律的事，没人会真的追究他。他纯粹时很纯粹，但又很懂世故。

江渡眼睛微酸，小声地跟张晓蔷说“谢谢”，随后沉默地收回目光，几乎是小跑着下了楼。

风很大，瞬间把她的头发吹乱，却吹不走那股深深的怅然。

她在他隔壁教室，与他没有什么交集。

江渡忽然很希望能再吐他一身，这样的话，她可以再还一次衣服。但这样也不太好。少女紧紧地抱住作文纸，仿佛抱住了青春期所有的心事。

回来的路上，走廊无人，江渡怔怔地看了眼魏清越站过的位置，什么都没有，她的心也跟着空空的。

座位上，王京京两眼亮得跟灯泡似的，闪闪发光。她不等江渡坐下，迫不及待把她拽过来，认真地说："魏清越对我笑了。一班魏清越，你知道吧？他喜欢我。"

王京京就是这么自信。

江渡觉得心跳都跟着停了一秒，她强作镇定，巨大的心跳声几乎把她的声线都顶得和平时不一样。但她还是努力表现得若无其事，佯装回想，说："开学典礼那个发言的吗？"

"对，我刚去厕所，你猜怎么着？魏清越正好从男厕所出来，问我借纸，说里面有个同学忘记带纸了。"王京京忽然夸张地捂着脸，摇头晃脑，"哎呀！好害羞！你说，男生在厕所门口跟你借纸，多不好意思。但魏清越好帅哦！他借纸都那么帅。我脑袋嗡嗡的，当然借给他了。然后，"她把江渡的胳膊猛地一掐，眼睛瞪得老大，"他就对我笑了。哇！魏清越笑起来真是直戳我的小心脏，我不行了，江渡，快，速效救心丸！"

王京京表演得非常夸张。

江渡被她拽得乱晃，心神一闪："他没有对我笑过。"

可是，魏清越笑起来是什么样子？

江渡想着，微微垂下目光，脸却被王京京扳正。王京京笑嘻嘻地说："好同桌，我决定了，从今天开始追魏清越，他一定对我有感觉。"

有的女生总是很自信，比如张晓蔷，因为她有傲人的成绩，再比如王京京，她从小咋咋呼呼的，想做什么就做什么。江渡在乱如杂草的心跳中找到自己的声音："你……你怎么追他？"

王京京神秘地对江渡眨眼："江渡，你帮我写情书吧。你写好，我再抄一遍。这样，你不是存钱准备买中华书局那套《古典诗词名家》吗？一共三十一本，我送你十本，怎么样？够朋友吧？”

魏清越住在一栋很大的别墅里。

门口站着一脸严肃的保安，闲人勿进。这个小区的入住率比较低，一是因为位置稍微偏远，二是因为价格不菲。别墅区东边临河，有人喜欢在沿岸一坐就是半天地钓鱼，凌晨就坐地铁过来抢位置。结果，有一年，早起的钓鱼人士在河里发现了女尸，泡到变形，可把大家恶心坏了，前往钓鱼的人一下少了很多。

魏清越家那栋房子恰巧在东边，一推窗就能瞧见葳蕤的植被疯狂张扬着一丛丛绿，生命力旺盛到可怕。闹出女尸案时，人心惶惶。那年，魏清越上初一，一个人住别墅里，不知道什么叫害怕。

开学的第三周，要放中秋假。魏清越叫来钟点工阿姨打扫房间，他一个人过中秋。可魏振东打来电话，让他过去吃顿饭。魏清越面无表情地答应下来。

其实，那天还没到中秋，魏振东是提前叫了他。

到另外一个城区，打车要二十分钟。

后妈是个年轻漂亮的女人，二十八岁，已跟了魏振东十年，是魏振东第几个女人，魏清越不太清楚，但勉强算目前的归宿。毕竟，他们有个儿子，八岁，吃得滚圆，脾气极臭，成绩极差，三天两头被老师找家长，在私立小学上学，一年要几万块，钱砸得不少，只可惜是个蠢货。

魏清越实在不想对一个小朋友这么恶毒，但当门一开，那个小胖子趾高气扬地质问他来他家是要饭的吗时，强烈的羞耻感对一个骄傲的少年来说宛如刮骨。他简直想踢飞这个死小孩。

后妈有种很节省的热情，喊他“清越”，并轻描淡写地责备了小胖子两句。

“我什么都知道，你是来要钱的，你就是个要饭的，爸爸不给你钱，你就只能当乞丐了。”小胖子不忘蹿上沙发，恶狠狠地对魏清越竖中指。这种坏毛病，都不知道他是从哪儿学来的。

魏清越冷冷地看了他一眼。

这个时候，魏振东的车缓缓地驶进院子，后妈连忙喊了声“宝贝”，一个眼神过来，小胖子迅速弹开，飞奔到门口，大叫“爸爸”。

魏清越不得不起身，他走出来，站到台阶上，看眼前女人的笑、孩子的笑、递过来的公文包、被风吹动的裙角以及男人一把抱起孩子的动作，所有的声音、表情甚至是花园那边飘来的清淡香气，都好似一道屏障，彻底隔开了他和另一个世界。这种感觉，已经不是孤独或者寂寞，更像一种漠然，男生就这么毫无感情地看着眼前发生的一切，在魏振东走过来时，喊了声“爸”。

魏振东身材修长，保养得极佳，一身恰到好处的肌肉，打起他来，不费吹灰之力。

他总有一天会老去，男生很冷酷地想。

魏清越和他们吃了一顿貌合神离的饭。饭桌上，魏振东问了他几句学习情况。刚过去的物理小测，魏清越第一名。

这个第一名，对于魏振东来说，唯一的意义是生意酒局上别人偶尔提及时可以收获几句客套话和赞美。无论他有多厌弃魏清越，可恨的是，魏清越太像他妈妈，智商高，学习是手到擒来的事。而小胖子的不争气让第一名这种事都变成刺，扎在他的心头。

“我听说，你们开学典礼上学校让你发言，你在那儿胡言乱语，让领导和老师下不来台，有这回事吗？”魏振东慢条斯理地开口。

他很爱干净，也很讲究，皮鞋一年四季都擦得锃亮，不染尘埃般，所有的正装被熨帖得不带一点褶皱。魏振东的人设就是事业有成的精英中年男人。

魏清越不知道别人了解这个男人的几分虚伪，但他知道所有。

越是平静的开场白，越是暗示着后续的狂风骤雨。

手里的筷子顿了顿，他回答魏振东：“稿子太长了，同学们已经晒很久，我不想被人私下里骂。”

“看来……你觉得自己很有理。”

魏清越没说话。

“要不是你老子有本事，人家看我几分薄面，你觉得你能这么嚣张？”魏振东冷笑着看他，目光迎面而下，像一根根毒针刺进他的毛孔。

他这才明白，今天是鸿门宴，魏振东是找个机会发难。有意思吗？跟亲儿子一定要做仇人？魏清越已经不想去理解这件事，他只知道此刻不能顶嘴，他必须隐忍、克制，他还花着魏振东的钱，住着魏振东的房子。

仅仅是思考了几秒，魏振东就已经把他不说话当作沉默的示威，他拿起酒杯，魏清越便被泼了一脸的红酒。

“说话！老子问你话，你不说话是什么态度？”魏振东忽然满脸厉色。

魏清越胸膛微微起伏，任由酒液顺着脸往脖子里蜿蜒淌去，颜色发红，和血很像。

旁边，后妈和小胖子很安静地看着这对父子剑拔弩张。小胖子很有眼色，魏振东训魏清越时，他嘴巴闭得很紧，狡黠的小眼睛滴溜溜地转。

魏清越就这么看着魏振东，他还是没吭声，那眼神像不甘屈辱的乳虎，仿佛刹那间就可以露出还不够锋锐的獠牙，扑向对方。

“你那是什么眼神？我告诉你，你现在能靠的只有我，你妈忙着在美国跟洋鬼子睡觉。”魏振东提及前妻，言辞露骨，完全不顾及魏清越还是个未成年人，“她要是愿意管你，当初就会争取你的抚养权，可她不要你。老子养你这些年，花了多少钱？怎么，说你两句你就不高兴了？”魏振东厉声质问。

“没有，爸教育得对。”魏清越敛了敛眼神。

“我警告你，在学校少给我惹事，我要是再接到什么地方需要家长去一趟的电话，我打断你的腿。”魏振东掷地有声，保持着他的绝对权威。

饭桌上静了几秒。

后妈这个时候才微微笑着劝魏振东不要生气，旁边，小胖子也跟着撒娇，往魏振东碗里夹菜。

这顿饭注定吃得味同嚼蜡。后来，魏振东跟后妈聊房子、聊股票，他很会挣钱，也以此为傲。魏清越不得不承认，在物质上，魏振东没亏欠他，他的吃穿用度远在同学们的平均水平之上，所以他才会被职高的小混混儿盯上。

但这一切是有代价的。

魏清越一度以为只要自己成绩好，魏振东就不会打他。但他错了，魏振东对他永远有无明业火。

中秋这天，街上人很多，五花八门的打折活动吸引了不少人。

江渡一大早就去市立图书馆占位，她带着资料，计划表非常清晰，上午做数学试卷，下午做英语试卷，多出来的时间看心爱的杂志。

她来得早，图书馆人不多。秋老虎还很威猛，空调风凉凉的，江渡把书包放进储物柜，又去接了热水，回来找位子时，身子一顿，一个熟悉的身影忽然毫无预兆地闯进她眼中。

魏清越同样来得早，独自靠窗，透窗而来的光勾勒出少年俊朗的线条，是温柔的金色。这一幕，像某些翻覆的细节。

江渡瞬间连呼吸都变得小心翼翼，她默默看了他几秒，然后选了一个抬头正好能看见他但同时可以隐藏于人海而不被注意到的位置。不能在家过中秋的怅然，立刻不觉间消散了。遇见魏清越，是很美好很美好的一天。快乐的情绪很强烈地冲击着胸口，可窃喜中又带着一丝难言的羞耻感。

江渡怕魏清越看到自己，她特意蹑手蹑脚地绕了一圈，来到书架前找《书城》杂志。

确认了几遍，江渡才相信，图书馆已经没有最新的《书城》杂志了。中考前几个月，江渡把一切课外书和杂志戒掉了。中考过后，她被王京京的妈妈带出去旅行，加上暑假要学习高中的内容，仔细算来，她有快一年没看过《书城》了。

最新的一期是2005年12月号，还是去年的。

江渡对着书架发呆，抽出12月号，书架空出一道细微的缝，猝不及防地，就这么对上了那边的一双眼——魏清越也在找杂志。

图书馆很安静，但江渡的心里一阵惊涛拍岸。

女生的眼睛又黑又亮，慌乱中，竟像魔怔了，忘记回避，一眨不眨地看着魏清越。

魏清越在学校永远是中心所在，每周一升旗，他作为旗手，是万众瞩目的对象，所有人的目光都会看向他。

只有此刻，江渡清楚地意识到魏清越是她一个人的。在这逼仄的空间，只有她看到了魏清越，没有旁人。

两人就这么静静地对视了片刻。

魏清越以为偶遇的女生是有什么话要对他说，但没有，她就这么默默地瞧着他。

“有事吗？”男生将声音压得很低，询问江渡。

江渡猛地回过神来，脸唰地红了。魏清越第一次看见别人生理反应这么大，一张脸本来是白的，霎时间，烧得漫山遍野。

“那个……你知道《书城》杂志为什么只到2005年吗？”情急之下，江渡抓住个问题慌不择路地问道。

江渡压根儿没抱希望他会知道，只是太尴尬了，随便找个问题，能救场就可以。

“停刊了。”魏清越淡淡地告诉她。

一时间，错愕、失望交织着出现在女生眼眸间。魏清越看看她，说：“纸媒衰落是必然，当然，杂志改变下策略，说不定半年后还能复刊。”

纸媒衰落……可学校门口的报刊亭永远挤满买少女杂志的学生，怎么会呢？这些是江渡这个年纪很少去思考的，她甚至对男生的说辞感到陌生。

魏清越无疑流露出他早熟的一面，江渡那个情态，在他看来是非常幼稚的，显然，女生对他的话没怎么消化。

“你怎么知道它停刊了？”江渡的声音小到几不可闻，她心跳很快，很怕和魏清越说话，但不说点什么的话太可惜了，可惜到让人心有不甘。

魏清越看她一副不是很聪明的样子，忽然笑了笑：“我有时会翻着看看。”

他直接走到江渡这边，靠近她。魏清越身上有一股干燥的兰花香，气息袭来，江渡的心像旧杂志，被风吹得哗哗作响。魏清越的手臂从她的头顶伸过去，抽出12月号，打开后，让她看主编寄语。

江渡太紧张了，一个字都没看进去，明明全是字，但她眼前是大片的空白。

“天下没有不散的筵席，节哀。”魏清越偶尔会有点冷幽默，前句伤感，末尾两字搞笑，冷不丁讲出来，没有一点刻意的痕迹。

江渡猛地抬起头看他。她忍不住抱住杂志挡住半张脸，嘴角轻轻一弯。

魏清越不以为然：“你们女生都这么做作的啊？想笑就笑，还要用书遮挡？”

江渡的笑慢慢僵硬，她放下杂志，露出一张通红的脸，没说话。

“对不起，我不知道你这么害羞。”魏清越看着她涨红的脸，十分无奈，“我先过去了。”

等人走后，江渡才轻轻“嗯”了一声。这时，她才重新找回正常的视觉，发现卷首语通知了停刊半年的事。她轻吁口气，把这本最后的也是最新一期的杂志带回座位。

偶尔抬首，她能看到魏清越专注的脸庞，阳光倾斜，早从他身上移过，但整个世界依旧是他侧颜的角度。

不知道是哪一次再抬头，那个位置空了，一瞬间，江渡觉得自己的心也跟着空了一下，她四处看看，发现很多位子都空了。

市立图书馆附近有家肯德基，江渡很少吃，她捏着钱进来时，柜台前站着个外国人，皮肤白白的、红红的，下巴上的胡子枝枝蔓蔓，他正在跟服务员比画着什么。

显然，服务员不懂英文，这个老外也不懂汉语。

江渡立刻想起来，暑假跟王京京一起出去旅行时也遇见过外国人，王京京她妈妈怂恿两个姑娘上前，推着她们跟人家用英语搭讪。结果当然不怎么样，连王京京都躲，江渡更不敢上前开口。

柜台前，那个外国人还在努力跟服务员沟通。江渡看了两眼，犹豫着要不要换一家吃。她真怕服务员看到她，毕竟，她穿着梅中校服，大家默认读梅中的都是学霸，如果喊她帮忙就糟了，她张不开这个嘴。

服务员还真往她这儿看了一眼。

江渡转身就走，走得既心虚又心急，砰的一声，人狠狠地撞到玻璃门上了，剧痛中夹杂着一丝眩晕，眩晕中又夹杂着无尽的窘迫。

她立刻蹲下去，捂着脑袋。

严格来说，是外面有人推门，她恰巧迎了上去。

“不好意思。”有个身影似乎落到江渡眼前，带着干燥的兰花香。

江渡脑袋嗡嗡的，还是听出了那个熟悉的声音，她疼得眼泪直打转，头上起了个包。

“对不起啊，我不是故意的。”魏清越把她慢慢扶起来，又弯腰捡起她的书包，找了个位子。他其实是有些惊讶的，中秋节，这个女生居然一个人来吃肯德基。

他问服务员要了些冰块，递给江渡：“你自己行吗？坐一会儿吧，如果还不舒服，我送你去医院。”

江渡敷着冰块，不吭声。真是太丢脸了，她实在没想到会在这里再次遇到魏清越，中秋节真是个美好的节日。

等她悄悄抬眼时，发现魏清越已经去前台点餐了，他非常自然地用英语跟那个外国人交流，并且帮了那个人的忙。

“好些了吗？”魏清越折回来时，把一堆东西一样一样地推到她眼前，“我不知道你们女生爱吃什么，随便点的，这顿，我请你。”

魏清越花钱大手大脚，没什么规划，也从来不懂什么叫勤俭节约。

他倾身向前，没什么顾忌地拨开江渡碍事的手，审视着说：“应该问题不大，还疼吗？”

这人……怎么这么随便啊？江渡窘得动也不动，不敢喘气。

“我带钱了。”她掏出一卷纸币，想给魏清越。

魏清越却摇摇头：“当我给你赔礼了，吃吧。”

男生端起他的那一份，另外找了位置，掏出笔记本电脑，一边吃一边捯饬。江渡看到了笔记本的标志——苹果。

那时候，大部分高中生都没能拥有一部手机，偶尔有带小灵通的，也会被班主任没收。

魏清越坐姿豪放，一条长腿搭在另一边的膝头，半边身子伸出来，专心在那儿搞他的电脑。

他吃东西很粗线条，腮微微鼓着。江渡安安静静的，小口啃着汉堡，时不时像个小偷一样往那边窥探两眼，又迅速收回视线。

江渡的脑袋还在一跳一跳地疼，但她忘记了疼痛。2006年的中秋节，她和魏清越不止一次出现在同一个空间——图书馆、肯德基。

魏清越本来俊挺的身姿呈一个随意的角度，他垂下眼睛，睫毛在脸上形成一片鸦影，非常奇妙，江渡觉得心里四面八方都涌出了小小的快乐。

就是在这一刹，江渡突然有了和他产生点什么关联的想法。

本来，她没有答应王京京帮她写情书，她说不出这样做有什么不好的，但觉得这样不好，她不能欺骗魏清越，她谁都不愿意欺骗，更何况是欺骗魏清越。魏清越只值那十本书吗？不，他是无价之宝。尽管，她觉得，即使写很多情书，最终的结局也不过是石沉大海。她甚至怀疑，魏清越收到过一袋子的情书。

在她胡思乱想之际，电脑后的那双眼睛无意间抬起，对上她蓄谋的目光，轻轻一碰，男生很快又低下了头，那只是他思考过程中的某个插曲。江渡却被吓了一跳，很快，心里涌起深深的失落。

魏清越是学校里最有个性的第一名，名不虚传，他永远有条不紊地做着自己的事，仿佛谁也不能打扰他。

真不知道魏清越长大了会做什么。江渡没头没脑地想到这儿，番茄酱沾到了手腕上。但是他为什么中秋节不回家吃饭呢？真让人想不通。

窗外悬铃木青黄交错，再往上，枝叶间分割出许多块瓦蓝的天空。又一个夏天过去了，江渡默默想着，手中的食物吃得很慢。

“同学，帮我看下东西，我去趟卫生间。”魏清越不知什么时候走到江渡身边。

江渡猛地回头，把目光从窗外收回，忙不迭地说：“好。”

魏清越随口一问：“对了，你叫什么名字？”

他终于问自己的名字了。江渡不说话，而是从书包里掏出纸笔，像执行某个郑重的仪式，写下两字，轻轻地说：“我叫这个。”

“江渡？”魏清越念了出来，挑眉看她。

这两个字仿佛忽然就带上了魔力，从他口中吐出，像某种恩典。江渡鼻尖沁出细微的汗，他终于知道她的名字了。

桌子上，男生的东西没什么章法地散落着——静静躺着的笔、兀自亮着的电脑，还有随便放在地上的背包。

江渡一眨不眨、正大光明地盯着那些东西看，每一眼都有看着珍贵物品的意味。

等魏清越出来，看到的便是女生正襟危坐，挺直腰背，好像站岗的哨兵。他忍不住笑了笑，跟江渡道谢，转而坐在位子上，不知在忙些什么。

时间在一分一秒地流逝，江渡发现魏清越没有要走的意思，他不怎么抬头，偶尔会闭目揉一揉太阳穴。

很快，江渡趴在桌子上睡着了。图书馆两点半开门，她要在肯德基午休一会儿。

她的书包里放着一只小闹钟，当闹钟响时，江渡以为在家里，喃喃喊了声“外婆”，睁开眼睛，花了几秒时间搞清楚自己在哪儿，她才抬起半边全是红痕的脸。

刚刚有点清醒，她第一反应就是去看魏清越的位置。他正在收拾东西，仿佛察觉到了她的目光，他抬了下头，对上女生睡意蒙眬、一脸茫然的表情，他笑了笑。这一下反倒让江渡慌了，她下意识挤出丝僵硬的微笑。

原来，两人的计划又出奇地一致，他们前后脚出了门，还是往图书馆去。

两人前后脚过红绿灯，前后脚过街角，江渡能清楚地看到魏清越的背影。有时，两人中间隔了几个人，一晃眼，男生的身影才会重回她的视线之内，这种感觉像一部无声电影。

魏清越很快就发现她和自己是前往同一个方向，显然，他也很意外，问：“你不回家？”

没想到他会主动询问，风刮过来，江渡的头发被吹得凌乱，她本来想说“作业没写完”，但话溜到嘴边，不知怎的，莫名其妙变成了反问句：“你呢？”

等反应过来，江渡连忙补救：“啊，不是……我……我资料还没写完，我觉得图书馆环境挺好的。”

魏清越点点头，并没有回答她的那句“你呢？”，他抓了抓包带，静静地等图书馆开门。

魏清越的头发光泽度非常好，在秋光下闪动。

江渡只快速瞥了一眼，虽然略显尴尬，可头顶天很蓝，风也很大，世界和以前没什么区别，但区别又很大，江渡觉得，她简直不知道怎么爱这个世界才好。

生而为人，这样活着可真好，少女的嘴角最终露出一抹淡淡的笑意。

她其实想为上次吐他一身的事情再度表达歉意，只是有些话酝酿来酝酿去，眼看就要失去说出口的机会。

“魏清越。”江渡忽然在他要进门的一刹那叫住他，好像仅他的名字就可以组成一个神秘奇妙的世界。

男生听见了，转过身，往边上站了站，让后面的人先进，然后征询地看着她：“有事？”

江渡按捺住跳跃的紧张，极力装作镇定：“上回，吐你身上，真的很对不起。”

魏清越完全没把那件事当回事，但想起点什么，笑了，忍不住调侃她：“一袋洗衣粉全倒进去了吧？”

江渡疑惑地看着他：“什么？”

“早知道不让你洗了，我又漂了十几遍。”魏清越说。

江渡终于明白他指的是什么了，一脸的惭愧，她有点忸怩地攥了攥衣角：“我不太能洗动，弄到最后实在没力气了，真不好意思。”

魏清越笑着摇摇头：“进去吧。”

“那你会生我的气吗？”江渡低声问道。

魏清越一副不懂她脑回路的样子，说：“多大点事。”

“可是你当时好像很生气。”

“心情不好。”魏清越轻描淡写道。

江渡愣了愣。

至于为什么心情不好，魏清越显然没有想表达的欲望。

两人进了图书馆。

一个下午过得很快，江渡写完试卷，敛了敛裙子跑到书架那儿看杂志。透过缝隙，她能看到魏清越坐在那儿学习的身影，仅仅是偶尔抬头望他一眼，她就很高兴了。

直到要闭馆，人们才陆续离开。江渡和魏清越都待到了最后一刻，她不知道他为什么待这么久，但知道自己是因为他，太舍不得了，这样的机会弥足珍贵，而下一次相遇不知道会是什么时候。

她早就用破旧的小灵通给表姨发了信息，说自己会晚点去。

她刚把杂志塞回去，魏清越也过来还期刊，他很自然地问道："还不回家？"

江渡支支吾吾应了声，然后问："你要回家了吗？"

魏清越嗤笑一声："不回，去网吧。"

江渡果然睁大了眼睛，暑假见到的那一幕跃上心头。两人对视一眼，魏清越仿佛会读心术，一副完全了解她在想什么的模样。

可是，下一秒，女生却垂了垂眼睛，轻声告诉他："其实，我也不是要回家。"

第三章 见情书

不管是谁看到了这封信，请不要太嘲笑我，谢谢。

说完，江渡抬头，抿了下嘴角。

很奇怪，两人在眼神交会的一刹那，好像神奇地嗅到了同类的气息，至少对魏清越来说是，他敏感地意识到了什么，却没多问，只是带着淡淡的笑意问："晚上图书馆没人，有地方去吗？"

江渡点点头："我去表姨家。"她的心怦怦跳，不知道为什么，知道不礼貌，可她还是忍不住问他，"你为什么不回家？"

魏清越意味深长地看了她几秒，看着看着，都要把江渡看到心里发毛了，他的嘴角慢慢扯开，说不出是冷笑还是苦笑。

"你不是见过吗？"他巧妙地避开前面那个问题，把难堪还给江渡。江渡咬了咬嘴唇，好像自己看到别人难堪的那一幕比当事人还要难堪。

他们一起走出图书馆时，黄昏正好，初秋的傍晚凉风习习，高楼大厦间，一轮血色夕阳正缓缓下沉，像一朵圆的橘红玫瑰。

人们都有各自要去的地方，像分流的鸟。

江渡捏紧书包带子，她得做点什么。这一天要过去了，不期而遇，好像是生命中意外的馈赠。她一紧张就想去系鞋带，但还是生生忍住，几乎是微微颤抖着对魏清越说："魏清越，我能问你一道题吗？卷子最后一道大题，我没做出来。"

说完，她迅速挪开目光，她知道这个要求突兀而且不合理——早干吗去了，等到别人要走了才说。

魏清越果然犹豫了下，但还是说"好"。

人散得很快，男生非常随性，把背包一丢，坐在台阶上。江渡见状，连忙掏出卷子和笔，手控制不住地战栗，笔滚出老远，还是魏清越捡回来的。

她觉得地上挺脏的，但顾不上那么多，坐在魏清越旁边，不远不近，她觉得呼吸都变成了很奢侈的事情。

“这么简单都不会啊？”魏清越笑了一声，接过她的笔，膝头放了本书垫着试卷。

江渡不好意思地点头。

他确实是没什么耐心的人，字龙飞凤舞，很快在她当草稿纸的日记本上把解题步骤写完，同时语速很快地讲解完，问她：“懂了吧？”

懂了才怪，但没关系，日记本上留下了他的字迹，他把笔还回来，上面还残留着他手指的温度。江渡痛恨时间的流逝，她知道这点温热大概几秒间就要彻底消失在这个世界中，她只拥有这几秒。所以，她紧紧握住，那么徒劳地握住，告诉魏清越，她听懂了。

“你的成绩真好，”江渡没话找话，夸得也没什么新意，然后状似无意地自顾自说道，“你一定会考清华、北大那种学校吧？”

“我出国，”提及将来，魏清越脸上是一种江渡看不懂的意味，夕阳照红他的半边脸，带着陌生的勃发，“不在国内读大学。”

江渡的心忽然像加速坠落的飞机。

尽管她知道眼前的天之骄子无论在哪里读书都跟她关系不大，但他说他要出国的这一刹，江渡还是很想哭，好像话一出口，就山水远隔，此生不复见了。

她不知道该怎么回应魏清越，嗫嚅半天，说了句：“那挺好的。”

“走了。”魏清越拍了拍衣服，背上包，跟江渡算是打个招呼作别。

江渡不动，她腼腆一笑：“再见。”

“你还不走？”魏清越对她戳在原地有些意外。他挑眉看着她，女生文文弱弱的，肤色是那种晶莹剔透的白，似白云重重。男生突然意识到女孩子原来可以生得这么白，他以前总觉得所有女生都是一个面目、一个样子。

“我等月亮升起来再走。”江渡轻轻地回答，心事细细密密，说不明白。

魏清越觉得她说话很有意思，“月亮升起来”——他从来没注意过月亮，中秋对他而言，是昨日的重复和再现，没任何特殊的地方。

他若有所思的表情只存在了几秒，然后他点点头，很快消失在人海。本来，两人这次只是偶遇，不能因为一次偶遇就算相熟。江渡看着魏清越的背影胡乱想。

晚风起，吹到皮肤上凉凉的，江渡蓦然发觉，一个人站在这里等月亮升起来很孤独，心里发空。哪怕今晚是和外公外婆一起过中秋，她相信，等她看到那轮满月升起，还是会觉得孤独，前所未有的、新奇的、完全陌生的世界，好像就她孤零零的。

中秋一过，江渡回到学校，第一件事就是买信纸。学校门口小店很多，女生们最爱三五成群地在那儿翻检明星海报、贴画，挑漂亮的日记本、信纸。除此之外，王京京还格外沉迷拍大头贴，她拉着江渡在逼仄的拍照亭里选花花绿绿的相框模板，然后嘟嘴、摆剪刀手，怎么做作怎么来。江渡做不出这种表情，总被王京京抱怨是木头人。

信纸也太花哨了。江渡选了一本比较朴素的，而王京京已经把自认为最漂亮的大头贴挑选出来，准备日后和情书一起送走。

"你看我这张，好看吧？我鼻子挺高的。"王京京很自恋地看着自己的大头贴，她撺掇着江渡，"得快点啊，马上就放国庆节假了。"

后头林海洋把头一伸，贱兮兮地说："我可都听到了，你们要写情书！"

江渡的脸猛地一红。

王京京伸手就捶他，下手特重。林海洋歪头躲开，笑个不停，看着王京京说："我跟你说，花痴魏清越的人数大概是你的N次方，别做无用功了。"

"关你屁事啊，老娘乐意追！"王京京跟男生说话总是肆无忌惮，但如果是遇到长得帅的，她就稍微收敛一下，尽量让自己像个淑女，避免吓到人家。

"你觉得你比得上张晓蔷吗？"林海洋像女生一样八卦，故意压低声音，往学习委员张晓蔷的位置那儿一瞥，"张晓蔷都没追上魏清越，她成绩那么好，家里还有钱，人嘛，长得不算漂亮，但也挺有特色的。"

王京京一脸惊呆地看着林海洋："她也追魏清越啊？你怎么知道的？"

“梅中就没我不知道的事！”

“你就吹吧！”

江渡沉默地听着两人斗嘴，四肢僵硬，但她掩饰得很好，转过身，装作对这些八卦毫无兴趣的样子，低头看书。然而，她忽然清晰地意识到，原来自己也有阴暗的一面，张晓蔷那么优秀都追不上他，那他的眼光应该很高吧，这样挺好的，大家都仅仅是在暗恋他。

江渡被这种暗促促的想法吓了一跳，她觉得自己龌龊了，好像见不得别人好似的。

第一封信，江渡打了两遍草稿，最终也没写出多么特别的东西。王京京看了，有点失望，说：“江渡，你写得太白开水了哦，魏清越根本体会不到我这颗炽热的心，还有火山爆发一样的感情。”

江渡知道王京京玩儿的成分居多，她总是这样，咋咋呼呼的，动辄把喜欢谁挂在嘴边，在校园里，看见一个背影都能对人家一见钟情。不过，她通常三分钟热度，被拒绝也不觉得丢人，照样嘻嘻哈哈。

“第一次不太好吧？按你说的那样，我觉得太夸张了。”江渡挺认真地给她分析。她也清楚，王京京只是过过嘴瘾，其实她不怎么上心，毕竟中秋假回来，她明显热情就快没了，要不是江渡重提，王京京很快就会忘记她想追魏清越这档子事。

这里有江渡自己的小心思，但她又不敢过多想这件事情，与其说她写的是情书，不如说是自说自话。

小许老师已经通知大家，国庆回来就进行第一次月考，想必整个假期大家都会努力备考。虽然有人嘴上会叫唤“我光顾玩儿了，没怎么复习”，但这种话是万万不能信的。

林海洋提醒王京京，要做好信件石沉大海的准备。有传言，魏清越收到情书，看也不看，都是直接丢进垃圾桶，垃圾桶里尽是稀碎的少女心。

没关系。江渡第一反应就是这个，她早做好了最悲观的心理建设。

不过，既然林海洋知道了，王京京就麻烦他去送信。等人一回来，她就激动地拽着他的袖子问：“怎么样？怎么样？”

“啥反应也没有，一个字都没说。”

"你看见他丢进垃圾桶了吗？"

"没，他进教室了，不过后来有没有扔，我可不知道啊！"

江渡小心翼翼地把他们的对话听进耳朵里，心潮一起一伏，脸上却很平静，拿抹布不动声色地擦桌子，油光锃亮的。

学校喜欢种月季，有粉的、黄的、白的，唯独大红的像一蓬蓬焰火，映在眼底，像某个夺目的人，总是光芒万丈。

放假前，小许老师强调假后月考的事情。说完，他让大家自习。不知怎的，有人起了个头，说不用考都知道，第一名不是魏清越，就是张晓蔷，他俩本来就是从最好的初中毕业，以最好的中考成绩考进来的。

张晓蔷显然对这种议论习以为常，她谦逊地摇摇头："梅中卧虎藏龙，不一定呢。"

她的初中好，考上梅中的人多，所以班里是有老同学的，大家相熟，说话很随意。

真奇怪，江渡之前不怎么关注张晓蔷，但自从听了林海洋那几句话，莫名其妙地，她忍不住去看张晓蔷的穿着，观察她说话时的神情、语气，还时不时见她积极参与班级活动，开朗、热情又大方。这一切，都让江渡有种说不清道不明的自卑。

"嗐，就算魏清越第一也没关系，他要出国的，说白了，不占什么竞争名额。"有男生意有所指地说道。张晓蔷笑了笑，算是认同。

江渡听得一清二楚。原来，还有其他人知道他要出国啊。她本以为没人知道，她还把这个当作秘密死守，一定不随便说出去，尽管魏清越没这么要求过她。又是一股难言的失落袭上心头。

大家谈笑自如地议论着魏清越，但她不能。她以为那次偶遇让自己拥有了点独特的东西，比如他的体温，比如他要出国的打算。但其实并不是，他的一切，从来都可以在梅中被人堂堂正正地提及。

假期前的最后一天，江渡没有等到魏清越的回信。当然不会有。可是，这天黄昏绝好，天地旷远，江渡一个人在教室外的走廊上呆呆地看了许久的晚霞才回家。

十一假期，魏清越打球扭到了脚，那封信，就是他黄昏时分躺在阳台上无聊时展开的。

他收过很多信，经常随手一丢。魏清越对这种中学生之间的爱慕毫不“感冒”，他没有喜欢的女孩子，从来没有。

长这么大，生活中的狗血事已经足够令人头疼，他不知道喜欢一个人有什么意思。

如果说有什么巧合，那一定是此刻，余晖温柔，像一双多情手落在他身上，他打开了第一封信。

女生的字很像小学生写的，过分工整，魏清越第一印象就很差，他不易察觉地皱了下眉头。

见信好。

我知道这封信可能会打扰到你，但还是忍不住这么做了。我想，这可能只是你收到的众多信件中的一封而已，很普通，所以，写下的这些文字，如果能被你看到，已经很幸运了。

如果你会打开这封信，不知道是在什么时候。我也不知道纸张会怎样辗转于你指间，也不知道这些文字映入你眼帘的刹那，是什么样的感受，可能什么感觉都没有吧。

但我想告诉你，我写这封信时是在晚上。

我最喜欢夜晚了，很多女同学都怕黑，我不怕。黑夜静谧无声，反倒让我觉得很安全，尤其是有心事的时候，黑夜更像是个屏障，可以隔开所有的纷扰，我可以一个人静静地想，谁也不知道。所以，我选择在自己最喜欢的时刻提笔。

不知道你最喜欢一天之中的哪个时刻。

现在是秋天，不知道你有没有注意，站在教室外的走廊上往东南方向看，就可以看到图书馆附近的悬铃木，它的叶子已经泛黄，等到冬天，肯定会光秃秃一片，像个顶骨浑厚的老僧。

其实，一想到学校里仅有的几处风光可能也承受过你的目光，我就很高兴，好像是你给它们重新填上了血肉灵魂（会不会太夸张了）。当然，也不全然是这样，即使你未曾留意过，我也很喜欢梅中的环境。

我觉得我好像写了很多废话，无聊的、幼稚的，希望你这种大学霸不要见怪，我很想终宵不寐地给你写这些废话，但这是不可能的，因为我也要学习，要考大学，相信你也是的。容我冒昧问一句，请问你心仪的大学是什么？我想去北京念书，我这个成绩自然不会念到太好的大学，大概我是唯一一个因为郁达夫先生写的《故都的秋》而想去北京念书的人了。

我问的这些，你不回答也没关系，你能看到信，我就很开心了。

万一这封信被丢掉，有人捡起，并且看到了，我想我会无地自容。不管是谁看到了这封信，请不要太嘲笑我，谢谢。

哎，窗外有野猫，一声声叫，我白天见过它们，黑晶晶的眼，看你片刻，转身无声走掉，我外婆经常拿剩菜剩饭去接济它们。

想有一个隽永的结尾，但很不幸被野猫打断，就写到这里吧。

祝好。

信戛然而止。

这写的都是什么？魏清越看得直皱眉，女生的情书是这样的？他不是没拆开看过，好像不是这样的。

但不得不承认，他居然耐心看完了，也许，大概仅仅是因为有人和他一样喜欢夜晚。

魏清越这才留意到，信的开头无称呼，结尾没落款，也就是说，这封信如果不是送到他手里，可以是给任何人的。

当时，隔壁班的男生把这封信给他时，他根本没留神听那个女生的名字，此刻，无论怎么回想，那都是个模糊、邈远的声音。

不过这不重要，魏清越知道这种行为最终会消失，区别不过是时间的长短，他不会回信，也没有太大兴趣知道是谁喜欢他。尤其是这种字写得很差的，魏清越不知道自己是怎么耐心看下去的，见鬼。他把信折好，丢进阳台的储物柜。小区里种了桂花树，浓香阵阵，一股一股顺风而来，像怒涨的潮水。魏清越怀疑每个小区都有这么刺鼻的花，他起身把窗户关上了。

假期很长，每天到市立图书馆的人都很多，江渡一连来了几天，都没见到那个想见的身影。

她失落地回到家中，外婆做的饭都不香了。

书桌上堆着一堆书本、资料，江渡一科一科地做，没完没了。她时不时抬头看窗外，发一会儿呆。一想到真的给魏清越写了那样一封信，江渡立刻觉得很窘很窘，一转身扑到床上，拿枕头盖住脑袋。

缺氧的状态维持了十秒，再一把放开，每呼吸一口，都伴随着剧烈的心跳声。

江渡在床上情不自禁地打了个滚儿。

太丢人了，怎么就那么写了呢？关键是，这种事，越回味越觉得不好意思。但她又清楚地知道，她还会犯病，再写。

外边，外婆在敲门，江渡一个鲤鱼打挺爬起来，快速整理了下衣服。

门开后，外婆那张笑脸出现在她眼前："宝宝，楼下李阿姨送了你一张新华书店的图书卡，可以买书，你拿着。"

江渡眼睛一亮，她又可以买书了，而且某种程度上是免费的，她不喜欢占别人的便宜，但李阿姨送她书卡，她还是非常高兴的。

"你妈妈——"外婆看她这反应，下意识就冒出这么半句来，突然意识到不对，生生掐断。

望着外婆躲闪的双眼，江渡觉得有什么东西一下冲到了胸口，翻腾着，涌动着，她差点就脱口而出问点什么。但没有，她什么都没说，只是甜甜一笑，当作什么都没听见："我把我的小盆栽送给李阿姨一盆，当回礼。"

那是暑假时外公从乡下带回来的花苗，江渡养了，一盆盆的，十分精神。

直到假期结束，江渡都没有在市立图书馆见到魏清越，倒是在最后两天意外地见到了本班同学。大家闲聊时，说起自己的报考志向，又说到哪些同学家里有钱，可能会出国。其间，有人冷不丁地谈及魏清越，江渡就像一只沉默的小虫子，静静地聆听，心里后悔的却是那天没有问魏清越准备去哪个国家、念哪所大学。

国庆假期最后一天下午，同学们陆续回到学校，到了晚自习，还是闹哄哄的，大家攒了几天的废话需要发泄。

那封信看来是无疾而终了。江渡从一班经过时，用余光极快地扫了一眼，可惜，速度太快了，她除了看到一班里交错的人影，其他什么都没看到。

第二天升旗时，破天荒地，没见到魏清越，江渡睁大眼睛确认了几遍，还是没有。

这就很奇怪了。他是升旗手，周一怎么会不在呢？一整个假期，他也没出现在图书馆。他生病了？还是……跟人打架了？

在这样的念头驱使下，最老实本分的女孩子也能生出许多莫名的勇气，江渡纠结几秒，悄悄拽了下站在她前面的张晓蔷："我肚子疼，等会儿你能跟许老师说我去厕所了吗？"

天知道她江渡也学会撒谎了，她的脸红红的，心跳得也很快。

上天一定是在惩罚她，她刚跑出队伍，肚子竟然真的隐隐作痛。江渡吃惊于惩罚来得这么快，特别懊恼，只好往厕所方向奔去。

其实教学楼每层都有厕所，只是有点小，教学楼左边的银杏林附近有一个超大的厕所，有时大家嫌楼里的厕所人多，不想等，就会下楼去那个大厕所。

阳光正投在树林里，疏疏落落的。

江渡猛地见到一个身影，站在那儿明目张胆地吸烟，一个假期不见，不知道是不是幻觉，他又长高了，莫名让人想起原始森林里的树木，不，是树木之下掩藏的不知名植物，它们逮住阳光就会毫不犹豫地往上蹿，不放过任何生长的机会。

男生也看到了她。最开始他没什么表情，凛凛有杀气似的。他那个样子，不知怎的，让江渡觉得新奇又想笑，她就真的没忍住，弯了下唇。这家伙，不去升旗，原来躲在这里偷偷抽烟，他怎么总是一副坏孩子的做派？

仿佛看到她淡之又淡的微笑，魏清越跟她打了声招呼，喊的是她的名字。江渡就装得很镇定，点了下头，状似无意地问："你怎么没去升旗？"

她好像连肚子痛都忘了。

魏清越只是笑笑，用食指和大拇指捏着烟，狠狠地吸了几口，说："真巧，每次都被你看见，你不要到教导主任那儿告我状，小心我揍你。"

听听，这是第一名该说的话吗？

江渡想表现得更自然些，却突然想到了那封信，那种感觉就像光着身子被魏清越看到了，他不知道信是她写的……但江渡还是觉得很难为情，太丢人了。

她涨红着脸，愣了愣才憋出一句："我不喜欢说别人闲话。"她很想劝告他不要跟人打架，也不要学大人抽烟，但看着他那个不驯又无所谓的样子，江渡反而第一次懂得什么叫"欲辩已忘言"。

梅中的月考阵势总是搞得很大，考试时间安排在周末，一人一桌，一间教室坐三十个人，按七七八八规律排。课桌要倒过来，贴考号，同学们课桌里的东西被清空，一切按高考标准来。

所以，每次挪书都很麻烦，不过，从今年开始，每个楼层走廊尽头都摆放了柜子，人手一个。月考前，柜子前挤满了人，哪个班级的都有。

"嘿，准备得怎么样？"张晓蔷非常自然地问魏清越。男生正弯着腰塞书本，他的东西最少，一个柜子都放不满："老样子。"

这个女生对他的胜负欲一直很强烈，有时候她确实会压他一头，但魏清越从没放在心上。

他看张晓蔷的柜子塞满了，还有一堆东西没处放，就指着自己的柜子说："可以放我这里。"

"好啊，谢啦！"张晓蔷毫不客气地把东西递了过去。

魏清越皱眉："你们女生就是麻烦，这都是什么？"他接过一个黑色塑料袋。

"不告诉你！"张晓蔷突然娇嗔道，很小女生的感觉。

魏清越习惯了她知心姐姐的样子，不由得深深地看了她一眼，目光锋锐。

张晓蔷就有点不自然了，说："干吗这么盯着我？"

"你刚才说话怪怪的。"魏清越直言。

黑色塑料袋里面放着卫生巾和卫生纸等用品，是女孩子的秘密。张晓蔷无奈地耸耸肩，说："你真是一点都不了解女生的心思。"

魏清越对这个话题毫无兴趣，没接茬儿。他为什么要了解女生的心思？

远远看上去，两人很亲密。

江渡本来要往柜子里送书，看到这一幕，脚步不由得放慢。窗口那儿涌入了风，一阵又一阵，有凉凉的东西灌进她的心口。她不由得抱紧了怀中的书本，默默地看着那两个优等生神色自若地说话。张晓蔷永远那么自信，露着一口小白牙，而且她敢看魏清越的眼睛。魏清越似乎跟她很熟。江渡觉得心里某个地方在冒又酸又苦的小泡泡。如果我有张晓蔷那么棒的成绩该多好，这样，两人似乎对话的高度都会更平等些。

一直等到两人离开，江渡才走到柜子前，她站定后，悄悄地看了眼魏清越的柜子，柜子上贴着他手写的名字。是他的笔迹，和那张草稿纸上的一样，上回问他题目的本子，她差点想裱起来。

她看着"魏清越"三个字，脸上露出忧伤的表情。其实，也就三个字而已，但像与她隔着山长水阔之远。

那封不会有回音的信，曾让她在遇见他的那一瞬突然记起，随后尴尬到想死，但此刻又分明变成了另一种心情——只能这样了。

"不这样，他即使回信，我也没勇气承认是我喜欢你。但我可以看到他的柜子、名字，我和他说过话，不出意外，周一升旗也可以看到他。我和他走过一样的路，看过相同的风景，甚至，可能和他仰望过同一角天空……"江渡温暖而疲倦地想到这儿，才打起精神。

这次月考，不仅学生紧张，老师们也很期待，想摸一摸学生的底。

教室里，张晓蔷在认真贴考场表，她刚弄好，呼啦啦一群人挤了进来。王京京在那儿叫着："别挤啦！哎，挤死人啦！"其实，她比谁挤得都起劲。

林海洋个头很高，他早瞧见了王京京，恶作剧般敲王京京的大脑门，声音忒清脆了点，他说："挤挤挤，还挤啥？你在本班考，不跟魏清越一个班，死心吧！"

王京京捂着脑门，快被气死：“你烦不烦？！”

“哎，哎，你跟我一个班，王京京，咱俩还前后位呢！我看咱俩还挺有缘的！”

林海洋真是贱死了啊。所以，王京京不停追着他打：“去死！林海洋，你去外太空吃大便吧！”

大家就在那儿笑，好像女生喜欢魏清越这件事太寻常了，寻常到谁都可以肆无忌惮、明目张胆地宣之于口。毕竟，喜欢最优秀、最英俊的男孩子是多么天经地义、不必害羞的一件事。可对于江渡来说，不是，他是不可说的，他是她一个人的“等待戈多”。

“我是个俗气的人，喜欢上了大家都很喜欢的人。”江渡多么希望自己会注意到别的男孩子——没那么聪明，也没那么特别，但他是个可爱、有趣的男孩子……不不不，她还是感激上天让自己遇见魏清越，他可以让一颗心变得异常鲜活，他可以让整个梅中色彩斑斓，因为他在，所有的苦读变得充实而快乐，所有的残缺也都变得完整。

刺啦一声，江渡回神，原来是王京京把林海洋的校服拉链拽坏了，两人都一愣。王京京理不直气很壮地抢话说：“谁让你欠扁的！”

“啧，”林海洋显然不当回事，“你这么凶，以后找不到男朋友！”

“关你屁事，轮不到你操心，臭狗屎！”

这两个人是冤家，没有一天不骂架。

江渡告诉林海洋：“我外婆会缝，你给我吧，我让外婆缝好再还给你。”

“看看人家江渡！”林海洋最爱讲这句话。王京京又跳着去砸他肩膀。

这次月考，江渡被分到五班考试。走廊里有人在聊天，有人在翻书，她默默地走到栏杆前，把书搭在栏杆上，背了会儿古诗词和文言文。

之后，老师让大家去厕所、进教室。

考场考生混杂，许多人都是外班的，江渡根本不认识。从厕所回来，她座位前面的男生转身问她成绩怎么样。这个男生是高价生，梅中混日子的学生很少，这个男生就是其中一个。

江渡不好意思地摇摇头：“我一般。”

“到时借我抄抄。”这个男生不以为然地说道，桌角放着一瓶饮料，他顺手塞给她，“你别盖你的卷子，我转头看一眼就行。对了，考英语时也给我传下选择题答案吧，我请你吃饭。”

“那你还来念什么书呀？”江渡心道，“这不是自欺欺人吗？高考时你能抄谁的去？”

江渡正想拒绝，她发现这个男生的目光已经从自己身上移开，不知看了什么，她顺势望了过去。

江渡的心立刻狂跳不止，那个身影清晰地映在她震动的瞳孔中。是魏清越，他居然也在这个考场。

他非常潇洒，就带了一支笔，别的什么都没拿。他姗姗来迟，往江渡身后的空位一坐，两条大长腿大剌剌地伸到过道上。

江渡好半天才反应过来，原来，魏清越跟她是连号。

还没容她多想，江渡已经被坐在前面的男生搡了一下：“同学，跟我换下座位？”

江渡当然不能答应，固然有魏清越的原因，但更多的是因为这样不合规矩，她知道这个男生打的是什么主意。

这个男生笑了：“同学，别这么死板，你不说，老师也不知道，都是混着坐的，老师认识谁啊？”

“那也不行，这样不对。”江渡坚持不换。

那个男生一副无可奈何、想吐槽她的表情，却也没办法，悻悻地坐好。

身后魏清越什么都没听到，他是戴着耳机进来的，坐下后无聊地转笔，对周围一切都漠不关心，他压根儿没注意自己前后左右坐了什么人。但很多人都往他这边瞧了瞧，小声说着他的名字。

老师带着卷子进了教室，而魏清越并没有和江渡打招呼，江渡知道，他根本没看到她。

每一科，魏清越都是写完就走人，卷子被风徐徐地吹，哗哗作响，监考老师走过来，用黑板擦压住了他的试卷。

干燥的兰花香从江渡身边一闪即过，她每次都会抬头看看那个身影。无声地看着他，大概是她唯一能做的事情，但这样已经很好了，她都舍不得月考结束了。

直到考物理，魏清越才突然发现前面的女生是江渡，他跟她打了个招呼，很平淡："这么巧？都没注意到原来是你在我前面。"

是啊，你永远注意不到我。江渡默默地想。两人对视的刹那，她还是惊慌了，好像多停留几秒，内心那个热烈却又无力的秘密就会被窥破一样，她眼神游移："你也在这个考场啊？"她竭力做出一副也刚刚知晓这件事的表情。

魏清越嘴角轻扯了一下，这个动作稍稍鼓励了江渡，她装作很自然地问道："你一定考得还不错吧？"

"不错。"他一点都不谦虚，但这种话从他嘴里说出来，不会让人觉得他骄傲或得意，就像回答"吃了吗？""吃了"那样平平常常。

这倒让江渡不知道该怎么接下一句了，她拘谨地笑了笑，看他没有继续交谈的意思，在尴尬中慢慢转回身子，可心口还在哐哐砸墙似的。

试卷发下来，教室安静，但明显理科没文科那么好诌，江渡眉头不知不觉蹙起。

她的长发乌黑柔顺，密密地铺在肩头，阳光为她镶了一圈毛茸茸又极其柔和的光圈。魏清越抬头时，看到她纤瘦的肩头、垂坠的长发以及宽大校服下女生胸衣隐隐的轮廓……不知怎的，他就看出了那个形状，莫名不自在了一瞬，收回了目光。

魏清越虽然不了解女生，但有些事他也知道。男生宿舍永恒的主题就是议论女生，他没兴趣听也会入耳两句。最扰人的是，他也会在深夜听到他人鬼扯的时候有一些躁动，青春期荷尔蒙无处不在地作祟，他同样不能免俗，确切地说，是在某些时刻躁动。

腿太长，怎么放都不是很舒服，他索性散漫地往前一伸。江渡毫无预兆地瞥见了他的球鞋——黑色布面，雪白的鞋带。魏清越真的很奇怪，他有时候特别干净，有时候又给人感觉他一点都不讲究。有一次升旗，他的球鞋分明脏兮兮的。

乱七八糟的念头让江渡惊了一下，她克制地挪开视线，把注意力重新集中到题目上。

可教室里太安静了，安静到她可以听到他落笔的声音、他停笔的瞬间，还有他起身准备离开时身上扬起的干燥气息。

因为有人中途去厕所，回座位时，恰巧跟魏清越错身，彼此一让，对方过于高壮，导致魏清越不得不在江渡的桌角撑了一下，他的手指节分明，青色的血管像曲折的河流。

江渡的心倏地被提起，她几乎是屏住呼吸看着这一幕。

魏清越按住了她的笔袋，笔袋上有一个小挂件，是可爱的翠迪鸟。他的掌心正好落在上面，硌疼了，留下了小鸟的印记。他皱着眉笑了一下，甩甩手，江渡这才大梦初醒般抬头，他已经往门口走去了。

铃声响后，江渡跑出教室张望了一番，发现魏清越独自伏在栏杆那儿远眺，他身体前倾，耳朵上照例挂着耳机，身边空无一人。

江渡觉得自己的脑袋像是坏掉了，少女的心思无解，她非常想走上前去问问他："我的翠迪鸟，是不是弄疼了你的手？"

这种话可问可不问，太渺小了，渺小到问出来就像是没话找话，一切都是她在强行搭讪而已。江渡犹豫地站在原地，离魏清越不远，又特别特别遥远。

魏清越仿佛察觉到了什么，又像是无意，他转过头来，看到了江渡。

女生一下子攥紧衣角，眼睛扑闪，像惊慌失措的小蛇，瞬间游移，隐匿进了草丛深处——她扭头跑进了考场。

第四章

见信好

我相信，你一定前途似锦，有着最光明的未来。

月考成绩出来是一周后，那天恰巧有一股冷空气到达，皮肤一下跟着紧起来，干干的，江渡一直对气候变化很敏感。如果说早秋的秋意给人迟迟疑疑的感觉，那么这回真的是一下就冷起来了。

等待分数，就像心里挂了一串风铃，来一个老师，就是一阵丁零零的响。几乎所有科目的老师都会被人问一句："这科批改好了吗？"

班级排名表贴在课程表旁边，而年级排名要到公示栏去看。

班长和张晓蔷负责贴表格，教室里一阵骚动。江渡觉得一颗心立刻胀得很大，大到胸腔都承载不了，要蹦出来跳动。她每次紧张时心脏都异常难受。

"我帮你看，等等哈！"王京京干什么都有一股凑热闹的劲儿。她挤上前，拼命踮起脚，听身边的人发出惊呼："张晓蔷第一！班长第二！"

"哇！不知道咱们班的第一名在年级能排多少。"

"我看过了！年级第一是魏清越，张晓蔷，你排年级第九！"

张晓蔷摇摇头，梅中的月考向来不简单，不过，她自觉答题过程还算顺畅，结果却是第九。这个成绩只能说没砸锅，离她的目标还是差了点，毕竟她是以全校第二名的成绩考进梅中的。

学霸考差了和普通人考差了完全不是一回事。

"你排十五，我排二十一。"王京京跑回来说，她拍拍胸口，"不好不坏，我还以为我是倒数呢！哈哈哈！"

看得出，王京京挺高兴的。为什么呢？因为她压根儿就不怎么爱学习，吊儿郎当的，总爱偷摸看言情小说，发不完的梦。江渡比她用功多了，可她不得不承认王京京其实是很聪明的女孩子，否则不会随随便便一考就能在班级占中等。

至于她自己，十五名——班级十五名，是有点出乎她意料的。她以为自己也就是二十来名的水平，一个班总人数四十出头，天知道处于中间排名的学生对于老师来说是多么缺乏存在感。

被家长问起，老师的措辞都是一样的："孩子成绩一般，基本能跟上学习进度，但也不算出色，还有上升空间。"有那么一些人，面目模糊，老师给的评价都一字不差。但如果是排十几名，就稍微不一样了。

江渡心里是很高兴的，努力没白费，她也没那么平庸吧？再内向的少女也有自己的小小骄傲，尤其是，当王京京告诉她，她的语文单科分数比张晓蔷还高的时候。

江渡压下嘴角的笑意，跟王京京说："我们不跟别人比，就跟自己比，希望下一次还会有进步。"

"走，看年级排名去！"王京京拉起她的手，往楼下跑。

林海洋跟屁虫似的一直跟着她们，他这次在班级排第二十名，总分就比王京京多两分，两分而已，他就跩得二五八万似的，在王京京面前耀武扬威。

公示栏前，人没想象的多，稀稀拉拉地流窜着各班学生的身影。毫无疑问，魏清越的名字醒目地出现在第一名的位置。江渡仰头，心底藏着兴奋和羞怯，这种可以正大光明盯着魏清越名字看的场合居然这么多，她意识到这一点时，觉得阳光塞满了大脑。

语文的分数永远排在最前面，她看到她的分数是141，比魏清越多一分，这是她唯一胜过他的地方。江渡脑袋嗡嗡的，浑身发热，她知道自己这是太高兴了，她并没有异想天开，觉得会追上魏清越，但仅仅是一科，一科可以和他比肩，就好像把两人之间的距离拉得近了一些，尽管只有在她看来是这样。

夏天的时候，窗外的鸣蝉一直叫，叫得整条街、整个城市都跟着一路燥热起来。江渡现在感觉像身处夏天，也燥热得很，像落了一心头的太阳，艳艳的、烫烫的，冷空气都退出了真实世界。

这天，二班的语文课排在一班之后，所以江渡的语文试卷被一班的老师借走了。

一班有种矜持的骄傲，全年级排名前一百的学生，他们班占了二十人，很了不起。要知道，高一有十八个班。

魏清越语文失分很可惜，他很少背书，学的诗词、文言文全靠临时学，记住了就是记住了，记不住，他也不会像其他同学那样一直背。老师很无奈，说："你就语文单科不是第一，你完全可以比这个二班的江渡考得好。"

他完全没有放在心上。

"这次月考语文最高分，是二班江渡的。"老师抖着手里的试卷，"看看，字迹娟秀，赏心悦目。我平时跟你们说要好好写字好好写字，有些同学就是不听，你们觉得阅卷老师看到你们那些狗啃一样的字时，是什么感受？"

"拉出去斩了。"有不怕死的在底下接话，大家哄的一声笑开了。

魏清越也跟着无声笑了笑。他练过书法，字很霸道。语文老师无疑是很欣赏他的字的，但对第一名不爱背书这事不赞成。魏清越可以说是记忆力惊人，即便不爱背书，文科的几科照样能考高分，要是爱背书，那就完美了。

"这次作文呢，魏清越和江渡一个分数，都很高。不过，就老师个人来说，我更喜欢二班江渡同学的文风。"语文老师特意瞥了魏清越一眼，不知道是不是想杀杀他的锐气，又或者是希望他千万不要骄傲，想让他明白，至少在语文这科上，他不是没有对手。

不幸的是，魏清越是个相当骄傲的人。魏振东常年对他家暴，让他养成了一种很严重的逆反心理，他不爱听人说教，仅仅因为明白老师是出于好意，所以他隐忍不发。

老师开始读江渡的作文。

魏清越坐在下面，一字不落地听完，眼里有细细碎碎的情绪一闪而过。下课后，他向老师要江渡的试卷看看。老师以为他是好胜心上来了，便笑得意味深长。

很秀气的字，卷面干净，很像……她这个人。魏清越忽然想起两人偶遇时的几个画面，干干净净的脸、干干净净的表情、干干净净的声音，只不过，很容易害羞。

他甚至记起来，男生宿舍也有人提过江渡这个名字，她无疑是一类男生喜欢的长相。魏清越没怎么留意过别人漂不漂亮，他一度觉得女生都长得差不多。

江渡很白，是特别干净的白，魏清越终于记起他曾惊讶于她的白。

他看了会儿作文，很快就把试卷还给老师，老师还开玩笑：“不再研究研究？”

这件事，确切地说，是一班老师当众读江渡作文这件事，不到一个课间就传到了二班。

江渡莫名其妙地成了大家心里的女英雄。因为，一班总是阴阳怪气地说二班值日时把垃圾掉在他们班门口；一班总是嫌弃二班纪律不好，吵到了他们。一班做课间操更认真，却被二班说成傻瓜；一班的人好好穿校服，最看不惯二班的男生耍帅把校服系在腰间……鸡毛蒜皮的小事一大堆，最终导出一个结论：一班有优越感。

都是平行班，跩什么跩？

可江渡的语文分数居然比魏清越的还高，这简直给二班出了一口恶气，高一分也是高。

“隔壁班读你的作文了。”王京京跟个大喇叭似的，往桌子上一歪，推了推认真看书的江渡，“你出名了，现在大家都知道魏清越语文没考过你，他们班的男生还说你长得漂亮呢！”

江渡一下就难为情了。她摁着书，却摁不住心跳：“你胡说什么？”

“我没胡说啊，一班的人说的，说魏清越不服气，还拿你的卷子看！”王京京嗓门大得震耳朵，像雨后的青蛙，呱呱呱叫个不停。

江渡的心，有一瞬间仿佛忘记了跳动，她张了张嘴，想说什么，却发现根本不知道能说什么。

王京京似乎早把情书那档子事忘得一干二净了，她号着要追魏清越也仿佛是上个世纪的事情了。她跟很多女生一样，喜欢魏清越，他那么特别，那么耀眼，谁喜欢上他都很正常。但正因为他遥不可及，正因为有太多人都在爱慕他，所以这件事反而变得不需要避讳，因此，即使失败了也不丢人，魏清越就一个，他不可能都答应的嘛。

课间非常吵，但江渡觉得世界静了下来，她坐在位子上，脑子里只剩一个念头：“他拿到了我的卷子。”

第三节课是语文课，不出意外，江渡的卷子还在老师手里，一时半刻没还给她的意思，她只好跟王京京看一份。

“同学们，这次江渡的试卷告诉我们，其实高考呢，语文140分不是梦。首先，你的选择题不能错。”老师开始激情四射地给大家打鸡血，江渡却一直望着自己的试卷。

哪边是他碰过的呢？他留下的体温早和图书馆那支笔一样永远地消失了吧？可遗憾的是，那支笔的温度曾被她感知过，但薄薄的试卷温度能保留几秒？他留下的痕迹，已不知被谁再度覆盖，也许是老师的手，也许是上下同学的卷子……

江渡扭头，窗外不远处小花坛的花开始枯萎，慢慢地，看不出颜色来。

她把这次月考所有科目的错题都誊抄下来，弄了个错题集锦。

小许老师进班通知大家准备缴资料费，他把任务分派给两个人：男生把钱交给班长，女生把钱交给张晓蔷。

大家对缴资料费习以为常，这点钱对大部分家庭来说也不算什么。江渡也不例外。外公外婆都有退休金，负担她一个还是可以的。她最大的开销就是买书。学校门口有家书店，经常卖旧书，江渡偶然发现这家书店，很喜欢。这次考试考得还可以，她决定奖励下自己，去书店逛逛。

王京京跟江渡相比，完全是不学无术的做派。她也看书，但她看言情小说、娱乐杂志、少女漫画，还爱买一堆花花绿绿的日记本，抄那些诉说情情爱爱的歌词和雾里看花般的肉麻句子。因此，当江渡问她去不去书店时，她很干脆地拒绝了。

天色昏暗，淅淅沥沥地下起秋雨，寒意阵阵，江渡一个人撑着伞去了书店。

书店里，光线同样昏暗，老板留长发，扎成小束，两只手指因为常年夹烟，黄黄的。他看起来很年轻，但听人说他三十好几了。店里卖一些少见的旧书，很多书封皮都褪色了。店里还卖打口碟，挺洋气，因此时常有年轻人光顾，也吸引了不少梅中学子。

“来了？”老板对江渡有印象，跟她打了个招呼。

江渡腼腆地点了点头。

他这儿有个小阁楼，因为书太多，逼仄的楼梯边也摆满了书，认真淘的话，是能淘到一些私藏流出的好书的。

店里有股经年不散的霉味儿，像藏着个梅雨季。

江渡觉得老板不太爱收拾，店里乱糟糟的，经常一不留神就会被书绊到。

跟江渡打完招呼，简单地聊了几句，老板就踩着吱呀乱响的楼梯上阁楼给她找书去了。

江渡本以为此刻书店就她一人，毕竟是下雨天，可拐角处分明有个身影。她想过去，但见是个中年男人，戴着帽子，也瞧不清长相，丝毫没有让路的意思。她看了看，便作罢，就在原地翻看新上的书目。

突然，有股怪异的气味传来，说不清是什么。江渡抬起头，发现那个男人竟然不知不觉站到了她身边，离她很近。她觉得很突兀，下意识排斥这种超过社交距离的行为。

“喜欢叔叔的大宝贝吗？”那个男人忽然低笑着问她，手在腰部活动。

江渡茫然，下意识地看了一眼。一团无比丑陋、狰狞的东西赫然入目。

江渡依旧处在巨大的茫然和懵懂中，她根本没反应过来那是什么，只觉得骇目。

“想不想摸一摸？”那个男人问她。

“你来书店怎么不跟我说一声？”熟悉的声音乍然响起。

江渡再回神时，一只手已经搭在她肩头，把她的身体钩回了一点。

魏清越居然也在这家书店，他出现得同样突兀，隔在她和那个男人之间。

江渡彻底愣住了，她什么都不知道，只知道刚刚魏清越揽了下她的肩膀，他语气熟稔，好像她是他的女朋友，他们就像那种校园小情侣，偷偷谈恋爱但又总会被人发现。

江渡僵硬地看着他，不知所措。

那个男人对魏清越打断他的好事显然不满，恶狠狠地瞪了男生一眼。楼梯重新发出吱呀的声响，是老板下来了。

那个男人见状，匆匆离开。魏清越立刻转身走到老板跟前说了些什么，江渡一个人依旧大梦不醒似的傻站在那儿，耳朵烫得难受。

等魏清越的目光再度投过来，江渡连忙避开，手一伸，装作在那里找书。老板把她要的书给了她。

魏清越是来买打口碟的，他付了钱，转身看了眼在他身后排队的江渡："回学校吗？我有些话想跟你说。"

男生非常坦荡，可老板的目光大有深意地往江渡身上扫了扫。江渡担心对方误会她跟人早恋，一脸窘迫，慢半拍似的，没说话，只点了下头。

两人一前一后出门，冷风冷雨瞬间扑打到他们脸上。天色向晚，远处的天际线仿佛堆叠了层层墨苔，路灯已经亮了起来。

"那个变态都那样了，你为什么还盯着他看？"魏清越微微转着伞柄，一脸不解，他真的没办法理解女生的脑回路。

江渡到现在都没反应过来，她无辜地抿了下唇，摇摇头："我不知道是怎么回事。"

魏清越言简意赅地告诉她："这叫露阴癖，以后离这种猥琐、变态的人远点，发现苗头不对，别跟他起冲突，赶紧跑。"

江渡没搞清楚是哪三个字，魏清越看到她那个表情，一字一句地说："暴露的露，阴险的阴，癖好的癖。你不是语文成绩挺好的吗？不难理解吧？"

一时间，了悟、难堪、后怕、恶寒……多种情绪在胸口齐齐爆开，江渡不由自主地攥紧了伞柄，另一只手牢牢地把书捂在胸前，不可思议地看向魏清越。

"可是……我并没有看得很清楚。"她脑子短路，不知怎的说了这么一句。

魏清越先是诧异地一挑眉，随后就不怎么厚道地笑了："你还想看清楚？想什么呢？"

空气清凉，江渡的脸本来是冰白冰白的，此刻意识到失言，变成了虾红色，轰轰焚烧。她紧抿着嘴，不知道该怎么解释。

"这个书店经常有成年人来，鱼龙混杂，你以后来，最好和同学一起。"魏清越提醒她，又看看天色，"回去吧，该上晚自习了。"

"谢谢你。"江渡终于想起她应该道谢。

魏清越回头，伞檐雨珠滴落，他的面容模糊不清，江渡只能听到他清爽的音色："不客气，暑假你不也当了回女侠？"声音里带点调侃的笑意，传到耳中，就成了微笑。

江渡忽然发现，魏清越的头发似乎长了很多，并没有剪发的痕迹，像一把疏狂的乱草。

地上有小水洼，折射着昏昏的灯光，江渡一脚踩进去，溅到魏清越裤腿上，两人皆浑然不知。

学校门口长街上卖小吃的摊位还在，热气腾腾、雾茫茫的一片。魏清越转过身，对一直在身后踩他影子的江渡说："请你喝杯粥？我看你哆哆嗦嗦的。"

江渡一下子又窘得不行，她哪里哆哆嗦嗦的了？

一杯热粥很快递到她手里，暖暖的，从手心暖到心底。天气乍冷，魏清越只穿着件薄长袖外套，他不怕冷似的。

"暑假的时候，那群人……"江渡舌头发僵，想找点话题。

魏清越闻言看过来，无所谓地说："那件事啊，你不是也做了笔录？职高的浑蛋管我要钱，老子的钱是那么好坑的？"

他说这话时，戾气很重。

江渡被他这副口吻弄得心狠狠地一跳，默然不语，脑子里却是他被那个中年男人一脚踹得踉跄的画面。

"那个人为什么打你？"她终于忍不住，轻声开口问。

魏清越立刻化身为薄薄的刀片，眼神冷淡："你是说魏振东？"两人倒是默契，他知道她问的是谁。

啊？听起来像是一家人，可他这么直呼其名，江渡看了他一眼。

"你既然都看到了，告诉你也没什么，那是我爸。至于我被人勒索，为什么他还要打我，说实话，我也不知道。他打我是不需要理由的。"魏清越说到这儿，脸上是嘲弄的神色，是对魏振东，更是对自己，"想不到吧？有人常年考第一，还要挨家长揍。"

江渡完全沉默了，静静地望着他。

雨打在伞布上，清脆作响，整个世界在水幕中浮浮荡荡，给人随波逐流的感觉。

"我不会告诉别人的。"江渡觉得说什么安慰的话都很苍白，她只好做出这样的承诺。

魏清越笑笑，不置可否，反而说：“打听别人的私事，其实很不礼貌。”

江渡果然尴尬了。

“是凑巧被你看见了，你又问，我才说的。不过，我不喜欢跟别人说我的事，没意思。”

江渡觉得喉咙里堵了点什么东西，她莫名想哭，低声开口：“对不起。”

她忽然意识到，自己无形之中把魏清越得罪了。

风不小，吹着女生的额发，她看起来手足无措。

魏清越还是淡淡地笑，说：“你先走吧，我过会儿再进去。”

江渡犹犹豫豫地看了看他，不远处是一排店面的霓虹招牌，红的、绿的、紫的，灯光明明灭灭，衬得男生的身影很孤绝。

“你是不是……很生我的气？”江渡虚弱地问道，“真不好意思，我就是一时没怎么过脑子就问你了。”

“嗯？”魏清越扬了扬眉，像是觉得好笑，“没有，我们也算认识一段时间了，我有说生你的气？”

江渡垂下目光，盯着地上散落的光，也“嗯”了一声。

“放心，我没那么小气。”魏清越的声音里又有了笑意。他的脾气不可捉摸，说差很差，说好也很好，此时此刻他逗了逗江渡，眼里是幽幽深深的流光：“你别跟受气包一样，我只是烟瘾犯了，得找个地儿。看，你不是还知道我这个秘密吗？”

男生抬手，顺着额头往后捋了把头发，霎时，有着说不出的意气勃发。

江渡心扑通扑通地跳，像吃了百香果的感觉，又香又甜。

她极力克制住想要翘起的唇角，点了点头，想说句“那我先走了”，最终却什么也没说，撑着伞离开了。

江渡回到教室，心依旧乱跳，好一会儿都不能安静下来。王京京又在偷吃零食，还分给后面的男生。她问江渡要不要吃，江渡却数次看着她，欲言又止。

“怎么了？”王京京往嘴里丢薯片。

“你还要给那个谁……写信吗？”江渡为自己的小心机感到羞耻，但面上装得很平静。

王京京立刻会意，想起什么似的，在抽屉里翻了半天，像犯病一样，忽然又来了精神：“你不说，我都忘了。写！把这沓信纸写完。你上回跟我说什么来着？‘靡不有初，鲜克有终’？对！就这个，就冲这信纸钱，我也不能浪费了！”

“这么厚啊！”江渡红着脸假装抱怨，“也行吧，我当练笔了。”

雨声不停，学校笼罩在一片秋意之下，风声也跟着萧萧。

她知道有些东西写出来就好了，写出来，她就可以心无旁骛地继续学习，仿佛魏清越看不看得到都可以不去计较。

见信好。

在公示栏看到了你的名字，第一名，恭喜你。可能这样的荣誉对你来说是家常便饭，但对于我们来说，是发自肺腑的羡慕，我相信，你一定前途似锦，有着最光明的未来。

上面写得好像很官方的语气，抱歉抱歉。

今天下雨了，有点凉，我觉得应该多穿点衣服，才不容易生病。我本来不太喜欢这种秋雨肃杀的时令，但今天莫名高兴，觉得雨很可爱。不知道你有没有发现，雨落在学校的车棚上，声音会更响，我是指和落在地上做对比（回教室的路上路过车棚那边，突然发现的）。

上一封信，不知道你有没有看到，没看到也没关系，最重要的是，我把我想跟你说的都记录下来。虽然不是名家手笔，但能够记下来的那一刻，对当事人来说，就是永恒了。

我今天有些感慨，想说给你听听。

好像高中生涯并没有太重要的事情，除了学习，在老师看来，或者家长看来，我们的情绪像是无病呻吟，少年说愁。我想，其实不是这样的，每个人有每个人的辛苦，不为外人所知，就像我从不觉得一个人如果因为巨大的痛苦去自杀，仅仅是因为懦弱。有时候，大人，甚至是同龄人，低估了一个人情绪的复杂，而令人倍觉孤独。我写这些，绝不代表我是一个悲观的人，其实我是想说，无论一个人目前在承受着什么，只要他还拥有健康的身体、敏锐的思维，就应该再清点清点他手里拥有的东西，而不至于那么难过，从而树立生活的信心。

抱歉，我觉得自己讲得又很师长味，希望你不要觉得我是个老学究才好。

那我说点别的吧。我现在给你写的每个字，对我来说，都很重要，排在学习之后第二重要的那种程度。只要能写出来，我就很高兴很高兴了，希望你一切都好，是我今天的心愿。这句话不会失效，不会像药片、不会像食品有期限，它是无限的。

雨还没停，我虽然不喜欢秋雨，但很喜欢枕着雨声入睡，这场雨要是能下一夜就好了。对了，请问，你能看到窗外图书馆附近的那棵树吗？从我这边的窗户可以看到，影影绰绰。每次晚自习从那边路过，明知道是棵树，可我总是以为是个人，经常吓一跳，我真是太傻了。

说到这个，我想起有一次在家也是这样。半夜去卫生间，客厅挂着一件家人的大衣，迷迷糊糊地以为那里站了个人，可把我吓坏了，现在想起来，还是觉得很搞笑。

不知不觉，又写了很多废话，我总是提笔就犯这种毛病，写东西像泛滥为患的一条河。

这是我写给你的第二封信。

祝好。

信是第一节晚自习下课后送去的，为此，林海洋还讹了王京京一瓶运动饮料。

密雨斜侵，教室门口的栏杆上挂满了黑灰色为主的雨伞，玻璃黝黑处映着学生们的三两剪影，江渡就那样心思澄净地坐着不动，信写好了，像是某种使命完成，因为不抱任何希望，所以下节课反而可以一头扎进去学习。

林海洋跟魏清越不熟，不过，男生嘛，彼此之间说话向来比较直白，好沟通。他直接敲了敲一班的窗户，等有人拉开了，说："帮忙喊下魏清越。"

魏清越很快出来了。

“你的信。”林海洋递给他，像是默认魏清越知道是谁写的一样。

魏清越拿在手里，垂眼看了看，和他上次在阳台上看的那封是一样的封皮。他晃了晃手中的信，问：“谁写的？”

林海洋这才恍然大悟：魏清越不是一般人，信太多了，他肯定早把上一封忘到九霄云外了。他就说嘛，王京京是做无用功，这些女生就会花痴魏清越。

“二班王京京，哥们儿，不知道是哪个吧？我指给你。”林海洋贼热情。

魏清越却淡淡的，是陌生的姓名，他没有认识陌生人的兴趣：“不用了。”

“就坐在窗户边——”林海洋话到嘴边，忽然顿住，他发现王京京正贼头贼脑地在走廊尽头往这儿探看呢，他乐了，手一指，“她，她给你写的。”

走廊尽头有一群女生，魏清越扫了一眼，根本没看清谁是谁，说句“谢了”，转身走进了教室。

学霸就是学霸，总是这么个性。林海洋吊儿郎当地回去，又调侃王京京，两人在教室里打成一团。江渡没说话，她静静地趴在桌子上发了会儿呆，在第二节晚自习铃声响起后放空脑袋，开始认真做题。

秋雨绵绵，一直下个不停。

梅中很大，从教学楼到宿舍楼有一段距离。晚自习十点结束，人群往热水房的方向拥，路灯一长串，迤逦朝前，路上到处是撑开的雨伞。

魏清越没急着走，一个人在空了的走廊窗边看那封信。

雨声就在耳旁，他当真顺着窗户的方向找图书馆附近的那棵树，黑黢黢的一团影子，那么高，怎么看也不像人。

食堂里有人在吃夜宵。天气猛然变凉，人特别容易饿，尤其是青春期还在长身体的中学生，胃口奇好。有的人在这几年里非常难看，吃得粗粗壮壮，处于不堪回首的颜值低谷期。大部分人本来就长得半开不开，所以，这个时期能长得很好看，一眼夺目，是很难得的。

江渡的外婆会炒甜辣酱，她一瓶，王京京一瓶。林海洋在食堂见过她们拿炸鸡腿蘸甜辣酱吃，他尝了一回，上瘾似的厚着脸皮问江渡要。打完水，三人就围在食堂里用热乎乎的馒头蘸酱吃，林海洋嘴巴大，一口下去，半个馒头就没了。

他可以一顿吃三个馒头，那就是……六口。江渡在心里做奇怪的算术题，王京京却一直在骂他："你好不要脸啊！瓶子这么小，你戳几回就给我们戳完一瓶，损不损呀！"

"你这么激动干什么？酱是江渡的，又不是你的。"

"你有种别吃我的啊，我这瓶是江渡外婆给我的，你干吗还戳我的？"

两人正你一言我一语地交锋，林海洋忽然大叫一声："魏清越！王京京请你吃酱！"

话音一落，心跳停止的是江渡，她不由得抬头，食堂入口那儿果然站着个熟悉的身影，灯光下，明暝分际，男生正在收伞。

林海洋的眼可真尖，王京京"啊啊啊"地直捂脸，坐在那儿一撅一撅的，她是真的有点害羞，让男神看见自己在这儿吃馒头蘸酱，怪怪的。

魏清越比他们想的落落大方。他走近时，往这边看了看。

王京京有点手忙脚乱地说："哎，魏清越，你也来补充能量啊，要不要吃酱？"

江渡嘴巴发僵，正在咀嚼的动作不由得慢下来，越是有人，她越是没勇气抬眼看魏清越，只能盯着玉黑玉黑的玻璃瓶看。

"谢谢，我不太习惯吃这个，你们慢用。"魏清越这话是看着王京京说的。

王京京。她就是王京京？他在心里默念这个名字，实在难以把她的样子和那两封信联系在一起。

而她一旁坐着一个安安静静的人，连脸都没抬，腮微鼓，像正在吃东西。魏清越忽然觉得她很逗，这么快就装看不见他了。

食堂窗口开放得不多，魏清越随便买了点东西果腹，在吃穿方面，他都不是那么在意，魏振东什么都讲究，他就什么都随意。

外面雨大了一阵，林海洋开始唱《冷雨夜》，他的嗓子跟破锣似的，刚唱两句，音就劈叉了。王京京烦得直堵耳朵，江渡却认真地问他："你唱的是谁的歌？"

"Beyond的，主唱是黄家驹。"林海洋说了个江渡很陌生的名字。小女生大都喜欢周杰伦，黄家驹这个名字听起来带着旧旧的气息。再问下去，果然，她才知道那是香港一个摇滚乐队的主唱，在他们这代人差不多两岁的时候就已经去世了，难怪不了解。

林海洋把MP3掏出来，又把耳机递给江渡，笑着说："不过这首是黄家强原唱。"

戴上耳机，前奏一响，仿佛真有冷冷的雨珠滚落，江渡一下就喜欢上了这首歌。

几人在讨论香港歌手，不知不觉间，魏清越的身影已经消失，林海洋跟王京京都没在意，但江渡注意到了，他买好东西，直接从那边走了，一眼也没往他们这边看。

"我想和你分享这首歌。"江渡默默地想。

回去的路上，灯光下雨丝蒙蒙，像细密的针，她怔怔地看了一路的雨，知道魏清越应该没有看那封信。

学校的桂花谢了，天更冷了，也黑得更早了。日子那么一天天地过，谁也没对那封信抱过期待。等到期中考试一过，大家纷纷惊觉，原来时间过得这么快，转眼间，高一上学期已经过了一多半。这么算的话，好像高三很快就迫在眉睫。

期中考试，江渡的名次不升反降——降了两名，她也很心疼，明明用功程度和之前一样，班级名次掉了两名，年级名次掉得就多了些。

公示栏上，魏清越还是耀眼的第一名，特别稳。他每科的分数，江渡都牢牢地记在心里。与他差距很大呀，她难免有些郁闷。虽然她也不知道自己为什么会荒唐地拿自己跟魏清越比，要比，也得是张晓蔷那种成绩拿他当坐标吧？

周末回家，江渡跟外公外婆说了期中考试的事情，外公在洗鱼，厨房飘着淡淡的鱼腥味，垃圾桶里一团血污，江渡蹲在旁边帮忙剥蒜。

"胜不骄，败不馁，名次有起伏很正常嘛，再努力就好喽！"外公中气十足，开始剁鱼头。灶台上放着早秋从老家花椒树上剪下的花椒，江渡“嗯”了一声，拈起两粒，放在鼻子底下轻轻地嗅，那里面有节气的味道。

外婆在客厅穿红辣椒。他们住在一楼，门口有个小菜园，种了些蔬菜，吃不完的会送给邻居。听祖孙俩说成绩的事，外婆便和外公商量起给江渡补课的事情。

好贵的，这是江渡的第一反应。她不想补课，但她的数学和物理成绩确实有点瘸腿，不过她想选文科，补习物理太浪费了。

“数学总要补一补的。”外婆说。

江渡望着那串红辣椒，没下定决心：“高二数学文科会简单些吧？说不定会好起来。”

“未雨绸缪啊。”外婆把围裙一解，“咱们数学又不是很差，补一补更上一层楼，说不定是你哪块没打通，这一通，成绩就起来了。”

外婆还做了个搞笑的动作，江渡也跟着笑。

一家人商量了一顿饭的工夫，决定寒假给江渡请个一对一的数学补课老师。

辅导机构所在的写字楼在市中心，可以试听。外公带着江渡先去看看情况。上电梯时，江渡看见有个背吉他的少年还差几步就到电梯门口了，她连忙按住按键。

男生穿着连帽卫衣，半个脑袋都在帽子里，肥肥阔阔的牛仔裤是一种旧颜色，看起来，嗯……很酷，江渡在他进来的那一瞬间，脑子里冒出个大家都很爱说的词。

“谢谢。”男生道谢，连头都没抬。

电梯门缓缓关上，空间狭窄，江渡一下愣住了，她是从声音认出魏清越的。

第五章 见心意

是因为喜欢，才装作看不见的。

写字楼有个乐器行，魏清越是来买一些小物件的。

江渡不动声色地打量着他，站在一角，外公就在她身旁，她必须表现得自然，如果要打招呼，也得看起来两人是最普通的校友关系。

其实两人本来就是这种关系。

天气凉，江渡嗓子不是很舒服，一阵痒意袭来，她想咳嗽，又怕惊动魏清越，因此，她像只小猫似的捂着嘴巴吭吭了两声。

外公突然喊她："江渡，感冒了吗？"

唉……江渡一下就慌了起来。果然，前面的魏清越转头，他把帽子往后一扒拉，露出长了的头发，有些许凌乱，但意外地……看起来很好看。她喜欢他的头发。

江渡无比尴尬地挤出一丝笑，手抬起那么一点："嘿。"

她都不知道为什么要这么打招呼，嘿什么呀，但同学们偶尔在街上碰到都是这么"嘿"一下的。

外公意外地看看他们两个人，显然是没想到电梯里后进来的男孩子是江渡认识的。

电梯门开了，魏清越和祖孙俩在同一层楼下，他比江渡自然、坦荡，笑了笑："这么巧？"然后，他顺便跟江渡的外公也打了招呼。

外公快人快语，直接告诉魏清越，江渡是来找补习老师的，又问他是不是也想补课。

江渡立刻讪红着脸，扯了扯外公的衣角，不自然地说："这是我们学校第一名。"

话说出去，她很快后悔，长辈都是这样，如果长辈知道你的同学是第一名，那么后续连珠炮似的什么"真厉害""你看看人家都怎么学的"诸如此类的话定会不绝于耳。

江渡外公虽然没那么夸张，不过他冲魏清越竖起了大拇指，笑眯眯地说："江渡，得多向同学请教啊，学习得法，事半功倍。"

魏清越维持着最基本的礼貌，很快，他说："我先过去那边，再见。"

"再见。"江渡僵硬地摆了摆手，提着的那颗心终于悄悄回落。她不怎么敢看外公的眼睛，唯恐老人看出什么端倪，一边走，一边说："外公，我跟魏清越不在一个班，不熟，所以他进电梯我都没好意思打招呼，您还让我多向他请教。"

外公不以为然："那有什么？同学之间就应该互相帮助。"

这句话，听得江渡又笑了，这种话好像是小学老师爱讲的，她说："天天一堆人去请教，那人家还要不要学习了？"

试听的时候，外公先回去了。小时候，她上兴趣班，外公最开始是骑着自行车接送她。她穿着小裙子、长筒袜，鞋子上的蝴蝶结随着风一颤一颤的。后来，她可以自己坐公交车了。如今，她都是高中生了，可做什么事如果是第一次的话，外公还是会坚持送她。

所以，没有爸爸妈妈，似乎问题也不大。

她没想到今天会一巧再巧，下课休息时，在卫生间附近又遇到了魏清越。

今天简直是被幸运之神眷顾！江渡屏住了呼吸。

"你怎么总喜欢装作看不见我？"魏清越笑了，眼睛一闪一闪的。

是因为喜欢，才装作看不见的。江渡怔怔的，随即回神，连忙慌乱地解释："不是的。"

说着，她攥了下衣服。

"开个玩笑。"魏清越往她身后看了几眼，问，"在这儿补数学？"

江渡点了点头，忍不住问他："你呢？我看你背的像吉他，你学乐器吗？"

"无聊学着玩儿。"

"你会的东西真多。"江渡小心地赞美他。

魏清越一脸不在乎："玩玩而已，也没玩儿得多好，打发时间。"他说话总是这样，一切都很轻，如羽毛，好像对他而言，在这个世界上就没有重的东西。

"我觉得你一定弹得很好，就像学习那样，比较游刃有余。"江渡尽可能让自己显得会聊天一点。他说上句时，她心里早紧张地在酝酿、思索下句要接点什么。

魏清越笑了笑："就那样，随便学学。"

有一些成绩好的同学最讨厌别人说自己用功，或者是被发现在用功，他们总是说"考得不好""复习得不好"……然而，一到考试成绩出来，他们的成绩一如既往地好。魏清越从不说违心的话，他不谦虚，也不自夸，有什么说什么，不用刻意去证明，江渡就知道他说的是真的。

真奇怪，无论他说什么，江渡都相信。

"我要是有你一半聪明就好了，还得补课。"江渡矜持地说。

魏清越一副极其平淡的样子，漫不经心地说："数学有什么好补的？翻来覆去就那些东西。"

江渡被他说得很不好意思，好像她是头猪似的，一时间不知道该接什么话了。

魏清越终于意识到自己的措辞欠妥，他只好笑笑："没有说你笨的意思，可能——"他稍微思考了下，"你还没开窍。"

男生低头看看手表，说："我得先走了。"

她没奢望时间能停留，只要流逝得慢些就行，她克制着情绪，扯扯唇："嗯，再见。"

魏清越本来都转身了，忽然又扭头，喊住她："江渡。"

只是再普通不过的被他喊名字，江渡觉得心口立刻爬满了细细密密的疼痛，她被牵扯着，不知道为什么感觉如此强烈。她努力镇定地回头："还有事吗？"

"那个王京京……"魏清越只是心血来潮想问这个，话到嘴边，仿佛被风吹散了，竟不知道该怎么说了，他笑着摇摇头，"没什么，你的作文又被语文老师拿到班里念了。"

江渡只好抿了抿头发："其实，我作文没那么好。"

"不知道是不是我的错觉……"魏清越欲言又止，眼睛眨了眨，他突然话锋一转，"学校图书馆前面的那棵树，晚上看起来像个人戳在那儿，你留意过吗？"

心跳骤然失控，猝不及防，江渡连眼睛都忘记了眨动。他知道了什么？他为什么要问这个？两人目光触碰，像蜻蜓轻轻点过水面。

她极力装出疑惑的表情，可声音微微发颤："树？图书馆附近有树？我好像没注意。"

"是吗？"魏清越说不清听到这个回答是什么感受，微妙、模糊，没有词能准确表达，他无声地笑笑，转身离开。

男生最终进了电梯，江渡站在原地愣怔了片刻。忽然，她一口气跑到窗户那儿，两只眼定定地往楼下望去，她在等待一个身影。

很快，魏清越的连帽卫衣、牛仔裤，还有背上的吉他，清晰地映入江渡的眼帘。她一眨不眨地盯着那团身影移动，毫无压力，也不用顾忌谁的目光，像自由的蔓草，可以没有边际地生长。

他路过喷泉，再转过花坛，走到树下去推单车，顺着台阶直接骑下去，颠了几下。那边有红绿灯，一、二、三、四……江渡在心里默念。魏清越等了十七秒的红灯，他去了对面，路两边种着合欢树，直到，少年的身影消失在滚滚车流中，再也不能辨寻。

江渡忽然就转过身，靠在玻璃上，两手空空。

魏清越的头发长得已经超过学校的标准，班主任委婉地提醒他："你该剪头发了。"

他发质非常好，乌黑透亮，蓬蓬松松的，远远望去，参差百态。他是去一家小店理的发，十块钱一次，随意地修了修，没怎么剪短，看起来有种20世纪90年代港星的韵味。

他有件铁锈红衬衫，复古款，搭配夹克衫，像美丽的仙人掌。他这个样子，在学校里特别招摇，因为同龄人没这么穿的。老师见到他，也是不知道说什么好。魏清越是第一名，他父亲又是当地有名气的企业家，经常赞助学校，偶尔还会上新闻。所以，对魏清越的特立独行，老师们基本上是睁一只眼闭一只眼。

直到他在阳台上抽烟，被宿管阿姨突击检查时发现。宿管阿姨看他那个打扮，又见他生得俊，断定他是个不好好学习、只知道谈恋爱的熊孩子，苦口婆心地教育了他一番。

当时，午后太阳明晃晃的，可风又干又冷，吹得他头发遮目，间或露出两只俊俏的眼，如浮云蔽日。宿管阿姨睨着他，恨不得把他那一头头发给剪利索了。

他在阳台上挨训，对面女生宿舍就是这次发现一班的魏清越住在哪层的。大家都挤在阳台上看，兴奋地议论：“是魏清越啊！”

说来也奇怪，同学们不去议论哪个漂亮女生穿了什么漂亮衣服，反而关注魏清越。他经常不穿校服，他的发型、衣服，都会成为同学们背地里讨论的焦点，女生们一致认为，第一名其实相当骚包。

那她们可误解魏清越了，他永远是看什么顺眼买什么，爱怎么穿就怎么穿，他不是为了吸引别人的注意，一点这样的心思都没有。

王京京一直盼着男生宿舍能有个人模狗样的家伙出现，可惜一直没有。对面的阳台飘满男生的衣服，那种破抹布般松垮的内裤也在那儿飘，女生们无意间瞥见，忍不住吐槽，居然还有大红色的，这更叫人眩晕了。

她拉着江渡，饶有兴趣地趴在栏杆上看魏清越。阳台上，是女生们嘻嘻乱笑的声音，江渡的目光混在所有人好奇的目光里，难得坦然，她静静地看着他，眉眼弯出小小的弧度。

仔细算来，自从升旗手轮换到其他班级，她见魏清越的机会就约等于无了。每次从一班教室路过，她都想装作无意地瞥进去一眼，可太快了，快到根本分辨不出来他在不在，江渡就只好心虚地收回目光。

原来，一墙之隔，想碰见也是那么难。

冷空气三天两头拜访，女生们都穿上了毛衣、厚外套，怕冻的连薄款羽绒服都上身了。魏清越永远穿得少，他还穿着衬衫，罩着一件洗到发白的牛仔外套，像不知冷热。

张晓蔷在隔壁阳台上，她跟江渡的寝室离得近，两个宿舍的女生就这样伸着脑袋交流起来，说的是魏清越——哪个班女生又在追他了，他长得真洋气啊，他好有个性啊。众人七嘴八舌地乱说一通。

忽然，张晓蔷说：“你们真是小看他了，魏清越是有大志向的人，是要出国深造的。而且，他可不是什么故意耍帅、装酷的人，那太幼稚了。”

嘈杂的人声静了一瞬，大家都知道，张晓蔷跟魏清越交情匪浅，是初中同学，可以跨班问问题，好像张晓蔷也更有资格评价魏清越，而她们，永远对魏清越处于最浅薄的想象中。

江渡觉得心一下揪了起来，皱成团，她全神贯注地听，希望张晓蔷能多谈论点她们所不知道的魏清越。空气凝滞，所有的风声都变得多余，她只想听清楚张晓蔷嘴里每一个字，关于他的。

很快，希望落空，张晓蔷显然点到为止，她像是要为魏清越正名，但偏偏不愿意往深里说。一阵淡淡的惆怅忽然从心头划过，江渡失神地看着张晓蔷。

这一幕，落在陈慧明眼里，她在大家散去时告诉张晓蔷："寝室长，我觉得江渡好像有点嫉妒你。"

这话张口就来，陈慧明记得当初王京京骂她时的每一个眼神和动作。

张晓蔷微微一愣，随即笑着问："什么？"

"你说魏清越时，她一直用一种古怪的眼神盯着你，反正怪怪的。"陈慧明有点讨好地看着张晓蔷，"你成绩那么好，爸爸妈妈又厉害，其实，被人嫉妒也正常。"

"可能是你想多了吧，我说魏清越时，大家都盯着我看，是吧？"张晓蔷说得含蓄，心里明镜似的，她当然记得陈慧明跟江渡和王京京闹过矛盾。

陈慧明一下闹个大红脸，讪讪的，只好找补："那可能真是我想太多了吧，你说得对，太多人喜欢魏清越了，王京京都给他写情书呢。不过，魏清越肯定看不上她。"

张晓蔷笑了笑，没再接话。

"寝室长，元旦会演，你报节目了吗？"陈慧明还在没话找话，气氛怪别扭的。

张晓蔷点点头："报了，不知道会不会被刷下来。"她不光报节目了，还是拉着魏清越一起报的。她知道魏清越玩乐器，他们一起表演个节目还是很有意义的。多年后再回望，这是青葱岁月的一截光，属于她和魏清越的。

与其说是喜欢魏清越，不如说是欣赏他。张晓蔷从小到大循规蹈矩，一直是"别人家的孩子"，她事事都很完美，几乎从不犯错，是标准的模范生——成绩优异，团结同学，热爱劳动。魏清越从来不是，他是成绩好的那群人中的异类，大家其实是羡慕他的，只要跟他做过同学，谁都没办法忽略他。

这个年纪，正是自我意识迅速形成的时期，每个人都想与众不同，或者说，觉得自己很特别。等多年后回看，很多人的青春都是这样的，内心跌宕起伏，心思细腻多变，等被社会毒打够了，那些东西褪去，自己都惊讶于曾经的模样。青春可真好，只是太多人身在青春时反而不自知，仓皇惊叹时，已经老了。

魏清越没想过与众不同，只不过，他的存在已经是独一份。宿管阿姨找到一班的班主任，班主任只能无奈地笑，说会好好教育他。同寝室的男生则在说那些女生，嫌她们花痴，见到魏清越跟追星似的。男生之间也是有微妙酸气的，比如，魏清越经常收到情书和各种礼物，比如一玻璃罐的星星、巧克力、手工小饼干、CD，尽显女生们精巧的心思。这些都是属于魏清越的，男生们在吃他丢过来的食物时会半真半假地开些酸不拉叽的玩笑，不过他们也没太当回事。

下午，到教室后，王京京那三分钟热度又上来了，她嘟囔着：“唉，好希望魏清越能回信啊，好想知道他会怎么写回信啊！唉……唉……”一连三叹地唉个不停。其实，有段时间没给魏清越写信了，他不回，谁也没法子。

尤其是十一假期后一直到元旦，这中间整个11月和12月都无假可放。王京京觉得无聊了。“一人无聊，就想发骚”，这是林海洋那个臭不要脸的说的，江渡第一次听到时完全惊呆了，但又莫名佩服林海洋把粗鄙之语说得倒……契合青春期？

王京京旧事重提，不知怎的，后头的林海洋简直像长了驴耳朵，凑上一双笑眼，问她们是不是又在商议怎么花痴魏清越。

“关你屁事！”王京京的口头禅就是这句。她跟男生们打成一片，关系都很好，是除了张晓蔷，同样很受欢迎的女生，她男孩子气，性别在男生看来比较模糊。

她们打打闹闹的，陈慧明默默地往她们这边看了又看，嘴角是轻蔑的笑意——王京京是个傻子，江渡爱装柔弱，真是天造地设的一对上不了台面的好朋友。

因为临到周末，又加上马上过元旦，人心浮动，大家都不太能静得下来。班委会商量着怎么布置教室、谁主持、串词怎么写、音响什么的找谁借……只有江渡安安静静地伏在小山一样的资料后，开始写信。

她想在信中和魏清越提前说一句“新年快乐”，就这么简简单单的一个小小心愿。

“江渡？”张晓蔷过来找她，吓得江渡浑身一僵，脑子都像锈住了，笔一停，下意识地拉过地图册遮住了信纸，她不自然地笑了笑。

张晓蔷当然看到了她这样诡异的反应，不过，她没打探别人隐私的爱好，眼里写满热忱和坦率：“你帮咱们班元旦晚会写个串词吧？”

江渡一愣。

张晓蔷笑了：“瞧我，都忘记问你了，你打算报节目吗？”

江渡轻吁口气，她摇摇头：“我什么都不会，五音不全，四肢僵硬。”

这话逗得张晓蔷哈哈大笑，牙肉都冒出来了。她往外瞅瞅，说：“你跟我一起去买气球吧，正好我跟你聊聊都有哪些节目、串词怎么写。”

江渡想拒绝，她其实不爱参与这些活动，当个观众就好了，无奈她是大家心中作文第一人，这种文艺活动，她当然得出面。

天黑得早，校门口的小店灯火通明，生意最近好到爆。梅中那么多学生，除了高三，都因为元旦将近，刺激得一身劲。店里挤满女生的身影，江渡和张晓蔷混迹其中。店里有眼花缭乱的装饰品和震耳欲聋的舞曲，张晓蔷跟着节奏晃了晃身子，随口问江渡喜欢哪个华语歌手。

“我没固定喜欢的，最近喜欢黄家驹。”江渡很真诚地回应着张晓蔷，“你呢？”

张晓蔷的眼睛亮晶晶的，像想到了什么，她说：“我喜欢朴树，他很独特，不是吗？我喜欢特别的人——那种从不随波逐流的人。”

不知为什么，张晓蔷说到这句话时，笑容更加明亮，像耀眼的星星。

想夸赞对方两句，可江渡不怎么擅长说这种话，顿了顿，才憋出一句：“我觉得你也挺特别的。”

“是吗？真巧，我对你也是这个感觉，哈哈！”张晓蔷又笑了起来，她这么一说，江渡反倒不好意思了。

她们从店里出来时，饭摊的食客寥寥，热气安静地袅袅直上，这个点已经不是学生吃饭的高峰期。一家卖炒面的大棚里，灯光昏昏，坐着个大口吃面的男生。

“魏清越！”张晓蔷忽然出声，江渡跟着一怔，她抬头，果然，男生的目光投了过来。

期待许久的偶遇就这么突兀地发生了，可是，江渡的第一反应竟是自己如此多余——魏清越跟张晓蔷才是熟人。

“要不然，你先回去？”张晓蔷体贴地问江渡，她手里的气球也理所当然地塞给了江渡。在她的认知里，江渡和魏清越没什么交集，也许会感到尴尬。她出于善意，让江渡先回教室。

这样的善意，让江渡瞬间掉进苦涩的沼泽，她有些慌乱，但借着夜色掩饰得还好：“嗯，那我先走了。”

她竭力克制着想要多看几眼的欲望，挺直腰背，头也不回地往学校的方向走。身后传来隐约的人语，她知道两人开始说话，但听不清他们说的是什么。

真可悲。江渡沉默地走到校门口，门口墙面投下阴影，她站在阴影里，这才悄悄回头看了一眼。距离有点远，她只能看到棚下忙碌的老板闪过的身影，还有那口铁锅，底下火花四溅。她并没有看到魏清越，这种感觉，好似火花熄灭在手心，温度尽失。

她怅怅地转过身，走出阴影，路灯把她的影子拉得很长。

教室里比较乱，江渡进来时，她看到陈慧明站在自己的座位边，手里拿着什么。

一瞬间，江渡觉得全部的血都涌到了脸上，她几乎是失控地跑过去，一把夺过陈慧明手里的东西。

不是信，只是陈慧明把她的一本资料蹭掉了，可她不知前情。

江渡的动作明显粗暴了，她满脸通红，心还在铿锵有力地冲击着胸口。陈慧明吃惊地看着她，有几个男生也看到了这一幕。

“至于吗，江渡？”陈慧明满脸的不高兴，“嘁”了一声。

强烈的自我保护意识完全控制了江渡，她的声调都变了："你随便拿我的东西做什么？"

"什么呀？"陈慧明没好气地翻个白眼，"我不小心碰掉了，这不捡起来了吗？你干吗呀，芝麻大点的事还发起火来了？你哪只眼睛见我随便拿你资料了啊？"

"江渡，"班长出来打圆场，"陈慧明说的是真的，我看到了，你可能误会了。"

江渡觉得难堪极了，嘴巴张了张，想说句"不好意思"，可陈慧明已经冷笑着开口："你平时不是看着挺柔弱的嘛，嗓门这么大的啊？"说着，用一副"你可真够虚伪"的表情看着江渡。

王京京不知跑到哪里去了，如果她在，肯定是一场恶战。江渡自知理亏，没反驳，只轻轻说了句"对不起"。

"真是，就会装淑女。"陈慧明抱怨，"凶什么凶？跟男生说话是林黛玉，跟女生说话就是机关枪。"

"行了，陈慧明，一点小事，说清楚不就行了吗？大家都是同学，以和为贵。"班长出面制止了她。

陈慧明相当不服气，瞪了班长一眼，她对这种和稀泥的态度非常不满："谁会装，你向着谁，是吧？"

班长一听也不高兴了："你说什么呢？就事论事，我怎么就成你说的那样了？"

陈慧明不想跟班长吵，黑着一张脸，回到座位上把自己的书狠狠一摔。教室里静了一瞬间，再回神时，陈慧明已经赌气跑出了教室，顶头迎上并排而来的张晓蔷和魏清越。

见她神情有异，张晓蔷喊了她一声："陈慧明，你怎么了？干吗去？都快上课了！"

陈慧明倏地红了眼，步子一停，说："我不小心把江渡的书碰掉了，我都捡起来了，她不管青红皂白就冲我发火，厉害得很，班长还偏心她。她这人真恶心，就会在男生面前装楚楚可怜。我知道，男生就喜欢她这种会装的，我不会装，只有被排挤的份儿！"

听到耳熟的名字，魏清越看了陈慧明两眼。

陈慧明在走廊上大声地哭诉，这一闹，一班和二班的人都听到了，有人拉开窗户往外探头。张晓蔷只好安抚她，说肯定有什么误会云云，正劝着，小许老师过来了，简单问清楚情况，进班后，让两个当事人都出来。

因为江渡是语文课代表，陈慧明已经自动认定小许老师会偏向她，便恨恨地站在那儿，心中满是不服气，脖子一梗，说："许老师问她吧。"

江渡没有添油加醋，把事情一五一十地说了，先承认了错误。这让陈慧明更讨厌她了，心想："装，你接着装。"她阴沉沉地看着江渡。

小许老师是个好脾气的，他对两个女生的矛盾耐心开导了几句，然后让大家各自回了班。

陈慧明坐下时，她的同桌分明听到一句"贱人"，抬头看看她，又事不关己地低下头继续做题。

这件事看起来确实是江渡反应太大、玻璃心，王京京回来后知道了这事，觉得蹊跷，忍不住问江渡到底是怎么了。

"我以为她偷看了信，所以才没控制住自己。"江渡勉强笑笑，"是我做得不对。"

王京京一脸的释然："嗐！这也值得那么紧张？就算她看见了，我大方承认没什么大不了，当然，她要是敢偷看，我肯定骂她，我能骂她一天不带重样的！"

这话，江渡相信，王京京非常泼辣，她连忙压她的火："别，陈慧明没偷看，是我搞错了。"

王京京却认定江渡是为了她的隐私而受陈慧明的气，硬要放学后请她吃食堂的肉夹馍。江渡有些愧疚，她知道实际上不是这样，至少第一反应不是这样，她仅仅是怕自己心底不为人知的秘密被人窥破。

窗户没关严，风呼啸的声音像汹涌的海浪，小许老师说天气预报有雨夹雪。时间过得可真快啊，江渡忽然有些伤感，冬天说来就来了。

下晚自习后，本来混在人群中下楼了，江渡忽然想起了什么，又噔噔噔地跑上楼。

班里有两个女生没走，一边闲聊，一边锁门。

“你知道吗，陈慧明说王京京也给魏清越写情书呢。”

“笑死人，现在什么阿猫阿狗都敢给魏清越写情书了，也不知道人家烦不烦，苍蝇似的，一拥而上，自己什么条件，心里真的没数吗？”

“没办法，没自知之明的人总是很多。”

两人笑起来，没留神江渡又折回来，正往这边走。等看见江渡时，她们面面相觑，分明是在担心江渡听到没有。

江渡确实听见了，她没说话，只是过来主动打了招呼，说：“窗户没关好，夜里可能会下雨夹雪。”

其中一个女生尴尬地笑笑：“江渡，你可真细心，我们都没在意。所以，你是回来关窗户的？”

教室人多，哪怕是天冷了，也会有个别窗户开一点缝透气。

江渡点点头，那个女生忙说：“那你锁门吧，我们先撤了。”说完，两人急匆匆地走掉，留江渡一个人呆立了几秒。

等她回神，踩着桌子上去，踮脚把最后一扇窗户关死了。下来后，她掏出纸巾把脚踩的地方反复擦了几遍。前后检查了一遍，她才放心地出来。

教室的锁有点涩，她手指用力，硌得手疼也没锁上。她憋得脸通红，教学楼马上要熄灯了。她弯下腰，想看看是怎么回事。

“打算撬锁？”

身后忽然传来魏清越的声音，江渡的后背跟着一僵，她不由得抬头，拘谨地说：“没，我是想锁上。”脑子里回荡的却是那两个同学的对话，她的目光瞬间黯淡下去。

魏清越闻言，直接把她拨开，啪嗒一声，轻而易举锁上了，他低笑：“你真的没什么力气啊，我想起来了，你军训时都是坐着的。”

他的话里有几分戏谑，江渡顿时臊得不行。

当时，她天天坐在操场边，很多人都知道二班有个女生不参加军训，但还要坐在操场上，这在某些人看来蛮矫情，不参加就是不参加，还坐个什么劲呢？

她想解释解释，自己心脏不好，动过手术，但又怕魏清越觉得自己装柔弱，她犹豫片刻，只说了句：“谢谢你帮我锁门。”

她的声音听起来有些低落，魏清越瞄了她一眼："你跟同学吵架了？"

啊？江渡吃惊地抬头，有些结巴："你……你怎么知道？"

"我跟张晓蔷回来时，你那个同学在走廊里跟张晓蔷诉苦。"

江渡的脸瞬间白了，好像有什么东西被人猛地攥住了。

魏清越见状，笑了："别怕，我虽然谈不上了解你，但直觉看人很准的，我知道，你不是你同学说的那样。她下次再这么说你，你找她当面对质。"

江渡难以置信地看着魏清越，他说"我知道"。其实，这三个字就足够了，她对他的一切情愫不需要他回应，只这一次的理解，就足以告慰她整个青春岁月。天知道，她有多么感激他这么说。

走廊里灌进来风，江渡愣了愣，忽然意识到走廊的窗户也没人关，她连忙跑过去，抓紧咣咣咣地关好几扇窗。

魏清越在她身后看着她，正要提醒，熄灯了。

果然，女生低呼了一声。他掏出手机，学校是不准带手机的，当然，2006年的时候，高中生中也很少人配备手机。

魏清越的手机是最新款，他打开手电筒，前方便有了一束光芒。

"关窗户做什么？"魏清越示意江渡过来跟自己一起走。江渡却怔住，周围很黑，但魏清越好像成了一道光，光太亮，她从未靠近过，这一瞬，更多的竟是不知所措的胆怯。

"江渡？"魏清越有点疑惑地喊她，见她一动不动。

江渡默认，配和魏清越并肩的应该是张晓蔷那类女生——优秀、自信、明朗，不像她，像缩在角落里的小蜗牛，背着壳，只想安全、平静地待在自己的世界里。

身子发僵，最终还是跟他保持着一点距离。男生身上的兰花香幽幽传来，江渡怀疑那是某种洗衣粉的气味。两人的衣服不经意间摩擦了一下，轻轻的碰触而已，江渡抿着嘴，每一根神经、每一个细胞都紧绷绷的，心早不是自己的了。

"你刚刚关窗户做什么？"魏清越又问她。

沉默终于被打破，江渡尽量用一种正常的声音回答："许老师说会有雨夹雪，如果半夜飘进来，可能会结冰吧。"

魏清越就又笑了一声，不知是什么意思。

江渡头皮一阵发麻，心里忐忑："他是不是觉得我很伪善？这样显得我刻意卖弄好心？早知道，说是随手一关就好了……"她纠结、后悔得要命，不知道自己为什么不假思索就实话实说了。

出了教学楼，一阵冷风吹来，直噎得人喉咙发紧。魏清越穿得还是很少，他把手电筒关了，问："你自己能回去吗？"

太短了，好像几秒钟就走完了这段路，江渡从来没这么希望走廊最好有几公里长，这样就能和他多走一段路了。

她"嗯"了一声，说："今天真是谢谢你。"

风冷飕飕的，江渡看看天，有点腼腆地鼓起勇气，说："天气预报说有雨夹雪，要是穿得少就容易感冒，感冒很麻烦，虽然是小病，但头昏脑涨的很不舒服。"

她都没办法直接说出"天冷，你要多加衣"。

女生把话说得曲折、委婉，心思隐藏在风里。

"我那天挨训，你在对面阳台幸灾乐祸了吧？"魏清越不知怎的开了个玩笑。那天，他看到了江渡，其实他早就知道她在对面住着。有一次，他无意间看到江渡拿着晾衣竿费力地把毛衣挂上去，水滴滴答答的，跟没拧过似的，他这才明白江渡是真的没什么力气。

江渡又是一惊，她慌慌的，一时间，谎也撒不出来。

"我没幸灾乐祸，真的。"江渡面红耳赤地说，大脑急速运转，"那天，很多同学都看见你了，我就是跟大家一起看看是怎么回事，真的没有想看你笑话的意思。"

她的情态，魏清越觉得似曾相识，朦胧、飘忽，有种惘然感，他不知道这一瞬间的情绪从哪里来。跟她道别后，他回到宿舍，在嘈杂纷乱的嬉笑声中更无从分辨、回溯了。

直到第二天，真的下雨夹雪，铅色的云布满天空，冷雨裹挟着雪花，融进校园里每一块方砖。林海洋突然又找到他，给他送来一封书信。

魏清越本来以为他不会再收到这种信了，毕竟已经隔了很久。

一样的封皮，一样的信纸，还有一样的字迹。

当时，王京京看完这第三封信，歪头咂摸，问："江渡，你在编小说啊？我家里哪有什么香椿树？”

江渡早料到王京京可能会心存大大的疑惑，她镇定地回应：“这样写比较亲切，娓娓道来，我觉得比较好，你觉得呢？”

王京京撇嘴，说：“我觉得？我觉得你一直跟老太太似的呢，絮絮叨叨，净说无聊的事情。要不然，抄情诗给他吧？抄那种大家都没读过的、特别有才的那种？你一定读过吧？”

“可那些是别人写的。”江渡总有一些莫名其妙的坚持。

王京京不太能理解她这种想法，说：“那有什么？写作文还允许引用名人名言呢。”

“这是信，不是作文，信要写最真实的东西。”江渡不肯让步，这种时候，她倒倔得像头驴。

王京京不懂为什么把倔脾气比作驴，她没这种生活经验。但她小嘴叭叭的，最会反驳了：“我家没香椿树，这也不真实啊！”

江渡一下语塞，顿了顿，说：“艺术的真实。”

“你可拉倒吧，都什么呀？真是笑死我了，江渡，你其实很搞笑啊！”王京京哈哈大笑，笑完，还是很高兴地把信誊了，誊到最后，又忍不住嘟囔起来。

天气恶劣，晚自习下课后，大家都缩着脑袋，叫嚷着“冻死了”往寝室跑。有人特别懒，从不打热水，今天借这个的，明天借那个的，或者索性不洗脚，直接钻被窝。魏清越虽然不拘小节，但基本上还是讲卫生的，他睡上铺，洗漱完爬上床，穿着单薄的睡衣，坐那儿看信。

宿舍男生最爱聊的永远是女生。魏清越平时会沉默地听，沉默地笑，很少掺和这种话题，但话题本身是有吸引力的。他对铺那个男生个子不高，瘦瘦的，一脸青春痘，有几次提起江渡。

令他意外的是，宿舍其他男生居然也对江渡有印象，说她是真美女，就是看起来身体不太好，给人一阵风能刮走的感觉。有人开玩笑，喊她“林妹妹”。

这是他也认识的女生吗？魏清越总觉得其他男生嘴里的江渡和他认识的那个不是一个人。

他其实不怎么记得那些细节，每次跟江渡打照面，魏清越都是随口说点什么。对他而言，她只是跟他有点交集的校友。要是真让他回忆他到底和江渡说过什么，能想起的，不过三分之一。

宿舍十一点准时熄灯，魏清越把手机上的手电筒打开，旁边的男生们在说女生。

见信好。

很久没给你写信了，希望你一切都还好。我想，你应该一切照旧吧？期中考试，你还是第一，大家都在议论你，你的名字，代表着无上光荣。

时间过得很快，不知不觉，这一秋又过了。冬天总是显得格外漫长，而且穿得臃肿。我不是很喜欢冬天，不过，如果是下雪天，守着个小火炉，跟家人在一起烤点红薯、板栗，外面大雪纷纷，那种场景，我还是很喜欢的。但教室里不尽如人意，很冷。最讨厌值日了，板凳硬硬的，桌子硬硬的，扫把舞起来时灰尘就飞在眼前，冬天的灰尘为什么这么多啊？！落在桌子上，用面巾纸都擦不干净，必须用湿巾。有的同学喜欢用书啪啪来回扫几下就坐下了，那样真的能弄干净吗？我们班同学还挺喜欢这样的，不知道你都怎么擦桌子和板凳。

也许，冬天最大的乐趣就是可以期待新年、期待春天了吧。说起春天，我家以前的院子里种过香椿树，春天一到，家里人就会掐最鲜嫩的香椿芽，可以跟鸡蛋一起炒，也可以和豆腐一起拌，颜色娇嫩。香椿芽的味道，吃不惯的人会觉得怪，但习惯了，就会闻到一股特别的香气。可惜的是，后来，我们搬了家，再不能在春天的时候掐香椿芽，也再不能见屋檐下年年来做窝的燕子。虽然现在住的小区更整洁，上学更方便，但我还是更怀念以前的院子。最重要的是，那时候，我家里人没那么老，我长大一岁，他们就要老一岁，等我念大学了、工作了……其实我都不太敢想这些，真是没有比时间更无情的东西了。

对了，图书馆附近的那棵大树叶子几乎掉光了，它枝干扭扭曲曲的，突然就是种很绝望、很干枯的气质了，完全不同于枝繁叶茂时的盛气凌人。它之前还能吓到我，现在不会，我反倒对它生出一点怜惜，毕竟，那儿附近就它一棵孤零零的树，旁边是小花坛，花很多，但和它都不是同类。不知道你有没有这种体会，和别人不是一类人时，总觉得哪里空落落的。比如，别人都有的，你却没有。当然，我不是说自己就是那种喜欢自怨自艾的人，我只是觉得，有缺憾，虽然不至于痛入骨髓，但有的时候会觉得空，像哪里缺了一角，无法补全。

不知怎么搞的，今天这封信，我写着写着就自带一种悲观的味道，绝不是我本意。可能只是因为昼短夜长，人就容易胡思乱想。我想，你一定不是我这样的吧？你一定目标清晰，计划明确。听说你打算出国，会去很远的国家念书吧？如果很喜欢那个地方，也会留在那个地方吧？不知道你有没有留恋的家人在这里，也不知道梅中有没有让你留恋的地方。我很喜欢梅中，非常喜欢，能到这里来念书，我觉得自己很幸运，我想，以后无论我到哪里去，将来变得有多老，我都会怀念梅中的一切。

最近真的挺冷的，大家都添衣服了。我不知道是不是有的人不怕冷，穿得很少，好像也不怕生病，但我听家里人说，年轻时穿得少，老了会得关节炎，得了关节炎很痛苦的，真的无法想象不能自由自在奔跑、走动的感觉。所以，我们的骨头既然要用一辈子，还是爱惜地用比较好吧（只是我的个人想法）。

这是第三封信，不知道你会不会看到，每次动笔前，其实我都会想这个问题。无论如何，我还是希望你可以看到，当然，如果让你感到困扰，或者是厌烦，我不会再写（这是我突然意识到的一个问题，我不希望你讨厌我，奇怪的是，我以前竟然觉得只要写出来就好了，完全没想过你会不会烦，是我太自私了），但我此刻都不知道前两封信你是否看过，所以，这些担心也许也只是自说自话。

但不管怎么样，最后，想跟你提前说一句“新年快乐”，还有，“新年健康平安，成绩一如既往”。这个祝福，每年都有效。

第六章 见网名

有人疼爱你吗？为什么你一点也不留恋家乡？

雨雪打在窗子上，沙沙作响，这是第一场雪，下在2006年的尾巴上。

魏清越终于捕捉到了那点似曾相识的感觉，来自书信。看着这些文字，好像面前就浮现出一张安静、拘谨的脸，总是很抱歉的样子。

大清早，学校保洁人员在打扫道路。花坛里一株顽强的月季还在盛开，顶着一头白雪，底下是艳红，看起来有种诡谲的薄命感。江渡跟王京京从花坛附近走过时，她逗留了几秒，指着花，说："快看，有朵花没败。"

这是月季最后的倔强，霜雪之下，坚持不了多久了。

王京京也感慨："这么冷，还在开啊，我怎么记得月季花是春天开还是夏天开？"

风一吹，树上的雪沫子被卷起来，扑落下来，有点迷眼，但落在脸上碎碎的、凉凉的，很清爽。走廊里留下了同学们脚上带来的残雪，很快融化，变成了一片片不规则的水渍，各班卫生区都有人在拿干拖把拖地。拖着拖着，男生就跟小孩子似的追打起来，整个走廊闹哄哄的。

这雪下得应洋节——圣诞节、平安夜，不知道从哪儿流行送苹果。那么大的一个红苹果，上面印着"圣诞快乐"，罩个包装纸就卖五块钱，太坑人了。小许老师跟大家强调莫要热衷过洋节，要过我们自己的传统节日。理是这么个理，但有人不听，私下里还是送苹果。

江渡不喜欢凑这种节日的热闹，但王京京喜欢，见她兴致不高，一直捣她的胳膊："干吗呀？看你这表情跟过清明似的。"

结果，她俩在小店里还遇到了张晓蔷几人，她们正抓着红色发箍往头上戴，毛茸茸的，特别可爱。几个女生打了招呼，在精品店里摸来摸去，随便拿起点什么，就往对方身上比画，然后，笑声洒落一地。

“你看，张晓蔷成绩那么好，人家不也喜欢过圣诞节？你别清高啦！”王京京嘿嘿笑两声，忽然把一顶圣诞帽扣到江渡头上，她皮肤白，在红帽子的映衬下，脸更是一片晶莹剔透，眉毛是眉毛，嘴是嘴。

江渡看着镜子里的自己，刚想说什么，忽然一把将帽子拽了下来，一双熟悉的眼睛出现在镜子里，正在看她。

头发瞬间毛毛地乱掉了，江渡还愣着时，王京京也发现了魏清越，一声惊呼，赶紧打起招呼：“嘿，魏清越，你也逛这种店啊！”

王京京丝毫不掩饰她的诧异，兴奋得眼睛放光。魏清越看她手里拿着个圣诞老人玩偶，笑了笑，说：“买些东西。”

他家里做饭的阿姨上次带小孙女来了，闹着要圣诞树，小孩子不知道从哪里听说的，其实根本不知道什么叫圣诞树。魏清越答应她，给她买个带灯泡、能发光的圣诞树。阿姨挺不好意思，忙不迭地拒绝，说，小孩子随口说一句，可别当真。

那次，阿姨是迫不得已带孙女过来，因为孩子妈妈生病，没人带。魏清越觉得小姑娘太吵了，吵得他头疼，但不好意思说。一口答应后，他觉得应该信守承诺，尽管对方只是个小孩子。大人通常觉得可以不对小孩子守信，就像他妈妈，答应过他以后会接他出国，一年又一年，没有后文。小孩子可不是没知觉的。

很快，张晓蔷也发现了魏清越，自然而然地走过来跟他说话，帮他挑圣诞礼物。

女生们准备各自买一点小东西，价格不贵，学生也负担得起。

魏清越结账时，忽然看看她们，说：“我一起付了吧。”

大家顿时愣住，第一名这么大方的吗？都知道他家里有钱，但魏清越多高冷啊，平时都不怎么跟女生说话的。这次，居然……女生们面面相觑，有种不能相信的感觉。

因为是魏清越，大家反倒束手束脚，有点忸怩了。换作别的男生，大家一定起哄，趁机坑他，但在魏清越面前，放不开。张晓蔷见大家不好意思，撩头发的撩头发，捂嘴的捂嘴，她一马当先，挺爽快地把手里的东西往前台一放，说：“学霸，那就帮我们付了吧。”

只有江渡还站在镜子附近，静静地看着这一幕。王京京激动得不行，拽着她往前："快！魏清越要付钱，咱们也过去。"

江渡不动，急得王京京热锅蚂蚁似的乱抓，往江渡手里塞："就买这个圣诞帽好了，你戴好看。"

"我不要。"江渡轻轻推了回去。

"欸，你们俩快过来，一会儿大款就跑了。"张晓蔷笑着招手。旁边，魏清越也望过来，灯光洒下投影，他的睫毛微颤。

张晓蔷催她："江渡，你挑一个吧，大家都挑好了。"

是的，大家都挑了，魏清越给每个人都付了钱，所以，她没什么特别的。江渡此刻不知哪里冒出来的固执，她不要，她不要这种礼物，更何况她根本不喜欢圣诞节这种节日。

江渡只是浅笑着摇摇头，然后在王京京背后一推，自己先走出了精品店。从魏清越身边经过时，她察觉男生的目光直直地落下来，像雪一样，轻盈无声。可江渡快要哭了，她知道这可能是她高中生涯唯一跟他真正有点来往的机会——他付钱得到的礼物，可以珍藏一辈子。但那偏偏不是自己想要的，跟大家混在一起，面目模糊，他日后都不一定会记得2006年的圣诞节慷慨地给女生们买了点小礼物。

江渡就是怀着这种巨大的遗憾走出小店的。冷风肆虐，残留着雪后的凛然。

背后，是店里拥挤的人群和欢声笑语，可并不属于她。

晚自习更乱了，人心躁动，班长跑到讲台前敲了好几次桌子。不知道是谁剥了橙子，教室里窜出一股清新的果肉香气，大家正在分橙子。林海洋过来递给江渡一块——很大的一块。

王京京则摆弄着她挑的玩偶，还不忘问江渡："你到底怎么回事啊？今天那么难讲话。你看，学习委员都劝你了，你还不给魏清越面子，回头那群女生该说你端着了。唉，我猜，肯定要这么讲你。"

也许吧，有一点端着的成分，但不知道又有多难过。江渡不说话，笑了笑，认真吃起橙子，酸酸甜甜遍布味蕾，她心口堵得慌，有种吞咽刀锋的感觉。

"好吃吗？我再给你们两个。"林海洋又丢来两个橙子，不小心砸到了玩偶，气得王京京立刻把橙子扔了回去。

林海洋说："干吗呢，你不吃，江渡还要吃呢！"

这两个冤家，跟斗鸡似的，没一天不支棱着膀子掐架。江渡吃得手黏，教室里又是一派无心学习的光景，她索性出了教室。

风是黑色的，空气干冷，她把嘴巴藏在围巾里，从一班门口经过时迅速张望一眼，好像一班也有点乱乱的。

她要去综合楼，那边人少。校园里还有三两个人影，偶尔忽然爆出一声笑，又短促地结束，不知道是什么人在打闹。越是喧嚣，越是觉得冷清。江渡想起除夕夜她在表姨家的窗边看万家灯火的情形，客厅里，表姨一家人在看春晚，她早早回房间，听那些断续的笑声，心里就像一直落凄凄的雪，下个没完。

其实表姨对她很好，很热情，但她没归属感，自己是客人。她想，应该没有人喜欢大年夜有外人在自己家出现，所以她不会留在客厅，连水都很少喝，避免去厕所让人觉得家里多个人晃动。

等到外婆说她可以回去了，她立刻往家里跑。

下周就是元旦，外婆、外公总是把元旦称作阳历年，阳历年一过，离过年就不远了，她又要长一岁。

江渡满脑子有的没的，站在综合楼前，发现两边花圃里的花草早冻死了。

"江渡。"有人喊她。

少年高挺的身影在路灯下，有点晦暗，江渡错愕地看着魏清越，心想："他怎么会在这里？"

"我看像你，果然是你。"魏清越走过来，像一只过路蜻蜓，在这儿短暂驻足。

男生身上有没散干净的烟味儿，江渡知道，他一定是在哪里躲着吸烟了。

"我来洗洗手，刚吃了橙子。"江渡不自然地说道，两手支着，挺冻手的。

魏清越露出笑意："跑这么远？刚才，你怎么不挑个礼物？"

猝不及防被问起，江渡显然没准备好，仓促间，说："我对圣诞节没什么感觉，没喜欢的礼物，还是不要浪费你的钱了。"

“这样啊，我以为你们女生都喜欢小玩意儿。”魏清越稍作回想，终于记起点什么，“你笔袋上不是也有挂件？”

是那只翠迪鸟。

江渡不知道怎么说了，解释起来好像要说很多。她沉默几秒，有点闷闷地开口：“有的东西，我不喜欢而已，但也有喜欢的东西。”

魏清越好像也没在意这事，他轻轻抽了下鼻子，呼出团团白汽，说：“麻烦你帮我捎封信，给——”他停顿片刻，“给王京京——你同学。”

分明有什么东西炸裂于眼前，好像漫天的星辰爆破，江渡有一瞬的目盲。她一抬头，看到魏清越身后广阔的天幕，其实，并没有星星，是她的错觉。

她从没想过魏清越会回信。

江渡直愣愣地看着魏清越，忽然之间，就感受到了一种全新的酸楚——他回信了，写给王京京。

“不方便吗？”魏清越的语气还是那么自然。

江渡僵硬得一个字都说不出。

“你要是不方便，我再——”

“我方便！”江渡忽然急促地打断他，她低下头，扯了扯围巾，尽量不让魏清越发现她的异样。

“多谢。”魏清越又跟她开起玩笑，“这样的话，我更该买份礼物送你，毕竟麻烦你了。”

她以后会是两人之间跑腿的那种角色吗？从林海洋，换成她。

江渡眼眶狠狠一酸，她喘不过气，但脑子里并没有太多抗拒或者是别的想法，她也不知道此刻漫漶的情绪到底是什么。

“不用，你太客气了。”她慢慢说道。

魏清越从裤兜掏出个什么东西。是皱巴巴的信，那是他随便从日记本上扯了一页写的，没信封。他递给江渡的时候，江渡又抬眼看了看他。

四目相对，很静默。

“你跟王京京是好朋友，是吗？”魏清越还有话问她，江渡点头。

“信的最后，我留了QQ号，让她加我。”他很干脆地交代。

他喜欢上了王京京？江渡脑子里像流星一样，快速划过这个想法。她捏紧信，像临时揣着别人的珍宝，默默走回教学楼。

教室里还残留着淡淡的橙子味儿。中途，小许老师进来过一次，女生们送了他一个苹果、几块巧克力，小许老师说：“不要拿糖衣炮弹收买我，疯半天了，收收心。”

心不是那么好收的，第一节晚自习是英语老师上的，他来溜达一圈，放听力练习，后头还有不自觉的男生在窃窃私语。熬到第一节晚自习下课，大家立刻跑出去，在走廊里乱窜，送礼物。

走廊里冰冷冰冷的，可掩盖不住少年们骚动的心。

“他给你回信了。”江渡把带着体温的信递给了王京京。

王京京正在揪玩偶上的毛，一愣，张了张嘴没出声，但看嘴形说的是“魏清越”。

看江渡点头，王京京爆了粗口：“我×！我×！”等她“我×”够了，突然弹簧似的蹦起来，立马冲了出去。

江渡不知道她是怎么了，喊了声“王京京”，追出来，见她是往厕所方向跑的。

她站在教室门口，走廊里各班的学生穿梭着，身影从玻璃上一闪而过，于灯火处嬉闹。

王京京很快气喘吁吁地回来，她去洗手了，眉飞色舞的：“我该沐浴焚香的，以示尊重，不过这会儿没这条件，把我两个爪子洗洗，哈哈哈！”

教室里不是那么安全，林海洋最贱了，动不动就探头过来凑热闹。王京京扫视一圈，看到陈慧明正跟几个女生在一起嘴碎个不停，不知是有意还是无意，往她俩这个方向瞥了几眼，肯定没说什么好话。王京京暗暗盘算着，她看着大剌剌的，可心该细的时候很细。

好事一定只跟最亲近的人分享，这世界上没那么多盼你好的人。她觉得，魏清越回信这事越少人知道越好，当然，江渡除外，她这种写作文只会套模板的绝对写不出老太太唠嗑式情书。

“我有小手电筒，咱们找个地方看信。”她贼溜溜地转着眼珠。

课间休息也就十分钟，这意味着要翘课。江渡心跳很快，她注视着王京京手里那张薄薄的信纸，褶皱分明，她短暂地拥有过。现在，那张纸上承载着一个庞大而神秘的世界，是她早想一头栽进去而月迷津渡不可得的世界。

再内向、害羞的少女，在这一刻也会变得出奇勇敢。江渡鬼使神差地答应了王京京，她第一次翘课，是因为魏清越。

两个女生躲到综合楼后的花架下，江渡拿着手电筒，耳畔是王京京打开信的窸窣声，她的手在抖，险些没对上信。王京京问她是不是冻手。

光照在男生笔力十足的字迹上。

××：

不知道怎么称呼你，以此代称，勿怪。毕竟，你从不署名。

收到你的信，说实话，我并不惊讶，虽然我和你可能并无交集。三封信，我都收到了，也都看过了。你是出于什么意图给我写信，我想我猜得到，我在你们看来，无非是“长得帅，成绩好”，再多，我想，你们也不了解了。

如果是以上两点吸引了你，我想告诉你的是，那都是表面的光鲜，不值得付出虚幻的热情。脸是天生的，我从不觉得自己外形上有多优越，优越到可以让人喜欢。如果仅仅是靠外形就可以得到别人的喜爱，那我早应该被人喜爱才对。至于成绩，只要不是蠢得离奇，用功一点，不会很差。

每个人都有不为人知的一面，甚至说，是难堪的一面，我非常坦诚地跟你说这一点，是因为我觉得你的三封信同样坦诚。我有义务提醒你，因为我不是大家心里所想的完美形象。

你信里关心的问题，我可以回答你。我会争取到美国念书，这里没什么让人留恋的。我一般不擦桌子、板凳，直接坐，男生其实不怎么在意这些。

还有图书馆前的树，我猜，你应该是在班里靠窗坐着，方便看风景，所以胡想很多。我不太懂女生每天对着一棵树或者一只鸟也能生出很多感慨的思维世界，但我尊重这种感受，世界本就是参差不齐的，每个人的理解力不同，你看到世界的这一面，可能我看到的则是世界的背面。

你信里分享的某些琐事很有趣，想必你的父母都很疼爱你，在幸福的家庭生活中长大的人，才会注意到生活的细节，并且有能力从这些细节中提炼出最美好的一面。

信读到这里，王京京终于忍不住咋呼起来，一阵惊天动地：“啊！他真了解我，他怎么知道我爸妈可疼我了？”

江渡眼睛发涩，手电筒攥得死紧。王京京似乎也不需要她的回应，自己咋呼完，连忙嘘着说“安静安静”，其实，江渡根本没出声。

冷风像是从五脏六腑里过去的，寒寒凉凉，脸蛋都冰冰的一片，两个毛茸茸的脑袋又凑到了一起。

你在信中感慨时间流逝，大可不必太过伤怀，未来可期，人应该往前看，沉湎于过去没什么意义。至少对我来说，过去不值得留恋，我更期许将来的生活。但我们成长经历不同，你的看法未必和我一样，每个人看重的不一样。

那三封信没有对我造成困扰，我应该比你想的要粗糙得多，我不轻易被什么困扰。

我不太会说祝福的话，必须说点什么作为结束语的话，那就祝你学习进步，这应该是你比较在意的事情。我给你留个QQ号在背面，你可以加我，如果你更喜欢书信交流，随你。

信到此结束，王京京猛地翻过去，带起一股气流，把江渡惊了下，她本能地想再读一遍。

果然，背面是一串数字。

王京京像挥舞得胜的小旗子：“啊啊啊，魏……”声音陡然转小，她死死拉扯着江渡的袖子，眼睛发光，“魏清越的QQ号欸，妈呀！我搞到了他的QQ号！”

江渡被她拽得乱晃，她努力在脸上镌刻一副面具，配合地、得体地，去应对好朋友的喜悦。但她是恍惚的，这就是魏清越吗？这真的是他写的吗？

她好像碰触到了更细腻的纹理、更清晰的脉络，如果魏清越是一棵树的话。江渡的眼睛酸酸的，她甚至都没办法自如地要求王京京："我们再看一遍吧。"

真奇怪，其实不需要再看一遍，她已经过目不忘了。他说的每个字，字的每一撇、每一捺、每一次顿笔，都印在心头而不是纸上。

江渡的记忆力很好，但她第一次发现，原来，自己可以过目不忘。

耳畔是王京京语无伦次的话音，她说了什么，江渡觉得非常遥远，像是来自浩渺的海面。她沉浸在刚才的那封回信里，那封信像巨大的回音，久久地叩着心扉。

他说，他要去美国。他说，"想必你的父母都很疼爱你"。

"不是的，魏清越，我只是假装有疼爱我的爸爸妈妈，其实我说的是外公外婆。有人疼爱你吗？为什么你一点也不留恋家乡？"江渡的心忽然就被牵扯痛了，她僵硬地把手放在嘴唇下，轻轻呵气，被王京京拍了下肩头。

"同桌，同桌，你说这封信是什么意思？是允许我继续写信吧？是不是魏清越喜欢我了啊？林海洋告诉过他写信的是我，他认识我的吧？"

王京京话太多，江渡回神，都不知道先回答哪句好。

"你说，怎么回信啊？"王京京拼命压抑着那股兴奋劲儿，她压根儿没想到，魏清越居然会回她这么长的信，他居然有那么多话想跟她说，虽然有些话，她不是太明白对方的真正含义。那不重要，重要的是，她能得到魏清越的回信，她是独一无二的，魏清越对她青眼有加，小女生特有的虚荣心自然而然地冒出了头。

在这一瞬间，王京京甚至生出了前所未有的小心思，她斟酌了下，对江渡说："要不然，以后我自己回信吧，你可以给我点建议。我觉得，我还是自己给他写比较好，要不然显得我多没诚意，你说呢？"

江渡的心瞬间被刺痛，她有几秒失语，一呼一吸，都是凝滞的，有什么东西被毫不留情地褫夺了。这本来就是她作茧自缚，她没勇气，自然不配。

"好，"她佯装平静得不能再平静，轻轻地说，"那就这样吧。"

信迟迟没能回好。王京京揉了一张又一张纸，抓耳挠腮的，总想着怎么写魏清越才会喜欢，那种感觉类似于考试时写作文讨阅卷老师的喜欢，一种高考的心态把控着她。

一直拖到元旦会演。

校级的会演安排在上午，那天有阳光，风很大。

主席台是前一天晚上就搭好的。试音响时，学校里震耳欲聋，路过的学生都会张望几眼。

“真冷啊！听说，还有光腿跳街舞的节目。”林海洋抱着卡通暖水袋，提前告诉大家小道消息。他是班里最活跃的家伙。

王京京在那儿翻白眼，说：“你就等着看人家光大腿，真猥琐。”

“人不猥琐枉少年。”林海洋总是“出口成章”，惹得其他男生也跟着笑，气氛热烈。

江渡听着他们胡扯，抬头看教室里挂起的气球，五颜六色的，喜气得很。看了几眼，她又软绵绵地趴回课桌上。

忽然，林海洋的声音变得暧昧起来，他对王京京挤眉弄眼：“还有魏清越哦……”这个“哦”，拉得山路十八弯，阴阳怪气的。

王京京起身打他，林海洋一边躲，一边说：“我劝你赶紧准备一束花，到时魏清越表演节目，你上去献花得了。”

听到这里，江渡的心又开始像海浪一样，轻轻地涌到沙滩上，又缓缓退回，再涌上来。

魏清越不是爱抛头露面的人。这种场合，他一般会选择在宿舍睡觉。初中那几年，他就是这么过来的。这次是被张晓蔷逼迫的，他总要给老同学几分面子。至于张晓蔷，应付这种活动是她的拿手好戏，主持、装作大人，她总是拿捏得得心应手。

但这次会演，张晓蔷放弃了做主持，要跟他一起唱《加州梦》。张晓蔷喜欢云里雾里的王家卫。2006年的时候，很多同龄人沉迷于暗黑风格的QQ空间，发“火星文”，抄几本厚厚的歌词，职高、技校的学生则爱留看起来像被鞭炮炸了一样的发型。

梅中是本市最好的重点高中，梅中的学子们力求呈现一种独特的风貌，绝对不愿意搞那些看起来很傻的事。那时，互联网还没现在这么发达，线上社交局限于贴吧、QQ。想出一句小众且有文化的签名，是学生们最重要的事。

在那个时候，王家卫还是很安全的选择。

张晓蔷问魏清越有没有看过王家卫的电影、听没听过《加州梦》、知不知道意识流……魏清越对这些毫无兴趣，他甚至笑了一下，笑得张晓蔷莫名其妙，还有点心虚。

“怎么了？”

“没怎么，有事你直说，扯王家卫干什么？”

张晓蔷有点不好意思，说：“想跟你一起唱歌啊。再怎么说，我们一起唱歌，也算是强强联手吧？”

魏清越看看她，说：“你太争强好胜了，唱个歌还要强强联手。”

张晓蔷不会生他的气，因为她知道，魏清越说话就是这个样子，好在他到底还是同意了。

会演开场前，明德楼前的空地前用粉笔做了标识，高一、高二，每个班的地盘标得清清楚楚。小许老师在教室里说了几个注意事项，大家就各自搬起凳子，成汹涌人潮，走出了教学楼。

只剩江渡一人。

她感冒了，圣诞节一过，她就感冒了。前两天，她特别难受，直到此刻，人还是感到头重脚轻，浑身没劲儿。

王京京对她关键时刻掉链子特别惋惜，说：“节目单上有很多劲爆的节目欸，你不能看了。”

江渡虚弱地笑笑，打开保温杯，往嘴里灌热水。多喝热水，包治百病，她都快要喝吐了，整个人昏昏沉沉的，一点也不想动。

整个教学楼人去楼空，突然静谧，江渡前一秒还处在人声鼎沸中，这一刻，忽然就有种天地茫茫、四大皆空的感觉了。她好不容易有好转的迹象，不能再去操场吹冷风，万一吹得病情加重，整个元旦假估计要在挂水中度过了。

等人走完，她戴好绒线帽和围巾，全副武装地去连廊那边探看。离得有点远，只能看到簇拥的人群。屏幕后面，是五颜六色的演员们，有的女生穿得很少，光着腿，罩着羽绒服，时不时推搡一把同伴，笑得恣肆。

主持人的开场白永远似曾相识，笑容也很官方。

第一个节目是唱歌，前奏一响，江渡就弯了弯嘴角，在心里说：

“是笔笔。”

是周笔畅的《笔记》，一唱出来，可以全体合唱。

2005年，他们还在读初中，有一档选秀节目叫《超级女声》，一时间，万人空巷，其火爆程度只有小学时代看《还珠格格》可以比拟，大家都疯了一样用短信投票。小许老师说过，他曾花了一百块给张靓颖投票。真是大手笔。

那时，江渡她们寝室也贴满了李宇春的海报。大家第一次知道，原来女生可以这么酷，这么帅气。当然，她们也会为了支持自己喜欢的人僵持不下。同寝室，有个女生喜欢周笔畅，而王京京一口气买了八个封皮是李宇春的日记本，另一个则每天为黄雅莉摇旗呐喊，回到家拜托七大姑八大姨给她投票。

“回忆的画面，记录的语言……”江渡小声地张嘴就唱，这是她们这代人的独家记忆，关于超女，关于有些伤感的《笔记》。

果然，主席台下的学生跟着大声唱了出来。江渡望向后台，寻找魏清越的身影，但没有看到他。她知道，魏清越跟张晓蔷的节目很靠前，笔笔的歌后是段街舞，第三个节目就是他们的了。

连廊上有玻璃，简直就是世界上最安全的地方，阳光照过来，尤为温暖。江渡眼睛一眨不眨，等魏清越出场，一颗心在半空中浮荡。

然而，令她意外的是，上台的只有张晓蔷。张晓蔷的打扮令人耳目一新——黑色夹克、牛仔裤、短靴，她又蹦又跳地唱起了黄立行的《音浪》，台下一片沸腾。

不是《加州梦》，临时改节目了。

江渡呆立着，她失去了一次可以光明正大地把目光投向魏清越的机会。她非常失落，但又无人可怪罪。魏清越要不要表演节目，本来就是他的事，他来与不来，都是他的自由。

但他怎么能不守信用，说取消就取消了呢？她不知道，在那片冷风中，有多少炽热的目光会冷却，又有多少炙热的心会凝滞，她不过是和许许多多的少女一样，想在这样的时刻再看一看那个与众不同的人，塞满青春的眼。

江渡转过身，一个人慢慢地走回教室，昏昏沉沉地翻开资料，外面的一切热闹都跟她无关了。

两个半小时后，会演结束。散场后，校园再度骚动起来。学生们往教室走，像迁徙的候鸟。很快，教室里又变成乱糟糟的一片，大家在七嘴八舌地说着“冻死了”，不断地搓手、拍脸。

王京京把凳子一摔，动静特别大，长长地叹了口气：“唉……早知道不去了，魏清越今天请了假！”

对于女生而言，魏清越参演就是最大的噱头，他不去，会演的卖相顿减。

江渡心里沉了沉。他为什么请假？是生病了吗？或者……他又被他爸爸打了，挂彩没法来？他爸爸为什么总是打他？她想到这里，呼吸生疼。

晚上是各班自己的会演，大家上蹿下跳，疯得厉害。江渡昏头昏脑地溜出了教室，透过窗户，她看到一班的学生也在闹。音响声很吵，她攥紧手套，假装是在瞧一班的学生在做什么，一双眼急切而迅速地在人群中寻找她希望看到的那个人。

魏清越的座位是空的。他坐在教室后面，桌上和其他同学一样摆着高高的书本。讨人厌的是，一班的窗户上贴了很多红红的窗花，视线也跟着镂空。

真的是请假了……江渡那颗心慢慢放松下来。

“找人？”

背后的声音宛如炸雷，明明是很寻常的一声询问。

江渡猛然回头，先看到的是男生脖子上柔软的红围巾。魏清越带着点笑意，她却连呼吸都忘记了频率。

呼吸是本能，此刻本能地错乱着。

“没，我……我随便看看。”江渡仓皇地应答。说完，她快步从魏清越身边走过。等到走出一小段距离，原本克制的情绪才从嘴角浮现，她情不自禁地笑了，为在假期前看到了魏清越。

见他这一面，足以抵挡这个冬天所有的寒冷，她可以高高兴兴地迎接2007年的第一天了。

只是……那封信，江渡想到这儿，情绪再次陷入汪洋大海。

元旦假期如期而至，同学们在QQ群里活跃，说着“新年快乐”。这往往很搞笑，大家过公历新年说一次，等到除夕夜守岁，熬得两眼发黑，零点一过，群里又是炸烟花似的“新年快乐”。

拥有手机的人不多，但学校不准带手机到学校，因此，周末和假期是大家疯狂上线的时候。

王京京对着电脑，怀着像她奶奶上香一样的心情，郑重地、手抖地，把魏清越的号加上，但对方迟迟没回应，导致她半天干什么都心不在焉的，只能在QQ上跟江渡有一搭没一搭地聊天。

“高二唱的《笔记》还没我唱得好。”

“你物理卷子写完了吗？”

“好无聊，想吃炸鸡。”

王京京的QQ名相当羞耻，只是她此时年少，浑然不觉——“孤独的心在流浪”。

江渡一直不停地收到“孤独的心在流浪”发来的信息。对每一句，她都认真回应。可王京京的思维跳跃，只顾着自己说，江渡说了什么，压根儿不重要。

忽然，王京京来了一句：“我加魏清越了，可他没动静，不会是耍我吧？写信那么费劲，我打算跟他在QQ上聊。”

江渡一愣，沉默了片刻。而后，她才谨慎又不留痕迹地问：“你不打算回信了？”

“不回了。”

王京京说完这句话就没了踪影，因为魏清越突然有了动静。

男生是洗完澡后才发现有加好友的通知的。不出意料，是王京京。他一边吹头发，一边随意回应了两句。那头的王京京已经在床上跳了起来。

魏清越看着她的网名和夸张的头像，笑了下，随后，有条不紊地开始查看王京京过往的“说说”。他的目光很快停留在给王京京点赞的一个昵称上——捉刀客。

男生意味深长地看着这个名字，在心里默念了一遍。

第七章 见心跳

有人欢声笑语，齐聚一堂，有人孑然一身，独坐茫茫雪夜。

王京京问魏清越为什么没来学校，又说："我跟你在QQ上聊吧，写信其实挺麻烦的。"

这句话发过来，魏清越就笑了，他回复她："我以为你很喜欢给我写信。"

王京京心想："那么老土的交流方式，我小学交笔友才用。"她噼里啪啦地打了一行字："怕耽误学霸学习。"

两人就这么干巴巴地聊着，没说几句话，魏清越便说自己要下线，回聊。

这个"回聊"，确实很久很久，一直拖到期末考试。王京京倒是一有机会就在QQ上问"在吗？"，也没再给魏清越写信。当然，魏清越这个"回聊"，也再没聊过。

"魏清越是不是故意吊人胃口啊？他都不回信息，那让我加他干吗？"王京京边吃零食边抱怨。寝室里就她趴在被窝里，一床的薯片渣子，她时不时掸两下。她不能理解，既然加了好友，有什么话不能在网上说呢，干吗要写信？多此一举嘛。

江渡默默地听着，心里说不出是什么滋味。确切地说，有那么一瞬间，听到魏清越并没有和王京京频繁联系，她是高兴的。但这种高兴令人羞愧，难免卑鄙。

"可能，他更希望你写信吧。"江渡装作很平静地说道，她正在整理衣柜。

"我真的不知道写什么。你说，要是聊天，东一句西一句，我挺能聊的，但你让我写封信，好难啊！"王京京趴累了，把零食一丢，四仰八叉地躺平，"我好想谈恋爱——跟魏清越谈恋爱！"

这种招摇过市的言辞，江渡想都不敢想。王京京偏不，她不但敢想，也敢说。就算她心里其实没那么渴望，她也能表现出千倍的热情。江渡跟她完全相反，她永远努力地维持着平静，最起码，她表面上看起来是不那么在意的。她不知道自己是不是很虚伪，跟王京京相比，她确实没那么磊落。

“谈恋爱……”江渡承认，这个词对她来说是遥远而梦幻的。她用试探的口吻，声音有点小，问：“到底是谈什么？”

王京京噌的一下翻过身来，伸出半个脑袋，肆无忌惮地说：“就是拉手、接吻，你知道吗，咱们学校，有的女生，尤其是学艺术的，已经不是处了。”

江渡一下臊得脸通红，她不知道自己臊什么，把柜门一关，拧上钥匙，挂件哗啦哗啦地响。

王京京可真够大胆的，江渡心跳乱极了。

两人的对话因为其他室友的到来而中断。

临近期末，大家都在认真复习备考，王京京虽然嘴上时不时地唠叨两句，但大部分时间她还是知道干正事的。江渡几次想劝她，放假前，给魏清越回一次信吧。但那句话到底是没能说出口。

考试那两天出奇地冷。江渡怕冷，又是一人一桌，天气又不好，在教室坐两个小时下来，她浑身冰凉，脚都没知觉了。

她没穿外婆给她做的棉鞋。怎么说呢，她也有小女生爱美的心思。外婆做的棉鞋是很暖和，可是看起来好胖啊，好厚啊，简直像一艘航空母舰。

唉，人长大了，多少都会变得不那么纯粹了。小时候，江渡以外婆的手艺为荣，穿上新棉鞋觉得自己可漂亮了，现在却变成了“没事，外婆，我不冷，我穿这个就行”。

可她真的很冻脚，坚持到最后一场考试，觉得脚都已经不是自己的了。

这么冷，还是林海洋最大胆。考试结束后，大家各回各班。小许老师安排人打扫卫生，并交代了假期注意事项。等他一走，林海洋就变戏法似的，在教室前头丢出一堆木屑。

他带头，另外几个男生又去学校小树林找来枯树枝，生起了火。大家还挺高兴的。男生们脱了鞋，一个个把脚架着烤火。

江渡主动留下做值日，看他们闹，笑了笑，没说话。她一个人默默地扫地、摆放桌椅，其他人都是干着干着就去烤火了。

“你们胆儿可真肥，在教室烧这个，不怕教导处找你们！”张晓蔷笑着混进了男生堆，和一群人有说有笑。

最后，还是林海洋把江渡拉过来，抢下她手里的扫帚，说：“扫什么扫。等会儿我们男生来扫，快来烤火。我看你都冻得拿不住扫把了！”

江渡本来想推辞，但架不住林海洋太热情了。靠近火光，上脸的果然是融融的暖流，让人情不自禁就想靠得更近。她把凳子放倒，跟大家挤在一起，听他们说假期安排。

江渡害羞，人一多，她就拘谨得不知怎么插话，一边全神贯注地听别人讲，一边暗暗思考“我要接一句什么话好”。等好不容易鼓起勇气，想好的那句话已经不合时宜了，大家的话题早不知道跳到哪儿去了，掐头去尾都塞不进去。

“江渡，你假期出来玩儿吗？中央公园附近新开了家游乐场。对了，我听说市立图书馆今年冬天会供暖呢。”张晓蔷看江渡不出声，主动和她说话。

江渡感激地冲她笑笑，说：“我假期可能要回老家一趟。”

“回老家？你老家是你奶奶——”张晓蔷特别聪明，话没说完，忽然就想起了什么。是了，刚开学那会儿，她跟班长一起收个人信息表时，因为江渡的语文分数最高，所以特意留意了一下她的信息——她的家庭关系里，没有父母。当时，她心里咯噔一下，回家和她父母说：“我们班一个很漂亮的女孩子没有爸爸妈妈，跟外公外婆住。”

意识到可能会失言，张晓蔷及时打住，话锋不露痕迹地一转：“我老家就在现在的天马桥那边，近得很。”

“那算什么老家，不也是市里？”有男生插进来一句。

张晓蔷明显比同龄人成熟得多，说：“对啊，可十几年前不是，那儿附近的人拆迁发财了，对没什么本事的人来说，那就是逆天改命的机会。”

男生们对这个话题还蛮有兴趣，多问了几句。张晓蔷说起政府的政策，侃侃而谈，这当然是来自她家庭环境的影响。

江渡望着张晓蔷，心里不由得感叹，但她知道她并不羡慕张晓蔷的这方面。

火渐渐熄灭，张晓蔷推着林海洋他们起来，笑着说："喏，善后的事就交给你们男生了。"说完，她单独把江渡拉一旁，问她："初六有空吗？我生日。"

她这么直接，单刀直入，江渡反而觉得有点突兀。她跟张晓蔷，怎么说呢，她理解的就是普通同学关系。张晓蔷对谁都很热心，是优秀学生干部，看不出她和谁特别亲密，她好像跟谁都差不多。

突然被邀请，江渡那个微微诧异的表情险些没藏好，她腼腆地笑笑："你生日是初六？我应该在市里……嗯，"好像是犹豫了一下，"你请的人，都是本班同学吗？"

"基本是吧。你熟，林海洋啊，班长啊，还有我同桌和前后位。"张晓蔷的眼珠转了转，"我再想想还请谁，到时请你们吃饭、唱歌。"

江渡承认自己非常狡猾，她这么问，是有私心的。

他会去吗？

她知道魏清越跟张晓蔷是好朋友，而且张晓蔷也喜欢他。但张晓蔷跟魏清越之间多自然、坦荡啊，就她，动不动心里一片兵荒马乱。不过，如果像张晓蔷这样很早很早以前就认识他，那该多好。哪怕只是和他做普通同学，就可以那么长久地看着他……

江渡的心，泛起一种酸涩的温柔。然而，她没从张晓蔷嘴里听到那个熟悉的姓名。张晓蔷不知道她心里隐秘的期待和紧张，连江渡都搞不懂自己为什么总是怀揣着这样毫无逻辑、毫无理由的希冀。

走廊里不断有学生离开的身影，各班教室里只剩几个值日生，直到所有人走光。天那么冷，江渡却磨叽着不走，躲进了厕所。其实，她不想上厕所，一直蹲到腿麻，察觉到外面一切安静了，她才费劲地站起来。

果然都没人了。

人去楼空，忽然就有了点凄凉落寞的感觉。如果把校园生活拍成电影，同学们平时的嬉笑、欢闹和此刻的静谧、空荡绝对是一组对比镜头，值得不断闪回。

走廊尽头，几个柜子安安静静地矗立在那儿。

江渡慢慢走过去，即便无人，她还是相当紧张，心口一顶一顶的。她先把自己柜子打开，里面放着粉色的保温杯、一把折叠伞，还有一些没用的草稿纸、卫生纸之类的东西。深呼吸几口气，她的目光才挪到一班柜子那边，魏清越的柜子上写着那么醒目的三个字。

那三个字，就可以是少女的全部世界。

江渡咬了咬唇，把手套摘掉，无声地搓了几下。之后，她紧绷绷地把手伸向那个柜子。

柜子冰凉，泛着金属的光泽。

江渡细白的手指轻轻滑过那个姓名，像是意识到自己这种行为有点变态，她的脸又红了。

江渡很快地缩回了手。即使没人看见，她也非常不好意思，好像她刚做了一件见不得人的事。这个事，她计划了好久——寒假前，等人走光，她想摸一摸魏清越的柜子。

接下来，她推了推自己柜子里的东西，锁上柜子，转过身，然后就看到倚在楼梯角一脸玩味地看着她的一个人。

是魏清越。他嘴里叼着未点燃的烟，显然，他是上来找地方抽烟的。

江渡的心跳和呼吸同时停止。她望向他，一动不动，像被风雪冻僵，定在了原地，那颗心，瞬间跌进了惊讶和慌乱的旋涡中。

“这么巧？”魏清越先开口，仿佛压根儿没看见刚才那一幕。他永远那么悠游、从容，一脸什么都不在乎的表情。他笑着看江渡，把烟拿下来：“正好，有个问题想请教你。”

“啊？”江渡仓皇到要结巴，大脑拼命告诫自己一定要快点冷静下来，也许他什么都没看见，对，他什么都没看见。

“你一直考第一……我成绩很一般。”她青涩、局促的样子，被男生全都看在眼里。

魏清越本来靠着墙，借力一碰，站直了，说：“那天做一篇文言文的阅读理解，里面有个词叫‘捉刀’，你知道‘捉刀’是什么意思吗？”

人一心虚，就会想得特别多。正常情况下，如果有人问江渡“捉刀”是什么意思，她保准会耐心地解答，解释这个词，一句话的事，可比解答一道数学题简单多了。

但此时江渡不是这么个反应，她有种脑壳被什么东西劈了一下的感觉，蒙蒙的。她像戒备的小狐狸，立马联想到自己的QQ网名。有些事，是要隐瞒的，打死也不能泄露半分。

“我不知道，要不然，你去查一查词典？”她静静地说。大冬天的，她出了一手心的汗，可没出息了。

可江渡看起来是副少女宛然的模样，不像会撒谎的，脸上写的都是天真、纯白。

魏清越笑得更明显了，他没说什么，不知道是信了她还是懒得拆穿，连句“那你语文怎么考得高分？”都没说出口，而是往窗边一站，指着图书馆跟前的大树，说：“现在看着不像个人了吧？”

江渡几乎要跳起来。这种试探的把戏，魏清越玩得熟稔，行云流水般，是聊闲话、拉家常的语气。

她装起傻来：“什么？”

魏清越扭头看看她，她可不敢跟他对视，视线一接，眼神就开始躲躲闪闪，老眨眼睛，声音簌簌的。

男生偏着头，探究地打量她几眼，又是笑，笑得她心里毛毛的。江渡忽然发现这人怎么变得这么爱笑了？她站在那儿，温良恭俭让的姿态，不知该上前还是该转身，身体僵硬得不行，心里竭力盘算着：“他要是不跟我说话了，那我就走吧。”

魏清越没再说什么。他收回目光，趴在窗口那儿吹冷风。他头发修剪得好看，但挺长的，比所有男生的都长，那一根根头发都像他的人一样。

“我先——”

话刚出口，魏清越却有事问她：“过年一个人吗？”

江渡愣了下，她不由得望着他的脸：“我不知道，可能除夕会去表姨家，也可能留在老家，但后面我就能跟外婆外公一起过了。”

年不是只有除夕、初一，年是个情绪概念，江渡含蓄地强调自己不是一个人，她不能让他觉得自己可怜。让人觉得自己可怜，需要怜悯，不好。

“你爸爸妈妈呢？”

江渡的脸垮了几秒，她蹭了蹭鼻子，说：“我不知道，我一直跟外婆外公住，没见过他们。”

两人沉默了片刻。

外头天空布满暗沉沉的云，层次不明，一点太阳光都不给。

“你过年呢？”江渡决定也问一问他。

魏清越很平和地说：“老样子，弄点东西吃，打打游戏，看看书。不知道今年我妈会不会回来。我有爸妈的。”

“弄点东西吃”，这句话难以形容，江渡猜，应该没有人给他做饭。

又是好一阵沉默。

她勉强笑笑，问：“你是不是觉得，我没有爸爸妈妈比较惨？”

“我说了吗？”魏清越皱眉，“我没传达这个意思吧？但确实，跟正常人比惨了点。”

“我也是正常人。你看过《算命》吗？”江渡脸红红的，跟要纠正什么似的。

魏清越挑眉：“算命？”

“不是天桥下头那种。”江渡说，又很快摇头，“也是吧。这部纪录片讲的就是算命的人，眼睛看不到了，一只腿残疾，他叫历百程，名字起得挺好。”

说到这儿，不确定魏清越乐不乐意听，江渡戛然而止。

魏清越等了几秒，疑惑地看看她，笑道：“你怎么不说了？我听着呢。”

“那好吧。”江渡那个慢吞吞的语气，好像是迫不得已才继续说一样，“算命的有群朋友是乞丐。导演问算命的：‘这些人活着什么乐趣都没有，为什么还活着？’你知道他是怎么说的吗？他挺生气的，他说：‘这话说得，没乐趣就不活着呀？’导演这话说得，太无情了。”

魏清越若有所思地看着她，“嗯”了一声，微微的笑意又从嘴角冒出来，说：“你看这种片子？”

他那表情，显然有些意外，他以为女生们都忙着看偶像剧。

“这个片子很好，那样一群人，还都活得那么顽强，你不知道他穿得有多破烂，他——”江渡心头蓦地一酸，又狠狠压住，心想：

“我没爸爸妈妈而已，历百程才是生活中的英雄。”可她没说出口，文绉绉的，怪不好意思，只好含糊地收尾：“看了那个片子，我才知道，有的人居然是那样活着，可都那样了，还很努力活着。”

魏清越一直那么微微笑着，笑得让江渡有点不高兴。她很郁闷，她可不是在打鸡血地励志，她很想再解释解释，但意识到自己说得太多了，左右张望一番，说：“那……我先走了。”

她又是那种很害羞、有点拘谨的样子，魏清越点点头：“不聊了？”

江渡暗暗地深呼吸，抿抿嘴，轻声说：“我该回家了。”

说完，装书的塑料袋被紧紧搂在胸前，她走得特别快。她几乎不能相信自己跟魏清越说了那么多有的没的的话。风迷着眼，冷气扼着喉咙，嘴角却情不自禁往上翘了又翘。这一次的对话，够她回味整个假期了。

放寒假了。

外公灌了香肠，挂在阳台上晾晒。家家户户都做香肠，冷风吹过，香肠变得又干又硬，可跟米饭一块儿蒸了，一口咬下去，是香的、软的，配上鲜蒜苗一起炒，又是另一种风味。

江渡跟着外婆去菜市场买菜。临近年关，什么都涨价，但又不得不多备些。

鱼可以现选，外婆笑眯眯地指着大盆里游来游去的鱼，说，要这个，要那个。老板娘麻溜地捞起，拿刀背咣咣砸几下，砸得水花四溅。每到这个时候，江渡总会想，难怪圣人说“君子远庖厨”，这样杀生，真的很残酷。可鱼吃蜉蝣，人吃万物，这是自然的规律，只希望鱼死的时候不要太痛苦。

“宝宝，在想什么呀？”外婆亲昵地喊她。

江渡回神，笑着摇摇头。

鱼买了好几条，一条当天现做，剩下的外公切块，用葱、姜、蒜、盐和料酒腌了，再挂到阳台上。这一下，阳台挂得满满当当。

一桌子饭，有荤有素，还有凉菜、热汤，外婆用饭盒每样装了一些，让江渡给对门的老奶奶送去。

对门的奶奶八十岁了，独居，老伴走得早，唯一的女儿在国外。

江渡家和老奶奶家做了很多年邻居，老奶奶喜欢半敞着门，好像不怎么考虑安全问题，屋里永远响着电视的声音。

江渡进屋时喊了声“翁奶奶”。翁奶奶在客厅安安静静地坐着翻看相册。听到动静，她按惯例问了一句：“是江渡吗？”

“是我。”江渡走过去，把饭盒放在餐桌上，“外婆让我给您送的，您趁热吃。”

翁奶奶连忙起身道谢，不让她走，还拿出个很漂亮的方盒，说是她女儿从美国寄回来的零食。江渡本意是不想要的，但她想起外婆的话，便接了过来。

“你外公在家吗？”翁奶奶有点不好意思。

江渡一看就明白了，她主动问：“是不是您家里有什么东西坏了？我让外公过来，他什么都能修。”

果然，是卫生间的水龙头坏了。江渡跑到小区外的五金店买了个同型号的水龙头，告诉翁奶奶：“等我外公回来给您换上就好了，别急。”

翁奶奶又是一番千恩万谢，拉着江渡的手，说：“宝宝，你想吃什么零食，到奶奶家来，一定不要见外。”

她都忘记了，江渡已经长大，不是小孩子了，不会为了贪一口吃的而总是毫无顾忌地往邻居家跑。

皮肤干枯，失去了弹性，那么清晰地覆在江渡的手上，那是苍老的感觉，无比真实。江渡出来时，回头看了一眼，翁奶奶已经安安静静地坐回原处，电视机里放着狗血而漫长的家庭伦理剧，很吵。但那是房间里唯一的生机。

江渡不知怎的，为这一眼，突然间无比地难过。她又折回去，说：“翁奶奶，您刚才在看什么呀？”

翁奶奶的眼睛一亮，那一刻，她好像被触及了什么机关，变得神采奕奕。

于是，江渡留在老人家里听她讲了足足半个小时的相册故事。中途，江渡外婆来找过她，冬天的饭菜凉得快，可她外婆看到那样一幕，又默默退了回去。

腊月二十八这天，家里依然没什么动静。中午时分，外婆的手机响了，电话接通的那一瞬间，她下意识地看了江渡一眼。江渡佯为不知，安心吃饭。后来，外婆回了自己的卧室，江渡只能隐约听到低沉的说话声。

外公则跟江渡讲起他小时候放牛的事，嗓门洪亮。江渡怀疑，外公讲话时，是不是半个小区都能听到。

每当回忆过去，外公脸上的每条皱纹都无比生动。他说，小牛犊子最爱蹭老牛了，蹭个没完。老牛呢，就一个劲儿地舔小牛犊。后来，把牛犊子卖了，老牛淌眼泪淌个不停，大家都很稀奇。但稀奇归稀奇，该卖还得卖。

江渡扒拉着米饭，没吭声。外公讲得很忘我，最后长叹一声，说自己也成一头老牛喽，快没什么力气了。

“天天讲那些陈芝麻烂谷子的事儿，谁爱听？”外婆抱怨着从卧室里出来，敲外公的碗，“快吃你的饭吧。”

说完，她从桌子底下踢了老头子一脚，含糊地说：“囡囡说，中秋来过了，年关就不来了，天气也不好，有大雪。”

“不来就不来，就那么回事，来一趟不够折腾的。”外公话虽这么说，可眼睛却不觉地往阳台上看，那里挂着很多腊肉、香肠。“自己灌的才干净”，这是外公的口头禅。

这是敏感话题，江渡非常懂事地起身，说：“锅里还有米饭吗？我再去盛点。”

她进了厨房，一抬头，才发现窗外的桂花树萧索。这个除夕，她应该非常高兴，终于不用去表姨家了，真的是这样吗？

天气预报很准，除夕夜，下了大雪。

外婆要把翁奶奶请到家里来，和他们一起看电视，可翁奶奶这次特别固执，死活不肯。

雪很大，整个世界有种温柔的宁静。有人欢声笑语，齐聚一堂，有人孑然一身，独坐茫茫雪夜。《春晚》很热闹，江渡看累了，去了趟卫生间，她拉开窗户，一阵风雪扑面，清凉无比。

翁奶奶是一个人啊，她想。

那么，魏清越的妈妈回来了吗？

凌晨十二点刚过，QQ群里此起彼伏地刷着“新年快乐”。城市禁放烟花爆竹，总缺点年味儿。

江渡在主持人喊倒计时到“1”的那一刻，在心里说：“新年快乐。”

和那些信一样，没有称呼，没有署名。

唯有外面的雪落个不停，静静掩盖人间。

初一一大早，江渡是被铲雪的声音吵醒的。雪下一夜，门口小菜园全都被盖住了，外公种的菜死了个精光。她从暖烘烘的被窝里爬出来，戴上帽子、手套，刚打开门，就被满世界的白晃了一下眼。

清理完雪，外公外婆带她去一个表舅姥爷家拜年。江渡在长辈眼里还是小孩子，进了门，寒暄着坐下，理所当然地被问起成绩。江渡永远是最有礼貌的客人，别人问一句，她就柔和地答一句。有小孩子打打闹闹，撞到她身上，或者拉扯她，她也不烦，跟小孩玩得有板有眼。

等到初三，江渡开始补数学。不得不说，补习班的老师真敬业，大年初三就开始给学生上课，补习时间集中在上午。补习班里，江渡见到一些熟面孔。她平时跟别人来往不多，现在都在一个补习班，也就是简单地打个招呼而已。王京京在隔壁班，两人放学后会跑到附近的店里喝一杯热饮。

“快烦死了，从初二开始，家里就一直来亲戚。”王京京一副奓毛的表情，翻着白眼，“你不知道‘熊孩子’有多可怕，爬我家的沙发，硬要我的东西。我说给我妈听，我妈还嫌我不懂事，说我那么大了，不知道让一让小孩子，太无语了！”

江渡宽和地笑笑，说：“也许，等长大了就好了，小孩子就是很调皮的。”

“好个屁！”王京京不屑，“我不信，小时候没规矩，长大了能自动变好？”

“可让小孩子安静确实很困难，谁都有成长的过程，你还记得自己小时候的事吗？我是说，三四岁那会儿。”

王京京还真被问住了，她摇摇头，不过很快就明确地表示，她小时候肯定不是这么招人烦。

“哎呀，你别这么‘圣母’了。”

江渡脸一红：“我不是‘圣母’。我是觉得，大部分小孩子，好好引导，能变好的。”

王京京二郎腿一跷：“对，那得是他们有一对正常的父母。”说着，她苦笑着摆摆手，“不说这个了，我们怎么讨论起育儿知识了？你今年没回老家啊？”

“我外公这两天回去了。”

“好无聊啊！”王京京又开始感慨，“我本来打算初六约魏清越唱歌，约不动，他这个人怎么这样啊？哎，你说，高中什么时候能过完？我好想现在就去念大学，谈恋爱，想干吗干吗。”

仅仅一个学期，王京京就觉得高中生活无比漫长，像没有尽头的铁轨。

江渡望着她，感受完全相反。她想考上好大学，这是必须的。但她希望这个结果可以慢一点来，再慢一点，希望时间不要那么不舍昼夜地狂奔，这样，她跟某个人共处同一空间的光阴就会更多一分。

可是，王京京真的喜欢魏清越吗？江渡脑子里冒出这么个念头，又很快压下去了。那么，自己是真的喜欢魏清越吗？是荷尔蒙作祟，还是糟糕、平庸的青春期需要一点色彩？她不清楚。她只清楚，那些对视时的慌乱、谨慎的张望，以及能说上两句话时的万分欢喜。

“要不然，初六咱们去唱歌吧？”王京京的提议打断了江渡的思绪。江渡顿时明白，张晓蔷肯定没请王京京。本来，她还在纠结怎么问王京京，又担心张晓蔷其实请了王京京，但王京京可能以为张晓蔷没请她而不好意思问她，万一到时碰上，还挺尴尬……这下好了，江渡暗自松口气，不用纠结这个了。

“要不然……初八？初八我陪你，初六得陪我外婆去庙里。”江渡不自然地撒了个谎。

王京京撇嘴：“你还烧香啊？那是封建迷信，我们家从不进庙。搞不懂那些人，三十晚上排长队等着去撞钟。贼冷的天，还下着雪，这是多想不开啊？”

江渡不烧香，不拜佛，她也不信这些东西。可老人去庙里求个心安，她是可以理解的。所以，她只是笑笑，没跟王京京争辩。

等王京京的妈妈过来接她们时，王京京一会儿抱怨妈妈来得太晚了，一会儿又兴高采烈地说她想要个新耳机，她妈妈什么都答应她。江渡坐在后排，看王京京脱了鞋，一点坐相都没有地蜷在副驾驶座玩她妈妈的手机、打游戏，一边哈哈大笑，一边骂人。

“你这孩子，又带口头语，都跟谁学的？”

“谁不说啊？我们同学带口头语的可多了呢，相当于助词。”

“不学好，我看你皮痒痒了。”

“哎呀！说句口头语又怎么了？人家学习压力那么大，妈还老是唠叨，都要崩溃了！”

母女俩你一言我一语。江渡沉默地听着。她扭过头，看窗外依次掠过的高楼大厦，云在上面。她耳旁又飘来一句：“给你买的羊毛袜子你不穿，活该冻脚！”

王京京的妈妈给她买了羊毛袜子啊，一定很暖和……“如果我妈给我买羊毛袜子，我一定穿。”江渡没头没脑地想到这儿，忽然惊觉，并不可能发生这种事情。然后，她就像一只不想唱歌的促织，安静地看风景。

她突然就知道要送张晓蔷什么了。

为了这个，江渡苦恼了一段时间。水晶球、日记本、好看的发饰……好像都太幼稚了，而且，她知道张晓蔷家境优越，无论她送什么，估计张晓蔷都感觉一般吧，那不如送个实用的东西。

下午，她联系上张晓蔷。张晓蔷的网名很个性，绝对不是什么轻舞飞扬、水晶之恋，她叫“俗不可耐”，她明明是个相当有风采、令人羡慕的女生。

江渡问她：“你喜欢什么颜色？”

张晓蔷一下猜出她是要送礼物。她先是发了一个可爱的表情，说：“千万不要太破费哦，我要是不让你买礼物，你肯定不干，聊表心意就行，我其实是很简朴的一个人，哈哈。”

最终，她还是说了中意的颜色——紫色。

江渡于是买了双紫色羊毛袜子，包装袋很漂亮。初六那天，她提前半小时跟补习班老师请了假，做贼似的跑出来，唯恐被王京京看到后追问，而且，对王京京撒谎，她自己过意不去。

约定的饭店，坐公交车就能到。江渡到时，张晓蔷就在门口站着，等着迎人的样子。她穿了件雪白雪白的长款羽绒服，围着红色围巾，特别显眼。

江渡也有件白色羽绒服，去年买的，她没怎么舍得穿，太容易脏了，穿一天下来，头发就把领子扫出了淡淡的痕迹，很尴尬。可是，白色羽绒服真好看啊，她看着张晓蔷，由衷地说了句："你羽绒服很漂亮。"

"谢谢！特地穿的。"张晓蔷就是这么大方，开开心心地接受赞美，绝不会忸怩地否认。

陆陆续续地来了好几个人，都是同班同学，算起来，江渡跟林海洋是最熟的了。

进包厢后，江渡见到了张晓蔷的妈妈。她妈妈气质很好，高挑、白净，跟他们打招呼时柔和、亲切，江渡看到她的第一眼，就很喜欢这个阿姨。

最重要的是，阿姨善解人意，招呼过他们就要离开，说她在的话，大家放不开，让大家今天尽情地吃，尽情地玩儿。大家都挺能装，阿姨说这话时，大家都是一副乖巧模样，说："谢谢阿姨！"尤其是林海洋，强装要挽留她的样子，场面话说得挺是那么一回事："阿姨，要不您别走了，坐下一起吃吧。"

"不不不，你们都是同龄人，有话题聊，阿姨就不打扰你们了。有什么需求尽管跟晓蔷提，别客气。"

"那行，阿姨，您开车注意安全啊。"林海洋不忘出来送。

几个女生还有班长也跟出来，阿姨只好摆手，把大家往回推。

"行啊，林海洋，看把你能的吧，还'阿姨，坐下一起吃吧'。"张晓蔷的同桌刘小乐转头就嘲笑林海洋。

林海洋不服气："我这是礼貌，一看你们就知道都是书呆子，啥人情世故都不懂，木头似的，戳在那儿大眼瞪小眼。"

几个女生便上前一起揍林海洋。班长是个老好人，赶紧把林海洋拉了过来，说，别碰到人家上菜的人。

因为知道要吃饭，江渡怕菜油滴到身上，穿的是旧的黑色羽绒服，她本就清瘦，这么一衬，脸越发白，五官也更醒目。可大家好像都特意穿新衣服来的，江渡稍微有点后悔，她怕让人觉得她对这个场合不重视。

很快，她彻底后悔了。

最后姗姗来迟的是魏清越。他跟着张晓蔷进来的刹那，本来叽叽喳喳、乱作一团的包厢突然消声。

“嘿，不用我介绍了吧？一班的魏清越——咱们怎么都拉不下马的第一名。”张晓蔷俏皮地扯了下魏清越的衣服，把男生推到前面。

魏清越手里拎着礼盒，鼻尖微红，像是冻的，头发被风吹得略显凌乱。他冲坐着的人摆了两下手，算是打招呼。

他随便坐的，正好坐在江渡对面。灯光落下来，眼下有小片的阴影。

江渡迅速把目光从他身上收回，手按了按椅子，心脏像被什么突然揉了一把。

旁边，张晓蔷紧挨着魏清越坐下，依次给他介绍，介绍到江渡时，江渡不得已要抬头，魏清越却突然说：“我认识这个妹妹。”

空气蓦地安静。

江渡的脸唰的一下就红了，大家清清楚楚地看到那张素白的脸是如何产生这种生理变化的。

魏清越眨着促狭的眼，洒然地往后一靠，说：“你们班男生不是喊江渡‘林妹妹’吗？妹妹的作文在我们班也被念过的。”

第八章

见回忆

好像承认自己喜欢魏清越就泯然于众人，好像把秘密死守就别有洞天，独立成国。

这下出乎所有人的意料。魏清越给大家留的印象，准确来说，并不是高冷。他有戾气，动辄眉头皱出一抹不耐烦，他不是标准的优等生。很多优等生是礼貌的、疏离的，待人不远也不近，但魏清越像带刺的植物。所以，当他堂而皇之地开江渡的玩笑，大家都愣愣的，江渡更是无地自容，就差夺门而逃。

最后，还是张晓蔷出声打圆场："干吗呢？欺负江渡胆子小，是不是？你可别乱拿她开涮。"

魏清越眉眼间真的是说笑意味，他拆了筷子，啪的一声戳破封在杯盏上的保鲜膜，又把江渡吓了一跳。

"开个玩笑，别介意，这里不就我一个外班的吗？调动下气氛。"他淡淡地解释了两句。

江渡只好笑笑。她笑得可真费劲，脸上的肌肉都不怎么受控制。

很快，服务员开始上菜。林海洋坐在靠门的地方，帮忙端菜。张晓蔷瞄了两眼，就势说起美食，算是岔开了话题，饭桌上气氛慢慢活跃起来。

因为餐桌是转盘，江渡每每都要等没人转时才轻轻摁住玻璃转盘。可是，每当她刚要转，她发现魏清越总是这个时候伸筷子，她只能放弃，魏清越则若无其事地夹着菜。连续这么几次，江渡的盘子依旧空空，她不由得抬眼看看他，隔着笑声，也隔着人语。

魏清越像早有准备，迎接她投来的目光，两人视线相接，他眼里是隐隐的笑意，有点捉弄的意思。

江渡顿时耳热，她拿起筷子，不知所措地又放下，抿起温温的果汁。

还是张晓蔷贴心，她很快留意到江渡都没怎么夹东西吃，一边劝，一边站起来，给她夹了牛肉、羊排、西兰花……多得盘子堆起一座小山。

“你怎么跟小孩子似的光喝饮料，回头该喝饱了。”张晓蔷头上戴着生日配饰，她一笑，雪白的牙齿就露出来，可以去拍广告。

江渡被说得有些难为情，连忙道谢，心里却一阵轻松，她终于可以不用去转那个圆盘了。其实，偶尔，她跟外公外婆去酒店喝喜酒，她也挺怕这种转盘，别人都不尴尬，她太容易尴尬，总是找不准时机转，搞到最后，吃得半饱，回到家还得吃。

她偷偷瞥了魏清越一眼，一旁，林海洋正凑上去问他游戏什么的。魏清越是游戏高手，周末常在网吧泡通宵。反倒是另外两个女生，抓住机会跟魏清越请教学习理科的方法。

整个饭桌上，江渡几乎不发一言，沉闷得很。她很羡慕别人在这种场合都那么踊跃，那么收放自如，一会儿吐槽老师，一会儿八卦谁跟谁谈恋爱，一会儿又能正儿八经地聊起学习。这样就很好，周围全是声音，全是兴高采烈的脸。灯光照在每一张年少的面孔上，她可以安安静静地听别人说，并且，装作不经意间目光从某人身上悄悄掠过，像燕子尾巴轻扫过麦芒。

身为东道主，张晓蔷必须时时留意有没有未照顾到谁，所以，当她意识到江渡不出声的时候，主动挑了个话题：“江渡，你肯定从小就读了不少书吧？传授传授我们写作文的秘诀呗。”

突然被点到，江渡措手不及，她眨了眨眼。在大家的注视下，她总是显得那么不自然。

“我没什么秘诀，我就是……”江渡僵硬地开口，“就那么写了。”如果魏清越不在场，她想，她会发挥得更好些。

刘小乐接话，说：“天赋吧？写作文这个东西是要看天赋的，我要求不高，反正套模板，得不了什么高分也差不到哪儿去，我已经放弃作文了。”

那头，林海洋用筷子夹不住虾仁，气急败坏地换成勺子，神奇的是，嘴巴还能插进来话：“要不这样，咱们回头都以张晓蔷生日聚会为题写一篇作文，看是不是只有江渡骨骼清奇。江渡，亮一亮你真正的实力吧，闪瞎我们的狗眼！”

“可拉倒吧，你以为是小学春游回来写作文呢？林海洋，就属你一张嘴天天贱得要死。想写你写吧，江渡，你别搭理他。”刘小乐笑起来，顺手打了林海洋几下。

林海洋就是这个样子，贱贱的，一天不被女生骂，好像就皮痒痒。最开始，他只是去撩拨王京京，惹得王京京骂他。后来，他把全班人撩拨一遍，女生们跟他说话基本都毫无顾忌，除了江渡这种老实人。

江渡挺羡慕同学们能打成一片，她觉得林海洋真是个开心果，他的爸爸妈妈一定是非常好相处的人。家庭气氛活泼有趣，才能养出林海洋这样的儿子。

这是江渡的毛病，她总是会通过同学们的表现去猜测他们父母的样子。但是，她怎么都想不到，魏清越的爸爸会打他。

想到这儿，她下意识地抬头看了眼跷着腿的魏清越，他好像正在听，又好像在想自己的事情，眼神有些游离，但他蓦地看过来，正对上江渡充满探究的眼，他又微微一笑。

江渡立刻挪开了目光。

一顿饭，吃吃喝喝，搞了一个多小时，最后才切蛋糕。林海洋抹了张晓蔷一脸，张晓蔷躲避时，拽了把魏清越，想躲他后头，那一下，林海洋就抹到了魏清越身上。

魏清越穿了件雾霾蓝的棉服，也戴着红围巾，身上突然多了一道蛋糕印，他也没在意，只是非常自然地把张晓蔷拉出来，往前推：“她脾气好，尽情抹。”

“魏清越，你这老同学真会插刀！”

张晓蔷笑得很大声，她很快乐，两只眼都无比明亮的那种快乐。

江渡看着这一幕，心里说不出是羡慕还是什么，她站起来，立在椅子旁。林海洋不会跟她这么闹，其他人也不会跟她这么闹。她在这里，有那么点格格不入，像只温驯的绵羊。

室内暖气太足，脸热了一大片。

除了她，每个人都已经跟魏清越有了或多或少的交流，学生时代，第一名总是自带光环，更何况是那么个性的魏清越。江渡忍不住拿手背贴了贴脸，跟着大家鱼贯而出。

结账时，江渡他们先出来，张晓蔷拉着魏清越一起去的。

冷风一吹，脸上顿时舒服了几分，江渡两手不自觉地插到兜里，一帮人在风里讨论接下来去唱歌的事。

等两个优等生出来，最扎眼的是他们脖子上的红围巾，看起来很像情侣款。江渡装作无意地瞟了一眼，一脸平静的样子，嘴角有浅浅的笑意，她不知道自己在笑什么，因为大家都在笑。

“打车吧！林海洋，你带着江渡还有她们两个，我跟魏清越、小乐坐后面一辆。”张晓蔷有条不紊地安排着，熟练地跑到路边招手。

“多远？”魏清越突然问。

张晓蔷说：“走路大概二十分钟，打车快点。”

“走着过去吧，刚吃了那么多，消化消化。”魏清越这么提议。

张晓蔷便问其他人的意见，仿佛是习惯好学生安排一切，大家没什么意见。于是，一群人有说有笑地过了马路。

怪不得脖子漏风，江渡忽然面露难色，脚步一停，非常抱歉地看着大家：“对不起，我围巾忘拿了，我这就回去拿，你们先走。”

“我去，我跑得快！”林海洋自告奋勇。话音刚落，他就甩着两条长腿往回跑了。

江渡更不好意思了，为自己的疏忽再次道歉。

“没事，你先围我的，别冻着了。”张晓蔷说着就把她的围巾解下，给江渡戴上。

江渡最不擅长跟人拉扯，只好由那道红围在脖颈间。

非常短暂，有五六分钟的样子，她和魏清越围了同一颜色的围巾，尽管是别人的，但那毕竟是难得的一致。她跟在大家后头，习惯性地看别人的背影，包括魏清越的。

男生的头发被风吹起，清爽地飞扬着，她甚至可以看清楚他发丝的每一次律动，契合着心跳。

林海洋真的很快折返回来，他取来围巾，气喘吁吁地递给江渡。

江渡看他那张热气腾腾的脸，忽然想笑，说：“真不好意思，害你跑一趟。”

“你老这么见外干什么？要不然，你外婆再炒酱，给我带一瓶？”林海洋恶作剧似的说。

身后传来刘小乐的声音：“林海洋，过分了啊，拿个围巾还讹人一瓶酱！”

“行，等外婆炒酱，我给你装一瓶。”江渡答应了。

林海洋跟在她身边，说：“下了晚自习总是饿，你不知道，我们男生都能吃得很。下了晚自习，吃大馍蘸酱，我能吃三个，你信不信？”

江渡忍俊不禁：“我信，你个子高。”

“我跟你说，男生都跟饿狼托生似的呢，我们运动量大。你怎么吃那么少？我看你饭量跟鸟一样。”

江渡连忙否认：“哪有，我吃得也不少，小鸟才吃几口东西。”

在去唱歌的路上，她把时间消磨在和林海洋的对话里了，没什么有意义的细节。江渡时不时往前看，魏清越一次都没回头。

“他看不见我。但至少我可以看得到他，还有，脚下的这段路，是和他一起走过的。”江渡要的不多，一点快乐，宛若急弦，已成波澜壮阔的一曲高歌。

进了KTV，秾丽而动荡的流光在大家脸上蜿蜒。途经走廊，门没关好的包间里漏出震耳欲聋的音乐声，以及一阵鬼哭狼嚎。

江渡不会唱歌，只敢自己瞎哼哼。但今天的意义不是吃饭，也不是唱歌，她一点都不觉得被勉强，她只觉得这一天太过侥幸。

外婆说，初六是个好日子，结婚的新人多，每年都是如此。

除夕也好，初一也好，的确都比不上初六这天美丽。

坐进包间后，脸上便落下无数旋转的小星星，是大海的深蓝色。江渡坐在最边上，听他们说选哪首歌。

“你还欠我一首歌。”张晓蔷在流光溢彩中悄然开口，她笑吟吟地看着魏清越。

魏清越装傻，他皱了下眉：“什么叫我欠你一首歌？”

张晓蔷嘘他一声：“元旦会演，你放我鸽子。”

魏清越这才笑了笑，一语带过：“我今天嗓子不好，懒得唱。这样吧，你选一首歌唱，我给你点评点评？”

“看把你臭屁的吧。”张晓蔷清清嗓子，“我英文歌唱得比你标准，你别自大。”

“那你真高贵，伦敦腔吗？”魏清越笑着打开了易拉罐，嘣的一声，冰凉的液体顺着喉咙注入肺腑。

他这种口气不讨人喜欢，说是讽刺吧，你要较真，魏清越只会说没有，解释一遍已经是极限了。他真的就是那么随口一说。总之，魏清越就不是个会讨别人欢心的人，也不怎么顾及别人的感受。

张晓蔷瞪他一眼。

另一边林海洋已经跃跃欲试等着唱粤语歌，他一开口，典型的口音模仿，某些发音奇怪，偏偏他还唱得无比陶醉，女生们笑起来。

之后，刘小乐撺掇班长和张晓蔷男女对唱。两人都是班里的尖子生，平时班级工作配合得也好，不合唱一首，简直对不起这么好的同学关系。

“唱什么啊？男女对唱，我觉得好像都挺土。”张晓蔷茫然地选着歌。

“《相思风雨中》呗。”

“《你最珍贵》？”

“《知心爱人》，哈哈哈！”

“你们都这么爱怀旧的啊，好老的歌，不知道的，以为是大爷大妈点的歌。”

江渡听大家七嘴八舌地讨论，照例插不上话，她坐得很直，后背绷成一条平平的线。旁边，魏清越已经半躺在沙发上了，双手作枕，两条长腿盘在一起。

对唱开始，班长的唱功令人不忍卒听。林海洋已经开始狂笑了，一点面子都不给，搞得班长尴尬地要放弃，他连忙摆手：“别……别……班长，你得有始有终。”

歌声很响，像炸在四面八方，刘小乐忽然说，她想吃点水果，好像忘记点果盘了。

魏清越直接起身：“我去，你们唱着。”不知道他是觉得无聊了，还是包间太闷……

江渡鼓起勇气，终于和他说了话：“要不然，还是我去吧，反正我也不会唱歌。”

“那你跟着来做什么？”魏清越笑着问。

江渡一下就被问得窘迫了，她抿抿嘴，含含糊糊地说：“我去点果盘。”

真正走出包间，她却一阵眩晕。走廊里流光溢彩，像个光怪陆离的世界，她刚出来就迷路了。

“不唱歌，还跟着来，张晓蔷生日为什么请你？你走反了。”魏清越不知什么时候出现在她身后。他拽了下江渡的羽绒服帽子，劲儿不大，却结结实实地把江渡吓了一跳，她回头，半晌没反应过来。

一阵局促，好半天江渡才找到自己的声音：“我去点果盘就行了。”

魏清越哼笑了声：“我去卫生间。”

嗯？江渡愣住，是她自作多情了，一瞬间，心里又羞愧起来，这也太丢人了。

走廊有喝得醉醺醺的成年男人踉跄着走过，差点一头撞上江渡。魏清越顺手扯了她一把，说：“就这儿，你也迷路？”

江渡嗫嚅着说：“没来过。”

“饭没吃几口，歌不会唱，也不怎么跟人说话，你这么怕生？他们不都是你同学吗？”魏清越好像又开始笑，笑得让人不安。

说到饭……江渡狐疑地瞅他几眼，欲言又止，睫毛垂了下去。

“江渡。”魏清越忽然喊她的名字，她抬头，看到光从他脸上走过。

“你是不是每次见我都很紧张？”他问得非常直接，直接到江渡有一瞬间觉得魂魄都抽离了。

凭着本能，她磕巴地否认：“没……我没有。”

魏清越噙着笑，非常含蓄，他看了下四周，忽然对她说：“如果跟我说话觉得拘束，你可以——”他刻意停顿，看女生的表情。

果然，江渡神经紧绷，仿佛下一秒就会随着他的言语而断掉。她的眼睛很漂亮，瞳仁乌黑，里面凝着璀璨缤纷的光，光的中心是他的影子。

“给我写信。”

这四个字，男生说得笃定，他依旧带着笑意，也依旧望着她的眼。

江渡错愕地看向魏清越，这一刻，她的秘密如鼓胀到极限的气球，被人猛地一针刺破，可她还要动用全部的智慧和毅力不让眼前的人听到那一声巨响。

“我为什么要给你写信？”话一出口，她觉得这像挑衅，但她管不了那么多了。多奇怪啊，青春期，她宁愿得罪喜欢的男孩子，也不愿意说一个真字，好像承认自己喜欢魏清越就泯然于众人，好像把秘密死守就别有洞天，独立成国。

魏清越好像对她所有的反应都有种早知如此的感觉，他一点不尴尬，也不追究，笑得跟流光一样莫测，说：“不是谁给我写信，我都回的。”

江渡又是一愣，她分不清这是否是魏清越的傲慢在某个瞬间不经意地流露，他是不是觉得这更像种施舍？能被他回信，就是一个女生最大的荣光。

想到这儿，她的心情不仅黯然，还有些闷气。她不知道该怎么接魏清越这句话，看看他，心不争气地乱跳一通，只好搓了搓手，说：“我去点果盘。”

“我来吧。”魏清越还是那种寻常语气。他说他来，江渡就不知道是该跟着还是该回去。魏清越头一偏，示意她跟上。江渡犹豫了几秒，还是跟他一起去了。再回来时，江渡忽然喊住他，说：“要不然，我先进去吧。”

魏清越嗤笑一声：“避嫌吗？我们之间没嫌可避吧？你看，你都不愿意继续给我写信。”

真是奇怪了，他这个人怎么忽然那么爱打趣人呢？江渡听到刺耳的“继续”两个字，急着否认：“我没给你写信，不存在继续不继续。”

魏清越哦了一声，意味深长地看着她，笑了笑：“算我口误。”

江渡心慌气短地先跑进了包间，一群女生挤在一起唱《我是女生》。见江渡进来了，刘小乐赶紧把她拉进队伍，递给她话筒。

江渡根本不会唱歌，也做不出别人那种自然的扭动，她很僵硬。刘小乐则对着林海洋和班长大喊：“后面的观众，让我看到你们的手，来，大家一起来！”

这是大家最爱模仿的歌星的戏码，林海洋就配合地又是挥手又是吹口哨，搞得跟真的开演唱会似的。

最糟糕的是，魏清越很快进来了。他坐在那儿，看着光影交错中被人左挤一下右挤一下的江渡，又笑了笑。

江渡大脑一片空白，这不是唱歌，完全是出糗，她觉得没有比她更尴尬的了，她好希望魏清越此刻不要在包间里。

但唯一庆幸的是，那些转动的星星图案可以掩饰住所有。

一曲结束，江渡如蒙大赦，她快速把话筒放下，坐到角落里。为了避免说话，她拿起一块哈密瓜，堵在嘴里，慢条斯理地咬起来。

“魏清越，你真的不来一首吗？”张晓蔷问他，“大家都等着呢！”

一阵起哄下，魏清越倒愿意了。他选好歌，把棉服脱了，扬手一扔，砸到江渡怀里，一股干燥的兰花香扑了江渡满脸。江渡下意识抱住那件衣服，随即反应过来，慌张地放到一边。

他这是干吗？为什么往她这边扔？可魏清越做什么看起来都是一副理所当然的样子，他不做作，也不矫情，就是随手丢了件衣裳，别人不会误会的，只有她，心里是一片惊涛骇浪，并且把这种无意的细节无限延伸，延伸出她期盼又觉得不可能的含义。

棉服离她不远，触手可及。江渡装作把手搭在沙发上，一点点挪动，直到碰触到衣服边缘，不知是衣襟还是袖子，她的小拇指轻轻压在衣服上，脸上看不出什么表情。

魏清越一开口，女生们就“哇哦”了一声。他嗓音淳透、清澈，人懒懒散散地站在那里，星光一会儿落在他鼻端，一会儿落在他肩头。江渡默默望着他，他没唱流行歌曲，也没唱大家爱卖弄的英文歌，他唱的是江渡从没听过的《半点心》。

歌曲的前奏很旖旎，很缠绵，是浓浓的复古风。江渡看了看屏幕上的歌词，明明是求而不得的歌词。

“真没想到，魏清越，你还会唱情歌啊！”张晓蔷第一个跟他开玩笑，也只有她敢开，她半真半假地问，“该不会看上谁了吧？”

女生们立刻来了精神，齐刷刷地看着走过来的魏清越。他坐在张晓蔷旁边，伸展了下身体，拽过自己的棉服。

江渡早已把手挪开。她觉得自己的心忽然被人攥到半空，悬而未决。

魏清越笑着喝碳酸饮料，他摇头：“无聊，你怎么也这么无聊，动不动就能想到这种破事上，必须得喜欢个人才能唱情歌？”

不喜欢，无聊，破事……江渡觉得她被锤子接二连三地狠敲了脑袋，他谁都不喜欢，而且喜欢人这种事是破事。张晓蔷在他眼里都是无聊的女生……

张晓蔷尴尬了一瞬，不过，她应变能力向来很强，笑着说：“开句玩笑，你怎么这么小气？刚吃饭时，你还拿人家江渡开涮，江渡可一个字都没说。”

魏清越就是有让人变尴尬的本事。他逆反心理特别重，总是不经意间流露，撑完张晓蔷，还能继续若无其事地从她面前拿走一罐饮料拉开喝。

不过，张晓蔷看起来对她老同学的脾性一清二楚，不以为意。幸好，屋里缤纷的光乱闪，可以很好地掩饰江渡的那份诧异，除了诧异，应该还有隐约的惆怅。

林海洋是“麦霸”，他的歌唱得确实不错，号了这么久，嗓子不带沙哑的。他最后特地点了首《冷雨夜》，指着江渡：“你最喜欢的，今天让你听个够，听听我唱得怎么样。”

江渡想要向大家证明，她没那么自我封闭，也没那么不合群。于是，在最初的一秒慌乱后，她镇定下来，冲林海洋拍了拍手，掌声鼓励。

“我跟我的同学都能好好相处的，才不是什么林黛玉。”她暗暗地想，“我是有朋友的，并不孤僻。”

随着歌声，那个秋雨绵绵、有点凄冷的夜就浮现在眼前。她记得每一秒，那次在食堂偶遇魏清越的每一秒，以及路灯下雨丝斜斜的样子，包括这首《冷雨夜》。

林海洋忘我地唱完，江渡手拍得特别响，微微作痛。林海洋得意地把话筒塞给刘小乐，看着江渡，说：“怎么样，不赖吧？”

很快，音乐躁动起来，刘小乐挑战高难度，唱的是她偶像谢霆锋的歌《活着Viva》，震耳欲聋。

不觉间，魏清越换了位置。他中途又出去了一趟，再回来时看到的正是江渡冲着林海洋使劲鼓掌的模样。他在刘小乐声嘶力竭的背景音下忽然坐到江渡身边，头一偏，几乎是贴着她的耳朵说：“你喜欢《冷雨夜》？我也能唱这一首，比你同学唱得好。”

太近了，近到他一呼一吸间的热流都喷在江渡的耳郭上。那句话，那么清晰地送进耳朵里，她浑身战栗，条件反射般地往后撤了撤身体，一双眼扑闪个不停，看着魏清越。

魏清越好像只为了跟她说这么个事，简简单单说个事，然后迈开腿，从她并拢的膝头跨过去，坐在沙发中间。

再后来，就没什么后来了。满包厢的音乐声、人声、妖娆乱闪的灯光，谁又唱了什么，果盘里被吃掉了什么，屏幕上滚动着什么心碎的歌词……江渡通通都没记忆了，她只记得耳边那句话，他吐字的气流无比真实，真实到像恍然如梦，多么矛盾又和谐的感觉。

冬天，天黑得早，他们出来时，华灯初上，街头霓虹闪烁，是三三两两的行人和川流不息的车子。客观地说，张晓蔷这个生日，大家做到了吃好、喝好、玩好，很尽兴。

一切骚动和异样的情绪，也因为重见天日而变得微妙。

江渡被刘小乐挎着胳膊亲昵地紧挨着，一起往前走。其实，江渡不太习惯跟人挨得这么近，但一起吃了顿饭唱了歌，好像理所当然地就走近了。

走了一会儿，大家意犹未尽，但不得不各自分开，各回各家。只有江渡一个人跟大家是反方向，至于魏清越，连张晓蔷都不知道他住在哪个片区。

“江渡，你一个人行吗？”张晓蔷问她。

话音刚落，林海洋就自告奋勇地要送江渡。江渡连忙表示不用：“我可以坐公交车，下了公交车，离我家差不多一百米的样子，很近，不用麻烦。”

“那行吧，坐公交也安全些，现在还有车。”张晓蔷低头看看手表，打算跟刘小乐几个打车走，她笑着问魏清越：“你怎么走？”

魏清越目光却有些游离，没回答。大家顺着他的目光望过去，只见一个身材挺拔、黑色大衣过膝、十分英俊的中年男人往这边走了过来。

一群人里，只有江渡和张晓蔷见过魏振东。

魏清越上初中时，魏振东还被请到学校作为家长代表讲过话，很有派头。张晓蔷对他印象深刻，无疑，魏清越的爸爸是个美男子，往那儿一站，非常扎眼。

江渡也见过这个叔叔，但却是些很暴力的记忆，她突然就比魏清越还要紧张了。

“魏叔叔好。”张晓蔷看魏清越居然不动，犹豫了一下，还是出于礼貌，喊了声越走越近的魏振东。

魏振东果然高大，一靠近，自带三分压迫感。他英挺的眉毛下是双笑眼，说：“张晓蔷，你是那个叫张晓蔷的副班长，对吧？”

大家面面相觑，因为都不认识魏振东，但显然张晓蔷是认识的。这男人看起来浑身上下都写满了“有钱”，气场十足，大家都下意识地拘谨起来。

能被一个气度不凡的长辈记住名字，张晓蔷心里高兴了一下，她点点头：“魏叔叔还记得我？那什么，今天是我生日，我请同学吃饭，玩儿呢。真巧，在这儿碰到了您。”她手一指，笑着说，“这都是我们同学。”

然后，她很自然地看向魏清越，觉得下一步介绍他爸爸，由他张嘴比较合适。但诡异的是，魏清越完全没有介绍他爸的意思。

魏振东皮笑肉不笑地看看他儿子，眯了下眼，转而微笑对着一群人说：“你们好。”

“叔叔……魏叔叔好。”大家参差不齐地打了招呼。

只有江渡没出声，她有些警惕甚至有些敌意地看着魏振东。

“我说怎么找不到人，手机也关机，原来是出来跟同学一起玩儿了。”魏振东轻飘飘地看魏清越一眼。那一眼，在江渡看来是风暴的前奏，她的直觉如此，所以情不自禁地看向了魏清越。

空气如此冷，江渡不知怎的，忽然打起寒噤，她直勾勾地看着魏振东，忽然站出来，说：“魏叔叔，是我借魏清越的手机玩了会儿游戏，给他手机玩没电了，不好意思。”

牙齿相错，江渡觉得腮帮子都在抖。

魏振东笑得非常宽和：“小事，你们玩儿得开心就好。”说着，他表示还有事要去办，让魏清越自己回家。

他走后，大家才又活跃起来。

刘小乐说：“魏清越的爸爸好帅啊，我没见过那么帅的中年叔叔。”却见魏清越面无表情地听着，没等她们花痴完，他就走到路边拦车。

气氛突然就有点怪怪的，张晓蔷当然也感觉到了，她不好问，稍作思考，赶紧换上笑脸，说，天都黑了，大家回家注意安全。她又讲了一堆感谢的话，啰唆完，再去看魏清越。

魏清越已经拦好车，他对几个人打了个手势："你们上车吧。"

大家各自道别，分别上了两辆出租车。张晓蔷还伸出脑袋挥了挥手。一时间，路边只剩下魏清越和江渡站在墨蓝的夜幕下。

一箩筐的冷风往身上倾倒，天气巨寒，但这是年关里头，放眼望去，满满的人潮，满满的车流。在风里站着的这一刻，江渡反而觉得异常沉静。

魏清越转头看了她一眼，两人隔着半米，只这么一眼，落在心巢上，江渡这才想起似乎应该说点什么，她刚张开嘴，男生已经先开口："你还是那么爱多管闲事。"

江渡一下萎到地上，她低下头，脚尖一下下踢着并不存在的小石头。

"走吧，我送你去坐公交。"魏清越把围巾缠得紧了一些，左右张望两眼，好像在判断方向。

两人往站台方向走。江渡戴着顶旧绒线帽，起静电，头发一根根沾在脸上。她很想告诉魏清越，自己会坐公交，但没说，而是静静地跟在他后面走，好像他就是路标。

魏清越转身，笑了下，表情若即若离。他说："你跟在我后头，跟俘虏似的。"

俘虏？江渡在听到这个词时，一颗心瞬间就莫名其妙地被这个词淹没了。

"我是你的俘虏呢，魏清越。"她觉得心头灰灰的，又浓浓的，几乎想大哭一场，她想，"我那么担心你，真的害怕你爸爸又打你，你怎么还这么没心没肺地跟我开玩笑呢？"想到这儿，眼睛都像被心情腐蚀了，江渡嘴唇抖了几下，什么都没说出口。

"有硬币吗？"魏清越看她不说话，又问了一句。

江渡终于抬眼："有，我有一堆硬币，你要坐车用？"她以为魏清越没有零钱，便摘掉手套，往羽绒服口袋里掏。

魏清越笑笑："那天圣诞节，你怎么不挑个东西，我都准备好给你付钱了。"

江渡的动作缓缓一停，勉强说：“我解释过了，不喜欢过圣诞节。”

“是吗？我把这事忘了。”魏清越摆摆手，“我不需要硬币，你别掏了，我就是问问你有没有零钱坐车。”

江渡只好把硬币放回去。

走到站台，魏清越突然说：“刚才，你没必要替我解围的。”他声音低沉，像冬天的云，“魏振东认定一件事，是不看理由的。”

江渡胸口堵得厉害：“我不明白。”

“你不明白什么？”

“不明白没有理由也要打人，你……”江渡迟疑着，“能去跟你爷爷奶奶或者外公外婆生活吗？”

“我的监护人是魏振东，他不喜欢我，其他人也未必有多喜欢我，我懒得麻烦别人。”魏清越重重地吐出一团白色雾气，把手插到兜里，头发凌乱地从眉毛上飞过。

“今天，我本来是拒绝了张晓蔷的，这种热闹，我一般不凑。但魏振东要带我去参加一个饭局，我不想去，所以来这边了。”魏清越嘴角一扯，自嘲地笑，“鬼知道还能在街上碰见他，他一定恨不得拿皮带抽死我。”

魏振东不是没用过皮带，打他时顺手捞到什么用什么。

说到这些，魏清越轻描淡写，就像在跟江渡聊别人的闲事。江渡真想说“要不，你去我们家吧”，等意识到自己居然有这么离谱却真实的想法，她被自己惊了一下。

可是，这种事多难堪啊，魏清越就这么随随便便地跟她说了。也许，仅仅是因为她已经看见过他狼狈的一幕，在某种程度上，他可以和她共享这个秘密。

江渡喉咙发苦，她斟酌着说：“那，等你考上大学，离他远远的，以后工作了就能彻底摆脱他了。”

“我妈昨天刚走，”魏清越却露出笑脸，很轻松的样子，“我大概快三年没见过她了。”

听他这么说，江渡也跟着高兴起来：“你一定很想你妈妈吧？这下终于见着了。”

“不想。”魏清越语气干脆，“她来，我高兴，是因为我有机会当面和她谈出国的事，有些事，前期可能需要她帮忙。你很吃惊，是不是？”他挑挑眉毛，“我连自己的亲妈都不想，只是有事相求，就这么简单的关系。”

江渡的神色一点点僵掉，含混不清地摇了摇头，她自己都不知道这个动作是想传达什么意思。

魏清越却忽然冲她微微一笑：“你对我很好，比我父母对我都热心。”

啊？江渡的五官都因为他这句话而静止了，呼吸是用哪个器官来着？

“别这么看着我，一个人对别人好，可能是因为亲情、友情，或者是爱情。”魏清越说到“爱情”这个词，表情瞬间微妙，是看起来很嫌弃的样子，“也可能是天生热心，你是这种人吧，江渡？”

被他说得都很不好意思了，江渡摸摸围巾，轻声说：“我也没那么热心。”

“利民巷那件事，当时，我觉得你很蠢、自不量力，一个女孩子，怎么那么爱多管闲事？说真的，你留给我的印象非常糟糕。”魏清越像打开了话匣子，咽着冷风，不说走，也不问江渡坐几路车，就在那儿不断地哈着白汽跟她讲话。

要坐的那辆公交最前方闪烁着绿色的标志，缓缓靠站停了。江渡只是盯着车看，却没动。其实，她很冷，脸也被风吹得疼。

魏清越这个人，说话真是……江渡半张脸都缩在围巾里，只露一双眼，水汪汪的，欲言又止。

“我脾气很差，很难心领别人的好意。别吃惊，你如果像张晓蔷那样，跟我做几年同学就知道了。”魏清越说着，伸手拽过她，直接把她推上公交车。他也跟着上车，身后的门慢慢合上了。

他从棉服里摸出钱夹，找出几枚硬币，投进钱箱，然后毫不犹豫地又拉着江渡的袖子往最后一排的空位走去。

一切发生得太快，江渡来不及反应，等她再回过神来，魏清越已经靠窗坐下了。

她把围巾往下一扯，慌乱地说：“你是不是坐这辆车啊？怎么把我拉上了呢？”

“不是你坐这辆车吗？”魏清越反问，“我送送你，天黑了，你一个人回家不安全。”

原来是这样，可他怎么知道的啊？江渡眨眨眼。

魏清越嘴角轻扯：“我猜的。你坐这辆，对吧？”

江渡腼腆地点了点头，抿下头发，说：“可是，这样的话，你回家就晚了。”

“我不急，急着回家挨揍吗？”魏清越拿自己开涮。

突然，一个刹车，本来站着还没坐下的江渡一下子趴到位子上去了，胳膊被魏清越手疾眼快地牢牢抓住，魏清越笑笑：“坐吧。”

江渡窘迫地看他一眼，垂着眼帘，坐上去了。

车里灯光昏昏，玻璃上映出少年模糊的身影。魏清越看看窗外，又扭头看看她，说：“现在不糟了。”

江渡茫然地“嗯？”了一声。

他是接着上车之前那句说的。魏清越一解释，江渡才明白过来。她拘束地摆弄了几下围巾，那声嗯变成了平平的调子。

乘客上上下下，后排就坐着他们两个，一时间没了话，世界变得很安静，霓虹从车窗上掠过，照得眼睛时不时跟着亮一刹那。灯光明明灭灭，像似醒未醒时分。每一秒，都比阳光还要珍贵。江渡的手一直攥着围巾，这是她离魏清越最近的时刻。

快到站时，她恋恋不舍地扶着靠背站起来，说：“我该下车了。”

车门一开，流动的冷空气扑上来，把人裹在里头。

“你——”江渡轻咳一声，“要到对面坐公交车吗？”

“不了，打车回去。”

魏清越看看她，笑了：“你还有话想跟我说？”

江渡脑子乱乱的，一团乱麻，她摇摇头，又点点头：“你爸爸要是打你，你能报警吗？”

魏清越只是笑而已，夜色太深，江渡也不知道他这是什么意思。

“回家吧，我就送到这儿。”魏清越说。

江渡忽然就很想哭，她低着头，很想问他：“你是不是快出国了？”但又不敢问，好像不说出口事情就不会发生，她点了下头：“好的。”

“对了，新年快乐。”魏清越的声音，像春天的樱花一样温和，他很少用这种腔调说话，轻轻的，突然绽放在江渡耳畔。

江渡不禁抬头，她眼睛里已经有了泪水，努力挤出个微笑："新年快乐。"

本来是想看着他打上车的，但一秒都不能多待了。刚转身，眼泪就簌簌地掉了下来，她不再刻意忍着，世界时而清晰，时而模糊。她好像听到了身后传来的关车门声，又好像什么都没听到。

此刻，只有她一个人行走人间似的，前方灯火林立，她只希望魏清越早日幸福，永远幸福。

第九章 见眼泪

江渡最喜欢春天，但很不幸的是，这个春天，是要别离的季节。

寒假后开学，梅中开始试行最新的文理分科制度。以往，都是高二开学后才正式分科。从2007年开始，高一下学期开学就要做分科调查，并且给大家一个月适应期，可以后续做调整——文转理，理转文。不过，小许老师建议大家，文转理要慎重，理科难。

这个通知是在快开学的前两天正式下文的，小许老师发在班级的QQ群。群里吵成一锅粥，说学校搞这一套真是太突然了，他们以为分科还早着呢，为什么拿他们这届学生当试验品？不过，也有早就定好方向的同学，学文还是学理，目标明确。不管怎么样，大家有个共识——早分早好，省得在某些科目上浪费时间。

好在开学前还有一个缓冲期，换作以往，放假归来，女生们最爱聚在一起聊假期看了什么电视剧，现在话题通通变成分班。

王京京没江渡文科方面的优势，但理科方面也谈不上有优势，所以，她爸妈让她选理科，她自己也是这么打算的，大不了再转文，反正理转文更简单。

江渡不用说，必选文科，文科数学没那么难，她也不必再钻研让人头疼的物理。怎么看，选文科，她考上重点大学的机会还是有的。

两人做同学那么多年，这意味着自此要分道扬镳了，虽然还在一个学校，但课业渐重，不在一个楼层，见面机会会少许多。

“唉，还有点伤感。”王京京扒拉着笔袋，“咱们班大部分人都选理科。我问了一圈，就没几个人选文科，你真的决定选文科啦？”

在大家的刻板印象里，选文科的大部分都是成绩差、脑子不怎么好使的，学校也一直是重理轻文。王京京嘴里说着“大不了理转文”，但为了不让人看扁，她只是说说而已。

江渡笑笑，抽出物理书，放在手里摩挲两下。她其实一点都不讨厌理科，只是没学好。真的要告别了，她心里有不舍，可不管朝哪个方向飞，总不能一直停在原地，天下没有不散的筵席。

“对，决定了，选文科、选理科，自己不后悔就行。”她从书包里掏出个符袋，是从庙里求来的，上面绣着“前程似锦”四个字，“给你，外婆给我求了一个，还给你求了一个，上次忘记给你了。”

“哇，真是谢谢外婆了，我好喜欢！”王京京夸张地接过来，亲了又亲。

“那有没有我的啊？”林海洋的脑袋突然从后面冒出来了。

啪的一声，王京京拿书敲了他一下，说：“啥事都有你，阴魂不散。”

“那等明年春节，我让我外婆给你也求一个吧。”江渡想起寒假的事，觉得欠林海洋一个人情，赶紧许下诺言。

大家还都穿着羽绒服，一动弹，沙沙地响。教室里人声不断，这样相聚的日子，已经是过一日少一日。

不过，对于分别，同学们是习惯的，也是必须习惯的。那么多的匆匆过客，那么多的欢声笑语，那么多的悲伤和快乐，注定要在某一刻终结。

人心躁动的开学第一周，不知不觉就过去了。

分科调查表要家长签字。周末，江渡把表拿给她外公外婆看，他们当然是什么意见都没有，也没什么可犹豫的。

周一，江渡把表上交给张晓蔷时，张晓蔷正在找同学补表——有的人总是不够细心，忘记填日期。

“确定选文了？”张晓蔷问江渡。

江渡点点头。

“会有一次分班考试，加油，说不定你能冲进文科实验班。”张晓蔷不忘给她鼓劲。

江渡笑了下，说：“你一定会进理科实验班的。”

“应该是的。”张晓蔷相当自信地说道。她笑起来，小梨窝儿更深了。

江渡有一瞬的恍神，她知道，张晓蔷会再次成为魏清越的同班同学。她再喜欢魏清越，也知道，自己无论如何都不会选理科，文科才能给她前程。她如果足够优秀，最起码能换来跟他做同班同学的福气，可惜，她连这个本事都没有。而王京京选理科，意味着她再想当捉刀客已是不可能的了。光阴无涯，魏清越对她来说，竟然是一件越来越没希望的事。

“这么巴结人家，还以为也跟着选理科拍马屁呢。”陈慧明的声音非常刺耳，睨江渡几眼，她跟同桌在那儿嗑瓜子。

“人家是要进实验班的。”她的同桌含蓄地接了一句。

这话，张晓蔷没听到，她已经到后面去找人了。江渡扭头看看她们，没说话，她不确定她们是不是在说自己，心里咯噔一下。

可陈慧明分明翻了个白眼给她，江渡立刻脸红了。

王京京留意到这一幕，捣捣她：“那个三八是不是在说你？”

王京京嗓门大，陈慧明立刻喊她的名字：“王京京，你说谁三八？”

这一下，王京京被气笑了，嘴巴上都要噘出胡子来：“做贼心虚。看来你还真是在说江渡，你无聊不无聊啊，一天天，跟菜市场大妈似的，大妈都没你嘴碎。”

“你说谁大妈！”陈慧明眼睛睁圆，刚要跟她吵，同桌给她使了个眼神，陈慧明会意，改了策略，阴阳怪气地瞪着王京京：“你把人家当朋友，人家可不见得能看上你。”

王京京不知道她在含沙射影什么，懒得理她，骂了句“有病”，转过了身。

江渡对于陈慧明这种想挑拨离间的行为十分反感，但她又不想在这个时候跟人起冲突，分班在即，二班就此被打散，没必要再跟同学置气。

这时，班长过来告诉江渡，小许老师喊她到办公室一趟。

班里有贫困生补助，每个班至少两个名额。这个年纪，大家的自尊心都很敏感，大部分人都不想承认自己家里穷。事实上，梅中学子中贫困的确实不多。

“名额不用就浪费了，江渡，把这个表填了吧。”小许老师把情况表明，直接把表格推过来。

江渡有点为难，她不是因为自尊心，仅仅是觉得自己家里真的不算贫困。

“许老师，我外公外婆都有退休金，我们老家还卖了块地，供我念书，家人还是有这个能力的。我想，这个钱应该给班里更有需要的同学。”

小许老师笑了：“我知道，但你想过没，你外公外婆年纪越来越大，以后万一身体哪里不好，开销很大的，你年纪小，不知道有病的可怕。听老师的话，把这钱领了，不为别的，就当是为两个老人着想了，相信老师的话，没错。”

许老师是好意，江渡明白，可她依旧站着不动，迟疑了片刻，说：“许老师，如果同学们知道我拿了这个钱，会说我的。”

“我来解释，你别想那么多。”小许老师忍不住叹气，“你这小姑娘思虑得还挺多。”

江渡最终把表格填了，顺手带上办公室的门。她走到拐角那儿，穿堂风大得很，一股冷气袭来，她打了个寒噤。

下楼梯时，迎面上来一个人，江渡没留意，胳膊都伸到她眼前了，她才猛地刹住脚步，一抬头，对上魏清越那双含笑的眼睛。

魏清越上下打量她两眼，说：“怎么老是装看不见？”

偶遇来得突然，风起而潮涌。江渡愣了愣，望着他，慢慢地、腼腆地露了点笑意：“我真的没看见你。”

“犯错了吗？”魏清越张嘴就是句玩笑话。

江渡摇头，脸红红的，生怕魏清越知道自己领贫困补助的事，他要是知道了，得怎么想自己呀？明明她吃、喝、穿、戴都很正常，哪里穷得要领补助金？

“许老师找我有点事。”她一句话含糊带过，心想：“他可别打破砂锅问到底啊。”想到这儿，赶紧问他：“你来办公室做什么？”

“老师找我谈竞赛的事，我不参加，但学校可能想让我参加。”魏清越比她坦白多了，“我仔细想了下，参加也行，要是能代表国家参赛，可能对我以后出国、选学校有用处。”

这对于江渡来说，是很遥远也很陌生的事。她静静地听完，心里月落星沉，说不出地忧愁。

“上去了？”魏清越看她不说话，手往上指了指。

江渡勉强笑笑，点了下头，与他错身而过。匆匆相遇，又匆匆分别，这一切，都让人来不及准备点什么。

如她所想，小许老师在班里宣读了贫困生补助名单，做出解释后，还是有人悄悄议论她。毕竟，江渡秋天的时候穿过耐克鞋子，虽然那是打折活动时买的。

不知道怎么回事，王京京似乎对江渡要领补助金这件事态度有点微妙。她转着笔，像是漫不经心地开口：“许老师不知道你外公外婆退休金都很高吗？”

江渡一下就听出话里不对劲的地方，在某些事情上，她的敏感度堪比豌豆公主。

“我说了，没拒绝掉。”她慢慢解释道，“许老师给我的说法跟他在班里说的一样，不是我主动要的。”

王京京笑了一声，说不出来是什么表情。如果说友情会在某一刻发生细微的裂缝，那一定就是这个时刻，江渡感受到了，可她想不通。

“你不要怪人家在背后说你。寒假的时候，你还去给张晓蔷过生日，都看见你们在街上玩儿，哪个贫困生这样？”王京京到底嘴快，但没说出陈慧明找过她这件事。

有时候，情比金坚，也比纸脆。

她目光灼灼地看着江渡：“是初六吧？还有魏清越，他也去了张晓蔷的生日聚会。可你跟我说，你跟你外婆要去庙里。”

江渡的心一阵突突急跳，她想解释，但又觉得无从说起，想了想，还是开了口：“我之所以说谎，是因为知道张晓蔷没请你，我怕——”

“得了吧，你太小看我了，张晓蔷没请我，请你了，你觉得我会嫉妒你？话说，她平时跟你也没那么熟吧，这事确实挺奇怪的。”王京京说着说着，不自觉就带了股冲劲儿。

小女生之间的别扭，发生得莫名，但也有蛛丝马迹可循。心思瞬息万变，王京京可以为江渡慷慨出头，不怕得罪人，同样，她也可以为江渡的隐瞒而生气，但到底为什么生气，她自己都说不清。

江渡张了张嘴，半晌才轻声说：“对不起啊，我不是故意要骗你的，希望你没生我的气。”

“看书吧。”王京京语气依旧很硬，低下了头。

江渡怔怔的，她看王京京没有继续说话的意思，枯坐半天，一个人从教室里走了出来。

因为分班的事，高一的同学都有点浮躁，有人到现在还在纠结。教学楼灯火辉煌，被分成一层一层的。每层灯光里坐落着格子间般的教室，黑压压的人头，躁动的情绪，青春正是进行时。

天气依旧很冷，路灯昏暗，灯光像被冻得冰凉。江渡在走廊上往外看时，目光不由自主地落在图书馆那棵树上，影影绰绰的。

她从一班经过时，明亮的灯光透过窗子照到她身上，她看着灯光，那一瞬间，某种情绪忽然强烈到无法再多一分。

她好想魏清越。

想看他笑一笑，想听他说话的声音，还想他能陪自己会儿，哪怕只是走一段去厕所的路也很好。

在这种情绪的驱使下，江渡扭头，大胆又僵硬地往一班教室里张望了两眼。

一班比较安静，大部分人都在忙自己的事，没人抬头往窗外看。江渡想的散心，不过是去一趟厕所，吹一吹冷风兴许能好受点。

魏清越个头高，坐在最后面。他戴着耳机，合上了英文报纸。兴许是打算出去，他先往外看了看，准备起身。

两人的目光碰上，江渡忘记挪开，有一刹那，她以为自己出现了幻觉，她太希望见到魏清越了，在她的想象中，他抬起了头。

魏清越狐疑地看着江渡隔窗盯着他，稍觉意外，很快，他冲她笑笑。他分明看到那张本来没什么表情的脸忽然变得惊慌，人也扭头，快步走了。他有点莫名其妙，走出教室，往厕所的方向走去。走到半路，他就看到了江渡的身影。

“江渡！”魏清越的声调提得有点高。

声音从江渡背后传来，她听到的那一刻，鼻腔里顿起的那股酸楚几乎要冲到眼眶，她拼命控制着情绪，转过身来。

魏清越走近江渡，两手插兜里，闲闲的。他没注意到她的异样，只是问：“你刚才往一班看什么呢？”

听到他的声音了。一如既往，他就像跟普通同学说话一样，没义务对她特别一点，她也不会怀抱这种妄想。江渡眨着眼，一想哭就使劲眨眼，手背快速蹭了下鼻子。

“怎么了？”魏清越稍稍俯身，挑起眉，目光在江渡脸上流转，“不舒服？还是有人欺负你了？”

他这么问，一切都轰然崩塌，江渡小脸一皱，再没办法说出一个字，她哭了。

灯光下，江渡处于一种明亮的寒冷之中，她哭了。如果魏清越没有任何反应，她将继续往黑暗的寒冷中走去。

魏清越的反应，通常跟别人是不一样的。见到女生哭，他第一没觉得尴尬、手足无措，第二也没说什么“最怕你们女生哭了，你别哭了，我不会安慰人啊”云云。

他说：“路上随时都有人来，你要是不想被别人看到，换个地方哭。”魏清越语气软软的、沉沉的，认真地看着她。

江渡却羞得不行，她以为他在嘲笑她。因为太慌乱，以致她压根儿没精力去留意他说话的语气和他真诚的表情。这话怎么听都带着一种讥诮，客观地说，魏清越是喜欢这么说话的。她胡乱擦掉眼泪，扭头就想跑，却被魏清越一把拉住：“江渡，你跑什么啊？”

“我没事啦！”江渡想让自己的声音听起来乐观一点，但声音是飘的，带着脆弱、颤抖的哭腔。灯光照在她右半边脸上，眼睛忽闪，嘴唇上的颜色像被冷风吹走了一样。

江渡整个人似乎都暂时只剩下一半，魏清越看见点点泪斑，这让他的大脑空白了一瞬。

他话锋转得特别突兀，语速也快：“你让之前给我写信的人继续给我写信吧，我知道那人不是王京京，但你知道是谁。我不会追问你到底是谁，但既然你知道，麻烦替我转告她，有什么事都可以给我写信。这件事，我会保守秘密。”

说到这儿，身后不远处果然来了不知道哪个班的学生，大概也是要往厕所去的。可魏清越这段话说得太拗口、太突兀，江渡吃惊地看着他，隐约中，她似乎看到魏清越甚至笑了一下。

他麻利地收尾：“我一直等她给我写信。”

最后这句，江渡听得身体瞬间滚烫，她愣愣地看着魏清越大步流星地从她眼前走过，带起一阵风，风里还是兰花香。

好像所有不好的情绪都跟着消散了。

魏清越那么笃定，他的措辞全是陈述句，不留任何余地。

江渡浑浑噩噩地回到教室，一身寒气，胸口还在一阵阵发紧。旁边，王京京在做物理试卷，草稿纸画得沙沙作响。江渡找了句话，轻声说："外面还是很冷。"

王京京淡淡地"嗯"了一声，继续算题。江渡便不作声了，她默默地掏出一份数学试卷，也低下了头。

晚自习后，王京京跑得比兔子还快，好像有心晾她。江渡一个人收拾好东西，到校门口的小店买信纸。

这次，她买的是那种最普通、单位办公用的信纸，红条纹，学生根本不会买这种类型的纸。江渡买了一沓，心想，当草稿纸也是可以的。

这封信，却迟迟没写。江渡以为永远不再有这样的机会，但机会从天而降。可是，如果她写了，就等于变相承认，之前的那些信不是王京京写的，那样的话，等于背叛王京京。

周六放学，张晓蔷让江渡留一下。值日生打扫教室卫生的速度神快无比，潦草搞完，急着走人。本来这几天王京京对江渡都很冷淡，她看江渡不走，张晓蔷也没走，教室里除了值日生，没其他人了，她哼笑一声，拽出装资料的袋子，也没跟江渡打招呼，径自走了。

江渡看着王京京的身影消失在门口，眼神黯淡，整个人呆呆的。

"江渡，这个笔记给你。"张晓蔷把一份资料放到江渡眼前，"这次月考是分班考试的选拔赛，你加油。文科数学相对简单些，这个笔记是我自己整理的，可能对你有点用处。"

江渡连忙拿起，她感激地冲张晓蔷笑笑。别人对她好，她总是有点无措，同时也为不知道该怎么回报而多思、多虑……在这一瞬间，她更是想到，如果将来某一天对方也因为她的无心之过而生气了，再不想搭理她，她又要怎么自处？江渡嘴里说着"真是谢谢你"，脑子已经填满别的了。

“你把笔记给我了，你自己怎么用啊？”她拘谨、犹豫，想着是不是该推辞一番。

张晓蔷笑容明媚：“没关系，我重做一份，毕竟是打算参加竞赛，说实话，给你的这份笔记对我用处不大了。”

竞赛？江渡怔了怔：“你要参加数学竞赛吗？”

“对，因为咱们的第一名参加嘛，我这叫趁腿搓绳，就算取不到名次，拓展下思维也是好的，就是准备得有点晚了。”张晓蔷说到这儿，忽然叹口气，“魏清越这家伙，说不定哪天就出国跑路了，我得趁他在多跟他讨教讨教。我现在是服气啦，他确实比我聪明很多。”

那么长的感慨，江渡只听到“出国”两字，一股强烈的酸楚忽然侵袭神经，情绪的源头，她一清二楚。于是，在极力克制中，她装作若无其事地问道：“魏清越这就要出国了吗？”

“他自己也不太确定，不过肯定是读不完高中了。其实，不只他有出国的打算，咱们学校每年都有几个高中就出去的人。”张晓蔷对学校的历史如数家珍。

江渡对这些事一点都不感兴趣，她笑笑，收起笔记，再次跟张晓蔷道谢。

两人结伴出来，校门口流动的摊贩已经出摊了，到处是学生，骑单车的、步行的，交通有点乱。

肩膀忽然被人搂了一下，原来是刘小乐，不知道她是从哪里冲出来，她一手一个，搂住了江渡和张晓蔷，却是一脸的痛苦：“麻了麻了，彻底麻了。”她在厕所蹲了二十多分钟，不麻才怪。

“你怎么了？”张晓蔷笑着问她。

“便秘，屁股都快冻掉了，才拉出那么一小口。”刘小乐比画着。

张晓蔷笑得很大声，连忙去捂她的嘴：“恶心不恶心？”

班里大部分女生都是非常活泼的，江渡是个异类，她天性如此，不爱多说话，也做不到什么都敢说，她太喜欢斟酌。

就比如此刻，她听到刘小乐拿自己的便秘开玩笑，她就很吃惊。

“哎——”刘小乐忽然同时拽住两人，往前方丢个眼神，“等等。”

“又怎么了？”张晓蔷问。

刘小乐努努嘴：“看见那个男的没？就那个，头发油油的、长得就很猥琐的那个老男人。”

江渡一眼就看到了，顿时愣住。

那不就是她在书店里碰到的那个中年男人吗？她后来隐隐约约明白发生了什么，经历很糟糕，可因为有魏清越，那个雨天是甜的。

“他怎么了？”张晓蔷满脸疑惑。

刘小乐神神秘秘地压低了声音：“这人是变态，最近老在我们学校门口溜达。上回，他对着一个高二的学姐脱裤子，学姐吓死了。你们知道吗，上次陈慧明遇到件事，她没声张，可我听她同桌说了。陈慧明在门口买笔芯，这个男的就贴着陈慧明。奇怪的是，后来她的衣服后边就黏糊糊的一片，又腥又臭，跟浓鼻涕似的，她把那件衣服扔了。你们可别往外说啊，我就告诉你俩了。”

陈慧明同桌跟刘小乐说时也是这样讲的：“我就告诉你了，你可别往外说。”

学生时代，但凡想分享个秘密，管不住嘴又怕泄露，必加一句：“我只跟你一个人说了，可不要说出去。”但往往事与愿违，最后闹得大家都知道了。

江渡听得云里雾里，可衣服被抹了浓鼻涕，她也会扔的。果然，大家在说这件事是多么令人作呕，死变态多么令人恶心，彼此提醒，一定要严防此人，看见了就躲得远远的。

江渡回到家时，外公外婆都在厨房忙活。很快，厨房阵阵飘香。屋里暖气很足，江渡把棉袄脱了，只穿了件白色毛衣，她探进个头，问外公今天做了什么好吃的。

“嘿，今天你有口福喽，做的八宝鸭。”外公爽朗的笑声传出来。

饭菜上桌，一碗碗人间烟火，江渡吃得满嘴留香。她忽然想起魏清越说的“随便弄点吃的”，不禁想，如果能让他来家里吃饭就好了，都没人照顾他。

吃完饭散步，散完步洗漱，洗漱完复习功课，这是江渡在家里的步骤，雷打不动。她不喜欢开大灯，只留台灯，有一方明亮即可，其余隐没在淡淡的昏暗中，莫名让人觉得温馨。

写完试卷，已经很晚了，但丝毫困意都无。隔着窗子，她看到了月亮，那么皎洁、清冷、漂亮的月亮，不知道是不是只有自己看到了。她蹑手蹑脚地跑到客厅，轻轻翻动抽屉，找出外公的老式相机，想拍下这么美的月亮。

但拍出的效果和她看到的相差甚远，因为相机，也因为她不懂技巧。算了，她默默想着，又放下了相机，她真想告诉所有人，快抬头看看天空，今晚的月亮多美。

月亮，月亮，月亮也会照在异国吧？此刻的月亮，照在窗外的桂花树上，悄无声息。

江渡看着月亮，心想："我可以不伤害任何人，写一封永远不会被投递出去的信。"这个想法瞬间安慰到了她，像春天的风一样熨帖。

纸笔备好，江渡安安静静地坐在窗前，时不时抬头看看月亮。

见信好。

很久没给你写信了，不是我不想，而是我不能。

但我很庆幸，我终于找到了一个自洽的方法。为什么信一定要寄出去呢？为什么一定要让你知道呢？是不是我太功利了？

我也终于可以更坦白一点了。

不想说生活中发生的不好的事，在我看来，和别人倾诉不好的事，会是个负担，对于别人来说。自己不开心，也会让别人跟着不开心。但在信里可以写吧，因为我清楚，以后都会这么坦诚，因为你看不到。

我被好朋友误会了，不知道该怎么解释，我不想失去她，可如果她不愿意跟我再像以前那样亲密无间，我想，我也是没办法的。我应该没有你那么潇洒，一个人，好像谁都不需要。我曾想过，你会不会觉得孤单，但又怕是我自作多情，也许，有的人天生就享受孤独，并不觉得这是个问题。我不行，我其实很害怕孤独。小时候，有段时间，外婆生病住院，外公照顾她，两头奔波，我的作业没人检查、签字。老师批评了我，最后，还把外公叫到了办公室，说老人家不能管孩子教育，孩子的学习问题，应该让她的爸爸妈妈管比较好。

当时，外公那么爽快开朗的一个人，被老师说得只能讪讪赔笑，像被训话的小学生，跟老师不停地赔礼道歉。但即使是那样，外公也没说我没有爸爸妈妈管，他只说，以后一定会好好配合老师，一定会对我的学习更用心。

我那时念小学，在大人看来只是小孩子，但我心里很难过，难过得也许比大人还要难过。很长一段时间里，我都在想，如果有一天，外公外婆都不在了，那我也不要活了，当然，这种想法，随着我的成长，我知道是太过悲观了，不可取，也对不起外公外婆辛苦养育我那么久，他们养我，是要我好好热爱生活、热爱这个世界的，不是去死的。

所以，我很珍惜和任何一个对我好的人的感情，我总希望，大家成为好朋友，可以这么一直好下去，但现在出了问题，我竟然不知道该怎么办才好，时间是会弥合，还是让我们之间变得更远，我不知道，也很迷茫。

我明白，自己不是在问你要答案，只是写出来，心里会舒服些。

其实，这段时间，我一直都无法真正高兴起来。初六那天，我想，大概会是我高中生涯里最快乐的一天了。你提到过几次要出国的事，每一次，我都能感觉到你语气中的期待和振奋。对于一个志向远大的人来说，这是理所当然的，所以，我能理解，毕竟你那么优秀。我只希望，梅中对你来说，还是有一些美好记忆的，老师、同学们，甚至是梅中的一草一木。

现在已经十一点多了，小区寂静，对面零星还有几户人家亮着灯，不知道他们家里是不是也有在念高中、需要学习的学生，又或者，是看电视看得入了迷，忘记睡觉。真的太安静了，外面的月亮很大，皎白的月光照得到处都一片银亮亮的感觉。月光很神奇，一想到无论哪里的人都能被月光照到，我竟会觉得很欣慰，这是遥远的、唯一的共同点了。你出国后，如果偶尔想起家乡，就可以看看月亮，因为月亮照着你，也照着这边的人。

对了，张晓蔷今天送我一本数学笔记，她人真好，我很羡慕她随时可以向你请教数学。你们是老同学，如果我们也认识了这么久，我想你一定也愿意给我传授些学习经验的。张晓蔷说，你不是小气的人，从来不介意把自己的学习方法告诉别人，就是你说话比较直接，会嫌弃她笨。如果我向你请教，可能你会觉得我是超级大笨蛋，因为张晓蔷在我们眼里已经是很厉害很厉害的优等生了。

不知不觉，满纸废言，夜深了，我也要休息了，祝你万事顺意。

第一次月考举行时，开学一个多月了。春日多变，风野，气温不稳定，但迎春花开了，鹅黄的花一朵朵地攀附在碧澄澄的枝叶上。江渡最喜欢春天，但很不幸的是，这个春天，是要别离的季节。

班级群没散，不过大家不再像初中时那样热衷写同学录，这才高一，再怎么样，还在同一所学校里，见面的机会总是有的。

因为涉及是否能进到文实、理实，同学们都很看重这次月考。许老师开了最后一次班会，黑板上写着“有多少努力，就有多少光芒”，给大家鼓气。

几门科目考下来，江渡觉得还行，但到底能不能进文实，不好说，毕竟梅中人太多了。文科班一共六个班，实验班只有一个，竞争还是蛮大的。

刚考完，学校里水漫金山似的，到处都是人。

报亭挤满了买杂志的女生。江渡驻足，发现了王京京的身影。她们没恢复到之前那么亲密的状态，只能说，维持在正常同学交际的范围，她来买杂志，没喊江渡，而是和另一个也选了理科的女同学一起。

考完试，大家暂时放松，江渡一个人不知道该干什么，就去看迎春花。她可太喜欢迎春花了，那么娇的黄，干干净净的，像星星一样铺在那儿。趁人不注意，她掐了一朵，别在外套扣子上。

“几班的？干什么呢？”身后传来一声低沉的呵斥，吓得江渡一哆嗦，可是，转头发现是林海洋，她的一颗心顿时落地，但还是有点不好意思。

林海洋笑哈哈的，他说：“是不是特像教导处主任？上回，他抓到我们吸烟，罚我们蹲马步，我第二天走路都是瘸的。”

江渡终于跟着笑起来："本来吸烟就不对。"说着，她很自然地想起某人，笑意滞了滞——以后再不能坐在他隔壁班了。

"哎，"林海洋很不见外地捣了一下她的胳膊，"你跟王京京怎么回事啊？不会是因为魏清越吧？"

江渡的心一下被人攥住了，脸色不太好："为什么这么说？"

"我昨天碰到魏清越了，他托我传个话，说拜托你的事，你到底给他办了没，他一直等着呢，怕影响你考试，今天才跟你说。是不是因为魏清越什么事，你跟王京京闹别扭了？你们女生就是爱生气，我知道。"林海洋比大爷大妈还能说，他一开口就停不下来。

江渡不是没有脾气，她心想："什么叫女生就是爱生气？我很少生气的。"但她绝不会表露，表情淡淡的，说："没什么，我跟魏清越不熟。"

"那他拜托你什么事啊？"林海洋还在八卦。

江渡被他问得烦了，忍着说："我不方便讲。"她知道林海洋没有恶意，只是太吵了，平时觉得他怪有趣，今天不知怎么了，她突然就觉得心烦意乱，为分班，也为很多细碎的事情。

公布成绩是在一周后。这天，公示栏前才叫壮观。大家迫不及待地找自己的姓名，人群里时不时发出一阵欢呼。有人欢呼，就有人叹气，这种事，从来都是几家欢乐几家愁。

江渡进了文实。她在知道结果的那一刹，有种劫后余生的喜悦，她有希望了——考上重点大学的希望。

不出所料，王京京进的是普通理科班，而魏清越的名字高高挂在理科实验班第一名的位置，再往下，没多远就能看见张晓蔷的排名。她自己的名字，仿佛跟他们隔了千山万水。

江渡被人挤来挤去，两只眼却始终定在"魏清越"三个字上，这是越来越稀少的机会，她得抓住，把魏清越每一科的分数都深深地刻进脑海。记这些有什么用呢？不是所有的事都必须有用，魏清越就是她少女时代的意义。

接下来将无比忙碌，搬宿舍、换教室，大家正式进入分科试验期。

这天，二班开了个简短的告别会，许老师还像以前那样幽默，大家听得又哭又笑，要起程了，走一段新的路途。

人散尽后，江渡迟迟没走，她坐在空荡荡的教室里，像地下的蝉蛹，那么安静。这是她最后一次坐在这里，黄昏的光线透过窗户，长长地投在桌面上。

走廊尽头的柜子已经被挪到新教室的走廊。

江渡最后一次抚摸讲台旁的课程表，进文实的喜悦消失得那么快，她不能再轻而易举地看到图书馆前的那棵树，她不能再装作无意地去张望隔壁教室里的身影，她能做的，只有写一封封永远不会被寄送的书信。

"《书城》复刊后的新本，市立图书馆已经有了。"魏清越不知什么时候站到二班门口，他往那儿一靠，跟江渡说话，连开场白都没有。

江渡一怔，转过了头。她有点结巴，慌忙回应道："是吗？我……好久没去了，寒假在补课……这段时间一直在准备分班考试。"

"恭喜你，进了文实。"魏清越从牛仔裤后兜里掏出个什么东西，直接扔给江渡。

江渡手忙脚乱地去接，抱住了。

是个新的翠迪鸟挂件。

"上学期第一次月考时，我可能把你的挂件碰坏了，刚想起来，赔你一个新的。"他说得很轻快。

江渡攥着那个翠迪鸟挂件，她很高兴，是那种只要一见到他，什么烦恼都会暂时抛却的高兴。魏清越知道她进了文实，也知道她的挂件是翠迪鸟，还告诉她图书馆来了她喜欢的杂志，天知道，她要为此欢喜多久。

"谢谢你。"江渡浅浅地笑了，一笑，眉眼跟着舒展。

魏清越却说："你看，我都记得你喜欢看《书城》杂志，请你吃过肯德基，还送你回过家，这样，算是朋友了吧？"

江渡被问得一愣。朋友？他要把她当朋友？或者说，他们只能做朋友？可是，她还要期望什么呢？本来，只是陌生人的。

她神情多少有些不自然，尽量隐藏着，说："当然，你要是愿意跟我做朋友，那我们就是朋友。"

魏清越好像觉得这话好笑，他笑起来："看你的样子，好像很不乐意。”

“没有，我没有，我非常乐意跟你做朋友。”江渡急于辩白，脸都红了。

魏清越点点头，耐人寻味地瞧着她：“既然是朋友了，拜托你的事，你怎么一点都不上心呢？”

江渡顿时失语，她明白他说的是什么事。她的心里像下起了一阵急雨。

江渡鼓起勇气，问道：“你为什么想收信？”

“你说为什么？”魏清越吊诡地反问道。

江渡呼吸急促起来，她摇摇头，含混地说：“我怎么知道？”掌心都被掐得微疼。她觉得，魏清越的眼睛看起来又黑又亮，亮到仿佛可以看穿人所有的心事，她不敢与他对视，呼吸都要小心翼翼，生怕频率出错。

“因为……”魏清越靠在门上，一直没动，看着她说的，“我猜，给我写信的女生可能很害羞，像你一样，总是容易紧张。我想告诉她的是，我没那么可怕，接近我，对于她来说不是那么困难。我想，我们应该能聊得来，她如果给我写信，我很乐意回信。如果害怕和我面对面说话，我们可以写信交流——”说到这儿，他顿了顿，“做朋友。”

江渡紧绷的身体，在这一刻突然松弛下来。做朋友……她鼻子发酸，两只手绞在一起，中间是那个翠迪鸟挂件。

“就是类似于交笔友吗？”江渡的声音听起来像被寒风吹颤了。

魏清越垂眸笑了一下，说：“不是。”但也没说是什么，他长吁口气，“你到底有没有告诉她呢？”

“信是王京京写的，你也有她的QQ号，可以直接问她。”江渡心里堵得快要发不出声音，低头拢了拢头发。

魏清越没反驳，只是说了句：“是吗？”

江渡抬眼，对上他深深的目光，忙不迭地避开，岔开话题：“那次，挂件没坏，不过还是谢谢你啊。”

“不客气。”魏清越笑了笑，直起身子，“我先走了，吃点东西去。”

提到吃的，江渡忍不住问他：“你周末回家都怎么吃饭？”

“有时候阿姨过来打扫卫生，顺便给我做顿饭，有时候出去买，怎么了？”

江渡的心嗵嗵跳个不停，她说：“我外婆说，外面的饭不干净，还是家里的饭好。你尽量让你家里的阿姨给你做饭吃吧。”

魏清越一脸无所谓：“生死有命，该活多久活多久。”他忽然促狭地笑了，“要不然，我去你家吃？你家里一直有人做饭。”

江渡当真了，她虽然红着脸，但竟然回答道：“也不是不行，我外公外婆都很好客。”

说完，她自己也觉得这样说好像不大合适，便不吭声了。

有徐徐的风吹来，吹得她一头细软的长发飘动着。魏清越突然很想伸手摸一摸，不知道触感是否和他想的一样柔软、凉滑。

女孩子的头发原来这么好看，魏清越第一次注意到女生的头发。

既然注意到了头发，视线游走，他很快注意到江渡纤细的身材、修长的双腿、洁白的脖颈，眉毛像画出来的，还有……微微隆起的胸脯，等到意识自己在看什么，魏清越立刻收回目光。

江渡被他看得越来越心虚，她不禁小声问：“是不是我衣服上有什么？”

魏清越喉头动了动，指指她的肩膀，毫不在意似的：“你那儿有几根头发。”

宿舍里，天天有人掉头发，扫地时发丝会缠到扫把上，在家里也是。江渡连忙把肩膀上沾的头发摘下来，尴尬地笑笑：“留长头发是会掉。”

“走了。”魏清越手抵唇咳嗽了一声。

江渡便点点头，一个人站在教室里。等了片刻，算到差不多的时间，她才跑向窗口，往外看。

魏清越又穿上了他的牛仔外套，头发蓬松，随着他的步伐一颤一颤的，仿佛也跃动着生命力。

忙碌的几天过后，江渡来到新教室。她有了新同桌，新同桌是个不爱讲话、看起来淡淡的女生，名字也很个性，叫朱玉龙。江渡进班时，成绩排名吊尾，每一年理科实验班都有觉得跟不上进度而自动退到普通班的学生，但文实很少发生这种事。她看着那一张张陌生的面孔，暗自下决心，一定要更努力才行。

朱玉龙不爱说话，看着也高冷，无论江渡跟她说什么，她都是一副平静、没有波澜的样子。江渡不主动开口，朱玉龙也绝不主动跟她讲话，巧的是，她们还住在同一个宿舍。等住进来，江渡才发觉，好像气氛真的跟之前平行班不太一样，换句话说，这届文科实验班里，每个人似乎都那么特立独行，个性得要命。

江渡因为作文好，班里有些人在高一时听过她的名号，但不代表真的佩服她。他们这些人小学时就喜欢捧着当时最流行的《萌芽》杂志写仿文，云里雾里地描摹青春。初中时参加新概念作文大赛，拿B组一等奖的，在写文章这种事上，心气是很高的。

当然，学习上的竞争更激烈。

江渡一度觉得不适，她反复安慰自己，大家都一样，来到新班级，适应是需要时间的。可新建了班级群，她谁也不想认识，相反，她挺想王京京和张晓蔷她们。可是，一旦分开了，好像大家都有了新生活，有了各自的新圈子，难道只有她这么怀旧？

每到大课间，江渡都忍不住下楼走走，心里期盼着什么。可惜的是，一次都没有。

一直到4月底，文实的课程表出于老师的原因，稍作了变动，体育课从下午换到上午第三节，江渡才发现，竟然意外地和理实一班重合。

体育课上，江渡每次都只跑一圈，活动完了，一半的时间都在自由活动。看到张晓蔷时，她有点羞涩地冲她招了招手。理实的女生也很强，在那儿打篮球。张晓蔷个子不高，但足够灵活，拼抢起来看着很凶。

男生则占据了另一个球场。

江渡看到了魏清越，他正在运球，她跟文实的女生一样，目光往理实男生那儿看。因为，大家都说这届文实男生长得像恐龙。

魏清越时不时地掀起衣服擦汗，男生劲瘦的腰身一闪而过。

女生们便好一阵窃窃私语。

休息时，魏清越一边不怎么讲究地继续撩衣服擦汗，一边往学校门口走。门口保安正在被一个男人纠缠。他本来只是无意地扫一眼，但很快，他听到一个熟悉的姓名，扭头看了看。

“我是家长，名字我都说得出。高一文科，那个什么重点班江渡，那就是我女儿。我告诉你，我女儿是梅中重点班的，你他妈还不让我进去找？凭什么？”说话的是魏清越一眼就能认出的男人——那个暴露狂。

魏清越在书店里遇到过他，一直记得。后来，他也在学校门口偶遇过，那人长着阴沉沉的三角眼、瘦长脸。

这个季节，那个男人只穿了件白衬衫，又脏又皱，露出的半截手臂上全是针眼，皮肤乌青。他正闹着要进学校找人，保安不让。保安见过这个男人，同样不止一次。这个男人，最近总在学校附近晃荡，学校甚至报过警。

魏清越彻底停住脚步，目光犀利，盯着眼前这个骂骂咧咧、差点猥亵江渡的男人。他居然说他是江渡的父亲。

第十章 见身世

我也是花了很长时间才弄明白魏振东为什么疯狂地打我。

那个男人最终被保安轰走了。魏清越一直站在那儿看，最后，他目送那个男人远去，才买了水，回操场。

已向暮春，风暖花香，这几天都是晴好天气，空气中飘荡着隐约的热流。魏清越耐冷不耐热，大家都还穿着长袖，他早换上了白色短袖，手臂上的青筋随着拧瓶盖的动作偾起，他又长高了。

在人群中，很容易发现江渡，她是最文弱的那一个。魏清越趁下课的混乱，喊住了她。大家三两作伴，正往回走。江渡转身，一张脸白白的，没什么血色。

她有点紧张，僵硬地站在那儿。

魏清越永远比她自然、悠游，他很直接："我有事，想问问你。"

"你是我班主任吗？"江渡在心里小小地反抗了一下，明明她高兴得不得了，但脸上只是很镇定的样子："什么事？"

"你父母呢？"魏清越果然够直接。

江渡愣了愣，摇头说："不知道，我外公外婆从来不提他们的事，我也没见过。"

魏清越一脸匪夷所思，他怀疑，江渡可能是老人捡来的弃婴。这个念头一闪而过，他说："还记得在书店里见过的那个中年男人吗？就是……那次下雨，我们在书店碰见的，还记得吗？"

细节很恶心，魏清越没提，但江渡那个表情显然是知道他说的是谁："记得，前段时间，我跟张晓蔷还有刘小乐在学校门口看见他了，刘小乐说他是个变态，让我们小心点。"

魏清越想了想，没跟她学全那个男人的话，怕吓到她。可光是那人知道她姓名，江渡已经一脸惊骇了，那个表情，像在阳光下乱跌的细尘："他怎么会知道我的名字呢？我都不认识他。"

魏清越不知道，但他脑子无比清醒："学校的公示栏和光荣榜经常会贴学生姓名，那么多人，应该不至于紧盯着你。你没单独上过宣传栏，因为这个被注意到的概率很小。你先跟学校反映一下，周末回家，再跟你家里人说说。”他皱了皱眉，“那人手臂上有针眼，我怀疑他吸毒，做出些违法犯罪的事情不足为奇。”

吸毒……这种只有在看普法栏目才能看到的字眼，忽然入耳，江渡脸色煞白。

“别怕，周五我送你回家，周日晚自习再让你外公送你过来，这段时间注意一下。”魏清越冲她微微一笑，把水塞给她。

江渡怔怔地抱紧了水瓶，反倒不怕了。她的身影清清瘦瘦的，嘴角抿出个青涩的弧度：“我在学校附近坐公交车，有梅中的人跟我同一个方向。”

“放学后，你在校门口等我。等你看到我，我们一前一后去站台，上车不坐在一起——”魏清越笑了笑，又顿了顿，“你总跟我避什么嫌呢？我们不已经是朋友了吗？”

江渡便低头看脚尖，忍着系鞋带的冲动：“没有，就是觉得不大好，我怕别人说我。”

“说你什么？要说，也是说魏清越是不是在追江渡。”他那么自然地脱口而出，说完，自己好像也意识到不是那么妥当，很快遮掩过去，“我开玩笑的，周五放学见吧。”

操场上，江渡抱着水瓶一个人站了一会儿，才慢吞吞地往回走，水在怀里抱出了热度。

时间一分一秒地流逝，挨到周五黄昏，天空烧起一大片晚霞，滚滚而上，色彩横流。江渡有意避开人最多的那十分钟，拎着袋子出来。远远地，她一眼就看到了高高的魏清越，书包一根带子在肩，斜斜垂坠着。

等江渡走近了，魏清越无声地笑笑，算是打招呼。江渡迅速瞥他一眼，几乎是面无表情地从他面前走过去。

魏清越好笑地跟在她身后，两人真的是一前一后到了站台，装作不认识。

上车时，嘻嘻哈哈的学生一阵挤。江渡最怕跟人挤，还总是很礼貌。魏清越在她身后看不下去了，再不上去，只能等下一班车了。他索性从背后推着她往上挤，江渡回头看他一眼，他眼睫一垂，也没什么表情。

车上当然没座位了，肩摩着肩，背蹭着背。江渡习惯扶着后门附近的栏杆，魏清越就拽着把手，在她身后站定。他肩头的书包有点松落，碰到了她的手肘，随着他身体轻微晃动，一下下地，来回碰着她的手肘。

江渡不动，她知道魏清越离她很近，但没提醒他“你的书包总是碰到我”。身旁全是嘈杂的谈话声，她却觉得世界很宁静，像大海深处。

公交车停了一站又一站，学生渐少，车里的大人一直沉默地看着外面红红绿绿的霓虹亮起，他们表情麻木而疲惫，深晓人情世故，却不知道叽叽喳喳的少年们到底有什么可高兴的，也不知道在这样寻常的一班车上，一颗心能因为一个人而悸动到什么程度。

魏清越一直站在她的身后啊，江渡默默地想，他不是第一名，也不是女生们都花痴议论“好帅啊”的校草，她从不跟着别人去热烈探讨他的名字，她也从不表现出对他有分毫的关注，他只是魏清越而已，慢慢生长在她一个人的心里，根须蔓延，枝干茂盛，渐渐深扎在她的整个世界里——哪怕他仅仅是路过梅中，很快就要奔向远方。既真实，又梦幻，他说“我们不已经是朋友了吗”。他跟她的友情，是混沌不清的，正是因为不够明朗，所以她可以有一点点旖旎的心思。

离江渡家还有一站路时，学生基本都下了车，大人也下去了很多，空出座位来，魏清越拽了下她粉色卫衣的帽子，示意她坐下。

塑料袋被弄得哗啦哗啦地响，像惊醒了梦中人。江渡不怎么背书包，买衣服时，专卖店给的袋子就成了书包。她又跟魏清越坐在一起了，好像寒假时那一次还没回味完，惊喜又不期而至，她甚至有些害怕，害怕自己把好运一下用光，以至于以后没了着落。

魏清越没说话，他坐在连座的外侧，一条腿习惯性地搭在另一条腿的膝头，抱着肩，不知在想什么。

能这样就很好了。江渡也不说话，她扭过头，窗是开着的，万丈红尘平地起，近处有高楼，远处有高楼，到处都是缤纷的光，笼罩着整个城市。各种各样的声音从车窗源源不断地涌进车里，商铺的土嗨慢摇、年轻姑娘们的欢笑、出租车司机的骂声，还有隆隆的汽车奔驰声，热热闹闹，蒸蒸腾腾，汇成一条旺盛的河流，在城市淌着，每一个夜晚都是如此。

外头是多么实实在在的生活啊，她却喜欢魏清越，喜欢着一个少年……她的肩头忽然被人碰了碰。

是魏清越，打断了她神游天外的思绪："是这一站？"

两人下了车。

穿过一条热闹的夜市，百十米左右，尽头就是江渡家所在的小区。

小区的樱花正在怒放，灯光下，像雪白的团子。其实白天看起来微粉，花瓣顺风扑到脸上，像跳跃的蝴蝶。江渡摆了摆手挡住，学她外婆那种客气的说法："魏清越，要不在我们家吃过晚饭再走吧？"

魏清越一点都没客气，他直接说："可以。"

这下轮到江渡一阵错愕了，她从没把男生往家里领过，她也从没想过，这样招呼别人，对方会同意。不是应该说"不了不了"吗？她没跟外公外婆提前说，也没办法再跟魏清越说"我就是客套一下"，只能勉强笑笑，说："我们家面积不算大。"边说，边一脸纠结地往单元楼走，想着到家后怎么跟外公说。

"有什么特别的含义吗？"魏清越提了下书包。

江渡抬眉："嗯？"

魏清越眉头微蹙："你跟我说你家面积不大是什么意思？"

"没什么意思。"江渡偃旗息鼓。

她想了想，又补充说："意思就是，你别笑话我。我听别的同学说，你们家住在那种很高级的小区。"

"高级个屁，你听那些人扯淡。"魏清越说这话时，戾气就上来了，语气轻蔑。他就是头没长成的野兽，毫无顾忌，顺着本能，在某个时刻宣泄着自己的压抑。

这弄得江渡很尴尬，她看看他，幸亏进楼道了，她可以跺脚掩饰一下尴尬。声控灯亮了。

走到家门口，江渡咚咚咚地敲门，说："外婆，是我。"

里面传来人声，门一开，外婆的笑容流动得慢起来："宝宝，这位是……"

江渡语气自然到了极致，她能装得极致："同学。我们学校每次考第一的都是这位同学，魏清越，他送我回来的。他回家也没人做饭，我就留他在咱们家吃饭了。"

话里好几层意思，江渡不知道外婆领会了没，一会儿饭桌上可千万别问魏清越爸爸妈妈的事。

"哦……那什么，孩子，快进来。"外婆热情地招呼起来。其实，老人是非常意外的，也没闹明白为什么江渡突然被男同学送回家。

"饭差不多齐了，洗洗手，这就能吃饭。宝宝，你告诉同学在哪儿洗手。"外婆给魏清越拿了拖鞋，让他换上，又转身进了厨房，不知跟正在忙的老伴在说些什么。

江渡领着魏清越到卫生间，她指了指，腼腆地说："这里可以洗手。"

真是每一寸空气里都弥漫着尴尬，只有魏清越不尴尬，他洗了手，又抽出几张纸擦干，然后把纸丢进垃圾桶。他对房子的摆设稍作打量，转头坐到饭桌前。

"你在这儿等等，我进去看看。"江渡快速丢下一句话，也钻进了厨房。

厨房不大，一下进来三个人，显得逼仄。

"学校门口最近有变态，所以男同学顺便送我回来。"江渡干巴巴地解释，下意识地揪着卫衣，"你们待会儿别问他父母的事，他跟他父母关系很差，只能问学习。"

外公在盛汤，笑眼瞟过来，说："江渡现在就领男朋友回家啦？听说还是学校里的第一名。"

"外公，您说什么呢？"江渡大惊失色，急得满脸通红，"人家听到会生气的。"

"怎么了，我外孙女漂漂亮亮的又懂事，正配第一名。"外公性格开朗，能开得起玩笑。

江渡娇嗔地瞪他一眼，说："您再乱说，魏清越就不留我们家吃饭了。"

“好好好，不说就不说。”

外婆也瞪了老头子一眼，说：“你别跟孩子乱扯，人家是第一名，学习那么厉害，怎么会早恋？我们宝宝也不是那种孩子。”

不知为什么，外婆对老伴此刻的行为似乎特别不满，语气里有非常明显的不快。这话一下敲打在江渡紧绷的神经上，她撸了下袖子，开始帮忙端菜。

果然，外婆说的都是最安全的话题。她打量着魏清越，一边给他夹菜，一边说：“孩子，别见外，多吃点，都是家常菜。你们都是好同学，有空常来玩儿，江渡得向你学习，在梅中能考第一名是真聪明。”

魏清越淡淡地笑：“江渡也很聪明，语文，我经常考不过她。”

“哎呀，她有点偏科，你肯定门门功课都念得好，要不然怎么能考第一？能考第一的，那都是智商高的孩子，江渡没那么聪明的。”外婆听魏清越夸她外孙女，很高兴，但不忘替江渡谦虚一下。

外公跟魏清越聊得就很具体了，他问魏清越打算学什么专业、这个成绩是不是可以保送清华。

魏清越说：“我出国，不打算在国内念大学。”

外公的表情一下变得有点微妙。他觉得，成绩这么好，当然应该报效祖国，要是出国不回来，报效洋鬼子去了，那国家真是白培养人才了。

江渡唯恐外公讲出什么让魏清越不舒服的话来，生硬地打了个岔，对外公说：“今天的鱼汤特别鲜。”

魏清越看她一眼，若有所思地笑了笑，说：“我很久没吃过这么可口的饭菜了，谢谢爷爷奶奶。”

外公是那种很得意自己厨艺的老头儿，一听魏清越这么说，他就来了精神，跟他长篇大论做菜的门道，听得外婆在桌子底下踢他一脚，娓娓地说：“孩子们有几个对做菜有兴趣的，吃着好吃就行了，就你老头子话多，也不管人孩子爱听不爱听。”

外公很听外婆的劝，收敛了几分，嘴里只说着让魏清越尽管吃。

魏清越一直捏着筷子笑，又看了看江渡。女生几乎不说话，就在那儿斯斯文文地吃东西。

这就是江渡的家，还有家人。他短暂地失神，是不是每个同学的家都差不多是这样的？

既然是学生，剩下的话题全部围绕学习。老人问魏清越，理科实验班是不是竞争压力特别大，是不是同学都很聪明，是不是老师配备得跟普通班不一样……但凡感兴趣的，老人几乎问了一遍。

他问到最后，江渡都不好意思了。

吃完饭，本来该江渡收拾饭桌、外公拖地，但今天例外，老人让她下楼送魏清越到小区门口。

外公外婆站在门前，反复嘱咐魏清越回家注意安全，并且坚持看到两个孩子下了楼才关上门。

江渡忘记换鞋，还穿着冬天的棉拖鞋，毛茸茸的。

两人走在小区里，一抬头就能看见千家万户亮着的灯，而江渡的家不过是这无数灯盏中的一盏，并不特殊。

尽管如此，魏清越在抬头扫望时，一个清晰的念头还是跃入了他的脑海：从没有人为他亮起过一盏灯，等他回家。这万千灯火里，没有一盏是真正属于他的，他的在哪儿，他不知道。

“你吃饱了吗？”江渡还是有些拘谨。直到此刻，她都不知道这一切是怎么发生的——魏清越到她家里吃了一顿饭。

这其实细究起来没什么特别的地方，她去王京京家吃过饭，王京京初中时也曾因给男同学过生日，去人家家里吃过饭。

魏清越没回答，反而静静地问江渡：“我从初一开始就一直收情书，我知道很多女生都喜欢我。你猜，她们都喜欢我什么？是因为我成绩好，还是因为听说我家里有钱，或者是认为我长得很帅？你说，她们要是见过我被我爸打到爬不起来，像狗一样的情形，还会觉得我很帅吗？还会喜欢我吗？”

江渡一下被问得失语，有什么情绪像潮水一样，有力地、不断地、狠狠地撞击着她的胸膛，一遍又一遍。

她被他说得眼睛发酸。

“是你爸爸对你不好，不是你的错，你不要说自己像狗一样，你——”她胸膛微微起伏，努力去正视他的眼睛，“你比我们大部分人都优秀，我们无论怎么努力学习，都不会像你那样优秀，真的，这是你爸爸抹杀不了的事实。”

她一时不知道该怎么安慰他，匆匆说几句，声音都是颤抖的，因为需要看着他的眼睛，表示最起码的尊重和真诚。

魏清越却笑了，笑得不可捉摸：“你真有意思，江渡。”

江渡讪讪地瞧着他，实在搞不懂魏清越刚才是不是真的难过，因为他现在笑得真的一脸无所谓。

夜市一条街，灯火通明，隐约喧嚣，烟火气仿佛就凝聚在城市的上空，传过来，传到四面八方去，可以传到叠叠暗云里去。

魏清越其实不怎么习惯那些气味——夜市的气味，他说：“你欠我的人情已经还了。”

江渡疑惑地看着他。

“我送你回家，你留我吃饭，我们两不相欠，我不喜欢欠别人情分，那样很麻烦。”

他轻飘飘地解释。

江渡有些失落，她低声说：“没必要算得那么清的，最起码，我们都是一个学校的校友。”

不觉间，两人走出小区。江渡从兜里掏出一张纸币，递给魏清越。魏清越笑了：“你干什么？”

“你是因为送我回家才需要花打的钱的。”

“不刚说没必要算得那么清吗？”魏清越永远能在言辞上占据上风，他把钱轻轻推回去，“你最好问问你外公你父母的事情，跟他谈谈。那个男人可能只是不知道从哪儿搞到了你的名字。不过，你自己还是要多当心。”他嘴角扯了扯，“如果你外公不方便接你，我可以送你回家。”

江渡根本没把那个变态男人放在心上，她鼻腔蓦地一酸，为他最后的话。她低下头，看着地上自己长长的影子，小声说：“可是，你也不能总送我啊。”

“你怎么知道我不能呢？”魏清越似笑非笑地一提书包，看看远处驶来的出租车，“我得走了，你回去吧。”

江渡轻轻“嗯”了一声，看着他上车。魏清越迈开长腿，坐进了副驾驶座，系上安全带。车窗半降，他看见江渡还站在原地，他没动，没做什么挥手再见的动作，只是看了一眼。

而江渡在车子走了之后还站在那里，好像她可以一个人永远地在某个地方站着，看着他。

5月的一天，高二的学生给高三即将高考的学长学姐们表演节目打气，要跳啦啦操。大家纷纷表示这样显得很傻，但没办法，这是梅中传统。

夏季校服倒是很好看，白衫黑裙，有点像旧时的台湾校园制服，胸口绣着学校名称、班级、学号。高三的学长们很喜欢看啦啦操，看哪班的女生腿长、腿白，反正青春期的男生就这么点兴趣。

当然，高一的学生也喜欢挤在旁边凑热闹。

实验班的人总是要脱俗一点，跑去看的人不多，大都在教室里，该做什么做什么。整个学校，这一天都显得乱乱的，空气中似乎飘荡着躁动的荷尔蒙。

江渡在翻一本科普类的课外书，是从图书馆借的。她从小就对杂七杂八的事感兴趣，比如怎么养兔子，天上的星星为什么会一明一暗的，真的像在眨眼睛。

她记得，以前跟王京京一起看关于小动物的科普书，书里说到母兔跟公兔交配后，公兔后会晕倒。后来，王京京大声在教室问老师什么是交配、为什么公兔交配后会晕倒。老师气坏了，把她们两个人都叫到办公室，狠狠地批评了一通，说她们小小年纪看黄色读物，不正经，吓得两人都不敢吭声。

想想很搞笑，也很伤感，江渡有一段时间没见王京京了，少女们总是会把这种再寻常不过的疏远当作顶重大的事件，殊不知，成年后回望，这根本不算什么，人来人往，再正常不过。

这天，明明也很寻常来着。

事后，当事人才清楚，这居然是整个青春的转折点、分水岭。

某个同学进来告诉江渡，楼下有人找她。江渡问是谁，那个同学也不知道。

江渡满腹狐疑地下了楼。因为学校有活动，教学楼空了很多。一楼入口站着个男人，第一眼，江渡没认出他，因为他穿得干干净净，好像刚剪完头，头发特别短。

等那人跟江渡对上目光，目不转睛地盯着她看，问："江渡？你姓江？"

江渡心里直打鼓，谨慎地反问一句："我好像不认识……"话说到这儿，脸色就变了。江渡已经认出了他，是那个变态男，他拾掇了一番，竟然很能糊弄人。

好似本能驱使，江渡扭头就跑，她觉得自己迈开了腿。可是，身后的男人像饿鹰捕食，拎小鸡一样把她拎起来了。

"我一看就知道是你，跟你妈长得一模一样，都是美女。"他笑得阴阳怪气，装得温和，"我是你爸爸，来接你的，跟爸爸走吧。"

江渡脸都白了，极力挣扎，想从他手里逃出来，双眼满是惊恐："我不认得你，你……你干吗啊？！"

啪的一声，耳光重重地甩到她脸上，随之是一阵剧烈的耳鸣，江渡头晕眼花，被他甩开，趴到地上。她还没反应过来，已经又被这个男人提溜起来，拽住头发，头皮被撕扯得几乎要裂开。

江渡一下疼出了眼泪，半张脸火辣辣地烧着，她还没来得及说话，这个男人一只手薅紧了她的头发，往后一仰，另一只手左右开弓，开始抽她耳光。

"小贱人，你他妈不管到哪天都是老子的种，还敢不认？怎么着，嫌你亲爸丢人？跟你妈那个臭婊子一个臭德行，骚得要死，装什么装？"这个男人情绪激动地咒骂着，几乎要抽死江渡。

整个世界急剧地失真、失重。

路过的学生看到这一幕，被吓坏了，有人飞快地跑去找老师，而一楼教室里的学生纷纷跑出来看是怎么回事。

魏清越在三楼，一般情况下，理科实验班学生的定力都很强，无论学校有多大动静，也有一部分人从不看热闹。

一楼的尖叫声特别凄厉，有围观的女生被吓哭了。三楼的学生们可以清楚地听到有人叫着"江渡"这个名字，魏清越也听到了，他靠窗，立刻站起来，踩着窗户便跳了出去。

只伸头看了一眼，魏清越便跑下了楼。

江渡已经晕厥，倒在地上不省人事。那个男人在拉扯她，黑色裙子上全是脚印，半边被掀开，露出了安全裤的白色花边。

学生们被吓傻了，有男生犹豫着想要上前制止，被那个男人吼回去："谁敢？我教训女儿，你们谁敢管？"

"叔叔，求你别打了，你是她爸爸也不能这么打她。"人群里传来女生的抽噎声。

"我打的就是这个贱货，跟她妈一样的贱货，穿裙子不就是想勾引男人？贱货！都该死！"那个男人阴森森地笑着看围观的女学生，"你们一个个穿裙子，想勾引谁？"

人群忽地被粗暴地拨开，大家还没看清楚是怎么回事，就见一个人影扑了上去。

魏清越是飞身从那个男人身后踹上去的，那个男人没留意背后，踉跄着跪地。魏清越脑子里只有一个念头："我要弄死他，我一定要弄死他。"

他几乎用一秒的时间就把腰带从那个男人腰间拽出，冷酷而迅速地缠上对方脖颈，咬牙切齿，喉咙里发出闷响，一张脸因为力气用到极致而长筋暴起，涨得通红。他觉得自己一嘴牙都快咬碎了。

男人到底是男人，他还是个略显单薄的少年，男人双手死抠着皮带，眼睛瞪得要凸出来。眼看要脱力，魏清越骤然一松手，趁那个男人捂着脖子剧咳时，抬起脚，对着他的下体就是一阵猛踹，那个男人终于惨叫出声。

魏清越跟疯了一样，咬紧牙关，又把那个人揪起来，专对鼻梁骨，一拳又一拳砸了下去。

整个世界都跟消失了一样，什么都没有，只有自己一声接一声浓重的喘息，魏清越不知道自己最后是被谁拉开的。他被几个男老师拦住了，身子还在往外挣，眼睛几乎滴血，那股不把人打死誓不罢休的模样，落在每个人的瞳仁深处。

魏清越觉得自己在某一瞬间想把世界都毁灭了，那种绝望、那种仇恨，瞬间就把人穿得透透的。为什么？为什么成年人总可以肆无忌惮地把暴力血淋淋地施加在他们身上？为什么不能反抗？为什么要忍？为什么要忍受这一切？

满头是汗，衣服也皱了，浑身止不住地颤抖，脸色是红的，又苍白无比。老师在一旁跟他说了些什么，魏清越一个字都没听进去。他只看见有老师背起了江渡，人群分开，她的裙子不知被哪个女生抚平了，遮住了本该遮住的地方。

一切混乱渐渐趋于平静。

现场的学生开始散去，有人一直看着魏清越，窃窃私语。魏清越什么都不在乎，他是虚脱的，往后趔趄了几下，面无表情。

一旁，不知什么时候赶到的张晓蔷慢慢走上前，喊了他一声："魏清越。"他失神地抬眼看了看老同学，没说话。

张晓蔷掏出张面巾纸，塞到他手里："你擦擦脸。"她看到了很多，脸色同样很不好。

魏清越没动，那边理实一班的班主任一脸严肃地走过来，让他去办公室一趟。

学校发生这么一起恶性事件，首先要问责保安——是怎么把人放进来的。家长如果要说法，学校该怎么应对？如果传到社会上，造成不良的舆论影响，学校又该拿出什么样的说法？这一套流程，是学校领导班子需要斟酌、商量的。

班主任叫来魏清越，问他是不是认识那个男人。

"不认识，但不是第一次见。"他心不在焉地回答。

班主任语重心长地开口："不认识，下什么死手？你见义勇为保护同学，值得嘉奖，可今天这种行为，老师不能认同。魏清越，你成绩一向很好，全校没人不认识你魏清越，但你魏清越身上有戾气，也是众所周知。去年开学典礼，你'一鸣惊人'，大家还都记得呢。"

魏清越不言不语，他漠然看着班主任，无动于衷。

"成材之前要先成人，世界不会因为你一个人而改变。"班主任看他这副样子，压着火气，"你这是什么眼神？"

这种语气似曾相识，每当魏振东对他不能顺从得像绵羊的时候，就会这么问。

"世界关我什么事？它变不变的，跟我没关系，老师对我大可不必误会至此，我从来不会自大到想去改变世界。"魏清越语气尖锐。其实他很少对老师出言不逊。

"你以为我生气什么？魏清越，你觉得老师对你误会很深？全世界都不了解你了，是不是？我生气的是，你这么优秀，却不知道爱惜自己，你这戾气，要是不收一收，早晚会害了你自己！把人打死了，你有理也变没理。知道刚才自己什么样子吗？老师们都在那儿看着你，几个大男人都抱不住你，你让我们觉得太陌生了，这就是我们成绩最好的孩子？我们没有一个老师希望你冲动之下酿成大祸！”

班主任的话掷地有声，每一个字都情绪饱满。

可魏清越一点都没办法共情，他很累，也很孤独，简直孤独透了。理智脱离躯体，像个幽灵似的飘在半空，看着站在那儿的他，说：“老师是对的，他是为你好。”

为你好的同时，总是希望能够改变你。

魏清越很冷静，看着班主任：“我做不到当看客，我只知道江渡快要被打死了，我不能忍受一个畜生打死我的同学。我可以走了吗？”

班主任一下把眉头拧成个“川”字：“我说半天，你还是没懂我的意思。解决事情不是只能靠暴力，总之，我不赞成我的学生做事这么不顾后果，我希望你能好好想想。你是个有远大前程的孩子，你为一个女同学这么冲动——”

“我比你们大人简单。”魏清越第一次很不礼貌地直接打断老师的话。

班主任诧异地看着他：“你什么意思？”

魏清越知道老师在误会什么，误会他一定是喜欢江渡，或者是他在跟江渡偷偷早恋。他也知道同学们会怎么想。他不想跟班主任纠缠了，他投降，他说：“老师，您的好意，我明白了，我记住了，我以后不这样了。”他像个标准的优等生那样回答老师，然后，终于有机会离开办公室。

办公楼门口小花坛那儿，张晓蔷还在等他，见他出来，忙跑过去，试探地问：“班主任训你了？”

魏清越摇摇头。他头发凌乱，衣服又脏又皱，藏青色球鞋的鞋带都松了。

“我跟你一起去看看江渡吧？”张晓蔷暗暗观察着他的脸色，“我刚问了，老师把江渡送到了附近的部队医院，你要过去看看吗？”

两人都准备翘课，打车去了医院。

江渡被打成脑震荡，她的脸肿了，眼皮也肿了，身上到处是擦伤。人虽然醒了，但因为过度惊吓，躺在床上，不知道在看什么。

张晓蔷和魏清越赶到时，病房里围着老师、文实的班长，还有江渡的外公外婆，她外婆早哭成了泪人儿。

老师看到了魏清越，委婉地告诉老人，就是这个男同学帮的忙，他跟对方打了一架，差点用皮带把人勒死。

江渡的目光便往门口挪了挪，头疼欲裂，对上站在门口往里看的魏清越，他都快要认不出她了。

江渡的眼角慢慢流下眼泪，她冲他眨眨眼，又看看身边的外婆，嘴唇张了张。外婆忙俯下身听她说话。

时间似乎很漫长，外婆终于直起身子，泪眼蒙眬："好孩子，你过来，江渡想跟你说谢谢。"

魏清越微怔，他慢慢走过来，坐在病床旁的凳子上。江渡张嘴很费劲，他犹豫几秒，把耳朵凑到她嘴旁。

"你跟人打架……"女生气若游丝，"要是被你爸爸知道就糟了，他会打你的。"暑假那一幕不断回闪，她痛苦地闭上了眼，泪水滚滚而下，意识混沌，"你爸爸会打你的，魏清越，你快跑吧。快跑，太疼了，真的太疼了。"

魏清越只觉得心里大恸，就是做文言文阅读理解题会遇到的"大恸"，洇在心口，瞬间泛滥，将人淹没。他一直都不知道，一个人遇到什么，那颗心才会"大恸"。

青春参差不齐，各人有各人的苦乐，但大部分人吃饱穿暖，家长对他们唯一的要求就是好好念书，但就这样，一大群人依旧过得不高兴。

魏清越把书念好了，却仍然只能这样，他从不知道有人还会这么想着他。女孩子脸跟猪头一样可笑，他看看她，又慢慢站了起来。

一句话都没跟江渡说，魏清越就跟张晓蔷回了学校。

学校报了警，闹到派出所。那个男人嚷着要做亲子鉴定，说什么打孩子天经地义、打自己孩子不犯法。

这么嚣张的男人有着一个再普通不过的名字——王勇。

王勇有前科，曾因为强奸入狱十年，后来，又因为盗窃入狱，这次刚出来没多久。

学校教导处主任告诉警察，江渡的档案里并没有填父母的信息，只有两个老人的信息。

“警察同志，现在你知道我为什么打孩子了吧？不认——”王勇很奸猾，满嘴歪理。

民警呵斥了他一声，严厉地说：“再是你的孩子，你这么打也是犯法的，我知道什么，你知道什么？！嗯？”

最终，王勇被拘留。

江渡请了整整一周的假，住院两天，剩下几天回家休养。

学校里到处拉满横幅，红红的，那么长，从顶楼一直飘到一楼，上面写着振奋人心的话，好像一伸手就真的能触摸到光明的未来。倒计时很快就会从两位数变成个位数。

城市像进入了梅雨季，说是中雨，可下起来，激流从公交车的玻璃上倾泻，打碎了霓虹，成一摊乱淌的杏子红、烟雾蓝，街边传来葱爆羊肉的焦香。

江渡的擦伤开始结痂，外婆不让她抠，怕留疤，但疤这种东西并不是只留在皮肤上的。没人提那天的事，但江渡听见外婆在屋里压抑地哭，一地的烟头，是外公抽的，他说了句“造孽”，然后就是一声长长的叹息。

吃饭的时候，外婆几次想张口，但都咽回去了。外头雨越来越急，冲洗着新绿的桂花树。

“宝宝，有件事想跟你商量。”外婆虽然端着碗，但碗里的饭几乎没动，她手里筷子张着，像各自为政的两个破折号，“我跟你外公想把房子卖了，换个地方住。梅中那边，我们也问过了，可以转学，保留学籍，你到时高考，可以回梅中考，不耽误事。”

外公今天不在，外婆说他去见一个老朋友去了。江渡猜，外公不知道在为什么事情奔波。

雨好大啊。

“我们又没做错事，为什么要搬家？我为什么要转学？”江渡眼睛里涌出泪水。她不懂，她不懂的事情太多了，世界变了吗？也许，这个世界本来就是这个样子，只不过，她以前不知道而已。

外婆不作声了，手微微颤着。

有些事，江渡一个字都没问，没问就可以装作是假的，没发生过。

饭桌上，没说笑声了，吃得很苦。

外面忽然传来敲门声，祖孙俩都是浑身一紧，对视一眼，还是外婆先站了起来，走到门前，用猫眼观察了一番，转头对江渡说："是你同学，就是那个送你回家的同学。"

雨这么大，魏清越来找她了。

一瞬间，心情无以名之，魏清越永远跟其他人不一样，他考第一名，是世俗眼中的好孩子，但他抽烟、打架，总是一副没被驯服的样子。开学典礼上，他是所有学生的偶像，可以送她回家，还能狂揍变态。他的背面，却站着不能逾越的父权，他一体两面。江渡想，自己对他也许未必有什么重大意义，只不过，自己恰巧成为他行为中的一部分，性格使然。

江渡走过来，把门打开，看到的是男生那一瞬间抬起的脸。他的眼睛清澈，头发被淋得湿漉漉的，球鞋是黑色的，已经湿透。他穿了件条纹长袖，休闲牛仔裤也是黑色的，不知道湿了没。

"给，你们班这段时间发的讲义，还有试卷。"魏清越把一个包裹严实的塑料袋递过来，"你同桌给你复印的各科笔记。她说，可能你们没怎么说过话，但她希望你早日康复。"

江渡的脸白得诡异，薄薄的，透透的，好像纸片都能划出殷红的血来。她接过塑料袋，紧紧抱在怀里，抵着下颌，眼睛闪烁不定，有些陌生地看着他，没说话。

"孩子，要不进来坐坐？"外婆站在江渡身后，对魏清越露出一丝略显局促又莫名紧张的笑容，老人像变了个人，失去了往日那股自然而然的热情。

魏清越微微一笑，很淡，他那双眼睛黑漆漆的，无话时，湿漉漉的头发遮得眉眼却像有话要讲。

"别站在外头，进屋喝杯茶再走。你看，下这么大雨还给江渡送资料来了。"外婆努力找话，让魏清越进屋。

江渡往后退退，弯腰给他找了双拖鞋，然后，看他把伞放在玄关，雨珠滑下，很像眼泪。

两人坐在客厅的沙发上，外婆找出茶叶，用一次性纸杯接了杯热水。

“你们聊，我去收拾收拾厨房。对了，孩子，你吃饭了吗？”外婆一边挂围裙，一边问魏清越。

魏清越连忙说自己已经吃过了。

外婆就赔笑般“哦哦”了两声，去了厨房。

一时间，只能听到阳台上的雨声，幕天席地，让人产生河水要漫过河床的错觉。

“你要是有什么不会的题目，可以问我。”魏清越握着纸杯，抿着滚烫的水。

江渡笑了下，很短暂。她看着他的长袖，猜的却是魏清越一定挨打了，他手臂上一定都是伤痕，很丑，所以才不给别人看见，就像她，躲在家里，还不知道怎么积攒勇气再回学校。

她忽然站起来，把外公搞到的治疤痕的特效药膏拿给魏清越。魏清越果然愣了下，他竟然笑了，他接过来，看了两眼，表情还是那样无所谓：“谢了。”

“军训那会儿，你怎么天天坐在操场边？”魏清越好像是随便找了个话题开聊，没问她“你好些了吗”，也没说什么开导的话。

江渡脸上又是那种腼腆的样子，她说：“我从小心脏不好，上面有洞洞，不能剧烈运动。”

说到这儿，她看向魏清越的脸，忽然就知道洞洞在哪儿了，隐隐约约疼着，但奇怪的是，他就坐在她眼前，洞洞又变得温柔而鲜明，有呼呼的春风往里面灌，又缱绻又缠绵，直到把洞洞全部灌满，再生长出青青的草、娇嫩的花，上头是很亮的天。

魏清越没接话，只是又抿了口热茶。茶几上放着两本科普读物，他随手一翻，问她：“喜欢看科普？”

“我喜欢无用又有趣的知识。”江渡的声音终于活泼了一点。

魏清越笑笑：“什么叫无用又有趣的知识？”

“我小学的时候喜欢反复碰含羞草，看着它合上。那时，我就想知道为什么这么神奇。知道含羞草闭合的原理没什么用，但很有趣，大概就是这样。”江渡娓娓道来。她其实有点累，是那种小心翼翼想要维持和寻常朋友说话状态的累，但她今天很高兴。

魏清越迅速翻着书，像在洗扑克牌：“那巧了，我一肚子这样无用又有趣的知识，你有什么想知道的，都可以问我。”男生对她笑时，眼神里闪着些戏谑的光，还有些别的东西。

江渡抿了抿嘴，也浅浅地笑了，她两手搭在沙发布上，轻轻摩挲两下，说：“我都没好好跟你说谢谢。”

说着，她往厨房方向看了一眼。

外婆走出厨房，悄悄进了她的房间，把门掩上了。

“我其实没你想的那么高尚。”魏清越说，“那天，我那么做，不纯粹是因为你，我很讨厌暴力。但我发现，我跟魏振东还真是有一点像，你不知道我有多讨厌他，我像谁不好，非得像魏振东。”

江渡都听老师说了，魏清越想把那人勒死，但没勒成。她有十分的话，一般只能跟他说一分，可这一刻，她必须把话都说出来。

“魏清越，你以后别这样了。”江渡说，“我以前看书上写，人心里有头猛虎，你得学会控制它，不能被它吞噬了。我在想，人做事得有个边界，一旦超过那个边界就不好了，这个不好，主要是对自己。你如果把那个——”她忽然剧烈地抖了一下，“把人打死了，可能我们现在的年纪还不够坐牢，我不太懂法律。可是，如果我们满十八岁了，是要负法律责任的，无论如何，不值得，我的意思是，你这么好，不该为这种事糟蹋自己的前程。”

“看不出，你跟老师一样，这么爱说教。我哪儿好了，怎么我自己不知道？”魏清越半真半假地说，他笑吟吟的。

江渡的眼神暗下去，她勉强笑笑：“我真是这么想的。”

他就继续低头喝茶，好像茶里有什么了不得的滋味一样，热气扑到他脸上，眉眼都要被润化了。

“好，那我听你的。”魏清越非常干脆，说完，又冲她笑。他看到她露出的手臂，细细的，白白的，上面有两个红点，红点旁是结的紫黑色痂。

他指了一下红点，说：“蚊子咬的啊？”

江渡“嗯”了一声，也低头看看，问他：“为什么蚊子咬人之后会有包呢？”

“因为蚊子在咬你的时候会朝你皮肤里注入一种抗凝血物质，这种东西被人体免疫系统识别，简单地说，就是双方打起来了，从而导致过敏反应。”魏清越的眼睛像被风吹过的稻浪，一片凸明，一片凹暗。屋外亮起一道闪电，极快地，碾着桂花树叶子过去了。

江渡点点头，好像很欣慰：“无用但有趣的知识又增加了。”

雨可真大，风也跟着大起来，密密的枝叶被吹开，透出一方昏暗，黑云汹涌。客厅里的光线越来越动荡，人坐在那儿，只现出大致的轮廓。

“好像夏天啊。”江渡轻声自语。

魏清越说：“立夏早过了，确实是夏天。”

“我每次都觉得春天没过完，好像暑假才是夏天，吃雪糕、吹空调，还能睡长长的午觉，否则，不叫夏天。”江渡正经八百地说。

魏清越出了汗，被茶顶的。他笑，觉得江渡特别有意思，人就得这么过每一天，跟有意思的人待在一块儿。

他问她：“想过以后做什么没？”

“我想当记者，或者杂志编辑。你呢？”江渡的心情和外面的天气逐渐背道而驰，她轻快地反问魏清越。

“我啊，我就做你的采访对象。”魏清越接得特别自然，“你问我什么，我都会回答你，不会难为你。”

江渡手背掩嘴，笑了。笑着笑着，察觉到自己情绪太外露了，她慢慢收起笑容，一时没话说，空气缓慢而沉默地尴尬着。

魏清越是真的怕热，他不觉地挽起了袖口，狰狞的伤痕露了一鳞半爪，江渡的目光便自动偏移过去。

“我爸跟我妈关系很差，天天吵，我习惯了。”魏清越顺着她的目光落到自己的手臂上，说起自己的事，“他们吵他们的，我该吃饭吃饭，该写作业写作业。后来，两人离婚，我跟了魏振东。他自卑。你可能不懂一个男人的自卑。我妈是高才生，家庭条件优越。他念书脑子不好使，但会做生意，我妈觉得他这个人粗鄙、没文化，很看不起他。他就一直找女人、换女人，证明女人都喜欢他。家里买了一堆古董、名人字画，他西装革履地去看展，我怀疑他什么都看不懂。除了挣钱、找女人，他最大的喜好就是打我，他越是手舞足蹈地在那儿咆哮，我越是无动于衷，这对我没用。魏振东总想着让我认错，他疯魔了，好像把我压制住了就等于间接压制住了他搞不定的原配。我也是花了很长时间才弄明白魏振东为什么疯狂地打我。”

话很长，但语气轻飘。

魏清越说完，笑着问江渡：“是不是很可笑？”

江渡静静地说：“忘掉这些不好的事吧，你很快就能摆脱你爸爸了，你会过上好日子的。”

魏清越先是被她这么朴素的话逗乐一瞬，他犹豫了片刻，捏着纸杯：“是，大概暑假结束，我就要去美国了，我等这天很久了。”说到这儿，那种明明该欣喜若狂、梦想成真的感觉反而像被稀释的空气，几乎寻觅不到。好像“我等这天很久了”只是觉得该表达一下而已，情绪并没有变得浓烈。

这么快……江渡低着头，好一会儿都好像是在听雨声。

她终于抬起头：“那真好，你会念特别厉害的大学，对吧？”

“你也会的。”魏清越避开她的目光，往阳台方向看了看，“雨好像小了点。”

“嗯，好像小了点。”江渡也往外看看。

“你什么时候回学校？”魏清越清清嗓子。

江渡却摇摇头：“我不知道，外公外婆想搬家，让我转学，我也不知道我还去不去梅中。”

魏清越手中的纸杯慢慢变形。

他说：“你要转学了？是因为……这事吗？”

江渡眼睛红了，她扭过头，庆幸这是个雨天，光线不好。她不想让人觉得她看起来文弱，性格也跟着软弱。

“是吧，我不想离开梅中，但如果外公外婆坚持，我会听他们的。”

魏清越半天不吭声，忽然站起来：“我该走了，你不用转学，再等等。”

江渡有点慌乱地跟着起身。

外面雨没停，魏清越匆匆换了鞋，拿起伞，转身看看她，说：

“别送了。”

“今天谢谢你给我送资料。”江渡小声说。

魏清越笑笑：“你好好用功，功课别落下了。”

他撑起伞，迈出了防盗门。江渡穿着拖鞋站在门口写着“出入平安”的红垫子上，看着魏清越往单元门走去。

他出单元门时，又回头看了她一眼，没招手，也没说话，转身走进风雨中。

第十一章

见留言

愿再见，愿再见，愿再见。

魏清越难得主动上门，来魏振东所在的小区。小胖子不在家，后妈带着上辅导班去了。因为是独栋别墅，带花园，魏振东正在亲自修剪树枝，像个园丁。

他来这里，完全像个不速之客。

“爸。”魏清越走到花园，喊了一声。

魏振东头都没抬。他有一双修长的手，保养得非常好，他看起来比同龄人年轻许多，皮相又好，确实有点翩然风度。

“什么事，电话里头不能说？”魏振东语气不耐烦，那个样子被魏清越看在眼里，但他并没意识到自己有时候跟魏振东如出一辙。

“有件事，不知道爸能不能帮忙？”魏清越平静地开口。

魏振东笑了，看着儿子，眼神里充满讥诮：“求人办事就得有求人办事的样子，头别仰那么高，不知道的以为你老子欠你什么。”

少年星眸烈火，一瞬的事，转而换上非常谦卑的表情，说：“我没别人能求，只能求爸，爸要是不帮我，没人能帮我。”

这就很好笑了。魏振东说：“你今天吃错药了？魏清越，说说看，又闯什么祸了能叫你这块硬骨头服软。”

事情很简单，几句话就能说得清。世间的事莫不如此，再悲惨，也能寥寥几句概括完。

“你什么意思？让你老子替你小女朋友出头干违法的事？”魏振东气极反笑，“毛都没长齐，就学会泡小姑娘了？说是同学，是不是女朋友？”

魏清越知道会是这样，他很镇定：“我没让爸干违法的事，王勇有前科——强奸、盗窃，我怀疑他还吸毒、猥亵，这种人，查一查，多少能翻出点事。”

“那你让警察去查，他违法了自有警察管，你找我干什么？他要是真吸毒，一个尿检就能出结果，你还打算让我找警察抓他做尿检？”魏振东的眼神说冷就冷了，“你觉得他违法犯罪，就去派出所举报，不要找我。”

魏清越咬了下牙，直视魏振东：“我没证据，所以我找爸帮忙。”

“你有毛病吗？在指挥老子给你做事？”魏振东抬腿就踹在魏清越身上。魏清越往后踉跄几步，又站稳了。

“他必须坐牢，哪怕两年也行。”魏清越固执地说，“爸，你一定有办法的，王勇问题很大，留在社会上是个祸害，他这种人，就该待在监狱里。”

“愚蠢！”魏振东沉着脸，“我以为你有多出息，连最基本的道理都不懂？一个人该不该待在监狱里，是由法律决定的，哪儿有那么多你觉得？你不好好在学校念书，跑来跟我鬼扯一通，我看上次是没教训够。”

“他不进监狱，迟早还会找到我同学。我同学家里只有两个老人，根本禁不住这浑蛋骚扰。爸，我求你，我求你帮我同学一次，帮她解决了这个麻烦。她还得考大学，她考上大学就好了，就能离开这个城市了。”魏清越见魏振东已经丢下工具往屋里走，他一路跟，一路急切地说，“我从小到大没求过爸什么，只要爸答应我，爸让我做什么都可以。”

话音刚落，一个巴掌就甩到魏清越脸上。魏振东大怒：“没出息！你是谈恋爱把脑子谈没了吗？那种犯罪分子，你不知道离远点，还敢给老子惹事？没完没了了，魏清越，我今天不收拾你，看来你是不会清醒了！”

魏振东一脚踹开门，一边走，一边挽起衬衫袖子，找出自己的马鞭，劈头盖脸就朝魏清越抽过去。

魏清越没躲，就直挺挺地让魏振东打。魏振东看他一副油盐不进的样子，更来气，下手更重，一鞭子下去，魏清越的身体跟着打哆嗦，却咬着牙不吭声。

“王勇那种有犯罪前科的反社会分子，你也敢惹，不要命了？想当情种，是吧？老子今天抽死你。”魏振东青筋暴出，用鞭子似乎犹不解恨，扬手丢了，又上了脚。他一直以来都是这样，总是越打越气。

魏清越自始至终都没出声，满脸的汗。

魏振东不得不承认这小子有种，再疼都不会吭声。他打累了，气喘吁吁，指着魏清越的鼻子："不准再给我惹事，老子没空一天到晚给你擦屁股，听见没有？"

魏清越两只眼忍得通红，嘴唇直颤："求爸帮我一次。"

"那个王勇要是真吸毒，你更不能惹他，吸毒的人丧心病狂，连自己的父母和子女都能砍了。你到底想干什么？你以为自己是谁？到底关你屁事？魏清越，地球不是围着你转的，你给我滚回学校念书去！我要是知道你再敢惹事，我告诉你，老子不会让你出国，老子直接打死你算了！"

魏振东一连怒吼了好几个"滚"字，整个别墅里，回荡的都是"滚"。魏振东表情狰狞，再英俊的人，在这样的时刻也是很丑陋的。

魏清越两眼像黑洞似的，他看了看魏振东，控制不住地发抖，身上全是鞭伤，疼得厉害，太阳穴突突地跳着。

别墅精致、漂亮，魏振东人模狗样，一身奢侈品——香水、名表，跟假人一样。魏清越想起江渡那几篇被老师当范文读的作文——她的外婆总是在炒西瓜酱、晒萝卜干，外公喜欢午睡，夏天的阳光透过竹帘子照进来，小伙伴找她，她是如何一边想着逃午觉，一边跟对方说"小点声，别吵到我外公"；她外公又是怎么发现一群小孩贼一样要偷溜出去，拿金钱诱惑、逗弄她们给他捶背，捶好了一人赏一根雪糕钱，那是外公怕毒辣的午阳晒坏她们，拖延时间……老师说他真喜欢江渡的作文，很多人都不以为然，因为太家常了，不华丽，没技巧。老师说："你们这个年纪总是自命不凡，还不懂什么叫语淡情深。"

江渡离他够远。魏清越悲哀地想，他要是能跟她一起生活就好了，可以住在会炒西瓜酱的老人家里。他从不吃西瓜酱，但他需要西瓜酱。

那天，他一个人失魂落魄地去医院看了医生，拿了些药膏，又把长袖套上。

转眼进入6月，高三的紧张气氛到了顶点。

文实班的班级群里静悄悄的，倒是旧群——原来二班的群——特别活跃，跳出好多人说要过六一儿童节，说自己还是小宝宝。下面接了一串“不要脸”，附带各种表情包。

要数林海洋最欢腾，他在群里浪了好久，等没什么人说话了，他看着好友列表中“捉刀客”灰暗的头像，发起呆来。

江渡收到林海洋的留言时，正准备回学校。

“嘿，六一快乐。”

江渡回了一句：“同乐。”

没想到，林海洋秒回，问她：“方便给你打个电话吗？你家里有座机吗？”

他好像默认江渡家里只有老人家，应该配备座机。

江渡想了想，回他：“我这就复课了。”

“真的吗？那太好了。”

林海洋给她发了一连串欢迎的表情包。

江渡复课这天是4号，周一。她之所以选这天，是因为从这天开始，高三就不上课了，高一、高二也只上这一天课，放学后，他们的教室会被布置成高考考场。

早晨起来，外婆打好豆浆，买了小笼包，看着江渡吃饭。对门的翁奶奶送给江渡一枚复古的胸针，说，别在校服上，好看。她的事，邻居都听说了，也来探望过她，但不过是在她家门口略站一站，说几句话，声音压得很低很低，像是要刻意瞒她。江渡也就当什么都没看见、没听见。

“宝宝，要是学校有人当你面乱讲话，咱不怕，告诉老师，千万别一个人憋在心里。”外婆一面小心地看着江渡的脸色提醒，一面帮她把胸针别上。

江渡甚至买了新发箍，球鞋边也刷得雪白。

她点点头，拎着一袋子资料、试卷，跟外婆挥挥手，同外公一起去坐公交车。她不知道的是，她走没多久，王京京的妈妈就来了，陪外婆在屋里说话。

“一直都说来看看，怕江渡难为情，就没敢来。正好，您说孩子今天回学校了，我这才敢过来看看。”王京京的妈妈李素华拿来很多营养品，放在茶几上。

外婆给她倒了水，又切了西瓜，说：“这么热，又害她姨你跑一趟。”

“应该的，应该的。”李素华并不知道王京京跟江渡有了隔阂，只知道两个人不再同班，没以前来往多了。她听说了这事，交代王京京，不要贸然问江渡什么。王京京当时也不知道是什么表情，怪怪的，嘴里说着“知道了”，转头就钻进自己屋里，不出来。

“您看，我们这也不敢问到底是怎么回事。现在社会上乱，什么人都有，肯定把江渡那孩子吓坏了。您得开导开导她，别往心里去，该干啥干啥，好好念书，考大学是正事。”李素华边说边叹气，有时候不知道该说什么，就陪人叹气。

江渡外婆抹了下眼睛，说：“苦了江渡这孩子，长这么大，我们老两口没叫她受过半点委屈。我这寻思着给她转学，这孩子不愿意。我就想着，那先让她回学校看看，要是没什么风言风语，她还能上得下去，就上，要是不成，我们还是得转学。”

李素华一拍大腿，横眉怒目：“转什么学？这人是要吃牢饭的，无冤无仇，把咱们孩子打了一顿。我跟您说，别怕麻烦，就告他，叫他赔钱、坐牢，凭什么咱们孩子转学？还有没有王法了？这个龟孙子。您不知道，我听说这事时都快心疼死了，这个龟孙，叫他坐牢！”

外婆眼泪直流，没说话，她一肚子苦，没地方说，就在老熟人的义愤填膺中一直淌眼泪。

学校里少了一个年级，空了不少。江渡到学校门口时，外公站在原地，她说：“外公，你回去吧。”

外公说：“没事，我看着你进去。”

保安认出了江渡。

校门口时不时有学生走动的身影，江渡觉得满世界都是目光，如芒在背。

“不会的，不会有那么多人认识我的。”她掐着自己的手心，往校园里走。

一转头，看到穿得干干净净的外公还站在那儿，江渡鼻子一酸，扭过头，快步朝教学楼方向走。

因为早读还没下课，大部分学生还在教室念书，一路上，人非常少。

江渡进教室时，班主任在，大家看到她的那一刻，读书声骤停，但很快恢复如常。

“回来了，江渡？”班主任笑笑，指了下座位，“快去读书吧。”

朱玉龙看她低头走过来，淡淡地说：“桌子和凳子都擦过了。”

“谢谢你。”江渡没想到朱玉龙看着很疏离，其实人还是很好的。她不太敢看对方的眼睛，快速掏出英语书，翻了起来。

朱玉龙伸出手，替她往后翻几页：“学到这儿了，我的笔记，你可以誊一下。”

“谢谢你。”江渡感激地看她一眼，很迅速，开始埋头读英语。

这一上午，江渡都没离开座位，不是在抄笔记，就是在对讲义。除了朱玉龙和班长过来问她需不需要帮忙，其他同学和以往一样，没任何异常，而且江渡平时本来就不怎么爱讲话。

中午放学时，人都走光了，江渡是最后一个走的。她在犹豫怎么去食堂。朱玉龙走之前问她要不要帮忙带饭，她拒绝了。第一天，有很多事难迈开第一步，但迈过去就好了，她不能当鸵鸟。

刚起身，门口闪过一个身影，江渡抖了一下。

是王京京。

王京京马尾扎得很高，她周末新做了发型，头发拉得很直，看起来特别顺，显得人十分精神。

“江渡，还没走啊，那什么，一起去食堂吃饭吧？”王京京有点不自然地开口。

江渡第一次觉得她拘束起来的样子有点陌生。

“好啊。”江渡笑笑，走出教室。王京京就一直用那种想打量又不怎么方便认真看她的目光，时不时瞄她两眼。

“食堂新开了个窗口，卖什么山西炒饼，尝了一次，也不怎么样。”王京京试图像以往那样嘟囔，“你要吃炸鸡吗？我想吃炸鸡了。”

“谢谢你。”江渡忽然轻声说。

王京京干巴巴地笑了两声：“干吗啊，你神经病啊，说什么谢谢？”

江渡抿了抿唇。

走在路上，朝江渡投来的目光明显增多，江渡觉得腿上像灌了铅，走不动。她竭力表现得神色平静，和王京京说一些无关紧要的话。

“理科难吗？”

“你还适应吧？不会再转文科了吧？”

“你的头发拉直了吗？”

食堂的人更多，黑压压的一片。

两人在炸鸡窗口排队，买好后，才发现到处都挤满了人，零星有几个空位，但没连着的。

“要不去二楼看看有没有位子？”王京京建议。

江渡说“好”，一转身，手里的托盘碰到了人，那人下意识躲了一下，等看清是江渡，一撇嘴：“这衣服不能要了。”

“真对不起——”江渡这才发现是陈慧明，她的脸涨得通红，“我不是故意的，弄到你身上了吗？我这儿有纸。”

说着，她就腾出一只手，从短袖上衣口袋里掏纸。

“别掏了，这衣服，我回去就脱了扔掉，真晦气，真脏。”陈慧明没好气地说。

江渡一下明白她话里的意思，手僵硬地放下。

王京京在旁边看着，没说话。

江渡羞愧得想立刻消失，她嗫嚅半天，觉得说什么都没用。

“反正也不是第一次扔了。”陈慧明盯着江渡，“你爸有多变态、多恶心，你是不知道吗？天天就等着猥亵女生。我已经告诉我爸了，我爸说，再有这种事，见一次打一次。”她转过头，对一起来吃饭的同伴们抱怨：“真是的，不是传她要转学吗，怎么还来啊？不知道大家都很烦吗？提心吊胆地防变态。”

女生们讳莫如深，拉过陈慧明，意思是让她离江渡远点。

“有的女人就是贱，被强奸了，还生下强奸犯的孩子，贱不贱啊？”陈慧明阴阳怪气地往后睨一眼，拉长了腔，“真是晦气。”

江渡手没稳住托盘，托盘掉到地上，米饭和菜扣了一地。

很多人看过来，陈慧明跳了一下，闪得更远，冲江渡叫唤：“江渡，你有病吧？”

“走吧，”王京京拉了拉江渡的手臂，“别吃了。”

“王京京，你还跟她混一块儿？”陈慧明话没说全，婉转地看了看王京京。

人越聚越多，看热闹的人围成了个圈。

一时间，江渡觉得四面八方都是声音，恐慌、无措和单薄的身体反复交战，她愣愣地看着众人射过来的目光，想发出声音，但哽在喉咙里，像塞了一团棉花。

“江渡，你爸上次贴着我站着，弄我一身脏东西，男生都知道那是什么。你别委屈得跟什么似的看我，我爸没找你家算后账已经够客气了。”陈慧明理直气壮，继续说道，“我不跟你计较，你也别装可怜。”

“说完了吗？”人群里传来冷冷的声音。

魏清越直接伸手拨开前面挡视线的女生，他一出现，人群立刻变得很神奇，跟《圣经》里摩西分红海似的，立马让出一条道。

魏清越从眉尾到腮帮处有长长一道伤疤，格外醒目。

大家都穿着夏季校服，就他一个，还穿长袖。

“说完就闭嘴滚蛋！再有下次，”魏清越的目光挨个扫过陈慧明身边的女生——没一个他认识的，但她们全部认识他，他面无表情地说，“女生，我照打不误。只要你们谁敢再跑江渡面前跟苍蝇一样，我就敢一个个扇你们耳光。”

女生们极其错愕地望着魏清越。

人群里，大家同样目光复杂地看着他。魏清越不耐烦地扫视一圈，眉头挑得老高：“看什么看？那天，你们不就是这么眼睁睁看着自己的同学快被那浑蛋打死，动都不动吗？还没看够？”

“走吧，陈慧明，人家江渡现在有男朋友撑腰，我们哪能比？”陈慧明的同桌拽了下陈慧明的胳膊，瞥一眼脸色苍白的江渡，眼中全是嫌恶。

魏清越拧眉看着刚才说话的那个女生，说：“嘴巴放尊重些，文实班的江渡跟我关系清清白白，我不喜欢别人造我的谣，你要是再敢，老子拧烂你的嘴。”

这一下，围观的人彻底目瞪口呆。

那天，就这么仓促地结束，魏清越自始至终都没看江渡几眼，也没和她说一句话，就从人群里走开。

怎么会没流言蜚语呢？

饭菜洒一地，满目狼藉，江渡管食堂阿姨要了扫把和铁簸箕。王京京本来要和她一起打扫，林海洋不知道从哪儿钻出来，抢着打扫。

“你们瘦得跟小鸡似的，我来吧。”林海洋手里拿着拖把，嘿嘿一笑，还跟以前一样爱开玩笑。

江渡这才第一次意识到，好像每次都不知道林海洋从哪儿就突然出现了，真奇怪。

高考两天那么重要，竟然也和寻常日子一样，日升又日落。学校门口站满了送考家长，有交警维持秩序，马路旁边停了长长一排爱心送考出租车。这是全国的大事，但再大的事发生时，太阳还是那个太阳，天空也还是那片天空，无谓人间。

8号那天晚上，高一、高二就恢复晚自习了。学校里，教学楼灯火通明，高三的学生站在楼上撕书，碎片纷纷扬扬，像雪花一样坠了下来，有人大声表白，喊着“×××，我喜欢你”，有人则大叫“后会无期，梅中再见”。自由的空气，好像一下就涌到了高三毕业生面前。

整个教学楼乱极了，没人管，走廊里栏杆那儿挤满了高一和高二的学生，他们在看高三的学长学姐闹腾。灯光映在瞳仁深处，有书本的碎片，有肆意的笑脸，还有无法言状的艳羡。

教室里人很少，都出来了。江渡和朱玉龙都坐在位子上没动弹，朱玉龙拿着MP4看电影，外面太吵，实在没法学习。她有个日记本，喜欢用来摘抄电影台词。

要知道，在高考的压力下，被限制上网、被限制美、只能穿校服的少年们，对外界信息、对精神食粮的渴望有多迫切。然而，如果一直沉湎其中，是罪过，只有在这样的时刻看一场电影可以心安理得。

江渡连看电影的心思都没了，她在整理文综笔记。

她抬手想拢下头发，察觉到朱玉龙好像在看自己。江渡扬眸，朱玉龙对上她的目光，还是淡淡的表情。她很少说话，看起来很不好相处。现在，江渡知道了，并非如此。

江渡展颜，朱玉龙没笑，耳朵上耳机还挂着，她收回目光，继续看电影。

这个小小的插曲，江渡并没放在心上，她不知道朱玉龙为什么盯着她看。

“你有那个吗？”江渡忽然察觉到一丝异常，她的生理期有点乱，小心地戳了戳朱玉龙。

朱玉龙把耳机拿下：“怎么了？”

“有那个吗？我好像来了。”江渡局促地说，“我忘记买了，明天去买。”

“教室没有，寝室有，现在要吗？”朱玉龙把电影按了暂停。

江渡连忙摆摆手：“没事，那等下了晚自习借我两个，可以吗？明天还你。”

“可以。”朱玉龙又戴上了耳机，也没说“不用还”之类的客气话。

江渡还想和她商量点什么，话到嘴边，又犹豫着咽下去了。

复课后，她总是很怕一个人去做什么事——去食堂、去打热水、去厕所。学校大门口，她更是一步不敢出。总有无数目光在角落里潜伏似的，她一出现，那些目光就会粘在她身上，像夏天出的一层汗，令她不舒服。

外面人很多，江渡想去厕所，就从抽屉里撕了长长的卫生纸，叠成块，捏在手里，硬着头皮出来了。她迅速穿过喧闹的人群，低着头，像犯错的小偷，只想快点到卫生间。

满是人影的走廊那么长，好像没有尽头，但总会走出去的，不是吗？江渡回头，深深吁出一口气，她仰起头，看着明亮的教学楼，有纸屑擦着她的脸颊飞过去。

“我也会有这一天的，加油。”她默默对自己说。

第二天，高三学生离开学校，校园重归有序。大课间跑操，江渡照例不参加，留在教室，纠结于怎么一个人去校门口买卫生巾。

她好不容易攒够勇气，朱玉龙忽然大喘着气跑进教室，她看看江渡，说：“你要去门口超市买那个，是不是？”

江渡有点诧异，点了点头。

“钱给我吧，我给你买。”朱玉龙的脸发红，“没事别往学校门口去。”

“没事，我总不能一直麻烦你。”江渡委婉拒绝了，她冲朱玉龙温柔地笑笑，“不过，还是谢谢你。”

“别去，江渡。”朱玉龙脸色变得不太好了，“我帮你去买吧。”

江渡看了她片刻，一会儿才轻声问：“那个人在学校门口？”

朱玉龙显然迟疑了，但还是告诉了她：“嗯，听老师说，这人被拘留了，不知道怎么搞的，他又跑到学校门口胡言乱语。你没事别出去，也别搭理他。”

她什么都知道，知道这是怎么一回事。

江渡双肩微微颤抖，没再说什么，而是把钱掏出来给了朱玉龙。她忽然一阵恶心，捂着嘴，在朱玉龙走后，独自快步下了楼。

到了厕所，快速关上门，江渡却发觉什么都吐不出来，蹲厕旁边有溅出的黄色尿液，不小心踩在脚上，她只觉得脏。

外头好像进来了女生，这个时间点，校园里音乐震天响，总有人趁跑操的时候偷懒，说要上厕所。

“那个男的怎么又来了？太可怕了吧。”

“就是，变态，这搞得人心惶惶，那个文实的谁，怎么还不转学啊？她不转学，我们学校真的没办法安生了。”

“她怎么舍得转学，好不容易考上梅中，还在实验班，不甘心吧？不过，她妈妈到底是怎么回事啊？听那个变态说，是她妈妈穿裙子故意勾引他的，反而告他强奸，会不会真是这样啊？”

“有可能，要不然谁会生强奸犯的孩子？搞不懂。唉，烦死了，最近我妈也很担心我，周五放学都要来接我。”

“加一。我妈最近也坚持接我。希望那谁快点转走吧，这样我们就安全了。幸亏她不是男生，否则，遗传强奸也有可能，真吓人。”

“就是。哎，对了，高考这两天放假，我在家玩电脑，被我妈逮个正着，骂惨了，等高考一结束，我一定要天天通宵。”

“哈哈，我也是这么打算的。”

交谈声、嬉笑声，水龙头拧开又被关上，所有的声音，江渡听得真真切切，厕所重新变得安静，像有什么东西咕咚一声沉到了心底，灰凉、黯淡，她忽然就流下了眼泪。

十几年光阴里对爸爸妈妈有一万次幻想，没有一次是这样的——丑陋、令人作呕，就像脚下这摊尿液。

她觉得自己也是这样。不知道别人看她是不是就像刚才不小心踩到的感觉，真实地厌恶，真实地觉得脏。

这些天的自我暗示，一瞬间就会崩塌。

江渡走出来时，被明晃晃的太阳刺了下眼，她眯了眯眼，怎么这样了呢？明明一切好好的，怎么就这样了呢？回不去了吧。

她甚至都没资格再给魏清越写信，她很脏，好像窗外皎洁的月光被她看一眼，都会受到玷污。

她像块黑色礁石，被情绪的浪潮反复拍打着，不知道是怎么走回教学楼的。

音乐停了，下操的学生们黑压压地开始分流。江渡看着人群，那么多的人，那么多的目光，那么多张嘴，她突然觉得无比恐惧，眼前的人被无限放大，像个巨人一样矗立在眼前。巨人一抬脚，就可以踩死她。巨人在一步步靠近。江渡想跑，但脚下像生了根，不能动弹，直到熟悉的身影来到眼前。

朱玉龙把一个黑色塑料袋塞给她："买好了，你不回教室？"

江渡有些呆滞地看着她，朱玉龙便放低了声音："那个，保安把人轰走了。"

瞳孔猛地收缩，江渡回神，想冲朱玉龙友好、感激地笑笑，但没能做到。

校门外，王勇又来了，嘴里一口一个"小婊子"，见到学生就高声宣说当年江渡的妈妈有多骚，剩下的话不堪入耳。学生们见了他都要绕道而行。学校只能再次报警。

魏清越在校门口见到了王勇。那时，他露着一嘴黄牙，油腻腻的头发上还趴着大块的头屑。

男生眼神很深，谁也不知道他在看什么。

张晓蔷在门口小店买东西，一把扯住魏清越，焦急地说："别冲动，千万不能再跟这种人动手了。我觉得，学校肯定会报警，老这么骚扰咱们，警察不会不管的。”

魏清越居然对她微微一笑：“我知道。”

张晓蔷紧张地看着他，说：“魏清越，你可别犯傻，你都快出国了，跟这种垃圾纠缠什么？”

魏清越似乎认同她的说法，嘴角轻扯：“我们进去吧。”

中间消停了一天，学校门口保安以为警察震慑住了这人，没想到，王勇再一次出现在大门口。

学生们的议论越来越多，家长也越来越不满，有的家长已经向学校施压，建议江渡转学，甚至有人给教育局网站留言。

王勇只有一个诉求——要带走江渡，他口口声声说他是江渡的亲生父亲，有资格带走女儿。

转眼到了周五，门口等着接学生的家长多了很多，大都是来接女生的。梅中的这事，闹得满城风雨。

江渡外公自然也听说了学校方面的动态，他去托老朋友，正奔波着，因此，这天要晚一点来接江渡。电话里，老人反复拜托班主任一定要让江渡在教室好好待着，先别出来。

教室里，班长和朱玉龙在班主任的安排下陪江渡等她外公。

既然这样，索性让值日生走人，他们三个在教室打扫卫生。

很快，教学楼空了。朱玉龙先看到窗外有人，她对江渡说：“应该是找你的，我跟班长在一楼花坛那儿看会儿书。你什么时候下来，喊我们一声。”说完，她跟班长使了个眼色，两人走了出去。

江渡不禁朝窗外望去。隔着玻璃，魏清越冲她笑笑。那一瞬间，她心里生出的竟全然是逃避。她有点僵硬地把抹布挂到挂钩上。

魏清越到底从她身上看到了什么？同病相怜？不，她不要他的同情。还是说，两人要比谁更惨吗？江渡低着头，走回自己的位子坐下。

魏清越已经走到她眼前，语气带点调侃：“怎么不擦凳子就坐了？”他记得信里的某人爱干净。

男生看她不说话，直接弯腰，两只手压到她桌子上，笑着说：“怎么，又装不认识我了？”

江渡一直在极力相忍，终于抬眼看了看他。魏清越真实地在她视线里，那张脸如此清晰，她的眼睛慢慢红了。

“以为你外公把你接走了，你怎么还没走？”魏清越好像对她的兔子眼睛视而不见，语气像从前一样。

江渡摇摇头，还是没说话。

“是不是你外公有事？我送你。”魏清越手指叩了两声桌子，直起身，掏出手机，“你可以给你外公打个电话，告诉他一声。”

“可你不能一直送我，没有人能一直送我，总得靠我自己。”江渡心道。

夏天白昼那么长，黄昏也明亮，光影中飞着微尘，江渡觉得自己就像一粒微尘，世界都跟着变小，什么时候能长大？

“不用了，我等外公。他让我等他，我就会等他。”江渡说，眼睛不敢看魏清越，“谢谢你了，还有上次的事，谢谢你，替我解围。”不知怎的，剩下的话就有点自暴自弃似的说出来了，“你还肯跟我做朋友，我应该心存感激，但这样恐怕对你不好，以后……”

说到“以后”两字，好像故事就到了结尾，心痛来得骤急，江渡忍着哭意：“我一个人比较好，不想给别人惹麻烦。”

空气寂静了一会儿。

魏清越一直垂眸看着她，江渡纹丝不动。

“如果你觉得我会因为这些事而改变对你的看法，你就看错我了。如果你觉得欠我人情，那就帮我一个忙。”他在等她抬起头。

果然，江渡抬头看了看他。

“我以前拜托过你的那件事，告诉她，我一直都盼着她还可以给我写信，把害羞的话写下来，写什么都可以。我会给她回信，以后出国了也可以回信。如果她愿意，我会一直跟她保持联系。我不会回任何人的信，只回她的，她可以放心。”

魏清越的眼睛那么亮，又那么深。他凝视着江渡，忽然，又从裤兜里掏出一张折叠的便笺，推给她：“这是我的另一个QQ号，没加过任何人，还有邮箱。我快走了，但这些暂时还会继续用，联系方式变的话，我会说的。如果她以后不想写信了，可以用这些联系，麻烦你替我转交给她。”男生顿了顿，“我不想跟她失去联系，希望她能知道。”

不等江渡回应，魏清越说："既然你等你外公，我先回家了。"

他这个人，做事向来痛快，说完就真的走出了教室。

剩江渡一个人，捏过那张便笺，没打开看，而是轻轻撕碎了，伏在桌子上好半天。桌面上最终只留下一汪水渍，映着外面的晚霞。

"魏清越，她不会再给你写信了。"

江渡看着外面那么美丽的天空，抱起装书本的袋子，锁上了教室门。

回到家，魏清越接到一通来自大洋彼岸的电话。挂断电话后，他在沙发上静静地坐了很久。随后，他起身，开始拆家政阿姨帮他从邮局取的快递，是《书城》复刊后出的几期。

阳台上风是热的，魏清越拿出钢笔，叼着笔帽，就坐在藤椅上，把信纸铺平。风吹得他眉眼是一道浓郁的黑，远方的天际只剩一条条长缕的紫灰暗云，大地的轮廓渐渐消失。

转学的事情，到底是提上了日程。江渡外公说总算托上了关系，江渡没吱声，默认就算是接受。她一个人盯着沙发出神，好像雨声犹在耳，那个身影也还在那儿坐着，起身后，沙发留了小小一块凹下去的痕迹，电闪雷鸣间，桂花树的叶子被吹得翻滚。

"我今天亲自坐了趟公交车，满打满算，加上等车，一个小时。"外公中气十足地说道，他很细心，先替江渡算好了时间。

外婆跟着点头："县三中也是那块数一数二的学校了。宝宝，周末先让外公去接你，等咱们看好房子，租好了，我们就过去住，不用你来回奔波了。"

两个老人你一句我一句，脸上的皱纹像刀刻的一样。江渡看着他们鬓边的白发，忽然就觉得自己罪孽深重。紧跟着，她脑子里生出一个强烈而清晰的念头：她要离开了，她再也不能见到魏清越了。人生还很长，但对她来说，时间要是停在她能给他写信的那些时刻就好了，别再往前走。

晚上，夜深人静，她找到外公的打火机，把后来写的却没给魏清越的那三封信找出来。写信时，窗外要么有月亮，要么有星光，如吉光片羽。她有很多书，五花八门，什么都有，信就夹在一本旧书里，无须担心有人偷窥，外公外婆向来对她尊重得很，进她房间都要敲门的。

“为了外公外婆，我也要坚强，好好念书。”江渡大颗流着眼泪，悄无声息。她抚了抚那些信，又亲了亲，她青春里所有的孤独都写进了这些无人查收的书信。

夏夜有青草茂密生长的气味，一股股透窗。“桃三杏四李五年，要吃白果三辈传”，江渡脑子里忽然冒出来这句谚语，她跟魏清越，要像桃子、杏子、李子才好，三年、四年、五年，可千万不要做白果。

愿再见，愿再见，愿再见。

这是2007年6月的日记里唯一记录的话语。江渡从没写过伤心和绝望，对这个夏天遭遇的事情只字不提。

屋里满是纸张燃烧的气味，她把窗户打开，让这气味随风散去。

第二天，江渡就躺在床上起不来了，她发烧了。夏天感冒总比冬天时要痛苦。她脑袋昏沉，浑身无力，吃完感冒药只想睡觉。

周一那天，江渡坚持要去学校收拾东西，外公不让，她一下急哭了，说自己可以的。

如果没有好好道别，那就太遗憾了，她想再见魏清越一面，也想再好好看看梅中，图书馆附近的那棵树要寂寞了。但她看起来实在虚弱，脸色苍白，有气无力。

外公说：“在家里再休息一天去学校吧。”

周二那天，外公亲自送她去学校。

知道她要转学、寝室里的东西需要收拾，李素华赶过来帮忙。

江渡进教室时，教室里的人都在看她。她想，大约是班主任已经讲过她要转学的事情。果然，黑板上写着“祝江渡同学鹏程万里，一帆风顺”这样的大字。

“你真的要转学？”朱玉龙难得地主动跟她搭腔。

江渡身体不舒服，声音很弱：“是，都办好了。”

“那……”朱玉龙欲言又止，她伸出手，意思是要和江渡握手，江渡便也伸出手来，“祝你一切顺利。”

“你也是。”江渡稍稍握紧她的手，呼吸急促起来，“朱玉龙，你能不能帮我看看理实一班魏清越在不在班里？”

朱玉龙脸上是意外的表情，她问：“你不知道昨天的事？”

说完，她才想起昨天周一，江渡请了假。

“昨天怎么了？”江渡声音闷闷的。

朱玉龙不知道该不该说，想了想，说：“我以为你知道，我们也都以为你不会转学了。昨天，魏清越在校门口被那个人打出事了，不知道怎么打起来的。我听同学说，魏清越被打得脾脏破裂，肋骨断了三根。”

江渡愣住。一股尖锐的疼痛急遽穿透她的身体，她的呼吸像被噎住了，下口气不知道在何处。

她来不及消化情绪，班长进来告诉她，理科实验班一班一个女生找她。江渡跑了出来。她有点咳嗽，见到张晓蔷就一直咳，好像不把五脏六腑咳出来不罢休。

张晓蔷扶着她下楼，把水杯拧开，给江渡喝温水。

“我感冒了。”江渡推开水杯。

张晓蔷却说：“没关系，你都咳嗽成这样了，喝点水。”

江渡摇头，她咳得满脸都是泪水，擦也擦不完。

两人在行政楼后面的阴凉处坐下。江渡脸色极差，最终还是一口水没喝，她不能毁了张晓蔷一个保温杯。张晓蔷带着热水，也许正处于生理期，一个保温杯几十块呢……

“这是魏清越柜子的钥匙，他昨天一大早就把钥匙给我。他说，本来要亲自给你送去的，可是听说你请假一天，所以把钥匙给了我。”张晓蔷从口袋里掏出一枚钥匙，钥匙扣是一只和她一模一样的翠迪鸟挂件。

黄色的翠迪鸟，永远搞笑、可爱。

江渡看着翠迪鸟挂件就哭了。

张晓蔷很少哭，印象中，她好像从没为什么事哭过。她有什么好哭的呢？成绩优秀，家庭富裕，有一对非常爱护她的父母，还有爱护她的老师、爱戴她的同学，她顺风顺水，人生里实在找不到哭的理由。但她这一刻就非常想哭，不明不白，好像有什么哀伤的东西一下抓住了她，是生命里让人觉得哀伤的东西。

“江渡，你怎么还要转学呢？”她看到了文实班黑板上的大字，张晓蔷觉得很伤心，太伤心了。她想，她长这么大最伤心的一刻一定就是此时：“你这么走了，魏清越算什么呢？他故意去招惹你爸……不是，那个坏人，那人快把他打死了，他在地上抱着头就任由他打，我们好多人都看见了。老师说，魏清越的脾保不住了，得切除，他骨头断了好多。我们都以为他被打死了，同学们哭成一片，他都要出国了却还要这样给你出头。别人不知道，可我知道，他是想那个人坐牢，这样你就能……你就能好好在梅中继续上学了。”

张晓蔷抽噎得厉害，说不下去了，捂着脸，肩膀一下下地抽动。

“我只能做到这份儿上了，我也不知道……怎么才能做更多。”这是魏清越一嘴血，昏迷前说的最后一句话。

那么多人围着，同学们的哭声、老师的呼喊声，声声交织。张晓蔷被人踩了很多脚，她奋力往前，想看到魏清越，她听人说他讲了这句话，不知道是什么意思，但她知道。

周末的时候，魏清越在QQ上给她留了一段话，等她看到时，魏清越好像已经下线了，头像是灰的，再没亮过，不知道是刻意隐身还是真的没上线。

他说：“我出国迫在眉睫，只放心不下江渡。你我同窗几载，有些事，我不必瞒你，也许，你已经看出什么，我也不必多言。我走后，拜托你闲暇之余能和江渡谈谈心，她如果遇到什么困难，伸一伸援助之手，教她不至觉得太过孤单。我到美国后，地址等联系方式会再告知你，联系勿断。以上，暂且仅你知晓，勿告他人，多谢。”

这段留言沉稳、庄重，男生早熟的一面尽显。张晓蔷看到留言时是诧异的，心里像吞了块柠檬，但最终她还是很有气度地回复他：“老同学，感谢你对我的信任，我一定不会辜负你的拜托，希望你到美国后继续学霸模式。”

为了不使气氛看起来太过伤感，张晓蔷特地缀了个笑脸表情，然而，魏清越再没回复她。

直到第二天他出事。

夏天的风，像没有尽头的热扫帚，长长的，扫过青春的脸，吹得人面目发烫。江渡脑子里嗡嗡的，有一瞬，世界失去色彩，只剩黑白，黑的是魏清越流出来的血，白的是头顶阳光，如此分明。

原来心脏的洞洞会像破风箱一样呼呼地响，喜欢一个人，心也会这么疼。她发不出声音，只是不停地流眼泪，撕心裂肺地流眼泪。泪本身都是疼的，以至于后来眼睛又肿又涩，她起身时，眼前一黑，险些晕过去。

魏清越柜子里是一摞《书城》杂志，按日期捆好，还有一个MP3。

后来，江渡才知道，MP3里只录了两首歌，一首是《半点心》，另一首是《冷雨夜》，都是魏清越的声音。《冷雨夜》录完，后面有男生洒然自负的一句反问："我是不是比你男同学唱得要好？"

"要好，要好，你是全世界最好的。"江渡听到那首《冷雨夜》时又泪如雨下。

秋天细密的雨，冬天凄冷的风，包厢里流光溢彩的图案……有人跟她说"你可以给我写信"。

2007年的这个6月，暑假来临前，魏清越再没来过学校，没人能联系上他，张晓蔷也不能。他被没收了一切通信工具，断网，被押在医院养伤。魏振东面子受到了极大的侮辱，最终，王勇锒铛入狱，但这都是后话。

7月末，魏清越休养得差不多，被魏振东送上了飞机。云层如海，他飞向几万米高空，草木、人海、高楼与秘密，故土的一切都慢慢离他远去。

有些事，注定后知后觉并为此遗恨无穷。魏清越不知道，那个看似寻常的周五黄昏竟然是他最后一次见到江渡。

那么多事，平淡的、刻骨的，一直以来都发生在寻寻常常的每一天。但他坚信，他还会回到这片土地，也会再次和曾经的少女重逢。眼下，他能握在手里的，不过是低头反复确认的几张信纸，不是江渡的字迹，但他知道，那依旧属于她，即使有些话从未出口：

"捉刀客同学，你才是给我写信的人，对吗？我一直静候佳音，期盼你的来信，知名不具。"

第十二章

见访谈

一定要愈合吗？一定会愈合吗？

那天有雾。

日历上是2019年9月1日。

《密码》节目组在酒店15层等魏清越，他打扮得很随意——休闲裤、薄长袖，袖口挽起两分，穿着鞋帮有点脏的球鞋。

他下车后，上电梯，到15层时，走廊的地毯和光线是一个颜色，昏昏的，是黄昏的感觉。工作人员有男有女，在走廊里低声交流着。

从魏清越下车那一刻，镜头就对着他，一路走，一路拍，他也不说话，一直朝前走，镜头里的脚步声尤其明显。

主持人黄莺时从屋里出来，先伸出手，说："魏总，幸会幸会，感谢你的到来。"

桌上放着两杯清水，玻璃杯透明。魏清越坐下来，笑道："换个称呼，喊我魏清越就好。"他指了下窗外，"今天雾霾很大。"

黄莺时跟着往窗外看，闲聊一样开场："天气不够好，但你看起来比我之前在网络上看到的要明亮得多，也更英俊，英俊得更直观。"说着，她笑起来，"介意大家过分关注你的外貌吗？"

魏清越坐在沙发里，很放松的坐姿，他眉毛轻轻一挑，自有他的狡黠："不介意，我也看脸啊。"

"贵公司招人看脸？"黄莺时笑起来，"现在确实是个看脸的时代，所以会不会介意大家定义你，比如说，网红？大家对你的争议在于，你是高学历出身，又是海归、标准的学霸、科技新贵，但身为精英，却也跑来做网红，而且是做最简单的科普。虽然你出镜的视频不多，但流量很大，很受热议和追捧，你自己是怎么看待这些争议的呢？会不会觉得网红这个形容格调低了？"

魏清越喝了点纯净水，语调比坐姿还要放松："'网红'这个概念，本身应该是个中性词——网络上的红人，但可能出于很多原因，大家现在一提这个词，觉得贬义属性更多。对我来说，一个词语，它的意义既然是人赋予的，那它完全有可能时过境迁，从不好的变成好的，对不对？至于你说‘简单的科普’，这一点我是不认同的。我之所以出镜，一方面是因为公司有时候宣传需要，另一方面是我自己也很有兴趣参与这样的科普。有朋友专门组团队做这一类节目，让大家对科学产生兴趣，是难能可贵的。可能，大众会有一个误解，就是听起来通俗的东西是很肤浅的。”

“但你不能不承认，很多时候，事实就是这样的，通俗了，面临着难以深刻的困境。”黄莺时说。

魏清越道：“科学不是这样的，大众觉得这个东西简单，是因为，我讲的，你听懂了。但你不知道我为了要你听懂、让你感觉很简单，背后是一个怎样的过程。而且这个领域，掌握知识的学霸不去占领，民众希望什么样的人去占领呢？养生达人吗？”

偶露的锋芒，藏在末尾近似戏谑的反问里。

“那会不会有利用高学历和专业知识赚流量的嫌疑呢？又或者说，你有没有想过，你做过的几期视频，话题度那么高，简单地讲，是不是也有颜值的因素影响着它？”黄莺时又把问题抛给了他。

魏清越手指抚了抚眉头，不紧不慢地说：“这是两个好问题。‘流量’这个词，很明显在你刚才提问的语境里又自带贬义属性。我刚刚解释过了，一个词的意义是人赋予的，我不觉得流量有什么问题，它就没问题。大家都在追逐短，追逐怎么在一分钟内去获得最大的感官愉悦，但这个愉悦存在的时间也很短，促使着大家不停地寻找下一个、刷下一个。这个对错、好坏，我不予置评。我自己参与一个视频，最短的有十几分钟，最长的可能有半个小时，它依旧可以留住人，使人愿意去看，愿意去了解一些正确的知识，也许会在不经意间提升观看者的科学素养，这已经是最大的意义。”他半真半假地笑着，“颜值的话，我不至于也没必要有德不配位的心虚跟焦虑，担心这个流量仅仅来自外貌，你这个问题，可能问某个行业的从业人员会更有针对性。”

这话把黄莺时说得会心一笑。魏清越有种恰到好处的幽默感。她的访谈不同于财经杂志对于魏清越的专访，没那么模式化，也没那么精致，更多的是一种碰撞。

“你的履历看起来是非常漂亮的，应该说是年少得志，迄今为止，好像没经历什么失败的事情。你是1991年生人，很快就要到而立之年，你觉得你们这代人的特质是什么？”

“怎么定义失败？”魏清越反问她，“用哪个标准去衡量？我不能代表我们这代人。我是个个体，还是很渺小的，年少得志谈不上。你要让我去说这一代人的特质，可能这个东西，问得会比较大，对我而言。”

黄莺时说：“我明白你的意思，但时代总会在个人身上留下些痕迹，比如说，在我念书的时候，老师们很爱讨论政治，就是到现在，可能楼下的老大爷聚在一起还是爱讨论这个。可我好像在你们这个年纪的人身上不太能感觉到这种热衷，我的同龄人，尤其是男性，还是比较热衷的。”

魏清越对于不想深谈的东西会巧妙避开，黄莺时看出他的态度，说：“可不可以理解为，你是个很矛盾的人？”

“怎么说？”他换了个姿势。

“一方面，你会关心周围的人有没有对科学产生兴趣、你的作为能带来哪些正面意义；另一方面，你又保持着和他人的距离，不去做评价，好像是一种漠不关心的态度。你所在的公司，业务范围本身覆盖了新能源、人工智能、自动驾驶这些新领域的技术，不管主观上动机怎么样，但客观上确实是要改变这个世界的，会让世界变得更好，会不会职业也在影响你的性格？”

魏清越笑了：“主观动机？钱啊？世界真的会变得更好吗？我不知道，但我不觉得这两方面矛盾，即使矛盾，那不是正常的吗？人总是处于矛盾之中。”

“你有没有处于过一种很矛盾的状态？”黄莺时顺手给他续了清水。

魏清越好像想都没想，点点头：“有，我当年出国留学，走之前是盼了很久的，特别迫切。因为我跟我父亲的关系很紧张，一直想要脱离当时的环境。后来，真正到了美国求学，反而会有一种放逐感、漂泊感，那几年过得其实是很枯燥的，我不爱社交，就埋头做研究。后来回国，一直到现在，反而会有一种落地感。”

“跟父亲关系紧张，是不是可以理解为原生家庭曾给你带来一定的伤害？有没有想过，这种伤害要怎么愈合？”黄莺时心平气和地看着他。

“一定要愈合吗？一定会愈合吗？”魏清越笑着问，“愈合不了的东西，我一向认为，那就不要愈合，放在那儿好了，不是每件事都要有个结果，我对这个没有执念。”说完，他停顿几秒，仿佛又在补充，“当然，也可能我潜意识深处是想要愈合的，但自己意识不到。”

“你这些话，让我想起一部电影——《海边的曼彻斯特》，不知道你有没有看过，这部电影的主题跟你这种态度有异曲同工之妙。嗯，你在科普节目里，包括今天的谈话，我看你整个人都是非常松弛、练达的，工作中也是这个状态吗？也是大家平时通过网络了解、看到的这一面吗？”黄莺时问。

魏清越端起水杯，指腹摩挲着透明的玻璃杯，说：“有紧绷的时候，但当我明确感受到压力的时候就会想，我应该抛开杂念，只是单纯地去认真做就好了，最好的状态是像一棵树。”

黄莺时显然没想到他忽然来了这样一个比喻，笑着问：“为什么最好的状态是像一棵树？”

“我高中母校图书馆前有一棵树，本来，我是从没留意过那棵树的。直到有一天，有人告诉我，晚上的时候，那棵树因为枝叶茂盛，黑漆漆的，像个人站在那里，等到冬天，叶子又掉光。后来，我发现，真的是这样。”魏清越手托下颌轻笑，他想到一个人——一个无论什么时候想起都会带起强烈情绪的人，“那棵树，其实我在意不在意，它都该生长生长，该凋零凋零，并不是因为我看到它了，它才发芽或者落叶。我觉得，人做事时有这种状态最好，该怎样怎样。那个环境，和风细雨也好，狂风骤雨也好，都要接受的，但不妨碍生长和衰败本身。”

“你这都有老庄的味道了。”黄莺时不得不承认，魏清越虽然是理科出身，但却有很强的观点输出能力。她回到刚才他的一句话上：“你说你不知道世界是不是真的会变得更好，这跟你讲的树的比喻好像又形成了一种矛盾。”

“人总是处于矛盾之中，话题绕回去了，是吗？”魏清越比了个手势，“你可以这样理解，思想上会有怀疑、悲观，但行动很积极，悲观的乐观主义者。”

黄莺时笑起来，点了点头。

窗外，雾霾依旧很重，重到看不清这个世界，城市宛如海市蜃楼，立在虚妄之镜中，魏清越忽然发现采访室挂着一只钟表，而钟表指针是不动的，时间停滞。

“你们的钟表好像坏了。”他指了指墙上。

黄莺时扭头看看，笑着说：“你是足够细心的嘉宾。”

“我习惯留心细节。”魏清越开了个玩笑。

“没想到你会很健谈，有理科生的缜密，也有文科生的感性。”黄莺时说。

魏清越微笑：“不健谈怎么上节目呢？干吗请我呢？”

他整个人自始至终都处于一种游刃有余的状态，黄莺时看着他，问道：“我接触过一些和你年纪相当的朋友，很多人会焦虑，但我在你身上感受不到，这种焦虑并不简单因为金钱、物质，从世俗来看，他们已经有了一定的成就。你有自己的焦虑吗？比如说，对未来的不确定？”

“焦虑这个话题已经被谈得够多了，我想，我们就不必再讲这个焦虑、制造焦虑了，每个人有每个人的活法。”魏清越对自己不想谈论的话题，又避开了。

黄莺时却继续追问：“在你的经历中，什么都能这么豁达地消化掉吗？有没有不能跟自己和解的事情？”

问到这儿，魏清越才停顿了一会儿，他拿起杯子，静静地喝水。

“爱情吧。”他忽然说。

黄莺时愣了下，镜头依旧对着两个人。

“不能拥有爱情，是很容易让人耿耿于怀的事，至少对我来说是。”

“你确定要谈这个话题？”黄莺时眨着眼看他。

魏清越领会到她的细腻、体贴，他就像说笑一般带过去：“点到为止就好。”

访谈几十分钟，魏清越说了很多。结束后，他又说了几句寒暄的话，“辛苦”之类的词语不绝于耳。他明显疲倦，有一种结束后立刻就会浮现的倦怠感。

走廊里还是黄昏的颜色，他走出采访室。黄莺时正跟工作人员交代什么，她是记者出身，写过专栏，做过相当长一段时间的主笔，成为知名杂志副主编，手下出过很多爆款文章。采访魏清越，其实有很多地方是没问到痛点的，魏清越这个人，想谈的会很认真地谈，不想谈的，要么不接话，要么带到别的话题上，唯一的亮点在那句“爱情”上，但黄莺时没抓住隐私这个点穷追猛打。

魏清越很爱喝清水，临走前，他去了趟卫生间，出来时，看见一个急忙走过的身影，他就跟着那个身影走了几步。

这天，是2019年9月1日，高一新生开学通常都是这个日子，但那是十三年前的事。那时候，还没有微信，很少有人知道智能手机，不用淘宝，不点外卖，只能拿着现金去买东西，没有“网红”这个词，没有“流量”这个词，还没发生那么多匪夷所思的事情，世界好像是个很古旧的世界。

这在魏清越的计划之中，见到这个身影、接受《密码》的邀约、上节目、说的每一字，都是为她而来。

事情就是这么简单。

他的表情，二十八岁的样子，和少年时一样。魏清越想：“你怎么混的，捉刀客同学，我以为会是你来问我算法和价值观，但什么都没有，我赌你会偷看我的采访视频。”

魏清越没有想象中的震惊和悲伤，他只觉得很高兴，在二十八岁的某一天见到一个人。

他直接找到黄莺时：“冒昧问一句，你们有个员工叫江渡？”

他这样指名道姓，黄莺时出于社交礼貌，笑着问他：“魏总认识小江？”

小江，这样的称呼真是太寻常了。一个公司里可以有小张、小王、小李，当然也可以有小江。但这称呼又那么神奇，江渡不再是个少女，她和他一样，已经长大很多年。

魏清越说：“我认识她，是我高中同学，刚才看到过去一个人影像她，但不太确定。”

高中同学？黄莺时惊讶，没听江渡说过。很自然地，她跟魏清越说了几句江渡的情况。

公司除了访谈节目，旗下另有新媒体账号，紧切热点。有一个团队专门负责给公众号写稿，稿件的把关正是江渡来做，一周推三到四篇文章，周平均阅读量很大。黄莺时和同事们眼中的江渡，害羞、不爱说话，除了必要的工作交流，能不说话就不说话，有着非常典型的社交恐惧症。

酒店停车场，司机老罗还在等魏清越。

魏清越抬起手腕看了下手表，皱皱眉，手表坏了？时间一动不动，他怀疑今天是否邪门，是不是酒店风水不好，所有计算时间的工具都报废了。他给老罗打了个电话，让他上来一趟，替他把表送到店里去修一修。

魏清越对时间有强迫症，手表很重要，没有了时间，他在城市里找不到自己的坐标。所以，手表上的时间必须时时存在。

雾霾没有一点点要消散的意思。

魏清越来找江渡。另一间屋子里，有几个实习生在聊本期的封面图，又议论这次片子要被剪成什么样。他看到一个烫着羊毛卷的女孩子，身形很纤细，穿黑色裙子，细细白白的胳膊和记忆里一样。她在跟新来的实习生讲解如何运用人工智能系统来选图，这个系统正是魏清越所在的领动科技研发的产品。

他只是看到背影，凭借胳膊，就知道那是江渡。

魏清越手指叩出声响，依次有人抬头往他这边看过来，然后提醒江渡。

“回头看看我，回头看看我，看到我。”魏清越在心里默念着，一遍又一遍。

江渡终于转过身，那张清俊、有了男人味的脸上便浮出了笑意。

他看到江渡眼神中闪过一丝慌乱，显然，她认出了他。这一点都不困难，沧海桑田，白云苍狗，但魏清越还是魏清越。这些年，他留着从中学时代就没变的发型，身高几乎没变，身材更没有一丝走样，他极力保持着最初的模样，好让江渡能第一眼认出他，哪怕是增加在熙攘街头她无意间瞥见一个熟悉的身影追上来的概率。但不可避免会有几分变化，他是成年男人了，不再年少。

“我找江小姐。你方便出来一下吗？”魏清越丝毫不顾忌别人探究的目光，他说“江小姐”三个字时咬得重了些。

江渡的脸变得非常小，似乎比她少女时代还要小，也许是头发的缘故，蓬蓬的、密密的，簇着一张又清又白的脸，搽着淡淡的口红。

江渡抬眼看他，时间有一瞬间是消失的。当看到魏清越留着不变的微长头发走近时，她少女时代所有的梦就这么心酸而又清楚地再现。她觉得自己好像碰到了头顶的灯，灯却是小时候老家的那种，昏黄，安着陈旧的灯泡，一碰，整个屋子的人影都跟着晃荡，像被风吹起来。江渡努力让自己的神情看起来比较淡然，有成年人相逢一笑的举重若轻。她跟实习生说她出去一下，然后跟着魏清越往安全通道走。

“好久不见，江小姐。”魏清越还是把称呼咬得很重。他伸出手，江渡仿佛不适应和他乍然重逢，她的表情更像不知所措，而且她的脸红了，眼睛蒙着一层雾。

“这么多年了，还是假装不认识？”魏清越看着她笑，手停在半空，没有怅惘地收回，而是直接握住她垂着的手，稍稍用力，“我是魏清越，你不认得我了吗？”

江渡瞬间觉得整个灵魂都被握住了。

两人维持着一种握手的尴尬姿态。江渡抿抿嘴，眼里的雾气越来越重，两只眼一眨不眨地盯着魏清越那张脸。魏清越不说话，也不回避目光，耐心等她辨认自己。他的眉毛还是那么黑，鼻子还是那么挺拔，轮廓变了点，更锋锐了，时间在塑造这张脸。

世界变得很安静。

终于，江渡慢慢露出一点点笑意，像稀薄的希望绽在嘴角，她轻轻点头：“认得。”说着，她抽出了手，身体克制不住地微微战栗着。

“认得就好，晚上有时间吗？一起吃个饭？”魏清越是询问的语气，但态度带着说一不二的强势。

江渡的心以不可思议的速度酸起来，她失语地望着他，好像在辨别这是梦境与她为邻，还是真实世界如此。如果是梦，那么快点让她醒过来。她忍不住想往外面看一看，看一看高楼是否还在、天空是否还在，她是否能看到车水马龙的车流，以及亮起的红绿灯。

“我有时间。”江渡胸膛微微起伏着，不管这是不是梦，她都要先答应他。

“好。几点下班？我来接你。”魏清越单方面做了决定，他掏出手机，说，“留个联系方式。”

他也不管这种方式是否太唐突，断了十二年的联系，一分钟之内就要迅速接上。输入号码时，他的手指不易察觉地动了动，一抬眼，对上江渡乌黑的瞳仁。

她好像真的不知道该跟他说什么，比以前还要沉默。魏清越很想生她的气，问问她：“你到底怎么搞的，为什么这些年找不到人？为什么从不愿意主动跟我联系一次？”但见到了江渡，那么多年郁积的闷气神奇地消散，也就是一秒钟的事。

下午，魏清越有个启动仪式需要出席。活动由T大智能产业研究院发起，几个巨头公司以及知名车企联合主办了一个人工智能训练营。

“再联系。”魏清越说着，手机已经响起来，他说声“抱歉”，当着她的面接了电话。

江渡避嫌，跟他轻轻指了指，意思是自己先离开。

魏清越一手接电话，一手拽住了她，眼神分明在说：“别走。”这种行为很没界限感，但他不怕已经十多年没见的女孩子反感。

江渡只好留在原地。她没说话，像站在海的深处。他说了什么，她其实没有听到一个字，只有他的声音，她仅仅听到那个声音而已。

魏清越边讲电话，边看着她，目光几乎没有挪移一分一毫。

这跟原先计划的完全不一样了。什么狗屁循序渐进，或者是欲擒故纵，魏清越觉得自己之前想过的无数次重逢后的安排都很傻。他二十八岁了，人生马上过去三分之一，还要蹉跎什么呢？生命苦短，他跟她都是快到而立之年的人，站在青春的残骸上，想要的，就应该开口，想做的，就应该立刻去做，生命不该再被浪费一秒钟。

手机终于从耳旁移开，魏清越说：“我得走了，不过会准时来接你。”

江渡心怦怦跳，努力跟上他的节奏：“你知道我们公司的地址吗？”

“知道，”魏清越在笑，“等着我，我一定过来。”

江渡又轻轻点了点头，她惜字如金：“那我等你。”

重逢好像很突兀，又这么自然。

下午，训练营启动仪式上，经济技术开发区工委委员、研究院教授、首席研究员都有出席。魏清越是带着他们的研发总经理来的，围绕选题，他跟大家分享了公司的技术思路，并且具体展示了3D模型。

来参加活动的三家车企都是魏清越所在的公司领动科技的合作方，他们已经确定，2025年推出L4级智能驾驶汽车。

整个流程最终被魏清越缩短到十分钟，做成更通俗易懂的科普视频，放到网上。

魏清越来找江渡时，已经过了她的下班时间点。他开着改装过的野马车，在地下停车场给江渡打电话。

很快，电梯里走出个身影。江渡一边走，一边张望。魏清越下了车，打了个响指。

江渡走路时安安静静的，魏清越觉得一切都很眼熟，那种熟悉感带着一股令人心酸的温馨。

魏清越身上没变的，始终是那股浑然天成的从容、随意劲儿。参加访谈时，他穿的是球鞋，在下午的启动仪式前才换成白衬衫、长西裤，笔挺地站在那儿。

他跟江渡打招呼：“不好意思，来晚了一会儿。”

江渡把头发别到耳后，耳郭白皙，晃人眼。她露出他熟悉的腼腆笑意：“没关系，我加了会儿班。”

他挺绅士地跑过去给她开车门，长胳膊长腿，手臂拉开车门时突显属于男人的力量感。

“想吃点什么？”魏清越很自然地说到吃的话题，听江渡说了一句“我都行”，他接道：“那我做主了。”

“好。”江渡默默系上了安全带，她坐姿端正，但人是紧绷的。

“这么多年不见，见我还是这么紧张？”魏清越跟她开起玩笑，瞥了她一眼。她的手很规矩地放在腿上，他很想去摸一摸那只手，握在掌心。

江渡拘谨地笑笑，点点头，又摇摇头，为自己胡乱的表达感到茫然。

“我今天能够见到你，非常高兴，你呢？”魏清越轻咳一声。

车子缓缓驶出停车场，立刻奔向城市波涛汹涌的霓虹之中。

这么直白，已经完全不符合男女之间感情发展的常规步骤。

如他所想，江渡感到难为情，这是种什么情况呢？魏清越刻意忽略中间十几年的光阴差，好像他和她一上来就可以这么说话。

“高兴。”她声音很轻，所有的情绪都被压在心里，眼波开始流转，似乎是对他的车感到新奇，小幅度地看了看车内配置。

魏清越捕捉到她移动的目光，声音里带着笑意：“这车是我自己改装的，本来是一辆二手车。”

江渡诧异地看着他。魏清越居然开二手车，价格也不太符合他这种科技新贵的身份，他不仅买了辆破车，还自己动手把车子改装了？但这好像又不难理解，他一直都这么个性。

不用她开口问，魏清越继续解释说：“其实也没什么，国内不比国外。国外这方面管制比较松，这次不过是增添些舒适性。不像在国外，可以把每个程序都重新编程。”

“你自己可以吗？”听到新奇的技术，江渡并没有露出惊讶的表情，她更关心的是，这件事是魏清越做的。

“对，”魏清越告诉她，“我喜欢瞎折腾。”

车内灯光柔和，照在他英俊的轮廓上，仿佛一个梦。

强烈的梦境感让江渡忽然喘不动气，她想去抓他的手臂，但她知道这样做太突兀，只能轻轻喟叹：“你还是那么聪明。”

“你夸奖我，我会觉得高兴，”魏清越变得特别爱表达当下的心情，他身上有什么东西明显变了，“我是不是应该夸你一句，变得更漂亮了？”

江渡终于笑了，她不太好意思地扭过头，看向窗外。

窗外是迅速往后退的高楼，还有美丽的灯光。城市像个五彩斑斓的星球。

她几乎要流下眼泪："你来找我啦，魏清越。那么，然后呢？"

"去龙凤阁吧，吃龙虾汤泡饭。对了，你对海鲜不过敏吧？"魏清越的声音又一次浮荡在她耳畔。她一扭身，看到的是魏清越无比认真的脸。

江渡摇摇头，又坐正，目视前方。

"要听歌吗？"魏清越说，"不过，就两首曲子。"

江渡立刻转过脸看看他。

车内很快响起熟悉、缱绻的《半点心》的前奏，江渡的视线迅速变得朦胧起来。旧日的旋律像一湖温柔的水，把他们裹在当下。他们没再说话，听完《半点心》，听《冷雨夜》，循环播放着，像个圆圈，永远走不出去。直到车子停在餐厅附近，魏清越从后座捞出件外套，搭在臂弯，跟江渡一起进去点菜。

江渡还是怎么样都可以的性子，她说："你点吧。"

魏清越也没跟她在这件事上拉扯，很干脆地点了一堆菜。

"有很多问题都想问你，"魏清越笑笑，"不知道从哪个问题开始问好。这些年，你过得好吗？"

江渡的脸，在他看来，总有些不真实，也许是因为期盼了太久，等真的实现，反而就给人怪异的感觉了。

魏清越说这话时，目光慢慢扫过她脸上每寸肌肤——乱乱的刘海儿、眉毛、眼睛、鼻子、玫瑰花一样的嘴唇。

"挺好的。"江渡不想谈论苦难，也问他，"你呢？"

"瞎折腾，"魏清越狡猾地笑，"节目组请我，我这些年的履历，不用说了吧？都是官方的，希望没让你们觉得我这人能装。我们说点私人的，好不好？"他的语气突然就亲昵了几分。

江渡斯斯文文地低头吃虾球，她"嗯"了声，满脑子都是"私人"两个字。

"不知道你爱不爱听。"

魏清越深深地看着她，他感觉得出，江渡有意无意地在回避他，是因为他们分别太久了吗？还是说，跟以前一样？他是有点失落的，又或许，是他太过直接的态度超出了她的社交距离，他怎么就那么确定江渡对他有点什么呢？

一阵沉默。

江渡慢慢抬头，用很谨慎的语气说：“你，还要说吗？”

“一时间不知道说什么好了。”魏清越坦白地说，笑了笑。

“你说什么我都很爱听，就是……你要说领动科技的业务，我可能不太了解。我很老土，对前沿科技只是听过一些词而已。”江渡说完，脸上有些微的红意，被灯光掩盖了。

魏清越好像捕捉到了什么，他饶有兴味地问：“什么老土？你哪里老土了？”

江渡语气很温暾：“我很少叫外卖，也很少在网上买东西，不喜欢跟人在网络上聊天，除了工作，我的微信记录里都没什么其他内容。有事时喜欢给外公外婆打电话通知他们一声，不喜欢发微信，也不爱用手机。我觉得，我跟时代其实是脱节的，一身暮气，不知道这个词形容得是否准确。”

“没有，”魏清越温和地冲她笑笑，“什么叫和时代脱节？没谁规定必须喜欢大家都喜欢的。”

“谢谢你的理解。”江渡举止间有种远观者的客气。

魏清越凝视着她，带着一种探究的意味。江渡被他看得渐渐不自然起来。他笑了声，问她：“你外公外婆还好吗？在这儿，还是？”

“身体都还好，二老都在这儿，可是我们买不起房子，租的地方离我公司比较近，面积小了些，没原来的家大。”江渡说买不起房子时倒很坦荡，好像也没觉得这是什么大不了的事。

魏清越点点头，说：“我记得你外公做的饭很好吃。”他的手指不自觉叩了叩桌面，“改天，我可以登门拜访吗？看看你外公外婆。”

江渡愣了愣，一副摸不清魏清越到底在想什么的表情，美丽的眼睛看人时总像带着三分警惕，还有如烟般的哀愁。

“是不是太唐突了？”魏清越问，“如果你觉得不合适，就当我刚才没提过这么冒昧的话题。”

“你真的想去吗？”江渡看他的眼神，有点生怯，“我不知道你说的是客气话还是什么，我怕我会误解。”

“我跟你没什么客气话，我说的，都是我心里想的。”魏清越纠正她，“吃东西吧，尝尝这个花胶鸡丝羹，味道不错。”

“魏清越，”江渡忽然喊他的名字，等魏清越真的看向她了，她的眼神反而躲闪开，她好像专心倒腾着手下的食物，“你今天找我，是不是还把我当好朋友，就像我们上高中时那样？”

魏清越咀嚼食物的速度放慢，他抿了口清茶，说：“不是，我没把你当好朋友，也没这方面的打算。”

江渡顿时停下了手上的动作，眉头轻蹙，紧紧抿着嘴唇。她想：“那你来找我做什么呀？”

“有男朋友吗？”魏清越沉声问她。

问题太突然，江渡被问得蓦地局促，她摇摇头。

“真巧，我也没有女朋友。你看，我这个人怎么样，做你男朋友行吗？”魏清越直截了当地说出口，他含蓄又张扬，眼神灼灼，像张密密的网，罩在江渡身上。

江渡愣愣地看着他，像一只小绵羊，她头发烫的卷很大，像炸开的云。

魏清越在问她话。

像有龙卷风袭来，她站在风暴眼里异常安静，但四周腾空而起校服、灰尘、走廊尽头的柜子，图书馆那棵树被连根拔起，黑色的塑料袋一下蹿得老高，食堂的炸鸡很香。整个过去的世界都在江渡身旁，急速飞舞。

多奇怪啊，他们明明身处正宗的港式餐厅。

江渡足足愣了十几秒，微醺的酒醉感让她觉得自己像跌进了一个梦，梦很深，魏清越在胡言乱语。

“是不是需要想一想？”魏清越的手居然摸过来，那么明目张胆，轻轻碰了碰她的手指。

江渡吃惊地回神，脸无比滚烫，慌乱地看着魏清越：“你不要开我玩笑。”

下一秒，当然是社交恐惧症的战术性喝水了——江渡快速拿起手旁的杯子，咕咚咕咚饮茶。

“我不跟你开玩笑。”魏清越苦恼地缩回手，笑容也有点发苦，“我举止轻浮？看起来像在跟你开玩笑？”

江渡这只绵羊慌里慌张想续茶，被魏清越毫不犹豫地按下来，说："你看着我，江渡。我没开玩笑，我想跟你谈恋爱，这样说，是不是更清楚点？"

魏清越跟强抢民女似的。江渡想笑，又觉得心快从嘴里蹦出来，落到他眼前，这样秘密就暴露了。她的心怦怦跳动，每一下都在说"魏清越，我也想跟你谈恋爱"。

江渡晕晕乎乎的，人们常说高兴得要晕过去，她也就这点出息，差点快晕过去。她嘴巴麻麻的，磕巴地说："那，你让我想想。"

这有什么好想的呢？魏清越一笑，点点头，说："我下午做什么去了，你不想知道吗？"

他这个人很傲娇的，明明自己想说，但要推到江渡头上。

江渡洗耳恭听，但心里其实乱糟糟的，到处长草。魏清越像变了个人，太奇怪了，十二年不见，突然跑来说："见到你，我非常高兴，我想跟你谈恋爱。"他多像个神经病啊。哪儿有这样的？

两人这顿饭吃得太漫长了。魏清越事无巨细地聊那个启动仪式，专业术语满飞天，江渡听得云里雾里，他却突然狡黠地笑起来："我在网上有些视频，你没看过？做科普的。"

江渡老实地摇摇头："没看过。"她一点都不像撒谎的样子。

这大大出乎魏清越的意料，那双锋锐的黑眸瞥过来，又问她："黄莺时要采访我，你应该提前知道的。"

江渡却再次否认："我没有提前知道。"

魏清越的笑意像不再流动的河流，他揣摩地看着江渡，像要重新认识她一样。他觉得这个对话不太对，他不能接受，但时间还在往前走，这不是拍电视剧彩排，能重新来一遍。

可是下一秒，江渡就腼腆地笑了，她说："你原来这么好骗的啊。"声音很小，但气氛变得轻快了一点。魏清越怔了怔，又会心笑起来。他想问她，为什么早知道他也在这座城市却没联络他，只要她想、她愿意，总是能找到他的。

吃完饭，魏清越去结账，把他的外套递给江渡："外面凉。"

早秋的天气就是这样，中午热，早晚凉，物候干燥。江渡攥着衣襟，把自己裹起来。两人并排走着，地上的影子看起来挨得很近。

等坐到车里，魏清越没急着开车，而是在黑漆漆的座位上开了口："江渡，我能问你一些过去的事吗？"

江渡掏出手机，亮光照在脸上，她看看时间，不忍心阻止他说话，但她需要打个电话。

"我跟外婆说过今晚会十点前到家，现在已经九点三十八分了，我想再跟他们说一声。"

是他太心急了，今日重逢，就想把一辈子的话都说了。意识到这一点，魏清越有一刻平心静气，他说："先送你回家，让你外公外婆担心就不好了。"

江渡住的小区半新不旧，魏清越以为自己在做梦，路是一样的，桂花香是一样的，甚至连保安都没变老，还是四十岁的模样。

他脚步放缓，认真打量起这个第一次来的小区，忽然开口："我来过这里，不是，这怎么和你以前的家一模一样呢？"

他怎么会忘记江渡的家呢？尽管他只去过两次。

江渡攥着衣服笑，她说："我没租公寓，就是因为这个小区跟以前的家很像，所以才租这里的。"

没想到，魏清越却久久不说话。他站在那儿，孤零零的影子投在地上，像浓墨重彩的一团黑。江渡看他这个样子就想哭，这么多年过去了，只要一想到魏清越孤零零一个人，她就觉得心上的洞洞又被狠狠挖开一块。

"魏清越？"江渡本来都往前走了，又回身走到他身边，小心翼翼地喊他的名字。

魏清越脸上还带着笑，他说："我真怕这是梦，很多次我都梦见你，一醒来你就不见了。刚才，我发现你住的小区竟然跟十几年前你家住的那个地方一样，看得我心惊肉跳，怀疑我这是又做梦了。"

江渡心里的难过就像潮汐，海水涨了，一波又一波不断冲击着，扩大漫漶的领地，直到把一颗心完整地淹没。

这一天，魏清越都热烈而直接，此时此刻，他眼睛里却蒙上一层迷惘和迟钝："我到美国后联系张晓蔷，她说，你要等高考结束后再跟我联系。我想，也对，你是怕影响学习。可我等到2009年夏天，张晓蔷又告诉我，你要考验我，怕我以后根本不会回国，如果我大学毕业还想着跟你联络，你就会跟我联络。2015年，我终于回国了，张晓蔷这个时候告诉我，她跟你失去了联系，她也找不到你了。这他妈不是扯淡吗？”

说到这儿，魏清越自嘲又无奈地笑了笑：“都耍我呢？我本来特别生你的气，简直要气疯了。我心想，老子跟《无间道》里做卧底的警察似的，说好的三年，三年之后又三年，没完没了了。”

瞧瞧，魏清越在她跟前就这么毫无顾忌地说脏话，他从来就不是文质彬彬的人，他有戾气，尽管这些年社会把他打磨得有了城府，但他早把江渡视为什么都可以说的人，他对她只有思念吗？不是的，还有怨，怨她这个人不地道。

“你来招惹我，给我写信，在信里分享一切，委婉暗示我，天冷多加衣；委婉暗示我，不要被生活中的困难打倒，有健康的身体就能重新上路……你信里的拐弯抹角，我全部心知肚明，我不是木头人。你是唯一关心我是否会挨打的人。魏振东现在打不动我了，可你做人不能这样啊，说好对我的祝福每一天、每一分、每一秒都算数，自己却玩消失？”

“要么别招惹我，要么对我全权负责。”这个念头支撑了魏清越三年又三年，四个三年过去了，比《无间道》里卧底十年还要久。

两人的关系还没到哪儿呢，魏清越却已经拧巴起来了。

“喂，醒醒啊，江渡还没答应和你谈恋爱，说好的热烈追求呢？”他听见心里有个小人儿在呐喊。

地上的影子解冻，魏清越刚要说话，就听见江渡微弱的一声“对不起”。

她哭了。她不去解释那是怎么一回事，看起来只知道哭。

那就算了吧。魏清越惊讶于自己这么快原谅她，他主动说：“刚才我是不是太凶了？我没有要凶你的意思。”

江渡摇头，泪水打湿了脸庞。

“要不然，我抱抱你？”魏清越的心被揉来揉去，掺着泪水，他说完这句，上前把江渡抱在怀里。女孩子的身体真软啊，他没抱过女孩子，软的、香的、轻盈的身体无比奇妙，魏清越耳根渐渐发热，烫起来。

江渡趴在他胸口，心跳震到耳朵。她肩头的衣服半落不落，魏清越索性重新给她披好，把文弱的她彻底裹起来，手臂勒到的地方，外套起了一层皱。

世界暗暗的，她又闻到那股梦中的兰花香了。江渡闭上眼，两只手扣紧他的衬衫，鼻子贪婪似小狗，深深地嗅他身上的气息。她曾经连看他一眼都不敢，但现在她被他抱着。

“你抱过其他人吗？”江渡的声音从衣服里冒出来，跟身体一起轻轻颤抖着。问完，她头一埋，连呼吸都被藏了起来。

魏清越觉得胸前湿漉漉的，他眼底是路灯落下的幽光，声音也幽幽的：“没有，我只抱你。”

除了江渡，没人值得他拥入怀。

直白的表达，江渡听见了，她觉得即使下一刻死了也没什么遗憾可言。当然，她不要死，她才不要死，她要跟魏清越好好谈恋爱，然后结婚、再生孩子，再变成老头儿老太太。最后呢，一想到死亡，江渡又伤心地哭了。她不要再跟魏清越分开，不行，她得先死，不不不，那样的话，魏清越又是孤零零的一个人了。

“魏清越，”江渡被飘过来的桂花香击中，浓郁、刺鼻的气味，让她抖了一下，她抬了抬头，可眼睛还是和以前那样不敢和他对视，只有睫毛乱颤，“你可能不知道，我缺点超多的，我讨厌讲话，我不擅长应酬，挣钱也不多，出门容易迷路，来这儿很多年了，还是能坐错地铁，饭做得一点都不可口，家里只有两个老人，年纪越来越大。你知道吗？上次我同事谈的男朋友，听说她爸爸中风，立刻就和她分手了……我年纪也不小了，但光长岁数，没怎么长智慧，普普通通。我这种人，世上多我一个不多，少我一个不少。我不是悲观，也不是妄自菲薄，现在只是很客观、很理智地跟你说说我自己。我想说的就是，”一口气飞速说到这儿，江渡逼着自己看魏清越的眼睛，像只忧伤的小绵羊，“你还要跟我谈恋爱吗？如果你后悔，可以反悔，我能理解那种心血来潮可能会做出错误决定的情况。”

说完，她又迅速低下头。

“捉刀客同学，”魏清越捏住她的下巴，手指移动，卡住江渡的嘴角，让腮肉嘟起来，他皱着眉，“听你这么说，你这条件确实不怎么样。相过亲吗？算了，你去了也像个呆子，都拖成大龄青年了。

不过，你看，就是这么巧，我脾气差，嘴巴毒，狼心狗肺，不爱领人情，也正好是个大龄青年。唯一的优点，大概就是还能挣点小钱，养几个孩子没问题，你要是觉得还凑合，将就将就？”

他语气戏谑，但眼神专注，简直要看进她眼睛里。

江渡脸上的泪还没干，被他说得一会儿哭，一会儿又笑，她忍不住莞尔，鼻头酸得要命，可心里又甜甜蜜蜜的，像跌进花海的小蜜蜂。

“那好吧，我想好了。”她慢吞吞地说，因为被他捏着脸，显得可爱又滑稽。

魏清越深深地看着她，松开了手，他俯身的刹那，被江渡的手挡住，她慌乱无比地说：“你……你要干吗呀？”

魏清越没回答，手指按在她翕动的唇上，又轻轻摩挲两下，一手托住江渡的后脑勺，偏头吻了下去。

第十三章 见初吻

来，给你看看我们的家。

因为是初吻，江渡极其生涩，牙关好像跟不该紧闭的城门一样紧闭、打战，呼吸的节奏似乎也不怎么对，越紧张，身体就越僵硬。说出去也许挺丢人，二十八岁才跟男人接吻。

魏清越慢慢皱起眉，说：“你跟以前一样，看着就不怎么聪明的样子。”他讲话时，故意贴着江渡的皮肤，声音低低的，带着笑意，呵出的气痒痒的，像羽毛轻抚。

这话太伤自尊了，江渡尴尬无比地眨眨眼，嗫嚅片刻，说：“我不太会。”但不忘给自己找补，问他，“那你经验很丰富吗？”

“我也是第一次，但我可以做得很好。”

魏清越心情极好，他指腹摩挲着她的嘴唇，反复确认温度和触感，他笑得很暧昧，声音又放低了：“再来一次？这种事总要多练习才好，你说，是不是？”

时间很晚了，小区的人明显少了，偶尔有遛狗的人走过。慵懒的主人牵着一脸蠢样、兴致勃勃的哈士奇，往两人这边瞥了两眼，又继续往前走了。

魏清越忽然拉住江渡的手，穿过草坪，走到路灯照不到、路人也看不到的角落，手指拨了拨江渡散落的长发，再次衔住了她软软的嘴唇。

接吻的滋味非常美妙，就像坐上了热气球，呼吸交错，声声纠缠。江渡有种暗地里做坏事的感觉，既紧张又刺激，她把魏清越的衬衫拽得变了形，紧紧揪着，毕竟嘴巴在忙，手要是不放在哪个地方，总觉得怪怪的。

最后，嘴巴麻了，像过敏，江渡怀疑自己的嘴可能肿得像烤肠，而且是快烤得炸开的。

魏清越轻喘着放开她，他好像笑了声，问：“体验有没有好点？”

江渡臊得慌，她驴唇不对马嘴地说："你快回家吧，已经很晚了。"

"是哦，很晚了，要不然，我住你家？"魏清越逗她一句。

江渡果然露出惊恐的表情，直摇头："这怎么行呢？"

魏清越就抱住她，口鼻埋在她的"羊毛卷"里，像动物似的蹭了又蹭，问她用什么牌子的洗发水，好香。

欸？十二年前对人爱搭不理，一开口就能把人冲南墙上去，现在却当毛乎乎的大狗狗？江渡的心怦怦乱跳，突然明白了什么叫耳鬓厮磨。

魏清越开始亲她的头发，又亲她耳朵，亲到哪儿，江渡就抖到哪儿，他还喜欢喊她"捉刀客"，那个QQ号，她已经不用了，头像灰了很多年。

"你为什么喊我捉刀客？"江渡在愉快的战栗中忍不住问。

魏清越笑着反问："你说为什么？"他好像很喜欢她的头发，一圈一圈缠到手指上，松开又缠上。

江渡红着脸，目光垂地："你怎么知道的？"

"因为我聪明，"魏清越语气相当自负，"不像你，什么都不懂，我说什么，你都榆木疙瘩一个。"

"你说什么了？"江渡眼睛酸酸的，他又没说过喜欢她。

"我三番五次暗示你可以继续给我写信，你要么装傻，要么是真不懂，不是吗？"魏清越噙着一抹意味深长的笑。

江渡闷闷地说道："你为什么不给我写？总让我给你写。"

魏清越敛了敛笑意，换上认真的口吻："我写了。出国前，我把信夹在最后那期《书城》里，我以为，我的心意已经说得够清楚，你要是再不懂，就真的傻到我无话可说了。"

江渡迷惘地看着他："你给我写信了？"

"我骗你干什么，没看到吗？"魏清越眼神闪烁，"你不是很喜欢《书城》杂志？没看？"

江渡嘴唇动了动，无声地摇摇头。

"怎么那么傻呢？你不是很喜欢看书的吗？我送的，你都不看看？"魏清越好像又来了气，无可奈何的那种气，发不出来，又不甘心。

"你怎么老说我傻？"江渡倒挺会抓重点，她想起梅中的鄙视链，文科生就是智商不行的代名词。

魏清越偏要逗她："生气了？江渡，原来你是不能听实话的人啊。你觉得你聪明吗？不能算聪明吧？当年物理都快考不及格了。"

江渡不好反驳，就很自然地伸手打了他一下，这一下，带着女朋友撒娇的意味，她自己没意识到，魏清越却感受到了，他两手插在裤兜里，偏着头，微微俯身，挑眉笑着看她："承认了？那好，虽然没那么聪明，但贵在诚实。我能再问个问题吗？江渡，我是你的初恋吧？"

这人真是太不要脸了。以前怎么没发现魏清越这么自恋又厚脸皮呢？江渡嘴巴抿成一条线，不回答。

"这么小气？不愿意说？那我大大方方地告诉你好了，我的初恋是你。"魏清越坦荡无比，说完这句，他神清气爽，好像十二年来堵在胸口的那摊淤泥一下被清除，他不忘再逗逗容易脸红的江渡，"我说，你不会不知道初恋是什么意思吧？毕竟，你也不知道捉刀客是什么意思。"

陈年旧事，也得拿出来调侃一番。江渡容易脸红，也容易把玩笑话跟事实混淆，但她看着魏清越若隐若现的表情，并不会分不清。

而且，最重要的是，她的口红，全都被魏清越吃了。突然意识到这一点，江渡连忙说："你吐一下口水。"说着，她去翻斜挎的小包，给他一张面巾纸，"你吐纸上，或者擦擦嘴也行。"

这是什么奇奇怪怪的要求？魏清越先是笑，然后好脾气地说："吐什么？你真有意思，江渡，没听过接吻完了还要人吐口水的。"

他饶有兴味地接过纸，虽然嘴里这么说，但还是按她说的做了，从善如流。江渡总是真心对他好的，这一点，魏清越从不怀疑。没有这一点，他也不知道自己怎么撑过三年又三年。

江渡把那张纸又拿走，跑到垃圾桶旁，丢进去，人站在灯光下："真的很晚了，你回家吧，路上注意安全。等你到家了，"她深深吸口气，"一定要给我打个电话。"要不然，她会一晚上睡不踏实。

她没解释刚才让他吐口水的意图，魏清越竟也没问，他说"好"，还要看着她上楼。江渡说不行，她要看着他走，坚持把他送到小区门口。

"我不喜欢别人看我的背影。"江渡在这件事上很执拗。

魏清越不好跟她争，他的车钥匙上挂着翠迪鸟挂件，很旧，一掏出来，在手底晃个不停。江渡早看到了，她忍着，什么都没说，也没问。有些事太明显了，她反复鼓励自己不必再犹疑，答应他，答应他，无论他说什么都答应他。

等魏清越打开车门，要伸腿坐进去了，江渡忽然喊他："魏清越。"

魏清越抬眼，看着她。

"你身体还好吗？"江渡问这个问题时很难过。

魏清越多损啊，他笑得邪气："想试试吗？日后，你试试就知道了，今晚就试，我也不介意。"

这人太坏了，天知道她怀着多么自责又悲伤的心情，问他旧日的伤疤，可他为什么还在笑？江渡一时没领会他的暗示，傻乎乎地问："我？我怎么测试你的身体？我又不是医生。"

"公兔子晕过去了呗。放心，我不会，我倒是怕你会晕过去。"魏清越握住方向盘，扭头望着她，一直笑。她家客厅里放着的那本科普杂志，估计她自己都忘记了。

江渡愣了愣，等明白他说了什么，耳根都红了。哎呀，魏清越现在怎么变成这样了，这像话吗？

"你快走吧。"江渡嘟囔着催促他。

魏清越却不忘继续让她脸红："还想吻我吗？想的话，过来再吻我一下我就走。"

江渡太阳穴突突直跳。

她僵站着不动，说："你要是不走，我回家了。"

魏清越坐在车里，光线昏暗，那双深邃的眼投过来的目光款款，他终于正经点："明天，你下班，我还来接你。"

江渡心想："你这么闲的哦。"

她还没好好梳理今天发生的事情呢，但她怎么忍心拒绝魏清越？她就知道，魏清越一出现，她就扑通一声，准会掉进去，掉进魏清越的世界里。

"那我等你。"江渡走过去，替他把车门关上。

车窗是半降的，魏清越突然伸出手抓住她，把她的手放在唇边贴了贴，一边轻吻，一边目光深深地凝望着她，勾魂摄魄："等我，我来找你。"

"我来找你。"

江渡又想哭了："我每一天都在等你，等你来找我，来我的世界。"

车子启动，他慢慢松开她的手，她的手轻轻滑出去。

那种触摸恋人肌肤的真实感、那种温度，简直不可思议。

十一点二十七分，魏清越回到家，第一件事就是给江渡打电话。

无人接听，他想她是不是去洗漱了，随后，给她发了条微信。

很快，她的电话回过来，魏清越一面用耳朵夹着手机，一面给自己倒杯纯净水。

"我到家了，刚才你在忙？"

江渡的声音在电话中很温柔，她说："外婆问我话呢。"

魏清越笑了："你怎么说的？"

"我说，今天跟同事有事，回来晚了。"

魏清越咽水的声音非常清晰，那头，江渡甚至可以想到他喉结滚动的模样，并为自己的想象感到羞耻。

"哦？我什么时候成你同事了？"魏清越戏谑地反问。

"你快洗澡吧，睡觉吧。"江渡说。

"你快回家吧，你快洗澡吧，你快睡觉吧。"魏清越模仿她的口吻，惟妙惟肖，"你还没嫁给我，就管得这么宽。"

咦，谁说要嫁给他了？江渡拼命压制着嘴角弯起的弧度。

"你在胡说什么？"她轻轻说。

魏清越往沙发上一躺，慵懒、放松。

"我想说，我一身坏毛病，需要有个人管一管。"

江渡屏住呼吸，说："可是，我记得张晓蔷说，你初中时最叛逆了，谁要是劝你改什么，你立刻就能翻脸不认人。"

"是吗？"魏清越轻笑，"你管张晓蔷做什么，为什么不来问问我？我现在就稀罕别人管我，当然，除了捉刀客同学，谁管都不行。"他一手拎起车钥匙，动动手臂，看着翠迪鸟挂件晃动。

翠迪鸟后面是墙壁上的大钟，一室静谧。钟表嘀嗒嘀嗒地走个不停。家政阿姨感冒了，没来打扫卫生，家里其实有点乱。

江渡慌慌张张地说：“不说了，外婆敲门呢，问我怎么还不睡觉。”

“说你爱我。”魏清越冷不丁地开口，态度异常强势，也许，是因为江渡要挂电话，他一阵强烈的心悸。

那头，江渡已经挂了电话，没听到这句话。

魏清越看着天花板走了会儿神，等听到钟表声，起身去开电脑，处理新邮件。

魏清越的家，冷冰冰的，家具之类的东西其实非常少，厨房只有在家政阿姨来时才会用到。他很多生活习惯都和年少时一样，不怎么喜欢收拾。如果没有家政阿姨，魏清越能把家里过成猪窝。当然，家里东西这么少，过成猪窝的可能性还是很低的。

魏清越处理工作到很晚，灯亮着，房间很大，像海的深处一样宁静。他像一头孤独的鲸，跟世界保持着距离，但又无限亲密。

手机上有张晓蔷发来的信息，她留言：“这周还有时间吗？”她帮他约了最权威的神经内科专家，提醒他抽空去看医生。

和老同学的联系一直保持到今天，结果就是，这个张晓蔷从没放弃给他约各种医生。

魏清越拿起手机，给她回复两个字：“没有。”

从来都是“没有”。

想了想，他又回复一条：“我见着江渡了。”

没跟张晓蔷细说，他关上电脑去洗漱。路过镜子时，魏清越瞥了两眼，镜面非常干净，能映出清晰的人影。

“没有家政阿姨是真不行。”他边默默地想，边挤出牙膏。赤条条的牙膏像没穿衣服躺在那里，魏清越没由来地一阵恶心。他机械地按下电动牙刷的开关，盥洗池旁，电动牙刷开始嗡嗡嗡地响个不停。

魏清越洗脸很草率。洗面奶在手心起了丰富的泡沫，在脸上停留不过几秒。他捧起一股股清水，不停地往脸上扑。

洗澡是另一回事。魏清越的生活习惯奇奇怪怪。洗完澡，他赤脚走回卧室，不像一般人先坐下来，再掀开被子躺下。他是直接光脚走到床尾，抬腿踩上去，随意一卧，卧在哪儿是哪儿，再把被子一扯，将身子卷起来。

如果屋外有人留意，就会看到敞亮的落地窗后，有个奇怪的年轻独居男子走来走去，像个机器人，严密地做着自己的事。

躺在床上，魏清越突然意识到，不知道江渡会不会习惯他，他怪癖太多，但谁知道呢？

“跟我一起睡吧，到我怀里来。”魏清越在困意袭来时，脑子里重复着同一个念头：“跟我一起睡吧，到我怀里来。”

只希望江渡不要觉得我是个色狼才好。他这么想着，嘴角微微一翘，是带着笑意入睡的。

9月，领动科技的财务部通常都会很忙——要拟合下一季度的财务数据、公布季度财报。

自动驾驶方面一直是领动科技重要的押宝方向，PPT一张一张下翻，几项业务的数据清清楚楚地映入眼帘。

会后，魏清越留下，跟他的顶头上司大老板汇报工作。

领动刚刚拿到导航甲级资质，之前险些成功。最后，自然资源部却以领动的股东方存在准入问题，取消了领动的申请资质。

本来，公司高层打算以收购具有甲级资质的企业这种方式来达成目标，作为缓兵之计。但魏清越坚持自主申请，他早有预判，需要导航电子地图支撑的新兴产业在未来几年内必会大热，高精地图领域已经吸引巨头们纷纷入场。

“地图启用后，到时，覆盖数据不再只局限于北、上、广、深一线城市，”魏清越不紧不慢地展示着PPT，“虽然前几年业内就在呼吁政府放宽审查条件，但从实际情况看，也就是从今年开始，资质窗口才有打开的趋势，不过政策细则反倒可能越来越严苛。”

对方点点头，示意他继续。

“虽然还存在着没有统一场景应用的问题，但随着L2获得量产项目定点，这个问题还是能慢慢解决的。”

持重的中年男人习惯性打着手势，说：“咱们国家的道路实际情况比欧美国家复杂得多，数据的丰富度，超它个几十倍都是正常的，算法要怎么跟地图数据实现高度协同，对不对？SLAM算法、定位、高精地图这些岗位还是要再招人。对了，科技园下周试车，你也过来一起看看。”

从会议室出来，魏清越到茶水间吃了些点心，端着咖啡，在窗前俯瞰这座城市。

魏清越还有个项目要跟张晓蔷谈，跟她的联系之所以多年不断，就是因为张晓蔷所在车企和领动业务往来频繁，想断也断不了。更何况，这些年，魏清越压根儿没有断的意思。

他非常模式化地定期请张晓蔷吃饭，谈工作时一丝不苟，一旦涉及什么看医生，他就十分排斥，觉得她有病。

张晓蔷在人情世故上越发纯熟，再生气，也能做到微笑着跟你一板一眼地说话。她从不生魏清越的气，哪怕他曾非常失态。那个样子，是个人都要跟他绝交了，她没有。

这两三年，魏清越沉稳了许多，但说话嘛，在熟人面前还经常是一副不讨喜的样子，即便把人噎死，自己依旧无动于衷。

她曾给他介绍过一个私人心理医生，那个医生在圈内口碑高，业务能力佳。魏清越到人家那儿，除了睡大觉就是睡大觉，沟通起来满嘴谎话，连标点符号都不能信。就没有他这么难缠的客户。

但张晓蔷把她常用的家政阿姨介绍给他时，他倒很高兴地接受了。他在国外念书时，他母亲忙着搞事业、谈恋爱，没工夫管他，让他住在寄宿家庭。

刚开始，他不是太习惯，那家的狗只能听得懂英文。后来，他口语水平突飞猛进，被女主人带着参加教会活动，唱赞美诗、查经书。见魏清越丝毫没有皈依上帝的打算，女主人放过了他。西餐很难吃，那家人吃饭又贼快，魏清越为了不惹人讨厌，什么都很配合寄宿家庭，但有些观念上的东西还是让他很不舒服，比如，对方不经意流露的优越感和对中国的轻视。魏清越就是在这个时候深刻感受到人的偏见以及无效沟通，他过得不怎么高兴。但是，不怎么高兴是他的人生常态，倒也不是说无法忍受，忍着忍着就习惯了。好在他成绩优异，辅导起主人家孩子的数学易如反掌，这让他们的关系多少能维持平衡。

所以，多年后回国，魏清越立刻恢复了彻彻底底的独居状态，他只需要一个家政阿姨。

中午，十二点十四分，魏清越正在食堂用餐，张晓蔷给他打电话说看神经内科的事。她在电话里循循善诱：“我刚知道这医生是咱们高中校友，你见了就知道。”

魏清越觉得她特别无聊，干脆说：“校友又怎么样？和我有关系？你没正事，不要浪费我时间。”

“去看看嘛，大家一起吃个饭，权当叙旧了。”张晓蔷耐心劝着他。她时不时揉一下腰，最近出差，没睡好。

魏清越这回更直接了：“我没旧好叙，想叙你们叙，有空不如谈工作。我觉得你们对领动还是有提防的心态，这样的话，我们很难发挥优势的。”

私事和公事无缝对接，张晓蔷特别无奈：“啧，魏总上次谈话那语气分明是嫌弃我们在新能源领域声量太低，不配进您朋友圈。”

“没有的事，鬼扯什么呢？”魏清越笑起来，“我哪里敢嫌弃张部长？”

“欸，答应我一次嘛，老同学，给个面子。”兜兜转转，张晓蔷又绕到这上面。

“我好好的，你怎么回事？不去准备车展的事，老跟我纠缠这个干什么？”魏清越眸子冷着，一脸跟人没办法共情的样子，“我还要准备研报，先挂了。”

“魏——”张晓蔷连他名字都没喊完，愣了几秒，慢慢放下了手机。

城市的天空，洁净旷远。魏清越下午见了合作高校的团队，一行人领着他参观了最新的实验室。工程研发放到高校、研究所去试错，是他一开始就给公司合伙人们提出的一个思路。他去找江渡时，又过了她下班的点。老罗告诉他，他的手表要过段时间才能拿回来。

魏清越听后直皱眉头，觉得好笑：“怎么，还打回欧洲修去了？”

对于魏清越来说，手机是用来打电话、联系的工具，不是看时间的，计算时间的是手表。在一些事情上，他特别死心眼儿。

可是，江渡居然已经先他一步吃了饭，她不好意思地说：“我太饿，饿得一点力气都没有，正好带了外婆给我做的便当。要不，我陪你吃？”

江渡面对魏清越时，好像又不自觉带点拘谨，完全把那个绵长湿热的吻忘记了，忘记他们已经有过亲密的举动。

魏清越没忘，他先是为迟到道歉，然后随便找了个快餐店，吃得特别快。

江渡看着他，提醒说：“不烫吗？你吃慢些，要不然对食管、对肠胃都不好。”

她这么说，魏清越就听了，放慢了速度，细嚼慢咽起来。

“你以后吃饭不要这么快了，对身体不好。”江渡安安静静地坐着，又强调了一遍。

“这就开始管着我了？”魏清越眉毛上出了点汗，亮晶晶的。

江渡被他说得更不好意思了，她想：“我是要管着你的，是你自己说的需要个人来管，我又不希望别人管你，那只好由我管了。再说，别人管你，我知道你不会听的。”这么一想，她就快乐得不得了。

真奇怪，魏清越仿佛会读心术，在桌子底下轻轻踢她的鞋子：“既然想管，那就管着吧。”

江渡条件反射般否认：“谁要管你了？”

魏清越笑而不语。“你都忙什么呢？”他放下筷子，抽出面巾纸擦拭嘴角，又倒了清水漱口。

江渡笑起来时总是很腼腆，她说：“采访，写稿子。”

“你？”魏清越失笑，“采访？你这么害羞，都采访过谁？怎么那天不来采访我？”

江渡局促地摸摸头发，说：“采访你得黄姐，我不够格。我也不爱采访你这种人，我更喜欢采访小人物、普通人，比如……”她语速很慢，眼睛扑闪扑闪地看着魏清越，在判断他是不是想听。

“比如什么？”魏清越跟她并排坐着，他很自然地把手臂伸到她身后的靠背上，跷起腿，专注地看她。这种姿势把江渡完全控制在他的势力范围内，魏清越骨子里是个很强势的人。

江渡往窗外瞧了两眼，不远处，夜幕下有个卖花的婆婆坐在马扎儿上张望。她指了指，说：“比如那个婆婆，我想知道她在想什么、她每天收入多少、她为什么要来卖花，是生活拮据呢，还是闲暇打发时间。如果有机会能拍一部城市的纪录片，我就聚焦他们。”

魏清越偏过头，顺着她手指的方向看过去：“我记得，你跟我聊过一部纪录片，我看了，虽然离我生活很远，但——”

“你大受震动是不是？”江渡扭头，一下对上他含笑的眼，躲闪不及，也就怔怔地看了几秒。

“但好像也没什么触动，就觉得，哦，很惨，这样还活着，大家各有各的苦。”魏清越耸耸肩，“这个道理，我早就知道，所以，并没有像你们女孩子那样，那么容易流眼泪。”

江渡垂下眼帘，低声说：“我是希望看到纪录片的人能得到些力量，也不是说看了就得感动得大哭。”

“那我再看一遍？”魏清越还在偏头看她笑，他轻咳一声，拍她肩膀示意她起身，“刚吃完饭，一起散散步？”

两人出来，魏清越不忘报仇，又继续刚才那个话题：“什么叫你不爱采访我这种人，我是哪种人？”

江渡愣了愣，如实说：“很陌生的那类人。”

“怎么个陌生法？”

“很聪明，很自信，走在时代的前头，满嘴的高科技、新技术，能侃侃而谈，一直往高处走。黄姐采访过很多事业有成的人物，他们大都不太年轻了，当然，也有年轻的，比如你。她还做过一期知名带货主播的采访。其实吧，我不知道这些人到底在兴奋什么、热闹什么，我无法理解这些人。”江渡说话总是慢吞吞的、温文的，她脸上的神情终于让魏清越捕捉到了疏离感从何而来，淡淡的，然而又并非冷漠。

“说到底，我太普通了，又不爱凑热闹，但我对世界还是很好奇的，所以做了这一行，能接触到形形色色的人。”江渡发现魏清越那双眼就没离开过自己的脸，她下意识地摸摸脸，“你要说说你自己吗？”

“说什么？”魏清越明知故问。

江渡被问住，她立刻补救：“没什么，我随便说的。”她还是那样，别人不愿意说，她一点都不强求。

魏清越却继续说：“我的事情要从头说，会很长，从2007年走的时候说起，一直到现在。当然，不是什么波澜壮阔的史诗，有时还算幸运，有时却很倒霉。”

他问她介意他抽烟吗，江渡想了想，说：“你想抽就抽一根吧。”

魏清越点了支烟，风一吹，烟雾就飘散了，他的头发也被吹得稀乱，盖住眉眼的瞬间，他仿佛又变成了当时的少年。但他已经是成年男人的身材，不再单薄，肩膀变得结实、宽阔。

他开始说求学，说工作，说回国后跟学长一起创业，但持续的高投入导致他们的初创公司最终被领动收购，他又到了领动，负责自动驾驶这块的规划研发和运营管理。

江渡听得津津有味。

魏清越手里一支烟抽完，余烬随风飘来，落到江渡发间，他非常抱歉，细致地替她掸头发，她耳边是他低沉的笑。

两人离得很近，江渡站着不动，任由他替自己整理头发。魏清越忽然说：“我早就想摸一摸你的头发了，总觉得应该很软，还真是。”

江渡惊讶地看看他。魏清越说：“你别这么看着我，我的意思就是，我早就看上你了。”

江渡脸红了，结巴着转移话题：“哎，为什么你跟你学长的创业公司会倒闭啊？”

魏清越专注于摸她头发，漫不经心地回答：“太初级了，撑不到盈利的时候。当时，2015年嘛，我刚回国，学长觉得自动驾驶前景广阔，就离开原来的公司，自己创业。我正好也感兴趣，就跟他一起折腾。后来融资困难，资金链断裂，只能‘卖身’领动。”

听到“卖身”两个字，江渡眼睛里闪过一丝笑意。

魏清越慢慢放下她的头发，简洁地说：“我也可以‘卖身’给你。”他的眼睛那么明亮，映在初秋的夜幕下。

江渡的呼吸顿时萎了下来，仿佛一下被抽走了所有力气，但那颗心格外有力地怦怦着。她以后可以改名“怦怦”了，这颗心一天到晚怦怦个不停。她该怎么接他的话？哦，她本来想跟他聊工作上的一些事的，她早在他来找她之前想出了很多话题。江渡脑子很乱……

“找个时间，我正式‘卖身’给你？”魏清越一点都不掩饰他对江渡的欲望，他更直白地说道，打断她思绪。

这糟糕的问话。江渡满脸通红地看着他，憋了半天，说：“魏清越，你怎么这样啊？！”她真恨不得自己长两只长耳朵，手一拽，就能耷拉下来遮住脸。

“你昨天不是问我身体怎么样吗？”魏清越眼底又开始有幽光流动，“和我一起睡吧，江渡。”

天哪！这个人……江渡觉得自己不甩他一巴掌好像都不符合正常人的反应，她脚指头都要红了，头发丝都要红了，好像整个城市都燃着熊熊大火。

江渡不会骂人，更不会打人，她才不舍得打魏清越，他挨的打够多了，要是现在眼前有人敢动一动魏清越，她一定比过去勇敢，冲上去保护他，哪怕再一次成为猪头。

吃力地思考半天，江渡最终坐上魏清越的车，因为他又说：“去我家里看看，总行吧？”

江渡没办法拒绝。

“你跟家里人说我们的事了吗？”魏清越在车里问她，“我们在一起的事。”

江渡明显犯难：“他都不用脑子的吗？怎么说？说8月31号还没有见到魏清越，9月1号就跟他谈起恋爱？”

魏清越好像永远知道她的内心活动，很快，他说：“那我告诉他们吧，最近去你家一趟。”

说完，他的一只手伸过来，拍了拍江渡的手背，像是安抚。

“魏清越，我觉得，”江渡艰难开口，“我们其实一点都不了解彼此，你不觉得这样太快了吗？我总觉得很不真实，现在我都不知道自己是做梦还是真的又遇见了你。”她眼神迷离起来，往车窗外看，似乎想从夜幕下的灯海、人流、大厦和店铺中找到真实的证据。

魏清越瞥她一眼，眼神浓浓的。他一时没接话，只有车子奔跑的声音。

“我们还年轻，路还很长，有大把大把的时间来了解彼此。江渡，快三十岁的人了，没好好恋爱过，你不寂寞吗？”魏清越又看过来一眼，不需要她回答，“我寂寞，也许吧，你沉迷于文字，有你自己的天地，不需要别人，但我需要，我俗人一个，想跟女人谈恋爱，想跟女人睡觉，最好三五天都不要下床，”他下意识皱起眉，

"我有时真的觉得自己都快变态了，烦躁到极点，那种太想抓住点什么、一觉醒来却两手空空的感觉太可怕了。"他顿了顿，"我是不是吓到你了？我承认，我太焦虑，一想到自己已经二十八岁了，连心爱姑娘的影子都摸不着，时间一点一点地消耗、流逝，留无可留，我真是一秒钟都不想再等了。"他忽然长长地吐出一股郁结之气，"老子真他妈受够了。"

每一个字，都在江渡心里击起巨大的回音。

路灯掠过车内，像荒原上的黄昏，她的眼睛变得湿漉漉的。

"这些年，我每天都在等你，从你走的那天开始，我就一直在等你，等你来找我，来看看我。"江渡的声音非常轻，"我哭了很多次，你总不来，没人告诉我你还会不会来。"

魏清越险些闯了红灯，他快速瞥她两眼，等红灯转绿灯，车速放缓，靠边停了。

"怎么会呢？如果你真的想找我，你随时可以问张晓蔷，我也一直想办法联系你，可我联系不上你。我知道捉刀客就是你，早就猜出来了。语文老师第一次在班里读你的作文，我就知道信是你写的。我听了一学期你的作文，你每篇作文写了什么，我都记得，你的每一封信，我现在可以倒背如流。"魏清越眉头锁着，惑然摇首，"我不明白，你为什么会说找不到我？我上科普视频，也是想多一个让你看到我的机会，我能做的都做了，你怎么可能找不到我？"

江渡只是泪眼蒙眬地看着他，样子很凄楚。

魏清越望着她那双哀愁的眼，停止了追问，他说："好吧。"

江渡却喃喃开口："你怎么到现在才来找我？我都成老姑娘了。"

魏清越被她问得无可奈何："我在找你，我从没停止过找你。"他看见她皱了皱鼻子，只好绽出笑容，温柔地摸她小小的脸，"不老，幸亏不是九十岁。"

泪水沾到掌心，灼烈伤人，魏清越的指腹不断从江渡脸上拭过去，他忽然揽过她的肩头，狠狠地亲吻。地地道道的男人体格，那么有力。他的气息强烈地撩拨着她。江渡在魏清越的臂弯里浮浮沉沉，仰面承受，她头发那么长，散在他身上。

这段路，霓虹变得稀稀疏疏。魏清越把她松开后，手指不忘轻轻拨她的秀发，低声问：“有没有好点？”

江渡脸色潮红，点点头。

魏清越移开手指，又笑了笑：“还需要我吐口水吗？”

江渡脸四周全是乱乱的黑发，显得苍白，她说：“我今天没涂口红。”

魏清越顿时明白她让他吐口水是什么意思，他问她：“我可以开车了吗？”

江渡无声地颔首。

魏清越的房子在黄金地段，交通便利，设施齐全。魏清越问江渡要不要吃点水果，他记得张晓蔷每次吃完饭都很喜欢吃水果，他也就认为女孩子应该是比较喜欢吃水果的。

“我想吃葡萄，”江渡说，“青色的，要很甜的那种。”

魏清越笑：“谁知道你说的是哪种？一起去买。”他牵住她的手进了一家便利店。

水果五颜六色的，很漂亮。江渡开始挑葡萄，魏清越也在旁边站着。有个醉醺醺、中年发福的男人进门就问：“我说，你们这儿有没有带一粒一粒的套？”

店员是个年轻的女孩子，好像见惯了大场面，波澜不惊：“您说什么一粒一粒的？什么牌子？”

“我要是知道什么牌子，还问你吗？就是带粒的套。”那个男人嗓门太大，引得人都往这边看。

便利店里有人笑出声，店员终于尴尬起来，捂了下嘴，继续面不改色地给他挑出一盒来。

一时间，柜台那儿嘟嘟囔囔个不停。

魏清越笑而不语地听着，他看看江渡，两人目光一碰上，江渡忙避开，慌慌张张的，说：“我还想买点蓝莓，对眼睛好。”

结账时，魏清越顺手拿了一盒东西，非常自然，跟江渡选的水果放在一起。收银员忍不住多看了魏清越几眼，又看看江渡，莫名地笑了笑。

出来时，魏清越一手拎着袋子，另一手很自然地去牵江渡的手，江渡却躲开了，她警惕起来，犹豫地问：“你看过《德伯家的苔丝》吗？”

魏清越没看过，他一边诚实回答，一边拿出手机搜索，匆匆几眼看完简介，很沉默地笑了笑。片刻后，他说：“你把我想成什么人了？”略作思索，他看着江渡说：“我送你回家吧？”

江渡看他往停车场方向走，自己却不动了。魏清越回头，江渡动也不动地说：“我想去看看你的家。”

“不怕我诱奸你了？”魏清越开起玩笑。

江渡勉强笑笑，脸色很差。

魏清越立刻非常后悔，想起她的身世，觉得自己这玩笑开得实在太过浑蛋，他敛了敛神情，说：“对不起啊，别往心里去。”

手重新被魏清越牵住，他掌心干燥、有力，江渡却一手心的汗。

进了电梯，魏清越冲她无声一笑。

他的家实在太大了，宽敞明亮，江渡站在门口微微一愣。魏清越给她找出一双女式拖鞋，她低头看看，再抬眼时，狐疑而警觉。

拖鞋很新，从来没人穿过。

“我住进来时，所有日用品都买了两份，我一份，你一份。我想，万一哪天有机会带你来，用着方便。”魏清越淡淡地跟她解释。

江渡这次彻底愣住，在看到拖鞋上未剪的商标时才真正松弛下来。她一直喜欢他，想念着他，但她不是没长脑子的傻子。

洗过手，江渡打算用纸巾擦，魏清越却直接递给她一条新毛巾。

“来，给你看看我们的家。”魏清越忽然说“我们”，江渡的心又以不可思议的速度酸了。

“主卧，看到没？你的梳妆台。”魏清越碰了下手机，窗帘缓缓打开。

除了床、衣柜，主卧里还有个梳妆台，是为江渡准备的。这些年，魏清越坚持认为江渡会来住，装修时他咨询了张晓蔷，问她女孩子都需要什么。

他把江渡带到梳妆台前坐下。镜子中人影模糊，魏清越略尴尬地咳嗽一声：“估计是阿姨看没人用，一直没给我打扫这里，回头我要说说她。”

“这是我的吗？”江渡反手握住他搭在她肩头的手。

魏清越说了句“当然”，又领着她参观开放式厨房、卫生间，最后去了书房。

书房尤其大，一张长长的实木书桌摆在中央，书架则做了整整两面墙。角落里放着一盆高高的植物，绿叶鲜嫩。魏清越虽然不爱整理屋子，但对书房格外照顾，一次也没忘记给绿植浇水。

“这面墙放我的书，这一面是你的，等我赚得更多点，我们换个日式枯山水小庭院，当然，也不完全是，算是加入这方面元素。”魏清越开始说对未来的设想，打着手势，给江渡比画，“大概这个位置有棵主景树。对了，我给你看我自己设计的效果图，你有什么意见或者想法，我们可以聊聊。”

他把江渡拽到客厅，先打开电脑，又翻出自己画的草图，一脸的兴致盎然。

图有点潦草，但软件搞出来的效果图很清晰，魏清越为此研究了很久《日本造园心得》。

“你喜欢吗？你要是不喜欢日式元素，我们可以换，我考虑的是，中式庭院占地面积太大，不现实，看得见风景的房子，你住起来心情应该会更好，希望我没猜错。你喜欢自然，我们可以种一棵梅中图书馆前那样的树？”魏清越认真问着她的意见，说着，莞尔，“我跟你一起住，它不会再黑漆漆的像个人吓到你。”

江渡捏着他的手稿，没去看，也没看电脑，她只是静静地看着魏清越。他眼睛里光芒四射，他的计划里，她一直都在。

江渡不知道是什么支撑着魏清越维持这种狂热，他可以做到十二年里日复一日，年复一年，当作她就在他身边，在他的生活里。她眼角慢慢溢出了眼泪。

魏清越本来在跟她解释每一处的设计理念，一抬头，怔了怔。江渡就这么看着他，眼泪直流，大颗大颗往下滚落。

空气中飘浮着最后一次值日时的尘埃，用力一吸，就能全吸到肺里去，尘埃生出的遗憾和悸动全都吸到肺腑深处。

“那我们结婚吧。”她抽了下鼻子，终于抢先他一次，把这话说出来。

魏清越怔了几秒，嘴角先是轻轻一扯，继而笑出声。他一直笑，笑到带起咳嗽，咳嗽又带得他眼睛湿湿的，软软的。他说："这种话，还是男人先说比较好，你怎么还跟我抢起来了？傻子。"

这个晚上，江渡留了下来，她当着魏清越的面给老人打电话，装作很平静："我在魏清越这里，今天晚上不回去了。"说完，她火速挂掉电话，耳朵红红的，胸膛起伏着。

江渡从沙发上站起来，走到巨大的落地窗边，魏清越的眼神一直跟着她。她看着外面的灯火，也看到身后魏清越的身影映在玻璃上，他正在一步步靠近。

呼吸慢慢屏住，江渡觉得牙齿都在打战，声音是某种力量硬生生从她嘴里拽出来的："魏清越，你什么时候卖身？"

夜色浓，一寸寸沉得更深。

身后的人影站定，他的回答非常干脆，就像他一贯的作风："今晚。"

当然，男人不忘补充："如果捉刀客同学愿意。"

女孩子比天鹅绒还要柔软。艳丽的玫瑰反复绽放、凋零，密封的浆果迸裂。她在海潮退却时，问他身上的伤还疼不疼。

被心火灼烧的舌无论如何都说不出一句完整的话，魏清越只是反复亲吻她的头发。

江渡把他的后背抓伤了，所以他第一件事是把她的手放在光亮下看。哦，江渡的指甲该剪了，粉嫩的指甲像花瓣一样，但很明显，它的主人没怎么认真修剪过，她也没有像同龄时尚的女孩子去做漂亮的指甲。

"我帮你剪指甲，好不好？"魏清越问她，他身上有不美观的疤痕，遍布在紧致的肌肉上。

江渡说"好"，在他肩上的那块疤上轻轻亲了一下，脸又热又红。

魏清越摸摸她的脸，然后下床，找出指甲刀，开始给她剪指甲。

江渡的手像没长骨头，颜色像上好的瓷器，和她的身体一样。魏清越一直都惊讶于她的白，一个人可以生得这么白，但此刻像颗香甜的水蜜桃。

半月形的指甲屑掉落，他动作小心翼翼，不忘问她："我剪得怎么样？"

"不怎么样好像。"江渡低着头，两侧全是如云般蓬松的头发，笑意深藏，让他看不见自己的脸。

魏清越不信：“胡说，我这哪里剪得不好了？”他把她的手摊开，放在自己掌心，大拇指一捏，扬高了，对着灯光，“这么漂亮，换个人都给你剪不出这么完美的弧度。”

江渡的脸还是很红很红，她小声地说：“你一直这么自恋的呀？”

魏清越不屑地一笑：“我这怎么能叫自恋呢？客观事实而已，我想做什么都能做好。”

“那你创业的公司怎么还倒闭了呢？”江渡继续小声说。

魏清越一脸云淡风轻：“高价卖身，不是每个人都值这个价钱的。”

江渡目光轻轻往旁边被子上一落，她说：“哦，你这么值钱，我没什么钱，怎么办？”

“什么？”魏清越短暂地迷糊了一下，他睡袍没穿好，松松垮垮的，好像反应过来，把江渡脸一扳，眼神赤忱又暧昧，呼吸往她面上喷洒，“要是你的话，我不要钱，我给你钱，好不好？我的钱全都给你。”他说话跟喝醉了似的。

江渡使劲才能忍住笑意。

魏清越却又撤回身子，把刚剪的指甲屑一点点捡起，拿纸巾包住，放进床头柜。

江渡拽拽他：“包这个做什么？”

魏清越笑笑，把抽屉合上，起来给她倒了杯温水。他走到哪儿，江渡的目光就跟到哪儿，魏清越光着脚，在地毯上悄无声息。

等她喝完水，他又重新压下来，按住她肩头，卧倒，并开始摸她，床似乎塌陷下去一大块。

江渡不敢看他的眼，呼吸越来越急。

可魏清越却皱了皱眉，他突然说：“床单好像湿了？你没感觉到吗？”

江渡满脸通红，僵硬地推开他，坐起来，说：“好像是的。”

魏清越起身，把衣柜拉开，拿出一套新的床单、被套，砸到江渡脸上，问她：“我最烦换这些了，你行吗？”

江渡扯掉床单，露出脑袋，头发乱得像鸡窝。她开始换床单、被罩，力气还是那么小，抖搂不开，落到床上皱巴巴的。

魏清越本来是抱肩看着，看了几秒就走过来，挨着她一挤，就把她挤到一边去了："还是我来吧。"他力气大，床单铺上去时，带起的气流凉凉的，扑到她面上。

换掉的床单上有一块小小的暗红色印记，非常小。魏清越动作停顿，探究地看着，还没看仔细，床单被江渡一把抢了过去，抱在怀里，抿唇说："洗衣机在哪儿？我去洗。"

魏清越就笑，笑得像烟头明灭的模样。

见江渡往阳台去，他手臂一拦，不让她走，眼神莫名地就充满了挑逗意味："没问你呢，感觉还好吗？"江渡一猫腰，想从他臂弯下钻过去，却被魏清越拉回来困在衣柜旁的角落里。魏清越俯下身子，眼睛一眨不眨地盯着她，把那团成团的床单、被罩直接从她手里扯走，丢到地上，一脚踢开。

"洗什么？不洗。"魏清越打横抱起江渡，把她压到床上，一面捏她的耳垂，一面低声说，"你想不想研究下我？"

江渡慌慌地把手从他的掌心挣开，他的指引非常危险，她在他的控制下止不住地颤抖，想把眼睛闭上。

魏清越看看床头灯，把它关了，在黑暗中咬住她的耳朵，说："别这么怕我，宝宝。"

他学她外婆，喊她"宝宝"。

江渡的心顿时塌陷得跟床似的，她忽然说："魏清越，我好高兴啊。"说着，她就想哭，人在黑暗里，胆子似乎大了些，"你高兴吗？我想知道你高兴吗？"

魏清越鼻腔里溢出笑："傻子。"

"你高兴吗？"江渡又问。

"高兴。"他狡猾地暗示她，"要是你愿意研究研究我，我会更高兴。"

于是，江渡被迫深入研究了一下他的身体。

最后，魏清越说："我得投桃报李，也得研究研究你，是不是？"

第二天醒来时，魏清越的手机响个不停，江渡没醒，他起身，拿着手机去阳台接电话。临时有个行业沙龙需要他出席。

魏清越想骂人。他第一次觉得工作真见鬼，沙龙，沙龙，沙龙个头啊？说好的三五天不下床呢？他现在已经下了床，还得弄吃的、找衣服、配鞋子，床上还有个宝宝需要他照顾。

魏清越去翻冰箱，冰箱里除了矿泉水、牛奶和运动饮料，什么吃的都没有。他刚想起来，他的厨房一次都没用过，有时候家政阿姨会给他带自己做的便当，那是他唯一能吃朴素家常菜的机会。最终，魏清越泡了泡面，让江渡起来吃饭。

夜里你侬我侬，深情款款，第二天一大早却让人家吃泡面。

江渡对着泡面有些发怔，她吃不下。魏清越两手抄兜，一副带着起床气的样子。他看她不吃，端过来尝了一口，说："算了，别吃了，我下楼给你买早点。想吃点什么？"

他想起她外公是美食家，江渡的胃其实是很娇贵的。

"那你买豆浆和煮玉米，"江渡想了想，"豆浆要加糖，我喜欢喝甜的。"

魏清越本来打算立起能照顾好女朋友、"二十四孝最佳男友"的人设，但发现有困难，他不会做饭，在美国留学时学到的做饭技能也早就扫进历史的垃圾堆。

早点买回来后，魏清越照例吃得很快，江渡吃得挺斯文，跟鸟儿一样在那儿慢条斯理地啄她的食，啃一口玉米，喝一口豆浆，玉米要细嚼慢咽，豆浆跟要品出什么特别的滋味似的。

两人的磨合从早上就得开始，她不慌不忙，他喜欢速战速决。

魏清越盯着她，咳一声，说："江渡，你吃饭一直这么慢的啊？上班不急吗？"

江渡认真地说："我不睡懒觉，有充分的时间吃早餐，朝九晚五，我家离公司又近，我也不喜欢在地铁上吃东西。"

魏清越笑着点了点头，依旧盯着她吃东西，眼神促狭地一闪，说："你是只鹅吧？"

江渡不解地看着他。

魏清越手遮在唇上，掩饰着捉弄的笑意："课文里不是有篇丰子恺的《白鹅》吗？他那只鹅，吃饭三眼一板，怎么吃来着？不紧不慢地，什么先吃一口饭再喝口水，最后吃一口泥和草，你就差我给你弄份泥巴混草了。"

江渡脸一红，看他眼里的笑意越来越浓，终于，脸上露出一种四两拨千斤的淡然："我是鹅，可你是猪啊。"

魏清越很不满："我怎么是猪了？"

"就农村喂的那种猪，一身臭泥，一听见有人投食了，就过来闷头狂拱，大吃大嚼。你知道猪食吗？主人搅拌好半天，猪吃就三分钟，就是你吃饭的样子。"江渡憋着笑，继续啃玉米。

魏清越啧啧两声，说："我以为你多善良，这么记仇。"他起身，弹一下她的脑袋，然后走开，给她找出钥匙，上面挂着崭新的翠迪鸟挂件，连塑料包装都没拆。

哗啦一声，钥匙被丢到桌上。

"家里的钥匙，你拿一把。"

江渡把钥匙掂在掌心，抿唇笑，魏清越却回身，两只手臂撑在餐桌上，认真看着她说："别笑了，咱们能吃得稍微快点吗？我先送你。"

"那好吧。"江渡不好意思地说，"其实，我可以自己坐地铁过去，你不用这么麻烦。"

魏清越直起身："我想麻烦，乐意。"

"他可真不是一个讨人喜欢的家伙啊。"江渡暗暗地想。

魏清越已经去换衣服了，他今天要穿得正式些，衬衫配西裤。他身高停在一米八九，非常高。模样确实有些变了，以前是单薄的少年，而如今是俊挺又健朗的男人。

江渡看他的衣柜也不怎么有序，四季的衣服混在一起挂着，她温声说："我下班过来帮你整理一下吧？"

魏清越边扣纽扣边笑，眼尾瞥她："管家婆。"

"你说谁是管家婆？这么老气的称呼。"江渡觉得魏清越这张嘴真的怪讨人厌的。

"你。"魏清越利落地回答。魏清越的腰可真细，精瘦的那种细，但充满力量。本来，江渡还在气他嘴里没有美好的称呼，此刻，她的目光不禁停在他的腰上，脑子里全是乱七八糟的东西。

魏清越好像一下窥破她所想，坏坏地一笑，说："晚上开灯，我把裤子脱了，你好好看。"

江渡还是很容易害羞，拿他没办法。魏清越是这个样子啊，可真活泼，在最亲密的恋人面前，肆无忌惮，张扬快意。他身上的戾气好像没了呢，爱笑，爱开玩笑，会眉眼舒展。江渡也慢慢地跟着笑起来。

两人出门，江渡坐到魏清越车里，魏清越说："我明天就去你家，你先跟二老说一声。"

他说到做到，送完江渡，就安排老罗帮他买礼物。

老罗问他："魏总是要看望什么朋友，还是？"

"见家长，不过，我未婚妻家里只有她外公外婆两个老人，你看着买些老人需要的，我不懂这些。"魏清越语调轻快，脚步比语调还轻快。他这辈子还没这么轻快过。

第十四章 见梦境

江渡，这十二年来一直下雨，你知道吗？每天都下雨。

沙龙地点在高校，由研究院院长主持。魏清越做了份研报，分析完自动驾驶领域的三大关键趋势，又现场分享车路协同产品。他来领动不到三年，步步高升，能力跟野心向来匹配，典型的青年才俊，难免有人关心他的个人问题。魏清越虚伪地相过亲，见过各种各样的女孩子，她们都很好，他看谁都很好——不分性别的那种好，像社交场合一个彬彬有礼的人。但他知道自己属于江渡，只有到江渡手里，他才算物归原主。

因此，当院长客气地跟他说借一步说话时，魏清越这回终于不必虚伪了，他说他有了女朋友，很快就会结婚。

院长什么场面没见过，一点都不尴尬，当即笑呵呵地说："你看，我这头一回想当媒人，就出师不利。"

魏清越笑笑。

张晓蔷是代表车企来的，没聊两句正事，她就扯到看神经内科的事上。魏清越克制着不快。这几年，他这个老同学跟走火入魔了一样，他很想说"我觉得你该去看看脑子"，但他到底忍住了。张晓蔷都交了男朋友还这么关心他，尽管他不需要，但他不能这么不知好歹。

"我不跟你卖关子了。"张晓蔷笑眯眯的，脾气超好。她戴了对珍珠耳钉，最近正在健身、减肥，神采飞扬："医生，你认识的，江渡的同桌，你还记得吗？文实班的朱玉龙，后来转到理实一班。哦，我差点忘了，她转到咱们班时，你已经出国了。你睡眠不好是老毛病了，好好看一看嘛，叫老同学帮你好好瞧一瞧。我跟你说，朱玉龙厉害着呢，在最好的医院待着，年纪轻轻就评了什么职称来着。"

魏清越表情淡淡的，说："耳钉不错。"又装作对她的打扮很感兴趣的样子，"你皮肤黑，这个颜色很适合你。"

张晓蔷无奈地看着他："你老是这样。"

裙子刚才坐出了点褶皱，魏清越指着，说："你回家熨衣服吧。"

张晓蔷简直想打爆他的头，她摸着裙子，气鼓鼓地说："我真是脑子进水。"

"朱玉龙？"魏清越跟梦游似的，忽然又续上了之前的话题，他记得这个女生，破天荒地点头，"去看看也不是不行。"他猝不及防地松口。

一定是朱玉龙，一定是"朱玉龙"这三个字起了魔性作用！张晓蔷掩饰住狂喜的情绪，她怕自己多流露出一分不恰当的表情，魏清越就会改变主意。其实，她哪里有什么"不恰当"的表情，只不过魏清越这个家伙喜怒无常，在熟悉的人面前最会阴阳怪气，最会气人。明明她刚才瞧见他跟研究院的院长说话时一脸春风，在台上做研报时又是那么娴熟、练达。网络上，他的视频总是飘满弹幕，无数小姑娘要给他当老婆，他有一群所谓的"老婆粉"。魏清越多么迷人啊，至少看起来是这样的。

"你看哪个时间合适？"张晓蔷装得稀松平常。

魏清越则平静又认真地回答她："你安排就行。"

张晓蔷没告诉他，朱玉龙其实有自己的心理工作室，时薪非常高，当年看起来很漠然的那个女孩子现在混得风生水起。

大朵的云飘浮于天空，像怒放的玫瑰。

魏清越坐在后排，老罗在开车。他现在很喜欢没事看看天空，看看云，看看一掠而过的鸟，这带给他一种舒适的钝感。他想起来，很多年前，他也有过类似的心情，只不过，中间断了很久。

那时，他刚上小学，在学校寄宿，晚上不能回家。学校里寄宿的孩子没一个是市里的。吵吵闹闹的小孩子、臭烘烘的鞋子、严厉的生活老师，魏清越很排斥这个地方，太乱了，太吵了。大家喜欢你推我搡，碰掉饭盒，踩脏牙刷。他的钱被人偷偷拿走，生活老师找不回来，在那儿大声骂人，又嫌他事情多……他想回家，但家里一片狼藉，既没有爸爸，也没有妈妈。

他妈妈说："你看到没，家不像家，多留无益，我要出去一段时间，你也早点自立自强比较好。"

钱总是丢，他就跟人打架，像斗狠的小公鸡。生活老师给魏振东打电话，说："你的儿子有点问题，小小年纪不够阳光，一打架就往死里揍人家小孩。男孩调皮点很正常，但没有一个孩子是你家儿子这样的，你还是跟他好好沟通沟通吧。"

魏振东来了一次学校，当着老师的面，差点把他打死——一脚把他踢得老远，他脑袋撞到学校中央的小花坛。老师吓坏了。在很早以前，魏振东和他的沟通方式就是打人。

魏清越被揍吐了，发了高烧，烧得意识错乱，又疼又冷，一个人在床上想着，想要快点长大。

小学没毕业，暑假，魏清越因为情绪障碍而被送进上海的医院。

他妈妈说："我会来看你的，你听话，病了就好好看病。"

她说这话时，魏清越突然有了无比激昂的期待，他以为终于有人打算关心一下他了，但他妈妈一次都没来过他。

魏清越无聊就坐在窗边看天，云彩一会儿一个样，树上有知了叫。夏天漫长，往窗外一伸手，就好像伸进一个无底的黑洞，偏偏太阳光强烈。

隔壁的病友比他大几岁，是初中生，一直由妈妈陪着做什么情绪记录，厚厚一本，比他写作文还认真。

他想，如果妈妈愿意爱他，他一定会加倍地爱她。

再后来，心一天天变凉，又变硬。魏清越在医院待得快发疯，他受够了没完没了的治疗。那时候，他只希望能见到妈妈，他纯粹地希望过，又纯粹地失望了，再到纯粹地绝望。

暑假后开学，他告诉电话里的妈妈，他好了，可以正常上学了。那时候，他才知道，某位女士马上要出国留学，继续念书，彻底不要他了。他没哭，但想哭的情绪强烈到让人战栗。

天空好像没变，云彩也依旧在飘，变幻着形状。

魏清越给江渡打电话时，她在他家。他非常意外，一路开车回来。原来，她请了假提前下班，回来给他收拾屋子。

他的屋子说不上乱，也说不上整洁，就是一个独居男人家该有的样子，如果别人对此有想象的话。

所有的衣服都被丢出来，包括袜子。她戴着一次性手套，拿着工具正在量柜子尺寸、做记录，就像隔壁病友的妈妈做情绪记录那样，手里有个大大的本子。

见他回来，江渡立刻问他："你怎么到处扔得都是翠迪鸟？"

魏清越也愣了："有吗？"

"当然有，你看，柜子里、抽屉里，几十个翠迪鸟。"江渡哭笑不得，"你买这么多翠迪鸟就算了，还乱扔。"

其实，魏清越的衬衫、风衣、袜子之类的衣物并不算多，但他的内裤都是打包买，一次买三十条，囤一个月的量。他从不洗内裤，因为内裤要单独洗，他觉得麻烦，索性当一次性的穿。

魏清越丝毫不避讳地把自己的习惯都说给她听。在她面前，他有种完完全全的安全感，内裤是私密的，可他是赤诚的。

"你不会买个洗内衣的洗衣机吗？"江渡摸摸自己发烫的脸，心想，这人真是浪费。

魏清越说："太麻烦了，还得拿出来晒。"

江渡又很无语地看着他，装作不经意地问："你一直都这样吗？小时候也这样？"

"多小？"魏清越轻描淡写地聊开了，"小学时我寄宿。一年级时我太小，都不知道换内裤，也不爱洗脚，天一黑就想躲被窝里，到处都乱糟糟的，吵死人。我说到最后怎么臭烘烘的？魏振东闻到我身上的味儿，把我一顿好打。读中学后，长大了些，才知道干净。"

他说起小时候的事，江渡就停了手里的活儿，静静听完，皱眉上前，轻轻一挨他的胳臂，细细柔柔地说："那我送你一台洗衣机吧。"

她其实很想哭。她从小就爱干净，穿雪白的袜子。同学们的红领巾都戴得像抹布了，拧巴成绳，只有她的干干净净、清清爽爽。她如果那时跟他做同学就好了，肯定会提醒他："魏清越，你都臭了，该换衣服啦。没人洗衣服吗？我可以拿回家让我外婆帮你。"

"送我洗衣机？"魏清越眉毛挑得老高，他嘁了一声，笑了，"我还以为你要说以后给我洗内裤呢。"

真是想得美。江渡拿本子砸了他一下，然后开始给他叠挂衣服，分类，连袜子都卷得整整齐齐。

魏清越不说帮忙，反而端了杯水，倚靠着门，看她忙。他还很没眼色，江渡出来进去的，他都不知道动一动、挪一挪。

江渡不停地说："你让一让。"

"哦。"魏清越挪了一毫米。

江渡抬头看他："你再让一让。"

魏清越就再挪回来。

真碍事啊。

"魏清越。"江渡连名带姓喊了他一句，"你能不能先去沙发上坐着？"

"不能。"他含笑看她。

"原来你这么幼稚。"江渡叹了口气。

忙了一个多小时，终于完工，她告诉他每一样东西都放在哪里。

魏清越心不在焉地扫视一遍，说："你知道就行了。"但转瞬很有兴致地问她，"你这么贤惠啊？我怎么记得，你连衣服都漂洗不干净，全是洗衣粉印子。"

都是猴年马月的事了，当然，她现在还是洗不动。江渡不太好意思，如实说："我不算贤惠吧，饭都做不好，这是缺点。不过，我比较喜欢整理家，尤其是现在，我们租的房子空间不大，更要搞好收纳，优点、缺点一半一半。"

她说完，有点害羞，吞吞吐吐地问："你要不要去我家吃晚饭？外公做你的饭了。"

魏清越当然要去，他让她等自己十分钟，冲澡、换衣服，镜子被水雾弄得照不清脸。

两人出了门，到了车库。有个妈妈正一脸头疼地训孩子，小孩子在地上耍赖，他妈妈沉着脸："李浩然，你要是再这样，就不要上车了，不要你了。"说着，转身就走。小孩子先是一愣，看他妈妈走远，似乎是来真的，一骨碌爬起来，跑去追他妈妈。他从身后一把抱住女人的腰身，女人回头，不知道又训了两句什么，把他抱起，上了车。

魏清越似笑非笑地看了半天，等那对母子都坐进车里才收回目光。他打开车门，让江渡先坐进去，却没急着发动车子。他慢条斯理地开口："我如果有了孩子，一定不会随便说不要他这种话。"

江渡眼里闪过一丝黯然，心酸异常，为他，还是为自己，她也不清楚。她宽慰他："刚才那个妈妈只是故意吓小孩的，不是真不要他。"

“那他真幸运。”魏清越说，“我念初一那年，期中考试考了全校第一名，魏振东来开家长会。他是家长代表，上台说是怎么培养第一名的。一群人跟他取经，恭维他。学生时代就是这样，成绩好，是最大的光环。家长会结束后，我跟他回家。我本以为他那天心情很好，想跟他说点什么，但兜兜转转，不知该说什么。直到半路上，他接了个电话，说他有事，要赴一个饭局，让我下车。当时，天气不好，风雨交加，我说：‘爸，你再往前开开，把我放在公交站台。’就这么普通的一句，惹怒了他，他让我立刻下车滚蛋，骂我和我妈一样，总是居高临下使唤人。那么大的雨，他连伞都不准我拿，我淋得跟狗一样，站在路边，看着他的车消失在茫茫雨雾里。那一刻，我彻底明白了，我是随时可以被抛弃的，无论是对魏振东还是我妈而言。我要是不想当弃子，就得出人头地，永远不依靠他们，不抱期望。”

话说到这儿，他转过头，深深地看着江渡：“你会抛弃我吗？突然要求我下车，必须滚蛋。”

江渡觉得心脏狠狠抽动了一下，疼得让人眩晕。她摇头，握他的手时才发觉，魏清越的身体在不易察觉地颤动着。

“你对我的好，是真的吧？我是说，你不会走，会留下来给我整理房间。”魏清越几乎是痛苦又恍惚地问。

江渡眼里满是热泪，微笑着说：“你赶我走，我都不会走的。”

魏清越揽过她的脑袋，抱着她，在车里吻她，他对她的掌控力令他感到充实、愉悦和满足。

后备厢里装着礼物，到小区时，魏清越下意识地看了看保安的脸，那张脸和十二年前一模一样，这让他顿时惊出一身冷汗。他记得非常清楚，那天他出来时，保安跟江渡打了声招呼，他循声看过去，那是一张寻常的中年大叔的脸。

他又僵硬地站在那儿不动了，然后转头，急切地寻找江渡。他手里拎的礼物掉到地上，发出声响。

江渡看出他的异常，把礼物捡起，问他：“不舒服吗？”

魏清越一把捏住她的胳膊，非常用力，捏得江渡都要皱眉了。但她忍着他突如其来的怪异，只是很温柔地叫他名字：“魏清越，你怎么了？”

魏清越反问得也奇奇怪怪，眼睛不眨：“你是真的吧？不会走吧？”

江渡于是把礼物丢开，不管了，她的手指很自然地攀到他的手臂上，在刚亮起的昏昏路灯下，对他说：“我在这儿呢，魏清越，没走，也不会走的。”

魏清越点点头，说：“你们小区的保安为什么跟你家以前小区的保安长得一样啊？”

江渡扭头看看，好似明白了刚才他脸上莫名的恐惧，她笑笑，不停地摩挲着他的手臂：“你看错了，保安大叔都长得差不多。”

“真的？”魏清越脸上有一瞬间的脆弱感。

江渡有些忧伤地望着他，说：“真的。”她的手指滑下来，握住他的手，“魏清越，你现在很不好，我带你去看看医生，好吗？”

“好。”他不假思索地答应。

两人把礼物捡起，进了家门。

门打开的瞬间，旧日的光线、旧日的气息、旧日的……两位老人，容颜几乎未改，魏清越呼吸凝滞，好一阵窒息。他掩饰着情绪，打完招呼，又把目光投向江渡。

那样的眼睛、那样的面庞，他忽然发现，江渡竟然是十六岁时的样子，只是换了一头长长的鬈发，仅此而已。她白白净净，眼神清澈，眉毛乌黑，只是换了发型，仅此而已。

魏清越情不自禁地攥了攥车钥匙上的挂件——那只翠迪鸟。挂件在肌肤上硌出深深的印记，他低头看了看，再抬眼，江渡已经是大人模样，两位老人两鬓尽染风霜，皱纹深重。

魏清越暗自长长呼出一口气，他眨眨眼，终于自如地介绍起自己：“外公外婆好，我是魏清越，不知道你们还记不记得我。”

“记得记得，怎么会不记得？”外婆高兴地说，不住地打量他，“你来过我们家的考第一名的男同学，对吧？”

第一名的身份，是很久远很久远的事情了，霸图如梦，魏清越嘴角勾起笑意，点着头说：“对，您还记得。”

“老头子，你也记得吧？”外婆碰碰外公。

外公身前挂着围裙，一笑，声音还是那么响亮：“怎么不记得，要出国留学的那个小子嘛，你回来啦？快坐快坐，你小子今天有口福，我今天烧了好几个硬菜。”

江渡娇嗔着把外公往厨房推：“我们都饿了，您做好了没？”

外婆把礼物接过，说：“吃顿便饭，你看，还买这么多东西，下次可不兴这么破费的。”

魏清越说：“也没买什么，一点心意。”他有点不自然地说着客套话，看看江渡。

江渡正抿嘴偷笑。

饭桌上，外公倒了点酒，让魏清越喝。魏清越忙站起，弯着腰，双手捏着杯沿接酒，仰头饮尽，眉头都没皱一下：“我干了，您随意。”

江渡还是抿嘴看着他笑。

魏清越就一杯接一杯地喝，好在酒杯小。

外婆阻止外公：“你这老头子，回头把人孩子灌醉了，喝得难受，图啥呢？”

“你老太婆懂什么？今天我高兴，来，小魏，你叫魏……魏什么？”外公挥着手，脸上一片桃花红。

“魏清越，清水的清，超越的越。”魏清越耐心解释。

聊天是有一搭没一搭的，外公其实不胜酒力，一碰就脸红，一喝就醉，他话很多。

“你跟江渡是高中同学？”

“对。”

“在外国念的什么？”

“计算机。”

“哦，搞电脑的，你家里几口人？”外公已经忘记江渡的嘱咐，此刻接不住频频递过来的眼神，醉眼迷离地盘问。

魏清越笑笑：“我父母离异，各自有了新的家庭。”

外公“哦”了一声，自语说：“离婚了，离婚了好。”

气得外婆拿筷子一敲：“你这憨老头子，说什么呢？”她转头不好意思地赔笑：“孩子，别介意，他说胡话呢。”

魏清越摇头：“没事，我也这么觉得。”

外婆分明尴尬了几秒，她连忙让魏清越多吃菜，不停地给他夹菜。江渡没说什么，只是趁外婆去盛饭、外公醉醺醺的时候，摸了摸魏清越的手。

魏清越冲她一笑。

“其实，我今天来，除了想看看二老，还有件事。我跟江渡都老大不小了。”魏清越刚开口，桌上的两个女人都愣住了。

外婆看看江渡，江渡看看魏清越，眼神质问道：“你没跟我商量呀？不是只来吃饭的吗？”

“我的打算是，要不然最近就看日子把婚结了。”魏清越继续按自己的节奏说，目光在两位老人身上交替，避开江渡，“我的基本情况，想必江渡也和你们说了，您二老要是同意，我们先订婚。”

江渡的脸都红成猴屁股了，她忍不住伸腿，重重地踩了他一脚。

魏清越浑然不觉，飞快地清了清喉咙：“彩礼，二老有什么要求吗？都可以跟我明说，我这个人可能比较直接，如果刚说的这些唐突了，还请二老多包涵，原谅我年轻，做事不周到。”

什么彩礼呀，怎么突然就说彩礼了呢？江渡一阵阵眩晕，整个人简直要升到月亮上去，她心跳个不停，紧张而局促地盯着魏清越。

自始至终，他都是在对着两位老人说话。

外婆同样流露出一种不知所措的表情，怔怔的，一会儿看看还没搞清楚状况的老头子，一会儿看看江渡，支支吾吾地说：“你们年轻人的事，自己拿主意就好，我们……”她用胳膊使劲捣了捣一脸蒙然的老头子：“你说，是吧，老头子？只要你俩愿意，我们就同意，没意见，没意见。”

外公大梦初醒似的，满脸通红：“你说你要跟我们家江渡结婚，是不是？”

他嗓门超大的，江渡怀疑半个小区都能听见，她赶紧起身，去把窗户关上。微凉的气流扑面，江渡摸摸滚烫的脸，深吸一口气，又快速转身回来，灯光下，对上了魏清越漆黑的眼眸。

“是，我想跟江渡结婚，得先征求二老的同意。”魏清越越来越急躁，这让他不得不抓起杯子，又抿了几口白酒。

世界变得微醺、苦辣，却又阳光遍洒，金色的桂花挂在深绿的叶子上，浓郁的花香不停地弥漫，直到像大雾一样包裹了整个世界。

他这次快要成功了，是的，这次快要成功了，一定会成功！脑子里有个陀螺在高速旋转，他不会再有遗憾，他不会再失魂落魄，是他太自私，为了前途，急于出走，没留下来陪伴孤独的她。他什么都知道，他知道她的不幸，知道她的心思，他只是不够了解自己，后知后觉。

原谅他吧，原谅我吧。

魏清越另一只手几乎把翠迪鸟挂件捏碎。他的身体在微微战栗着。

老人的声音在眼前清晰地响起，外公笑得爽朗、开怀，他说："那太好了，你再不娶江渡，江渡都老了。这真是太好了，我跟老婆子就算现在死了也能合上眼啦！"

玉石般清脆的一声响，久久回荡。

魏清越心里绷了十二年的那根弦，在此刻终于断掉，他觉得所有的力气都被抽干。他失态地站起来，喉咙滚动："我真是不知道该怎么谢二老……"

"傻孩子，这有什么好谢的？快坐下，快坐下。"外婆枯硬的手攀上他的手背，如此真实，像来自一个遥远的亲切老人的肌肤触感。

他今晚被允许留下来。

魏清越脚步虚浮，他喝得太多，浑身酒气，眼神变得蒙眬而多情。他看到客厅桌子上摆了一束菊花，洁白如雪，可菊花半萎，凋零几许，该换新的了。

魏清越身形不稳地走到菊花跟前，他浑浑噩噩地想，他还没问江渡，对，还没有问江渡。可是整个世界动荡得厉害，他在喊她的名字，动荡中，挂在墙上的钟表始终没有走动。

"你家的钟表为什么坏了？"魏清越指着墙，"黄莺时采访我那天，屋子里的钟表就是坏的，你告诉我，我不是在做梦。"

江渡看了一眼表，她几乎要落泪了，说："钟表走着呢，你喝多了。"

"那花呢？"魏清越又指着白色菊花，难受得想吐，"为什么你家里放着白菊花？还有，菊花快干枯了。江渡，你不觉得你家里很诡异？"

江渡扶稳他，说："这是外婆买的，我把菊花泡在水里就好了，又能保持一段时间。"

她把他扶进自己小小的卧室。魏清越看到，他的灵魂离开肉体，停在半空，痴情地、久久地凝望着卧室里发生的一切。

他变成了两部分。

江渡抱着他的腰，魏清越全部的重量都压在她身上。他把脸埋在她的颈窝，江渡几乎支撑不住他，不断往后退，直到靠到书桌旁，借到一些力量。

“和我结婚。”他低沉地呢喃。

“和你结婚，我和你结婚。”江渡轻轻抚摸着他的后背，像哄小孩子一样。

“对不起，我知道我对不起你。”他开始流眼泪，世界迅速模糊，“我给你写了信，你没有看到吗？为什么不看我给你写的信？我说过，我会回来，回来找你。”

江渡的声音越来越温柔，她抱住他，笑着说：“你现在不是回来了吗？”

“可你为什么不理我？我们后来见过两次，你为什么不理我？”魏清越不解又委屈地发问，他像个宝宝。

江渡一点都不惊讶，她还是笑眼弯弯：“傻瓜，我都要嫁给你了，忘记过去的事情吧，你会过上好日子的。”

“你会过上好日子的。”

这话和十二年前他和她短暂倾诉的雨天里说的一模一样。那场雨，实际上下了十二年。魏清越这么想，就这么告诉她了。他说：“江渡，这十二年来一直下雨，你知道吗？每天都下雨。”

江渡推开他，望向他的脸，笑得很活泼，她睁大了眼：“是吗？这么神奇，可以十二年一直下雨？什么地方这么神奇？我只知道马孔多在下雨。”

“对，你忘了，我一肚子无用又有趣的知识，我告诉你这是怎么一回事，好不好？”他拉着她，倒在了床上。

江渡的脸红红的、亮亮的，眼睛里像盛满了最清澈的水，她看着倾倒的他。

魏清越忍不住摸她的脸，灯光温暖。

他没有解释，反倒是重新变得固执起来：“我见过你两次，2009

年，还有2015年，你为什么不理我？”

江渡温柔地纠正他：“魏清越，你生病了，我什么都知道。你那是梦到了我，你把梦和现实弄混淆了。我带你看医生，你一定要听我的话，看医生。你要是不看医生，我就要心疼死了。”

她伸出手，去抚摸他的脸，手指游走，像云朵一样轻盈。

“我没有，”魏清越不听，甚至有点生气，“我没混淆，你为什么不相信我？我见过你两次，我真的见过你。”

2009年，他选择暑假回来，去了梅中——在国内高考结束后当天。

他知道大家一定会撕书，书本、卷子、资料会像大雪那样飘落。

江渡就扒在栏杆上，教学楼灯火通明，可真明亮啊。

他站在一楼，仰头看，一眼就看到了人群里的她。纸屑像大雪一样纷飞，青春要散场了。他顺着楼梯走上去。楼梯那么长，仿佛永远走不完，直到尽头传来同学们的欢笑声，他忍不住一步两个台阶，跑到走廊。江渡被很多人簇拥着，那么多的人，笑脸模糊，他们齐齐把目光投向他，像一组长镜头。

“是魏清越啊，是魏清越回来了！”

江渡也看到了他，被人挤着。同学们欢呼着，像海水般涌过来，渐渐将她淹没，她的身影被人遮挡，只是很害羞地冲他绽出浅浅的笑颜，却站着没动。

跑向魏清越的人越来越多，他想看清她，于是奋力拨开人群。那么多的人，无论他怎么拨也拨不完，人声鼎沸，从他耳畔掠过，空中飘来无数字眼，他什么都没听到。他想告诉她，他一直都很想她，不知道她过得好不好。还有：

“江渡，你怎么回事？都不联系我。算了，我体谅你这两年功课紧，不过，我们既然都要念大学了，要不在一起吧？跟我谈恋爱，怎么样？”

不行，太直接了，他担心她太害羞，要被吓死。

“江渡，好久不见，高考考得怎么样？暑假有空吧，有时间一起出来玩儿。”

不行，太含蓄了，她不怎么聪明的样子，不见得能领会。

“江渡，你还喜欢我吗？我这两年感觉倒是一直都挺喜欢你的。”

“江渡，离开梅中，我才发现，自己其实很怀念，我以前说一点不留恋这里是假的，我很想你，还有老师、同学们，你呢？”

“江渡，你长高了啊……”

……

到底要怎么说才好呢？他在万米高空纠结了整个旅途。

人群把他困住，他挣脱开时，江渡已经不在原处。没有人知道她去了哪儿。

他不知道她怎么只微微一笑就没了影子，她怎么能不等他，是生气了？生气他只跟同学们寒暄而没有注意到她？这个人，怎么这么小气呢？不说一声，就没了人影。

魏清越到处找她，去她的宿舍、她的小区，直到他筋疲力尽，还是没有结果，他沮丧又愤怒地回了美国。

也许，他出现在走廊的那一刹那，就应该勇敢地、坦荡地，第一个呼喊她的名字。他非常懊恼自己没有这么做，反而迟疑着说什么，迟疑个什么，直接喊她就好了。

就这样，他在美国又待了六年。

直到2015年，他回国，并且不会再去美国。他还是没交女朋友，因为张晓蔷说，江渡这六年在考验他，考验他能不能回国，而且是学有所成地回来。六年，六年，魏清越窝火了六年，这什么人，吊着胃口，不给个准头，他还真没看出来，江渡居然这么奸猾！自己真是瞎了眼，看上这种女孩子……但她说：“魏清越，你快点跑啊，你爸爸又要打你了，快跑，太疼了，你快点跑，不要被打……”魏清越觉得自己还是继续喜欢那个肿肿的猪头好了。反正张晓蔷告诉他，江渡会等他，只要他不是一无所成地回国。

可是，张晓蔷在他以为考验期结束时告诉他，江渡再次失联。

他先是很平静地说“知道了”，但没过多久，忽然打电话把老同学张晓蔷骂了个狗血淋头，他从没那么失态过，恶毒又刻薄。他说：“张晓蔷，你是不是从中作梗了？你喜欢我，我一直都知道，你是不是看我喜欢江渡，故意搞事了？我真是看错了你，你怎么这么小人呢？”

张晓蔷被他骂哭了，但她只是哭得抽抽噎噎，一句都不解释。

那时，魏清越跟学长一起创业，他跑融资，又常跑高校，想找合作伙伴。偶然的机会，他在校园里碰到了江渡，还是只一眼，他就认出了她。

在那个瞬间，愤怒占据理智，他冷眼看着她抱紧书匆匆跑过，他喊住了她。他欣赏着她惊讶的脸，按下狂跳的心脏。

那种想要跟她谈恋爱的感觉还是那么强烈。但莫名其妙的自尊心到底发作了，他明明看到她眼眶迅速变红，但发出的声音是一声冷笑："好久不见。"

她颤巍巍地也说了句："好久不见。"

"你这是在念研究生呢？看不出，你那智商还能考上研究生，文科研究生，是不是？以后能找到活儿吗？"他的讽刺意味非常明显。

他嘴巴那么毒，心里却早算出她可能是在学校读研。他也不知道自己怎么就说出了那么伤人的话。

江渡果然变了脸色，她磕磕巴巴，问他怎么会在这里，避开了他莫名的人身攻击。

"我？我有正事，跟人有约，当然要守信，不像某些人，装清纯、装善良，喜欢吊人胃口，满嘴瞎话。"魏清越觉得自己真够变态的，越说越过分，意外邂逅的狂喜最终变成刀，每一刀都够狠。

那种看着她痛苦、自己也痛苦到产生一丝报复快感的感觉，很上头。魏清越自始至终冷着脸，他想，一定要气一气她。他的表现连一点风度都没了，跟吃了火药一样。

江渡脸色苍白地看着他，说不出话。

他的心也就在那一刻痛起来，但是，他不忘端着，欲擒故纵似的，说："既然碰见了，留个联系方式吧。"

看她仓皇点头，魏清越把手机号告诉了她，并且存了她的手机号。

他按捺着涌动的情愫，冷漠地告诉她："我还有事，有事可以联系。"

本来是打算晾一晾江渡的，他那时还是那么自信，想当然地认定她没有男朋友，有也没关系，他能把她抢过来，真不知道她既然喜欢过自己，还能看上谁？

等他拨那个号码时，已经打不通。他找遍了学校，学校根本没江渡这个人。魏清越这才意识到，江渡也许不在这个学校读书，只是恰巧来这个学校而已。

找不到她，顿时让他恨透了自己。鬼知道，他想她想到抑郁，居然还会那么幼稚地伤害她。为什么不能好好沟通？为什么不能一开始就让她知道，其实他一直想着她，期待着她？

魏清越简直想把自己杀了。

桂花的浓郁从窗子透进来。

时间又回到2019年的当下，魏清越絮絮叨叨地跟江渡道歉，不停地说。江渡一丁点都没打岔，他的声音里有一点点秋天的味道，萧索而荒凉。

时间变得柔软，她听他讲心事，但愿能抹平他的伤痛。

“不要说对不起，我从来没有怪过你，从来都没有。”江渡看到他的眼睛里，“你出国没有错，你什么都没做错，我替你高兴，我那时只盼望一件事，就是你可以生活得更好。”

“可我并没有。”魏清越伤感地说道。

江渡就笑了：“你真傻啊，你摆脱了你爸爸，不用再忍受他的暴力，成了一个很优秀的人，你碰触到了一个更广阔的世界，对吧？”

他摇头：“可是我想跟你一起生活。”

“你现在就跟我在一起了。”江渡肯定地告诉他，“你累了，需要好好休息，我们一起睡。”她摸摸他的头发，起来铺床。

魏清越头重脚轻，他差点忘了，她还没解释为什么2009年和2015年会消失，他又去拽她：“我们见过两次，你是不是忘记了？”

江渡佯装生气，戳了他胸口一下：“魏清越，你再胡言乱语，我真的要发火了。”不过，她的语气很快就软下来，“我带你去看医生。你还记得朱玉龙吗？我的同桌，她给我复印过笔记，还是你冒雨送来的。”

魏清越谁都不想记得，他勉强配合着说：“记得。”

“朱玉龙成了一个很厉害的医生，我带你去找她，这样你就不会犯迷糊了。”江渡把枕头放好，帮他脱衣服。

魏清越赤着上身，灯光下，他身上的疤痕可真多啊。

江渡觉得眼睛很疼，她说：“我和你一起睡。”

“我没洗漱，”魏清越挣扎着要起来，他嘟囔着，“你不嫌我，我自己都嫌。”

江渡和他一起洗漱，两人嘴里全是牙膏起的泡沫，辣辣的。

卫生间非常小，没有做干湿分离，淋浴区只隔了条布帘子。一下进两个人，空间逼仄。魏清越皱眉，说："这种房子怎么住？"

江渡说："我毕业时还住过毛坯房呢，可破烂了，但跟室友一起住，也挺开心的。"

魏清越就问她："你真的开心啊？"

江渡说："真的啊，我安贫乐道，大家都能住，我也能。"

"我以后不会再让你和外公外婆住这么破的房子。"魏清越说，他又疑惑起来，"你外公外婆不是有退休金吗？你也工作了，为什么不租个稍微好点的房子呢？"

江渡笑而不语，她没告诉他，家里的钱早花完了，外公外婆存的钱早没了。所以，她说，省下的钱留着买好看的衣服呀。

她把自己的洗面奶给他用，并且给他拿了一套外公的旧家居服。魏清越重新躺下，他的确很累了。

躯体疲累，但精神亢奋。

魏清越说："我给你写了很多信，一封也没寄出去，因为不知道你在哪里。"

江渡是很惊喜的表情，她伏在他胸口，一直问："真的吗？真的吗？"

"你要看吗？"魏清越重回清明，咬字清楚了许多，"不过，都是琐事，太碎了。"

"我最爱看琐事了，"江渡说，她把脸贴在他温暖的肌肤上，"把信送给我吧。"

魏清越的手握住她肩头，像空无一物。他猛地坐起，无比惊慌地看着江渡。

"我好像……感觉不到你了。"魏清越一瞬间变得极其沮丧。

江渡忧心忡忡地看着他，没说话，而是把嘴唇送上去，吻了他。她害羞又热烈地亲吻他，轻轻喘息："你好些了吗？"

吻慢慢有了温度，魏清越终于重新感受到了她对他的渴望，但还不够，他要感受到一种忘我欲。他强势地把她压在身下，问些很羞耻的话，江渡的脸就不可抑制地红起来。

“我心里一直都只有你，”江渡对他表白，“无论你什么时候回来，我都只跟你结婚。如果你不回来，我就不嫁人了，我是个怪胎，像个旧了的人，跟不上这个时代了，但我知道你还会要我，对不对？”

她确实是个怪人，没有支付宝，从不给他发微信，她好像没见过微信，也不会使用微信一样。

“说你爱我。”魏清越声音哽住了，他不要什么“心里只有你”，他要最直白、最让人放心的一句表白。

江渡环住他的脖子，把他拉低，让他的耳朵贴住自己的嘴唇，然后，“我爱你”三个字就准确无误地送进魏清越的耳朵里。

魏清越感到了巨大的满足。

“明天，你请假吧，我也请假，我带你去个地方。”江渡还在跟他说悄悄话，在寂静的夜里。

“去哪里？”

“去我的地方。”

“你的地方？”

“我住过的地方。”

第二天，两人都请了假，江渡开车，让魏清越在后座睡觉，魏清越就真的休息了，他睡得很好。

时间进入深秋，深秋的山，深秋的路，半坡上郁郁葱葱中点缀着一条蜿蜒的黄丝带——那是木叶要落。

鸡鸣狗吠，炊烟袅袅，空气像清新的花露。

风不大，所以云彩走得也不疾。

村里散落着几户人家，但住户已经不多。

江渡转头看看阖目的魏清越，没叫醒他，直到车停，她喊他起来看风景。

远山一蓬翠雾，又混杂着黄的银杏叶和红的枫林。

他们先是换了牛车。魏清越不知道江渡是怎么拦下一个赶着牛车的人的，牛脖子上有铃铛作响，晃得很慢，可牛的眼睛长得很大，眼神古老。

后来，他们换成步行，走进凋零的草丛。江渡指着不远处扛梯子的中年人说：“你看，该摘柿子了。”

魏清越摸不着头脑，边走边问："这是你住过的地方？"

"对，我外公的家乡，我住过，现在人没小时候多了，都走了。"江渡说，"这里的人也都旧旧的。"

魏清越终于笑了，像以前那样："江渡，你说话可真有意思，旧旧的，我真的头一次知道形容人能用'旧旧的'。"

江渡腼腆地踢踢脚下的石子："就是旧旧的啊。大家都去城里生活了，这里留不住人，留下的都是旧的人，年轻人不愿意住这里了。"

他们最终跟那个扛梯子的人搭上话，跟着他，去看柿子怎么摘。

柿子红了，挂了一树又一树，颜色美丽，在广袤的天地间很孤傲似的。

地上是无数落叶，江渡跟魏清越坐在旁边的石板上，摘柿子的人像猿猱一样灵活，顺着梯子爬上去，背上背着竹篓子。

野花枯萎，白露成霜。

"那个工具还能捉蜻蜓。"江渡指着竹叉子，不慌不忙地说。

魏清越笑笑，他不知道江渡把他带到这里做什么，只是她说要来，他就跟着来了，他可以跟她去世界上任何一个地方。

摘柿子很麻烦，削皮很麻烦，穿柿子很麻烦，直到出霜，整个程序，江渡慢条斯理地讲了一遍，魏清越时不时跟着点头。

摘柿子的人告诉他们，一季的柿子下来卖不了几个钱，这东西不值钱。

"我想拍消失的村庄，拍一拍柿子树，我担心，以后就见不到这样的画面了。"江渡揪着草茎，低头抱住膝盖，去逗弄脚边的小虫。

"但它存在过，在我的记忆里永远美好，这就够了。世上没什么东西也没什么人是不能消失的，最重要的是，存在过。"她拿狗尾巴草去扫魏清越的鞋面，上面沾了露珠和泥土。

魏清越笑了一声，也低下头，偏着脸看她："你想拍这个？其实不难，组个团队，配音乐、配文案，如果你真想做，我可以帮你。"

江渡就也偏着头，和他说话："其实，我不是想说这个。"

"那你想说什么？"

"想说，万物都要落叶归根，只是早晚问题，最重要的是来过，就像，"她伸脚碰了碰已经凋败的野花，"就像一朵花，既然会开放，就注定会凋谢，可它已经沐浴过风霜雨露，也见过阳光，这才是最重要的。”

“怎么突然这么感慨？”魏清越又忍不住逗她，他心情莫名地好了，“想夸你是文艺女青年吧，但这年头，‘文青’这词儿跟骂人似的。”

江渡却只是凝视着他，无比温柔地说：“我要你明白这个道理，魏清越，你来找我，我已经见到你了，知道你爱我。现在，你也知道我同样爱着你。我说过，我对你的祝福会到永远，不会停止，我说话算数。”

“你答应我，一定要想明白这个道理，花既然会开，就会凋零，只不过，有的花更幸运，开的时间更久，有的花不够幸运，开得短暂。但它开过，这是最重要的。”她忽然把他拉起，让他看山，看草木，看眼前美丽的柿子树，再去看脚下的落叶。

“树叶虽然枯萎了，可还是回归了大地，我们最终都会归于尘土。你听懂我在说什么了吗？这是世界的规律，没有对错，只是规律而已。”

江渡的眼睛比柿子树美丽，慢慢溢出晶莹的泪水。

“魏清越，你想和我谈恋爱，想我嫁给你，我们牵手、接吻、做爱，你知道我的心意了，从没变过，你都知道了，对吧？”

金风凉凉地吹，山里却突然起了雾，魏清越发现，摘柿子的人不知道什么时候消失了，梯子不见了。他放眼望去，整个村子——来时看到的村子，竟然不见了。

他下意识地去抓江渡的手，急促地说：“我明白了，江渡，我们先回家，起雾了。”

江渡笑着摇摇头，轻轻脱手：“我不回去了，这里就是我的家。”

魏清越不可思议地看着她：“你在胡说什么，这里……”

这里荒无人烟，这里只有丰茂过的草和墓碑。

怎么会呢？这里，明明有火红的柿子树，有辛苦劳作的摘柿人。

魏清越还要去拉她的手，江渡摇头：“去找朱玉龙，去看医生，魏清越，别再生病。”

风把雾吹来，眼前人若隐若现。

魏清越踉踉跄跄地去抓江渡，她在眼前，但又远在天边，他不能相信。

“跟我回家，”他突然流下泪水，“我们去买婚戒，我们马上办婚礼。相信我，我会对你好的，永远对你好，你能不能不要跟我说这种我听不懂的话？”

“我已经嫁给你啦，我是你的了，你心愿已了。现在，你得去找朱玉龙，如果你不去找她，我一定会生气，不会再理你了。”江渡松开手中的狗尾草。狗尾草随风而起，在空中散落下草籽，来年，还会长出绿绿的新芽。全世界还会再次葳蕤勃发，只是，她的叶子已经凋零了。

“我不找任何人，我只找你。”魏清越几乎被突如其来的痛苦吞噬，他奔跑起来，在崎岖的山间，呼啸的风把他的头发吹起又吹落，她依旧在他眼前，只是永远差一步。

“你不能走，别走……”魏清越流着眼泪，脚步不停。不会的，他已经成功了，他说“好久不见”，他说“一起吃个饭吧”，他说“跟我谈恋爱吧”，他说“和我结婚”……他明明做到了。

魏清越头痛欲裂，2009年的那一幕不能重演，2015年的故事也不能再发生，他得抓住她。

他哭着求她，大雾弥漫，他说：“你不能不要我，你不能这么对我，不能。”

江渡的神情依然温柔，细白的手臂露出来，上面有两三个红点。

他曾经告诉她，蚊子咬人为什么会起疙瘩。

“我没有不要你，去找朱玉龙。如果你爱我的话，魏清越，去找朱玉龙。”

魏清越不听，他只知道去追赶她的身影，用尽平生力气去奔跑。大雾打湿了他的眉眼，泪水清洗了他的面庞，风依旧在吹。

前方的人影渐渐消失在雾的深处。

他不管，依旧保持着奔跑的姿势，直到筋疲力尽，直到心肺爆裂，直到耗尽最后一丝力气。天与地，没有了距离，他倒地不起。地平线处下起雨，那场雨，其实下了十二年，没有停过，如果停过，那一定是他的错觉。

他曾走出她的家，走进风雨里，没有招手，没有说话，只是回了一次头，那是他最后一次冲她回头。

如果他知道的话。

山谷幽深，呜咽的风、寒凉的雾将他的身躯重重裹住，他全力以赴，却依旧一败涂地。

魏清越渐渐失去人的形态，变作一片腐烂的树叶，随风而起，他自由了，拖着破碎不堪的身体。风把他带回上海的那家医院，他看见魏清越成了小孩子的模样，趴在窗口睡去，他笑笑，怎么能打扰一个小孩子的梦呢？于是，他悄悄路过，没有言语。

风裹挟着他继续前行，他是一片叶子，无处不可去，比风本身还要轻巧，天地广阔。

飞过高山，飞过海。

整个世界好像一件身外之物。

他不知道自己跟着风飞了多久。

直到一个讨厌的塑料袋击中了他，叶子跌落在母校门前。

是梅中啊。

他认出母校，叶子终于想起自己绿意盎然的某些光阴，阳光正好，细小的尘埃飞舞，他作为一片叶子，曾经有过青春的颜色。

那么，既然飞得够久，身体越来越残破，那就停下来吧。

叶子想要看清所有的旧物，他也是梅中的一件旧物。一道鞭影落下，将他本就褴褛的身体抽打得四分五裂，他忍痛说：“让我看一眼吧。”

让我看一眼吧。

鞭子更加无情地抽落，他不愿粉碎，每一个碎片都毫不犹豫地迎向鞭影，那一眼还没有看到，他永远不甘心，永远不愿意臣服于时间。

可是，他忘记自己仅仅是一片叶子而已。

叶子化作灰烬，被风卷起，霎时间聚又散，像雁影远去的黑色斑点，最终消失在虚茫大荒，他连一片叶子的形态都失去了。

世界真的成了一件身外之物。

“魏清越，我把你拼凑起来吧。”一只翠迪鸟笨拙地跳过来，她衔回灰烬。

他破碎得厉害，没有人知道一片叶子竟可以破碎到如此地步。

翠迪鸟真的把灰烬拼凑，她快活地忙碌着，不知疲倦。她有大大的脑袋、纤细的身体、长长的脚丫。

咦，她居然知道自己的名字。

他又变成了一片叶子，尽管伤痕累累。

翠迪鸟说："你这个样子是不行的，你要回到树上去。快回去吧，回到树上去，你才能重新获得颜色——漂亮的绿色，那是春天的颜色。"

他想："我已经离开了大树，怎么还能回去呢？"

"我已经离开太久，也不打算回去了。"他认真地说。

翠迪鸟摇摇头，把他衔起，就像拼凑他那样卖力，她送他去树上。

他不肯，挣扎起来，说："我还没有再看一眼。"

于是，他作为一片叶子，和一只翠迪鸟争执了起来。

"我不留恋大树。"他冷冷地说。

翠迪鸟歪着脑袋。她笑了："你真傻啊，叶子只有长在大树上才会生机勃勃。"

"我不想生机勃勃。"

"哪有叶子不想生机勃勃的呢？"

"我不想。"

他执拗地要离开大树，翠迪鸟拼命拦他。她变得忧伤，那么难过，她流下眼泪："魏清越，我这么努力把你拼凑起来，不是为了让你再次破碎的。"

"那你留下来陪我。"叶子快速地说，"你留下来陪我，我就留在大树上。"

翠迪鸟答应了他。

终于达成了某项交易，风重新吹来，翠迪鸟忽然从树上跌落，没有来得及和他说再见。

她没有了展翅飞翔的能力，为了拼凑他，已经用尽所有力气。

天亮了，智能窗帘准时缓缓拉开。阳光洒在魏清越微动的睫毛上，魏清越睁开了双眼。

翠迪鸟挂件把掌心硌出很深很深的印记。

今天的世界和昨天的世界没什么不一样，一样的阳光、一样的高楼、一样的城市天际线。

只有他，不在正确的时间序列里。

魏清越忽然从床上跑下来，他拉开床头柜，那里空无一物，没有纸巾，没有纸巾包裹的指甲屑——粉红的、半月形的、可爱的指甲屑。他不相信，把整个抽屉抽出来，拿到阳光下看。

还是什么都没有。

他丢掉抽屉，又跑到玄关，鞋柜那里放着一双没剪吊牌、从没有过穿着痕迹的女士拖鞋——鹅黄色的拖鞋。

手表静静地躺在客厅的茶几上，准确地、旁若无人地走着。

他沉默地拿起它，看了看时间。

忽然，他发疯了一样又跑回卧室，拉开所有的柜门。

轰然声响中，所有的衣物出现在视线里。

衣服没有按季节分类，他的大衣忘记熨烫，他的袜子没有卷叠。

魏清越的眼神，终于慢慢变得绝望。

如果温暖的嘴唇、柔软的长发、天鹅绒一般的身体都不是真的，他不知道还有什么能是真的。

他走近衣柜，那里有一件旧衣服，是他高中时穿过的牛仔外套，不是洗得发白，而是本来就是那种陈旧的颜色。他摩挲着那件旧衣服，眼泪忽然滑落，他把脸埋进去，一个人站在那里良久。

梦境整夜串烧，他修正了前两次的错误，往正确的道路上滑去，乘着梦境的羽翼。一切都很完美。

越完美，越破碎。

他在自己创造的世界里再一次和她相遇，并且完完全全地拥有了她。

手机响起，电话里，对方提醒他，黄莺时的采访安排在九点，《密码》节目组的车已经在路上，要来接他，地点在柏悦酒店15层。

出于疫情的原因，节目中间停了一段时间。现在全国都已复工。魏清越习惯性地问对方今天是几号。

电话那头似乎非常适应魏清越的问话，说："魏总，今天是2020年3月20号，春分。"

春分的意思就是，春天都已经过去了一半。他不知道春天已经来了，也不知道春天过半，只是，听到"春分"这两个字时，心口痛苦地揪成团，被狠狠刺痛。

他说："好的，我知道了。"

黄莺时还没有采访他，魏清越想。

这些年，他连梦到她都很少，她在他心灵深处的角落里，被刻意尘封。第一次梦到她，是2009年，他梦里犯了错。第二次梦到她，是2015年回国，他在梦里再次犯了错。

直到一场疫情来临，死了许多人，世界的秩序被改变，他依旧困在时间里。他赶在疫情暴发前遇见了她。

9月1日，是学生开学的日子，2007年的秋季开学日，他已经不在梅中。开学，意味着可以再次见到久违的同学们，那里有想要见的人。

卧室梳妆台的镜子明净如水，清晰地映着他的脸，家政阿姨每次都会重点擦拭这面镜子。

魏清越简单洗漱，换好衣服，坐在床边默默点燃了一支烟，在等节目组的人。烟灰落在木地板上，悄无声息。他像一具尸体那样抽着烟。尼古丁吸进肺里，生命中被点燃过的灯已经熄灭，只有在梦里才会重现亮起。魏清越两眼空洞、麻木地看着烟雾升起，缭绕，纠缠，又慢慢消散。

直到车来，他才把烟头直接按在手背上，捻了捻。剧烈的肉体疼痛让精神生出无限的快感，魏清越非常满意，走出了家门。

重新出现在太阳下，找到自己的影子，真实的世界不再那么岌岌可危。

等到黄昏来临，他回到自己的家，没有洗漱，没有脱衣服，只是迫不及待地往床上躺去，期待梦境再次降临。

窗边，黄昏温柔的光线照进来，他的眼睛被黄昏抚摸。魏清越把身体蜷缩起来，再次遇见她，让他一整天心神不宁。

也许是真的？

一定是真的。

此刻，只有一抹斜阳陪伴着他。

魏清越不需要任何人，恶浪迭起、雨打暗礁，他需要的只是夜晚再度宠幸他，好让他得以重新进入另一个世界。

久久没有困意，他又赤脚走下床。凌晨，城市慢慢归于沉寂，屋里没开灯，他来来回回地走，几次撞到什么东西。

直到他伏在雪白的墙壁上，大口大口地呼吸，想吸入尘土，想吸入风雪，想吸入无尽的黑暗，想把这些通通吸到心肺里去。

他不知什么时候换的姿势，展开双臂，想抱住墙壁，好像江渡变作了眼前的墙。他太想抱住点什么，什么都好。

不知抱了多久，魏清越忽然慢慢直起腰身，对着墙笑着说："我在美国学会了跳舞，我还没跳给你看过，你要不要看看？"

他取了耳机戴上。

音乐响起，他又变成了深海里一头孤独的鲸，独自遨游，身体舒展，跟着节奏无声而肆意地扭动着四肢。

不，他不是鲸，他什么都不是了，只是无意义地舞动着，在漆黑的屋子里。

周五的黄昏，教室里的尘埃始终不散，陪伴着他，一起舞动。尘埃变得舒缓，他在尘埃的包围里得到了新的安慰。

他为自己嗅到尘埃的气息而感到幸运。

直到这具肉体极度乏累，耳机里的音乐停止。

魏清越还是哭了，他恨起她，为什么不要他。他都告诉她了，他把他所有的脆弱都告诉了她，他是随时能被抛弃的人。魏振东说"你必须下车滚蛋"，他就得下车滚，无论外面风雨有多大。

现在，同样如此，他还是被抛弃了。为什么要欺骗他呢？

"魏清越、魏清越……"他在心里默念自己的名字，可是谁来接他回家？对面的灯火陆续暗了，他知道，明晚还会再亮起。万千灯火，灯火万千，还是没有人在家里等他，他知道，永远不会有人等他了。

魏清越在冰冷的地板上睡去，泪水蜿蜒，浸湿了他的头发。连梦境都吝啬，没有再次出现。

他的头脑却再一次陷入新一轮的坚忍：江渡还活着，她依旧在某个地方躲着他。魏清越在醒来的那一刻想，他还是要找她，这件事不能半途而废。

只要他信，就是真的。

想到这儿，他就忍不住翘了翘嘴角，看上去，他还是那么聪慧，那么坦诚，像最初的少年。

第十五章 见人间

不用写出他的名字，他的名字，是我的神殿。

最开始，江渡没有留意到手臂上的红点。

直到雨天，魏清越问她："是蚊子咬的啊？"她听见他的声音响起，在雨幕里，很像闲聊的语气，他们就这么坐在一起说蚊子叮的包。魏清越什么都懂，他告诉她为什么会这样。

那个时候，她并不知道，魏清越的解释没有问题，有问题的是那两个红点。红点一直不消失，她发烧，以为是感冒了，但高烧不退。

东西都先拉回了家，可她也没去三中，就在家躺着，有足够的时间想念已经无法见面的魏清越。她彻夜彻日地想，像长风，不懂停歇。

因为高烧，她老是看见飞机，轰隆隆，轰隆隆，直冲云霄。江渡没有坐过飞机，但她知道，坐飞机的人会看到美丽的云海。魏清越会看到吗？一定会的。

到了国外都得说英语，怎么办啊？他的妈妈会不会管他？他可就吃不到小鸡炖蘑菇，也喝不到鲫鱼豆腐汤了。他说鱼汤很鲜，可惜外公不能再做给他吃了哟……等他回来吧，他要是回来，她第一件事就是请他吃正宗的中国菜。江渡这么想着，快乐了一点。

魏清越送给她一个新的翠迪鸟挂件，她不舍得挂，就收进了一只曾经装糖果的铁盒子里，那只盒子颜色鲜亮，就像五彩缤纷的彩虹。大概很多女生都有过吃了糖果却不舍得扔漂亮包装盒子的经历。

外婆补衣服，她觉得纽扣好看，润润的、光滑的，于是留了一颗。王京京去海边旅行，回来送给她贝壳，她爱不释手，也放进了盒子里。外公回老家，带回几根长长的野鸡毛，她觉得有趣，也装了进去。就这样，那只盒子里的东西越来越多，每一件，她都能如数家珍，讲出来历。

现在，她放进去了最宝贝的东西。

但是，真是难过啊，江渡想着想着就哭了。魏清越失去了一个器官，一个人失去了一个器官，是多么令人伤心的事。他的身体是爸爸妈妈给的，是完整的，可因为她，他失去了脾脏。

江渡哭得头疼，她抱着她的糖果盒子，脸贴在枕头上，额头滚烫，腋下得夹着冰块才能好受些。

后来，病情就急转直下，她也不知道发生了什么，只知道，书已经看不下去了。魏清越留下的杂志，她才认真地读完一本，她会把喜欢的句子记到本子上，也把文章里提到的好书记下来，计划着等高考后通通买来，慢慢享受。

外公外婆带着她去省立医院，她住院后，做了很多项检查。

检查结果出来后，医院劝他们去北京。

外公说："大夫，这个病，咱们看不了，是不是？"

医生说："病情进展太快，加上病患本身心脏还不好，这更增加了治疗难度，您带着孩子去北京吧，越快越好。"

北京的医院是什么地方呢？北京的医院，就是人没辙了，没路走了，途穷了，才会去的地方。

外公心里清楚得很。他穿着洗得干干净净的白背心和新买的老布鞋，他一直都是看起来很体面的老头儿，过着神仙一样的退休生活。在这样的夏天，他本来应该和楼下认识的老伙计一起下象棋、打麻将，随着日光移动不停地挪他们一伙人的小桌子和马扎儿，往凉荫里躲。

他跟病房里的外婆使个眼色，她就知道了，轻手轻脚走出来。

"人医生说治不了了，得去北京。"外公老眼浑浊地说。

外婆的嘴唇不停颤抖，她像个小孩儿一样看着老伴，慢慢地，浑身也跟着控制不住，抖起来。

"我去买脸盆……"外婆说，她的眼泪一下就成了汪洋大海，话说不下去。她机械地想着，住院得买好多东西呢——脸盆、毛巾、水壶、牙刷、牙膏，还得带被子。

"到北京买。"外公说，"现在买了怎么办？带上火车，人家不烦得慌？多占地方。"

外婆嘴咧开，像娃娃哭断了气一样，半天没声响。

“我大半截子埋土里的人了，怎么不叫我替孩子受这个罪呢？怎么不叫我受这个罪呢？”外婆反复问外公。她手背上嶙峋的关节凸起，关节也到了暮年。

外公回答不了她，他一辈子什么事都遭见了，可依旧回答不了。

年轻的时候脾气直，得罪了人也不知道，明明在厂里是技术最硬的，却总被排挤。后来，生了个漂亮又聪明的女儿，他那么出众的女儿，却被一个连茅厕蛆都不配做的畜生给毁了。即使是那样，他在巨大的痛苦中还想着，得做个守法的公民，他要法律给他做主。法律确实主持了正义，可他女儿好不了了，名声注定要坏，人人都议论他闺女脏了。

最可怕的是，女儿的肚子一天天大起来，出于身体原因，打不掉，她在疯狂中要结束自己的生命。夫妻俩跪着求她：“孩子，你别死，你权当为了爹妈留着这口气，将来，一旦生了，就溺死这娃娃。你别死，要死也是这个娃娃死。”

也许，就是靠着这个信念，女儿撑到那天。

孩子真的落了地，那么软的一团肉，红红的、皱皱的，会哭，会喘气，有手有脚，头发乌黑。

外婆拿着小包被裹着她，哭着问外公：“怎么溺死这娃娃，怎么溺死这娃娃？”

外公也哭了。他也不知道怎么溺死这个娃娃，好好的一条命，怎么溺死她？

可床上的女儿也是他们身上掉下来的一块肉，她还在等着父亲母亲兑现承诺。

后来，他们告诉她：“孩子溺死了，偷偷装塑料袋扔了，你不要看，看了不好。”

女儿就大哭起来，她觉得自己能再活下去了，只有那个孩子死了，她才能活下去。

最开始几年，他们把孩子寄养在老家，交托时，语焉不详。

再后来，孩子该到上学的年纪，不能放在村子里蹉跎，夫妻俩只能接回。外公给她起名一个“渡”字。当初他抱着小包被里的她时，看着那双乌溜溜的眼睛，说：“孩子，你叫江渡吧，就当来渡过劫难的，人世苦哟，苦得很，这世上酸甜苦辣都吃一遍就好啦，就能一生平平安安、顺顺遂遂啦！”

日子就这么过下来，但纸包不住火，他们的女儿发觉了真相，为此和父母决裂，夫妻俩谁也不敢去看女儿的眼——那双血红血红的眼。

她绝望地说：“我不是你们的孩子吗？你们这样对我？你们不知道她的存在对我意味着什么吗？我永远永远都不会原谅你们。”

足足有五年，他们没再见过女儿。

直到他在厂里发生意外，受伤住院，他们才再次见到女儿。从那时起，约法三章，她每年会在逢年过节时回来两次，但有条件，这辈子她不会看一眼那个孩子，只要看到她，她就永远不会再回家。

老伴想告诉她：“囡囡，你不知道这孩子有多漂亮、有多听话、有多懂事，跟你小时候一样，爱读书、爱写文章……”最终，她什么都没说。这样的相似太残忍了。

往事一幕幕如走马灯似的闪现，重新在眼前铺开。

外公老了，像西沉的太阳，向山头靠近，老到已经尝尽了人世的酸甜苦辣，老到什么道理都听遍、都印证过，可有些事，他还是回答不了。如果有答案，那一定是上天在惩罚他们两个老人，当时痛哭流涕说过的话，一语成谶。

现在，那个娃娃可能真的要死了。

他说：“你去看好孩子，千万得瞒住了，我再去问问大夫去北京要不要准备点啥。”

他转过身，一下就老泪纵横。世界急剧地颠倒、失重，老人在阵阵眩晕中扶住拐角的墙壁，苍老的手不停地哆嗦，他努力找回自己的呼吸。

有些事，注定是瞒不住的。

江渡从要去北京的那一刻起就知道了。尽管外婆笑眯眯地安慰她说：“省立医院技术不如北京的，咱们去北京，一下就看好了。”

江渡忍着无处不在的疼痛感，笑着说：“好啊。”她装作相信两位老人说的话。

外婆说：“宝宝，你难受不难受？你要是难受就吱声。”

说完，外婆的眼睛就红了。

江渡说："不难受，外婆，你把我的数学资料拿来，我功课不能落下。"

外婆说"好，好"，转身给她找资料。她的眼泪掉下，打湿了数学题，她慌忙用纸巾轻轻擦拭，吸干眼泪。

这是2007年7月，去北京前最后一个夜晚。

外公做了她爱吃的菜，满满一桌。江渡已经没什么胃口了，她在一日又一日的灼烫中，呼吸困难，思维混乱，但还是坚持喝了一碗鱼汤。她没有问"我得了什么病"，她不会让任何人因为她为难，但汹涌的恐惧，如青苔一般，已经长满了年少的心。

外婆要陪她睡，她说："我没事，我想自己一个人睡。"

外婆说："宝宝，你不要再看书做题了，等咱们好了再学也不迟。"

她虚弱地说："好。"

她小时候喜欢写观察日记：阳光下的七星瓢虫怎么张开柔软的翅膀，从指尖飞走；悬铃木的叶子在春天里是怎样的鲜绿；语文老师的裙角是怎么轻盈地在风里泛起涟漪……

江渡坐在书桌前，把小时候的日记拿出来，一页页摩挲，所有的童年旧事历历在目，像闪闪发光、滴溜溜的珍珠，散落一地，再不能穿成串。

她终于提起笔，写下第一篇病中日记。

7月25日　星期三　晴

天气很热，同学们都在过暑假，会很高兴吧？

我很害怕。

没有任何词语能形容出的害怕，我一点都不勇敢。

怕到不知道自己做什么好。

我想活着。

没有其他的念头，我想活着，我不想死。

我真的很害怕。

以前，跟外公去给他的爸爸妈妈扫墓，清明节前一次，秋天一次，这是老家的习俗，要烧纸。墓地旁长着高高的柳树，春天的时候绿莹莹的，外公比画着说：“种的时候才这么长、这么细，就是根棍子，你看，三五年就长这么大了。”他的样子很感慨。我知道，这叫“树犹如此，人何以堪”。我没见过他的爸爸妈妈，但扫墓时，我觉得很难过，天边有飞鸟掠过，地上有野花摇曳，天那么蓝，草那么绿，可外公的爸爸妈妈竟然躺在土里，他们看不到外公，看不到这个世界的颜色，他们害怕吗？他们的身体会不会被小虫子咬噬？地下黑漆漆的，他们会不会想念太阳？我的脑海里，曾经有过无数设想。

而如今，我可能要这样了。

这样的事实，好不真实啊。

我怎么就生病了呢？我不明白。

我一点都想不通，为什么是我呢？

我知道自己有很多缺点，但我想，我不算一个坏的人，为什么是我呢？

人不是到老的时候才会生很重、很难看好的病吗？

也许是我错了，人在任何时候都会生病，有的小朋友，刚出生就会生病死掉。我想起来了，我听说过这种事的，只是我现在太难过，也太难受了，都忘记了，人不是只有老的时候才会生重病。

那世上到底有没有神明呢？到底是谁掌管这个事——谁会生病，谁不会生病？我好想找到他，我会很没骨气地跪下求他，别让我生病，我想活着，我不能死在外公外婆前面，我不能，求求了，我真的不能。哪怕头磕破了，磕烂了，都没关系，只要不让我死。

我还想见他。

不用写出他的名字，他的名字，是我的神殿。

我写这些，并不会让我见到他。

这是让我最难受的地方，我还会再见到他吗？我不知道，我真的不知道，因为我知道这个不知道，所以我才觉得更难受。

我一点都把握不了自己的命运，我想求命运对我慈悲一点，但我何德何能，能让命运单独对我慈悲？谁能告诉我，我应该去求谁？

我不会再见到他了。

就像我知道我不会再见到妈妈一样。

不了，这个称呼我不配喊出口，你一定不想听到，哪怕只是写在纸上，对你都是一种伤害，我不要伤害你。我想告诉你，我从来不想伤害你，我知道我的存在让你痛苦，我真的没有这么坏，要让你痛苦。我从来不想伤害人，更何况是你呢？我从没见过你，可是我很爱你，很喜欢你。多奇怪啊，我们都没见过，可我就对你有很深很深的感情了，真的很对不起。

我现在很难受，不仅仅是精神上的，好像我掉进了火炉，一寸寸烧着我，我怎么样都难受，难受得想叫出来，但不能，如果被外公外婆听见，他们要难过了。怎么会有我这样的人，只会给人带来痛苦？我第一次这么讨厌我自己。

那么你呢，你会讨厌我吗？我生病了，会变得很丑，会掉头发，我现在就想发脾气。我太难受了我想你我真的很想你没生病的时候就很想你了我真傻还以为能再见到你让我再见你一面吧谁能让我再见你一面呢我不想一个人躺在黑漆漆的土里我害怕我只想见你想见你想见你想见你别让我一个人死去我很孤独我想见你想见你想见你想见你

中间几度哭到看不清写到了哪里，要歇一歇才能继续书写，泪水浸透日记本。写到最后，她已经完全陷入一种躁郁而持续疼痛的状态，再没有多余力气去添加标点。

2007年7月26日，魏清越离开故土坐上去美国的飞机，江渡则一路北上，赴京求医。

背道而驰，渐行渐远渐无书。

江渡犹豫再三，带上了那只没舍得用的翠迪鸟挂件，想魏清越时就看看翠迪鸟。

2007年，没有高铁，要坐直达特快列车。

火车里人生百态，过道里挤满了席地而坐的务工者，车厢交接

处放着大大的蛇皮口袋，有人坐在上面吃馒头，小孩子大声地哇哇哭，昏昏欲睡的人勉强抬了抬眼皮，继续张大嘴巴睡觉。

江渡给自己找了点事情做，记录火车上看到的一幕幕。她不能太闲，太闲了就会胡思乱想，就会被恐惧和悲伤追上、吞噬。

但写不了几个字便不能再继续，她很难受。

等到了北京，没有医院愿意接收，为了省钱，他们只能挤在破旧发霉的小旅馆里。

外公扑通一声给医生跪下，说：“大夫，你救救这孩子，你救不了也看她一眼，死马当活马医。”

医生把他扶起，说：“老人家，不是我们不愿意收，而是到这个地步，治疗无价值。您带孩子回去，在家乡医院做些常规处理。孩子还想吃点什么、做点什么，尽量满足她，我们这样劝您，也是希望您家里不要落得人财两空。”

外公哭得话不成句。他到处求人，尊严都不要了。一个人有尊严是有条件的，芸芸众生，到了没办法的那一刻，尊严还算什么呢？

最终，有家医院收治了江渡，隔一天抽一次血。化疗刚开始，她便掉头发，大把大把地掉。留置针在手臂下到锁骨附近。她盯着那些液体，有赤焰红、孔雀蓝，混成奇怪的颜色流进身体里。

想不通的事情，就不要再想了吧。

江渡说：“外婆，你帮我剃光吧。”她的眼泪不再从眼睛那个地方流。外婆哭了，她温声劝外婆：“掉得到处都是，清扫都很麻烦，你看那个保洁阿姨，每天早上那么早就来了，头发最难扫的。”

头发剃光后，外婆给她买了顶帽子。

可饭不再能吃下去，口腔里慢慢全烂了。

在北京待了一个月，医生说：“你们还是回老家吧。”

江渡很高兴，她不让外公再去求医院，她说：“我想回家，我们回家吧。”

8月末，同学们准备开学，江渡重新转回省立医院，控制感染。

张晓蔷知道她生病，纯粹是个意外。

那天，她跟妈妈一起到肿瘤科探望叔祖父，那个氛围可真让人难受啊。她是花季少女，在病房里搭不上话，出来上厕所时跑到安全通道那里透气。

医院的楼梯间不像电梯里永远挤满人，但那里会三不五时地坐着独自哭泣的人、默默抽烟的人、悄声打电话的人。

张晓蔷听到隐约的争吵声，是一个老人和一个极漂亮、极有气质的阿姨。她探了探脑袋，看到几个人影。

“你们把我骗来就是看她？”那个女人极力克制着愤怒，“我不会进去看她一眼，她让我恶心。她可怜？那我呢？我呢？这是你们自己造的孽，她本就不该活在这个世上，报应来了，知道吗？这就叫报应。”

“囡囡，孩子快不行了，你就当可怜可怜她，哪怕只看她一眼，叫她看上那么一眼，也是见过妈妈了——”老人的话还没说完，就被凌厉地打断：“不要跟我提这个字眼，你们太过分了，为什么要这样对我？我这些年是怎么过的？我不想跟你们吵架，该说的话，我已经说尽，你们要是因此跟我断绝关系，我没什么好说的。”

那个女人说完，把包一挎，扭头下楼，高跟鞋的声音清脆响起。

张晓蔷便看到了那张挂满泪水的脸，苍老、枯索，她认出来了，是江渡的外婆。

老人扶着墙，慢慢滑坐在台阶上。

张晓蔷迟疑着上前打了招呼，然后知道了所有。

病床上，江渡时而清醒，时而神志不清。张晓蔷跟她妈妈进来探望她时，她戴着帽子，模样已经变了许多，张晓蔷第一眼没有认出她。

江渡高烧不退，腋下真的夹了冰块。在张晓蔷妈妈靠近问候时，她瞬间睁大了眼睛，露出了那种病热、狂乱而无秩序的眼神。江渡认错了人，她冲张晓蔷的妈妈微笑，嘴唇拉扯，她想：“我妈妈来看我了。”

“我妈妈来看我了。”

她真是太高兴了。江渡忽然撑着半坐起来，留置针跟着动。她攥着妈妈的手臂，直愣愣地看着她。这就是妈妈的样子，和她想的一样，那么美丽，那么年轻，万分熟悉。

她的嘴唇嚅动，滚烫的两个字占据了她的全部思维，波澜壮阔地在她大脑中翻滚着、辗转着，到底没从薄薄的两片嘴唇中吐出，她想："我不能叫她难过，我看看她就好了，这样就够好了。"

怎么会这么好呢？

她一直睁大眼睛对张晓蔷的妈妈笑，温柔又热烈，一个字没有说，眼神却像是膜拜神祇。

张晓蔷看不下去了，扭头跑出来，捂脸痛哭。等她妈妈出来时，她哭着问："妈妈，你认出江渡了吗？我过生日时，你见过的，我以前跟你提过的。"

她妈妈眼睛红红的，说："我认出来了。"

"她快死了，妈妈，我才一个暑假没见她，我以为她转去了三中，给她留言，她都回复说自己挺好的，她怎么就快死了呢？"

张晓蔷一直哭，她妈妈抱住了她，揉着她的脑袋，低声说："多来看看江渡吧。"

开学第一周很忙。

张晓蔷再来时，江渡已经离开医院，回到自己家中。张晓蔷是想告诉老师和同学们的，他们能做的是给她捐款，但被两位老人婉拒了，江渡不想让任何人知道她生病了。

张晓蔷找到了她家。

外婆开的门，她更老了，老得不能再老，但她面对客人时还是尽力顾到了礼数。她欣喜地说："孩子，你来看江渡了？快进来。"

家里有些凌乱，这个家以前是十分整洁的。

"江渡外公去买菜了，你中午不要走，留下来吃饭吧。"外婆颤巍巍地弯腰，给她拿拖鞋。

张晓蔷告诉自己不要哭，她买了点橘子，书包里放着笔记。

江渡正在窗前看桂花树，桂花要开了。她听见敲门声，扭头看到张晓蔷，那张蒙了土色的脸便绽出笑容。

"学习委员，上次你来看我，我烧得糊涂，都没印象了，还是外婆告诉我，我才知道。"江渡还用以前的称呼，没分科前，张晓蔷是他们班的学习委员。

张晓蔷一笑，露出标志性的梨窝儿，还有一口小白牙："我看你今天好多了，你放心，外婆交代我什么都不要说，我谁都没说。"

她把笔记拿出来，轻轻放到书桌上，说："这是我管朱玉龙借来复印的，我说：'江渡去了三中，不好意思问你要，你知道的，她这个人最害羞了，所以就拜托我。'嘿，你别说，朱玉龙这个人看着冷清清的，其实挺热心，跟着我就去复印了。"

张晓蔷说个不停，语气轻快。

江渡的声音比脸色还要衰败，她没多少力气，只是很浅很浅地笑："你们对我真好，等我好了，我请你们吃肯德基，好吗？"

张晓蔷的心就跟着颤了一下，她努力扬起脸："那必须的，你好了可得好好谢我们，回头你落下的功课我给你补，朱玉龙也行，她期末考了你们班第三名呢。"

"朱玉龙成绩真好。"江渡喃喃地说，出神的一刹那，忽然又笑了，"学习委员，我见到我妈妈了，她来看过我了。"

张晓蔷一愣，眼泪差点猝不及防地冲出眼眶，她死死忍住，连忙问她："是吗？你这么漂亮，你妈妈肯定也漂亮得很，是不是？"

"是的，她比我好看多了。"江渡心满意足地说，"她工作忙，不能留下来陪我。外婆说，她休假了就会再来。"

这些话，江渡不知道是对张晓蔷说的还是对自己说的。

"是啊，大人工作都忙。"张晓蔷不知道说什么好，开始给江渡剥橘子。

江渡并不能吃下，但还是捏了一瓣，嘴里又都是溃疡，一碰到酸甜就很痛，她嚼得很慢很慢，轻轻说："你买的橘子好甜，你真会买东西，我外婆以前买橘子经常买失败。"

空气中是清新的橘子味儿。

张晓蔷握着橘子皮，犹豫半天，终于说："江渡，你生病的事，我能告诉魏清越吗？"

江渡忽然愣住。她的眼泪瞬间流下来，她已经忍了很久没哭了。在北京，化疗时痛苦万分，她很抱歉把医院的被头咬烂，哪怕昏厥，她都没为病痛哭过。但当这个名字——他的名字——重新被人提及，出现在耳畔，她再也忍不住了。

气氛静谧，两个少女相对无言，沉默了好一会儿，只有橘子味儿弥漫。

江渡最终轻轻摇头，她的泪水，像取之不竭的河流，在脸上泛滥。

“别告诉魏清越，等我好了，我们明年暑假一起去美国找他玩儿吧？”

没人知道，他走得是多么不容易，江渡知道，他刚刚起航，绝对不可以返港。

张晓蔷低着头，反复揪橘子皮：“他走的时候很担心你，要我在你有困难的时候帮你，我得守信用。你现在生病了，应该告诉他。”

她把橘子皮放下，转身从书包里掏出一部旧手机，登录了自己的QQ号，把聊天记录找了出来。

“我出国迫在眉睫，只放心不下江渡，你我同窗几载，有些事，我不必瞒你，也许，你已经看出什么，我也不必多言。我走后，拜托你闲暇之余能和江渡谈谈心，她如果遇到什么困难，伸一伸援助之手，让她不至于觉得太过孤单。我到美国后，地址等联系方式会再告知你，联系勿断。以上，暂且仅你知晓，勿告他人，多谢。”

6月的留言，6月的魏清越。

转眼换了人间，她已经没有了生的机会。

江渡看着手机，仿佛看见他的脸、他的头发，还有他笑起来的样子……“魏清越，我对你的祝福永远不会变，你是我最喜欢的人了。”她在朦胧的世界里抬起脸，微微笑着，告诉张晓蔷：“他说过，我们是朋友，他人真好，我也会好的，一定，我一定会好的。”

她一定会活着，等到再见他。

江渡有一瞬间甚至感觉到病魔已经被战胜，一切变得不真实。这件事——生病这件事，根本没发生，她好好的。为了证明她好好的，中午和张晓蔷一起吃饭时，她忍着口腔的痛，拼命往肚子里塞东西。

小时候，她一生病，外婆最喜欢说，只要肚子里有馍饭，那事儿就不大。

求生的欲望一直都在炙烤着她，只不过，现在更加强烈，强烈到让人无法承受，好似人生从这一刻起才真正开始，她从没有像这一刻这样，确信自己会好。

她现在只想通往一条路，那就是重新获得健康。她同时又清楚，身在美国的魏清越，人生的道路已经慢慢铺展开，会通往四面八方。他会过上好日子的，就像她相信自己会好起来一样坚定。

日子还长，不怕。

江渡开始在一种高度亢奋的状态下写信，她又开始给他写信。

她要把对他的思念精确地保存下来，这是她最重要的事情。她全神贯注，没日没夜，脑子里只有写信。只要一动笔，她就能感觉得出自己和魏清越在一起。

但每到第二天，江渡又会为前一天写的书信内容感到不满，写得不好，她把信焚毁，然后开始写新的一封。

桂花的气味越来越浓烈，有月亮爬上来，像有只冰凉的蟾蜍蹲在里面。

江渡的精神好得出奇。

外公外婆以为要有奇迹出现了。

她有时候跟外婆睡，蜷在老人怀里，听她讲自己小时候的事。有时候，她坐在轮椅上，被外公推出去散步。

她坚持不再往梅中走一走，好像去了就是诀别。她在等待，等自己好了再去梅中，她不要去三中了，没什么大不了的，她还要回梅中念书，和她亲爱的老师和同学们在一起。她会在梅中再次等到魏清越。江渡变得无比快乐。

“我会活到中秋节，再活到国庆节，再活到阳历年，再活到过新年。”江渡在日历上圈出一个又一个节日。

她除了学习，就是写信，时间不够用，因为她的肉体还在承受着各种各样的疼痛。为了犒赏自己，她允许自己每天翻两三页《书城》杂志。

25号是中秋节，她做到了。

月亮又大又圆，江渡把窗户打开，她熟悉每一寸味道——秋的凉、桂花的香、月光的清。

她吃了月饼，看中秋晚会时，对外公外婆说，她今天感觉特别好。她看起来也真的特别好。

书桌上，台灯被拧亮，外婆敲敲门，问她今晚要不要跟自己睡。江渡笑着摇摇头，她说今晚她想自己睡。

外婆看到桌子上的纸笔，说："宝宝，你不要睡得太晚，我们都在客厅。"

自从她回家，两位老人就睡在客厅，因为客厅宽敞，没有门，跑到屋里查看她最方便。

江渡说："好，我不会熬夜的，我会早早睡。"

她又开始给他写信。

见信好。

今天是中秋节，不知道你那里是不是也能看见一轮明月。这里天朗气清，白天的时候，一丝云彩都没有，天又高又远，蓝得非常寥廓，我其实提心吊胆过了一天，就怕下午突然变了天，晚上不能见月亮。等到黄昏时，烧起来晚霞，我就知道，今晚的月亮无忧了。

张九龄的诗可真好，"海上生明月，天涯共此时"。每年中秋，我都会想起这两句诗，觉得真好。你在美国会和妈妈一起过中秋吗？希望你和她在一起。忘记告诉你一个好消息，我妈妈前段时间来看我了，只可惜，当时我脑子不太清楚（因为感冒发烧），只记得她眼睛特别明亮、温柔。她中秋节没回来，我想，过年时我应该会见到她，希望我们都能有机会和自己的妈妈在一起过节。

一直没跟你联系，是有原因的。

也有我私心作祟，我更喜欢给你写信，你笑我老土也没关系，我喜欢写信。

先原谅我一段时间吧，等我们见面，我再告诉你原因。

有件事，我想应该告诉你。上次张晓蔷来找我玩儿，我缠着她问，是不是跟你联系很多，意外看到了你六月给她的留言，多谢你这么牵挂我。你说过，我们算是朋友，我不知道原来你为朋友可以付出这么多的，我很珍惜我们之间的友情，毕竟，你虽然没有为我两肋插刀（开个小玩笑），也因为我的事受了很重的伤。说到这个，不知道你身体痊愈了没有，你一定要注意保养。还有，我知道你是个重情重义的好朋友，但也希望，你以后不要这样冒险了，没有什么比身体更重要，你一定得好好的啊，一定要珍重自己，一定。

你不会一直不回来吧？我的意思是，比如过新年，你会回来一次吗？如果你回来，会来梅中找同学们聚一聚吗？你喜欢吃我外公做的饭，对不对？你要是一个人过新年，没什么好去的地方，来我家吧，外公会做一大桌子菜，你爱吃什么，不要客气，尽管提，外公都能满足你。

吃完饭，你可以跟我们一起看春晚。其实，我还能请外公送我们回老家，因为老家可以放鞭炮，噼里啪啦，超喜庆的，有种不怎么响的炮，像打铁花那样，小孩子喜欢甩着它转圈，就好似炸开的金色流星雨，非常美丽，你也许小时候玩儿过。老家还能看到又大又亮的星，冷冷的，大家一开口，就会哈出一团团白汽，袅袅飞升，跟孔明灯一起飞升，不对，孔明灯好像是元宵节才会放的东西，你会做孔明灯吗？我们可以一起放孔明灯，新年放也没关系。

希望你不要觉得我像个小孩一样幼稚才好，只是，我现在一想到过新年，就好高兴，忍不住话痨。新年一过，春天就来了，那就是2008年了。

我没出过国，等你回来，请你给我讲讲那边的见闻，那儿的天气、那儿的人们都吃什么、那儿的学生都是怎么上课的又都学什么，我非常想知道。

外面的月亮可真皎洁啊，你到底有没有看到呢？如果你正在忙碌着什么，歇一歇吧，来窗边看一看月亮，我相信，梅中的同学们、老师们，此时此刻都看到了中秋节的圆月。你看，我们都能瞧见这一地清辉，如果你有思乡的情绪，你也来看看月亮，这样，就是和我们在一起了。

如今你在海外求学，或许有诸多不适和烦恼，如果你难受了，就偷偷哭一场吧，没有谁规定男孩子就不能哭。你也可以在我们见面时和我说，我一定会是你最好的听众，你不用担心我觉得你脆弱、不坚强，人不用时时刻刻都坚强，我可以理解你，你相信我，我会尽自己最大的努力理解你，因为，我们是好朋友呀。

期待着和你再见面，我会一直等你。最后，祝你中秋节快乐，健康平安。

信写完了，到最后，她都把喜欢掩饰在友情之下。

她静静地坐了一会儿，回想两人最后一次见面，如果早知道如此，她一定会好好跟他告别的。

她把信叠好后，放进了糖果盒子里，江渡想：“也许明天我又会觉得信写得不好吧？”

那就明天再写。

她摸了摸心爱的糖果盒子，把翠迪鸟挂件拿出来，上了床，翠迪鸟挂件被扣在她温暖的胸膛前。

江渡朝窗外的月亮说了句“晚安，魏清越”便轻轻躺了下来。

夜凉如水，月华如霜。

她做了个长长的梦，梦见魏清越回来，他长高了，眨着促狭的眼冲她笑，说：“我知道你一直在等我。”她也笑，问他：“那你要跟我回老家过新年吗？”他们真的回了老家，一推门，屋里坐着外公外婆，还有妈妈。

后来，天空飘起芬芳烟雨，她说好冷啊，越来越冷，她就回到渴盼的母腹中了。遥远的记忆苏醒，她在漆黑而悄寂的柔波里攥紧小手，手中有一只可爱的翠迪鸟，这里足够温暖，也足够安全，她可以放心地睡去。

梦结束在睡梦里，她没有再醒来。

书桌的柜子里，那一沓《书城》杂志最下面一本里夹着一封薄薄的信，无人阅读，也从未被知晓。

9月26日的阳光照常升起，大地如旧。

第十六章

见春天

江渡死的那年，十六岁，她不会长大，也不会再变老。

江渡死的那年十六岁，她不会长大，也不会再变老，世界高速发展，一切与她无关。

窗外的桂花开得正浓。

王京京的妈妈李素华帮忙处理江渡的后事。这时，王京京才知道江渡已经病逝，她先是愣了好久，不敢相信，然后号啕大哭。她在心里反复说着“对不起”，少女们之间微妙的张力至此随着死亡而如春潮般逝去。她把魏清越唯一的回信装在信封里，哭着交给两位老人，告诉他们，这是江渡的东西，她一直代为保管。

遗物不多，衣服、鞋子、学习相关的书本、小玩意儿，两口大箱子就能装完。

李素华也在哭，说：“您怎么不早些告诉我们呢？都没能见到孩子最后一面。”

江渡外婆摇头，她的眼睛再流泪就要瞎了。她拉着王京京的手，说：“孩子，你不要跟同学们、老师们说了，她这一走，我怕有人又在背后不知议论什么，叫她安生去吧。”

王京京说不出话，一直点头。

按照江渡的遗愿，她的骨灰一半葬在本市陵园，另一半带回老家。她不舍得梅中，也不舍得外公外婆，而两位老人将来百年之后是打算落叶归根，长眠故土的。

“外婆，如果，我是说如果，我哪天真不行了，把我分两半吧，我要跟老师、同学们在一起，还要跟你们永远在一起。”

这是她最后一次和外婆同睡时，趴在老人耳边说的悄悄话。她不忘提醒外婆：“我还答应了原来二班的同学林海洋，他想要个符袋。等您过年时再去庙里上香，给林海洋求个符袋吧，我答应过他的。”

外婆眼泪不止，说：“傻孩子，你同学说不定早就忘了。”

江渡微微一笑："可我没忘呀。"她那时的打算很长远，等过新年，她要和外婆一起去庙里，点平安灯，偷偷写魏清越的名字，谁也不让知道。

没有新年，什么都没有。

对门的翁奶奶一直陪外婆哭，他们一起把江渡送到殡仪馆，一路无声地流泪。

她被简单地装扮了一下，穿着寿衣，面容平静，眉毛已经开始变了颜色，有点像用眉笔画上去的。有限的几人围着江渡的遗体告别。王京京不敢去看，她一直紧紧攥着妈妈的衣角。

直到遗体要被推进火炉，外婆忽然爆出一声撕心裂肺的呼喊："乖乖啊，我的乖乖啊，我的乖乖啊……"一声接一声，她扑过去，不让工作人员动江渡。

江渡外公抱住她，嘴里说："你这是干什么，你这是干什么，你不要这个样子。"他一边说，嘴角一边不停地抽搐。

江渡外婆把脸贴在江渡脸上，最后一次亲了亲她，说："怎么死的不是我呢？怎么不是我呢？"

后来，李素华跟江渡外公还有翁奶奶把她搀扶出来。王京京一脸茫然而悲伤地看着这一幕，她回过头，看了一眼躺在那里，随即被推进火炉的江渡，忽然打了个寒噤：得多疼啊。她跟着大人站在外面，看着烟囱冒白色的烟。

那是江渡吗？王京京呆呆地想，其实，她到此刻都不知道死到底是怎么一回事。

最后，他们得到两个骨灰盒，是分开装的。江渡没有了，她没成年，骨骼还都没完全长成，骨灰都少。外婆用红布包好盒子，她抱一个，外公抱一个。

外婆把她江渡抱在怀里，说："好了，咱们回家喽。"

火化完，外婆接到张晓蔷打到家里的电话，要来看江渡。外婆说："好孩子，真是谢谢你，不过你以后不用再来看江渡了。"

张晓蔷没有见到江渡最后一面，她过来时，江渡已经住进骨灰盒里。她早知道会有这么一天，但还是无法相信。江渡那么努力，她是那么想活下去，拼命吃饭，拼命打起精神学习，她总是说"我一定会好的”。

她说：“学习委员，如果我不在了，请你不要告诉魏清越，他是我们的好朋友，我不想让他为我伤心。”

张晓蔷心里酸涩极了，她说：“江渡，你真的看不出来吗？魏清越他喜欢你啊，他对你跟对我们是不一样的，你怎么看不出来呢？这不是好朋友的问题。”

江渡就腼腆又苍白地笑，她抿着嘴唇，不好意思地说：“我也不知道，反正我们是好朋友，我跟他，还有学习委员你，都是好朋友。”她忽然幽幽地叹了口气，“我跟王京京闹了点矛盾，希望她现在已经不生我的气了。”

张晓蔷温柔地安慰她：“王京京肯定早不生气了，只是分班了，大家见面不多而已，你不要多想。我不会告诉魏清越什么的，因为你会好起来，等你好了，我们再一起去KTV唱歌吧！把林海洋也喊上，他是麦霸，我们一起！”

她们说了很多很多话，很高兴。

夕阳的余晖柔和地洒在少女们的脸庞上。

江渡的遗物，除了糖果盒子没动，其他的跟骨灰盒还有她的课本资料被一起送回老家，随棺木下葬，谁也不知道那里留有一封没寄出的书信。

两个女孩子商量了一番，跟外婆说：“江渡的课外书别烧了，她最宝贝她的书，要不分给我们俩吧，算是留念。”

就这样，那套《书城》杂志，王京京开口先要了，她知道那是江渡最喜欢的杂志。张晓蔷在一堆书本里发现了一个老旧信封颜色的日记本，她说：“外婆，这个能给我吗？”

看别人日记是一件不道德的事情，她们不会再得到江渡的允许。在李素华跟江渡外公议论江渡病情时，两个女孩子不怎么关心教室和寝室在2006年暑假放假时重新粉刷装修的事，她们只有一点印象，住进去时，大家说寝室看起来还蛮新的。

她们沉默着，偶尔听进去大人一两句谈话。

王京京先开口：“如果这是江渡的日记，我们都不该看。”

“我知道，江渡的事情，我们不要跟任何人说，还有这本日记。”

张晓蔷揉了揉又肿又疼的眼，“我会一直珍藏着，里面的秘密，既然是属于江渡的，就会永远属于她。”

这不是她们聚在一起最后一次谈论江渡。直到高考结束后，林海洋来约张晓蔷吃饭，不经意间提了一嘴：“江渡转去三中后一直没联系，要不咱们叫上她吧，你能联系上她吗？”

张晓蔷在那一刻忽然崩溃，那是2009年7月8日晚上，到处都是狂欢的高考生，没有父母管，都在外面尽情聚会。那时候，两个老人已经搬了家，不知去向。

她没再隐瞒，说：“你知道吗，其实江渡已经去世快两年了，她已经不在了。林海洋，我知道你对江渡有好感，我一直都知道。你跑回去给她拿围巾，你总是想引起她的注意，我都知道。但江渡已经离开我们很久了，你不知道，对吧？你现在知道了。她太可怜了，你知道她变成什么样子了吗？她头发没了，最后得打哌替啶，你知道什么是哌替啶吗？就是她得那个病，最后太疼了，每分每秒都在疼，得靠哌替啶止疼，你也不知道吧？我多希望我也不懂这些，永远没机会也没必要了解这些。”

她哭得鼻涕都流出来了。林海洋也和她一起哭，说：“怎么可能呢？王京京还转交了个符袋给我，说是江渡答应给我的。”

高考结束了，他们一点都不高兴。

后来，大家各奔前程，江渡成了记忆里的人。

张晓蔷一直以为隐瞒住了魏清越，她所有的谎言都以“江渡说的”开头，只有说这是江渡的意思，那头的魏清越才会接受。她一个人编织着谎言，像编织裹尸布，一直到2015年魏清越回国，再也不走，她坚持不下去了，也觉得事情该有个了结。那么多年过去了，时间多多少少会冲淡死亡的阴霾。她告诉了他真相，告诉他，其实江渡早已去世。

魏清越居然比她想象中平静，他说，知道了。他没有流眼泪，没有多余的问话，就三个字——“知道了”。

张晓蔷本担心他接受不了，此刻竟有点怪他是否太过凉薄。

没过多久，她在夜里接到魏清越的电话。刚接通的刹那，就是一个男人对她破口大骂，骂她是小人，一定是她从中作梗，导致两人这些年都没联系上，他真是看错了她，她怎么这么恶毒，居然在这个时候骗他江渡死了。他逼着她说江渡没有死。张晓蔷泣不成声，一句话都没反驳。

她再次见到他时，魏清越好好的，仿佛完全忘记了大骂她的事情。他只说，他考虑买房，他在美国挣了一笔钱，先把房子买了。他问她，梳妆台选什么样的好，她有没有参考意见，以她对江渡的了解，江渡大概会喜欢什么风格。他说这些时神情自若，嘴角带笑，一贯的从容自信。最后，他不忘自嘲一下，说自己毕竟不怎么懂女孩子的心思，希望她帮忙。

就是这个时候，张晓蔷隐约猜到，魏清越出了问题。他确实病了，只不过，病得比她知道的要早得多。

2009年夏天，魏清越回国，他在回来的前一晚做梦梦到了江渡。他到梅中，当然没找到她，而后直接去了她住的小区。两年了，他还是能一下找到她的家。但那里已经人去楼空，连对门都换了人住。魏清越记得她家的对门住着一个独居的老婆婆。他到处打听，连小区保安也换了人，只有常跟江渡外公一起下棋的爷爷们还在。

一群老头儿对着他感慨。

他们告诉他，老江的外孙女没了，已经搬走有一年半了吧？

他们告诉他，老江那外孙女，才十几岁的女娃娃，化疗害得头发都掉光了，戴着个小帽子，以前就在这一片散步，可俊的小姑娘，最后病得不成样子，可怜哟。

魏清越就是从那个时候开始病的，认知失调，人格解体。世界对他来说，像隔了一层毛玻璃。他穿过毛玻璃，去做该做的事，学习、工作，看起来和正常人无异。每当独处，他又穿回毛玻璃的这一面，隔着它，和世界遥遥相对。

但他还是选择继续相信张晓蔷的话，他信张晓蔷，如果不信张晓蔷的话，他不知道该怎么办。

他在一个混乱的语境里，思维世界分崩离析，没有好转的迹象。

张晓蔷知道他病得越来越重。有一次，他来参观车企，她接待他，他不知怎的，走了神，上车时被车门夹到手，很重的一下。她看到他的眉头瞬间拧起，吓得她连忙去问："很疼吧？要不要去医院拍个片子看看？"

魏清越吭都没吭，两侧咬肌因为疼痛微微偾起，他紧皱着眉，居然最终笑着告诉她，很爽，他很想再来一次。

他说得非常认真。

张晓蔷说："你疯了吗？"

魏清越却突然说："她呢？她是不是受尽了折磨？每一秒都这么过的？"

张晓蔷立刻就知道他说的是谁，不知该怎么接话时，话题已经由他开始又由他结束。

她哄着他去看心理医生，但他只会睡觉。

他热衷于拍视频做科普，粉丝很多，慢慢有人说他是网红。黄莺时对他的采访，她看了。黄莺时问他怎么定义自己时，他又是那种样子，面带笑意，你不知道他是认真的还是开玩笑。

他说："我吗？我觉得我自己是个废物。"

黄莺时的表情明显诧异了几秒，往回圆，说："你要是废物，让同龄人没办法活了。"

他就笑着继续摇头，没解释。

张晓蔷明白他为什么说自己是废物。

魏清越愿意和朱玉龙碰面，让她惊喜。三人碰面，在朱玉龙的工作室。老同学见面，寒暄有时，朱玉龙俨然变成干练的都市丽人，只是眉眼间的疏离气质若有若无，有少年时的痕迹。

两个女人心照不宣地对视一眼，张晓蔷先行离开。

魏清越什么都不愿意说，他依旧难缠，问朱玉龙："你知道怎么可以入梦吗？梦见自己想见的人？"他问话的语气宛如刚碰触世界的好奇孩童。

他只关心这一件事。

朱玉龙试探着和他交流，他整个人又冷又硬，说话毫不留情面。朱玉龙垂了垂目光，轻声说："你还和很多年前一样，你来文实班给江渡拿资料，我喊住你，让你帮忙捎带笔记，不知道你还记不记得？"

他怎么会不记得？那个害羞的小姑娘不敢看他的眼睛，他什么都知道。

世界早变成了一座巨大的荒漠，只有江渡是落在舌尖的甘露。

魏清越的语气变得温和下来，他终于笑了，说："我记得你，你说你叫朱玉龙，是江渡的同桌。"

朱玉龙望着他的眼，说："其实，你何必自苦至此呢？你放心，我不给你做心理治疗，你也不用排斥、抗拒这些。我只想告诉你，你真的不必，江渡自始至终都没有喜欢过你，说到底，她跟你，只是好一些的同学关系。你可曾想过，为什么她要替王京京写信？因为喜欢你、爱慕你的从来就不是她，而是王京京。如果你误会她什么，那一定是因为江渡太过善良，她对任何人都真诚，让你会错了意。"

魏清越冷冷地看着她。

朱玉龙面不改色，一如既往的淡淡表情："当年，我们都知道，张晓蔷一直不告诉你，是怕伤你自尊，毕竟你是天之骄子，一厢情愿爱慕着一个女孩子，如果对方对你其实没什么多余的想法，你知道了，自尊心会受不了。张晓蔷没想到你会为江渡离世这件事耿耿于怀这么多年，她现在后悔当初没说出实情，让你误会了这么多年。你可能不知道，她走后，她外婆还去庙里给她原来的男同学求了个符袋，因为那是江渡临终前交代她外婆别忘的一件事。我说这个，是想让你明白，江渡对任何人都好，不是特殊对你，是你自作多情了。魏清越，事情真相听起来很残忍，但事实如此，她离开前挂心的是她家人，跟你、跟我们都没太大关系，如果有，也仅仅是感谢张晓蔷和我去探望了她。她没提过你，至少在我们看来，你对她而言，和我们没区别。"

她说完，很客气地站起来。

"张晓蔷把你这些年的情况和我说时，我很惊讶，但我觉得是很简单的一个事，没必要给你做治疗，事情说开了就好。我跟张晓蔷个性不同，她更能照顾别人的情绪，我喜欢实事求是。她不好说的，我说了，希望你不要介意。你可以仔细想想江渡给你留什么了吗？你出国了，对她来说就是一个同学出国了，仅此而已。几个关系好的同学都有她留下的东西，你不特别，所以你没有。"

是的，空无一物。他手里一样她的东西都没有。

魏清越猛然被一阵剧痛刺中，心摇摇欲坠，他沉默地坐了一会儿，要起身离开。

朱玉龙忽然问他："我们最近会回去给江渡扫墓，你要一起吗？"

魏清越平静而又冷峻的脸上没有任何表情，他说："这件事和我没关系。"

他一次都没去看过她，永远不会去。

魏清越离开了朱玉龙的心理工作室。

往前看，是不是往前看就是必须的？人到底有没有权利不往前看呢？人一定要愈合吗？一定要跟世界、跟自己和解吗？

朱玉龙站在楼上，透过玻璃窗看着魏清越的背影消失，她不知道那些问题的答案，她一直默默看着他，就像当年从未被他注意过一样。如果她不是机缘巧合和江渡坐同桌，魏清越一辈子都不会知道梅中有个叫朱玉龙的女生。

她还在看那个街角，眼睛慢慢湿润。

这个人，也许明天就会好起来，也许永远不会好了。

大家已经有两年没见过面了，他们几个中，只有林海洋一直没离开家乡，其他人皆在外打拼。日子嘛，有苦有甜，世界已经变得跟他们年少时完全不一样了。

陵园在郊区，林海洋是这里的管理员，知道她们几个要来，早早等候。

这天日头好，光明照遍，可时间过得多么快啊，他们竟已是而立之年，见面一笑，眼角已经有了细细的纹路。这些年，竟然就这么悄悄溜走了。

物换星移，春秋几度，只有照片里的江渡，还是十六岁的模样，正抿唇含笑望着他们，音容如旧。

几人站在墓碑前，放下了新买的白菊。

陵园清幽，疏疏落落有三五行人来祭拜亲友，大都很沉默。他们几个也是，站在那儿陪了会儿江渡，都没说什么。

鸟鸣风静，天光明媚，正是她喜欢的好时节。

这些年，林海洋把她照顾得很好，她的墓碑前永远最整洁、干净。疫情最严重时，二老不能过来，打电话托林海洋祭扫。那时候，整个陵园都没什么人，寂寥得很，他正好有了闲空，坐在她跟前，和她说这些年周遭的变化。

等几个人坐在一起吃饭，林海洋请客。饭桌上，大家才活络起来，说起自己的近况。林海洋感慨自己相亲总是失败，怕要一辈子打光棍儿。大家有了笑意，安慰他说："不要担心，这不除了王京京，大家都没结婚呢。"

一番笑谈过后，他状似无意地问道："那什么，魏清越还不愿意来看看她啊？"

饭桌又一阵寂静。

张晓蔷先开口："他一直不信这个事，没办法，谁说都不行，说多了要恼的，也不愿意再提江渡。"

林海洋这些年糙了许多，吃东西粗豪，声音大，他筷子没停，嘴里咂摸着什么似的，说："你们就是不会劝人，换作我，我就说：'你小子知道吗，江渡从你走的那天开始就等着你回来看看她？你小子这也太不厚道了，明知道她在这儿，都不来看一眼。'"

张晓蔷几个愣住。

沉默几秒后，朱玉龙说："这么说也没用，他病了，一直把虚幻的东西当作真实的，他自成一个世界。在他的世界里，规则都是他自己定的——什么是真、什么是假。可能，我们在他眼里反而是不存在的假人。他不会来的，来了就会佐证江渡已经死了，他不会接受真相。"

林海洋闹不明白了，一头雾水："这么玄乎？"

"不是玄乎，只是他现在不是正常人。"

"他还会好吗？"

"人生病了要愿意治疗才会好，他不会给别人这样的机会，大概就像——"朱玉龙静静停顿，"没人给他机会。"

林海洋无言以对，他们当年的第一名——名校毕业、光环加身的男生——现在连正常人都不是了，江渡左右了他最好的青春，让人无限感慨。

这个话题，说说也就散了。

大家转头问起王京京打算什么时候要孩子。他们也变得很世俗了，关心的问题开始变，问老同学搞对象了没有啊、什么时候结婚啊、什么时候要孩子啊……而长眠于此的少女，连世俗的机会都不曾有。

没人再关心月考的分数、走廊里哪班掉落的垃圾、班主任抓了谁早恋、跑操时怎么撒谎躲过去……如果关心，那一定是他们孩子未来的事情，一如他们当年。

王京京说："到我妈家坐坐吧。"他们前段时间刚刚搬到新小区，她的陈年旧物扔掉不少，但江渡的书，李素华还替王京京留着，让搬家的车给拉了过去，放在书房。

对的，就是那次搬家——平常无奇的搬家。

风很大，天气不怎么好，搬家的小伙子不小心掉了那沓《书城》杂志，从其中的一本中跌出一张薄薄的纸——对折的纸，一下跌出好远好远，远到重新捡起书本的人没有发现它的存在。

王京京也不曾发现它的存在，因为这些书是用来祭奠而不是用来翻阅的，她把它们放书房里，束之高阁，以供缅怀。

那张薄薄的纸，开始了它的旅途。

它先是跌在单元楼前的草丛旁，紧挨绿色的大垃圾桶，轻轻翕动，风把它吹开，露出陈年旧迹。

如果有人看到的话，尽管陈旧，它依然会触摸到某个少年人的心情，几多鲜活，几多蓬勃。

只有风看到了它。

它孤独地在风中敞开怀抱，向它诉说情意。

捉刀客同学：

你总是不愿意给我再写信，我只好给你写信了。

不要为这个称呼感到惊讶，因为我知道，就是你，为什么要跟我撒谎，说不知道捉刀客的意思呢？你可能不知道，眼神和微表情最容易出卖一个人，无论你如何伪装，更何况，你这个人向来不怎么擅长伪装，总是这么害羞，爱脸红，你演技太差了。

先说清楚，这封信就是我写给你的，不是其他任何人，是写给你的。我实在不懂，你为什么不愿意承认真正写信的人是你，是为了好朋友不至于很尴尬？大可不必，无论如何，我只愿意看你的信、回你的信，除了你，没有人值得我消耗时间。

最近你发生太多事，我向来不太会安慰人，如果要我说，我只能说，不是你的错，无论别人怎么看你，我始终相信你，没有人比你更好，对我来说，你最可贵，一定要打比方的话，那就比阳光还要可贵好了。

我也不懂这些可恨的事为什么要发生在你身上，如果可以，我情愿是发生在我身上，因为我早已被捶打过无数遍，什么苦我都能吃，但我不希望你受苦，所以，等等我吧。别害怕，也别因此丧失生活的乐趣，我相信你不会，你其实比我想象的坚强、勇敢。我听信你的话，希望你自己也信它，如果一个人还拥有健康和敏锐的思维，就不该丧失生活的信心。

离别在即，提笔忘言，我现在承诺不了什么，只能说，我会回来的，一定。以前，我想过，也许我会留在美国，这里本就一片荒芜，没什么可留恋的，现在，我知道我一定会回来，希望我们不要断了联系。我没有要你现在就跟我怎么样的意思，当然学业为重。但等你高考结束，如果你对我感觉没有变，我还是你认可的魏清越，我们在一起吧，我也不知道自己在说什么，在一起要做什么，其实我也不是很清楚，那个时候，想必你不需要我讲题，诸如此类，但跟你在一起会很有意思，这点我从不怀疑，希望我不会让你觉得无趣。

你平时喜欢什么，我一无所知，你可以写信告诉我，或者，对美国的什么东西感兴趣，我买来寄给你，不要和我见外。

对了，学习上如果有困难，觉得联系我比较麻烦的话，可以请教张晓蔷，她这个人很热心。你不要总是觉得麻烦别人，并非如此，遇到事情不要一个人闷在心里，即使我暂时不能帮你解决什么，但最起码，能做你忠诚的听众，不好说的话，都可以写给我，我愿意听你所有的声音。更不要轻易觉得自己做错了什么，不要轻易陷入自责，你很好，无须抱歉，相信我。

信就到这里，我等你回信，我等你回信的意思是，我期待这件事，我需要你的回信，需要你。我也不知道自己将面对一个什么样的新环境，跟你没必要隐瞒，我们母子关系同样寡淡，我感觉不到我妈妈有多爱我，这不是太重要，我一直都是自己解决问题，但这不代表我无坚不摧。给我回信吧，我等你。

祝福语不知道写什么，那就祝你学习进步，一直进步。

信的落款有日期，是2007年6月，但没有姓名，只有四个潇洒大气的字——“知名不具”。

那是属于少年和她的心照不宣、会心一笑。

风继续吹，薄薄的纸张随风而上，又跌落，再腾起，碰到了台阶，又卡在忍冬丛里。最后，风重新卷起它，抛往高高的空中，它是如此轻盈，承载得又是如此沉重。

它安安静静、寂寞地沉睡了十几载，无人翻阅，从未被人知晓，这一刻，风带着它，将要远行，然后，在某一刻，永远不会有第二次机会在大地上出现。

番外

见答案

如果一个人永远怀念初恋……

魏清越在加州念书的那几年，见过很多不一样的风景，自然也有过很多不一样的心情。

学校有高大的棕榈树，那么高，把苍穹也衬得旷远。一抬头，天空仿佛镶嵌着毛刺，而游廊投射着夕阳余晖，缓慢移动。这里的冬天足够温和，不会深受暴雪困扰，不像家乡，四季分明，春荣秋谢，一帧一帧地过去，令人心里平添岁月。

他对新兴科技非常着迷，主修计算机科学，因为不再住寄宿家庭，他变得健谈，和来自五湖四海的室友相处得甚好，每日和他们一起上课、做习题、用餐、运动、写代码、研究项目。

开学第一课上，教授说："如果你们有人高中时期在谷歌实习过，这课，你可以不用上了。"话音刚落，魏清越见真的有几人站起离开，他大开眼界，写在最初的日记中，以备将来同某人分享。

但日记通常写得简短，像流水账。

天气不错，老师布置了一项作业，他妈的足足十几页，老子看了一个小时才看完，压力很大，一大堆Top的人在这儿。

新结识了一个人文学院的朋友，参加了一次诗朗诵会，没共情到，但请他吃了中餐，死难吃。此人在学校过得很不快活，想退学，我能理解他的困境，那么，我自己的呢？

依然一滴雨没下，说好的雨季，搞死不来。

每天写作业要同时准备一电脑、一iPad、一计算器、一手机，老子就差手脚并用了，学不完啊学不完。

学长退学了，准备回国创业，问我有没有什么想法。我的想法就是大数据必火，就在未来几年里。还是先完成学业，我没有半途而废的习惯。

不行，我得搞点东西，不能一直只是学习，得想些创意，干起来。

实验室攒项目中，很亢奋。

今晚有月亮，你看到了吗？我什么都不想做了，只想和你一起看月亮。

记录有月亮的这晚，魏清越在阳台上抽烟，他一个人安安静静地看月亮。上下流辉，整个世界清光一片，看久了，眼前浮现她依旧鲜嫩的面孔、最温柔的笑意。难以置信的幻觉无比真实，他忍不住伸手，想挽留些什么，可一触即灭，她，转瞬成了最残忍的本身。

好像江渡只是朝生暮死的蜉蝣。

魏清越掐灭烟头，进屋睡觉，独自入睡的好处就是可以蜷紧那些纯真而热烈的梦。

室友们在其他学院选过感兴趣的课程，他也不例外，常去听著名投资人、创业者们的演讲，听大佬们怎么在不到两年的时间里把年营收做到两亿美元。

硅谷到处都是机会。

而那时候国内某网站刚刚兴起，魏清越成为最早一批用户，他不修边幅地顶着乱糟糟的头发录学习的小视频，再上传。

“这是凌晨一点的图书馆，我真他妈困啊，没几个人了。”他抓了抓头发，一想到是在跟她交流，心情就变得相当愉快，对着镜头，揉了几下眼睛，笑得自然，“撑不住了，今天到这儿。”

说完，打了个大大的哈欠，魏清越又笑了两声。

但随着年岁增长，有些东西也在蓬勃生长，这具肉体凡胎经常在夜里寂寞到发疼，排山倒海的爱欲涌来，魏清越觉得心里那把火怎么都不肯熄灭，他不得不反复冲洗冷水澡。直到某天，他看见室友在跟女友接吻、道别。

这时候，已经自他成年累月生活在虚幻之中过去很长很长一段时间了。

他鼻子狠狠一酸，眼泪就下来了，又委屈，又惘然。

气候温和，四周却到处都是残年急景，魏清越恍惚了一阵，晚霞像一块巨大的琥珀，熔化、流淌，他突然闻到了尘埃的味道，模糊、微弱，却又浓烈、呛鼻，与多年前的黄昏一并逼至胸腔，再呕出，成了对面一轮血色夕阳，无比冰冷。

他并非时时沉溺于痛苦，只不过偶尔，偶尔在属于他自己的命运面前，不堪一击。

Palo Alto（帕洛阿托）有很多小型创业公司，每一年成千上万的毕业生来到这里。魏清越没急着回国，留在了这里。他喜欢折腾，生命不息，折腾不止。他和同学带着商业计划书去遍地黄金的Sand Hill Road（沙山路）找融资，在酒店里和投资人一谈就是很久。

最终，融资不理想，首次创业失败。

魏清越很坦然地接受失败，他的人生，总是处处失败。

失败就失败好了，他入职谷歌，短暂地收起野心。

直到2015年，他预测的东西成真，人工智能、算法这些概念逐渐火起来，学长联系到他，他犹豫是否回国。

回国是件令人心惊肉跳的事情。他为此失眠多日，成夜成夜地难以入睡，一个人开着车奔驰在夜色下的公路上，风吹在脸上，麻麻的，城市的夜景犹如一个完整的宇宙，星云璀璨。

魏清越内心深处是害怕回国的。

他最终在极度疲惫的情况下回到公寓，开始清点自己这些年在美国到底拥有哪些东西，最重要的居然还是日记和那些视频。他已经是西装革履的男人模样，常年健身的小臂肌肉线条隐现。他光着身子，观察自己身材的变化，用以确定他不是隐遁在时间之外，他早已经是成年人了，不是十六岁。

离开家乡那年，他刚刚十六岁。

江渡一定也变了模样。魏清越幻想着她，她是他青春里的图腾，他是图腾的祭品，如果一个人永远怀念初恋，也许是深情，也许是当下的生活乏善可陈。魏清越什么都不想去分析，站在镜子前，又年轻，又苍老。

彻底决定回来，是他罕有地梦到了她。

上一次，还是在2009年，她可真够小气的。

魏清越一觉醒来，非常确定江渡还活着，他必须回去。

他在异国最后一次看了月亮，在月光下，反复读那些信。江渡一直陪着他，不曾离开。魏清越想她的很多事，一会儿高兴，一会儿郁郁。他记得，圣诞节她没要礼物，一群女生叽叽喳喳，唯独江渡不挑礼物。他目送她走出商店，心里空空如也，不明白她为什么不要。如果时间可以倒流，他会单独带她去店里挑礼物；他会在发现她偷摸自己书柜名字时问她一句：“嘿，你是不是喜欢我？”他会选择放弃出国，不离开故乡……

可是，在时间面前，大家一样一败涂地。

回国后，创业潮涌起，魏清越再一次经历失败，他在商海中浮浮沉沉，不断进取，等着下一次机遇。

不是没想过死这件事，他不敢。过往所阅读的文学作品，早早就告诉他死是一件必然会降临的事情。他不敢，却不是因为中学岁月里学到的文学作品有多么沉重的力量，仅仅是因为不敢本身，他害怕他死了，世界上就没人记得江渡了，她的外祖父母也许都已不在人世，那么纯粹的一个女孩子，没人记得她，只是想到这一点，他心头就铺满陈旧的雪，冷透了。

除此之外，他不知道死了是否就会见到她，如果不能呢？人死后的世界，到底是什么样的？他是否还有知觉、有痛感？如果没有，只是化作微不足道的尘埃，他宁愿保持人形，为人的魂灵，至少还有思想。

疫情可控的某个秋天，他上司在老家独居的老父亲忽然过世，而做儿子的亲眼看着监控里的老人倒地、挣扎，在短短几分钟内离开世界。四十岁的男人号啕大哭，不能原谅自己。

做父亲的不愿离开故土，做儿子的不能回到家乡。上司是寒门贵子，当初离开就是为了把故乡远抛脑后，既已远行，无从回头。

魏清越已经三十多岁，他看到了比自己更年长者的眼泪。当年教室里的尘埃，早已变作人生中的尘埃，无处不落。他跟对方嘴上说着“节哀”，心里却想，毫无意义，毫无意义。

他非常清楚，这种亏欠是种罪孽，往后余生没有赎罪的机会，跟墓碑是没办法和解的，被你亏欠的时间、被你亏欠的陪伴、被你亏欠的所有，已经跟死去的人没有任何关系。有的错误可以犯，有的错误，一次也不可以犯，犯了，天堂之门就此永远紧锁。

山河大地已属微尘，而况尘中之尘；血肉之躯且归泡影，而况影外之影。

公司里，魏清越作为代表，跟上司回去参加老人的葬礼。

乡村新修了公路，远处青山连绵，村子里流淌着一条小河，两岸长满了高大的白杨树。

乡村没有公墓，老人去世后葬在自家的田地里。

下葬时间在午后，春天的风温暖无比，他遇见江渡的外公，就在这个黄昏。

当时，送葬的队伍已经陆续下山，他走在最后，被青嫩的荆棘缠住裤脚。乡村没落，很多人都离开了家乡，这条山路早已野草横生，张牙舞爪地伸到主路上来。

迎面而来一个老人，衣着干净，步履蹒跚，穿越蜿蜒的送葬队伍，突然出现在他的视野里。

魏清越没有留意，是老人主动喊的他。

“小伙子。”老人的眼睛在努力辨认着他。

魏清越抬头，一瞬间，他的瞳仁紧缩，在那全白了的鬓发间、浑浊的眼睛里甚至是每一条皱纹中认出了时间里的人，不是当年的样子，是该有的样子。

他就是在这个瞬间回到当下的。

是江渡的外公。

“你是……你是……”老人嘴唇翕动，那双眼急切地在他的脸上寻找答案，“是梅中考第一名的，是吧？是的吧？”

梅中，第一名……魏清越踉跄着后退，他冷着脸，掩饰住自己巨大的惊惶和失措：“您认错人了。”

他迫不及待要逃离，胸腔里竟是不能言说的浓稠愤怒。

可老人忍不住追了几步，声音苍老：“不是魏清越吗？小伙子，我一直记得你的名字，你是江渡的同学，来我们家吃过饭。小伙子，我是江渡的外公，你是不是来这儿看江渡的……”

江渡，江渡，江渡。

魏清越猝不及防地听到这个名字，在这荒凉又百草渐生的天地间，他没想过，从没想过，要这样跟她重逢。

他不会要这种重逢的。

所以，他没有转身，而是大步流星地离开，他什么都不想知道，他也不会知道，老人第二天要回到城市里女儿的家中，那个女孩子和她的外婆已离开人世，一老一少葬在一起，两座坟紧挨着，这是老人临行前的惯例道别。

他没有要问的，一个问题也没有，只有慌乱的脚步踩在碎石间。

身后，老人一人伫立在晚风中，风吹动他的白发，他喃喃不已：“认错了？”

然而，他坚持目送魏清越远去，目送那个认错的男人往人生相反的方向走去，往更巨大的孤独深处走去，没有同伴，没有畏惧，没有将来。

这一路，他一次也没有回头，那个样子和他少年时代没什么不一样，和他其他所有的日子都没什么不一样。

直到，他的背影消融于晚霞中，再也看不见。

图书在版编目（CIP）数据

见春天 / 纵虎嗅花著. — 北京：北京联合出版公司，2023.1（2024.10重印）
ISBN 978-7-5596-6267-5

Ⅰ. ①见… Ⅱ. ①纵… Ⅲ. ①长篇小说—中国—当代
Ⅳ. ①I247.5

中国版本图书馆CIP数据核字(2022)第215115号

见春天

作　　者：纵虎嗅花
出 品 人：赵红仕
责任编辑：夏应鹏
产品经理：张梦璇　陈隽萱
封面设计：吴思龙@4666啊
出版监制：辛海峰　陈　江
特约监制：穆　晨　殷　希
特约编辑：王　欢　丛龙艳
内文制作：任尚洁　蘑　菇

北京联合出版公司出版
（北京市西城区德外大街83号楼9层　100088）
北京联合天畅文化传播公司发行
万卷书坊印刷（天津）有限公司印刷　新华书店经销
字数 288千字　880毫米 × 1230毫米　1/32　10印张
2023年1月第1版　2024年10月第29次印刷
ISBN 978-7-5596-6267-5
定价：49.80元